ullstein

Das Buch

Die *Blood on Snow*-Reihe mit den beiden Bänden *Der Auftrag* und *Das Versteck* ist eine Besonderheit im Werk von Jo Nesbø. Beide Romane sind kurze, literarische Thriller, die vor allem der amerikanischen Erzähltradition verpflichtet sind. Hier zeigt sich Nesbøs Liebe zu Jim Thompson und zu James Ellroy. Und doch tragen diese Thriller ganz klar seine Handschrift und wurden zu Bestsellern auf dem deutschen Markt.

Der Autor

Jo Nesbø, 1960 geboren, ist Ökonom, Schriftsteller und Musiker. Er gehört zu den renommiertesten und erfolgreichsten Krimiautoren weltweit. Jo Nesbø lebt in Oslo.

In unserem Hause sind von Jo Nesbø bereits erschienen:

In der Serie »Ein-Harry-Hole-Krimi«:

Der Fledermausmann (Harry Holes 1. Fall)
Kakerlaken (Harry Holes 2. Fall)
Rotkehlchen (Harry Holes 3. Fall)
Die Fährte (Harry Holes 4. Fall)
Das fünfte Zeichen (Harry Holes 5. Fall)
Der Erlöser (Harry Holes 6. Fall)
Schneemann (Harry Holes 7. Fall)
Leopard (Harry Holes 8. Fall)
Die Larve (Harry Holes 9. Fall)
Koma (Harry Holes 10. Fall)
Durst (Harry Holes 11. Fall)

Außerdem:

Headhunter
Der Sohn
Blood on Snow. Der Auftrag
Blood on Snow. Das Versteck

Jo Nesbø

BLOOD ON SNOW

DER AUFTRAG
&
DAS VERSTECK

Die *Blood on Snow*-Thriller
in einem Band

Aus dem Norwegischen
von Günther Frauenlob

Ullstein

Besuchen Sie uns im Internet:
www.ullstein-buchverlage.de

Neuausgabe im Ullstein Taschenbuch
1. Auflage Juli 2018

Titel der norwegischen Originalausgaben:
Blod på snø und *Mere blod* (Aschehoug, Oslo, 2015)
Published by agreement with Salomonsson Agency
Umschlaggestaltung: Büro für Gestaltung –
Cornelia Niere, München
Titelabbildung: © Carlos Caetano / Arcangel Images
Satz: Pinkuin Satz und Datentechnik, Berlin
Gesetzt aus der Galliard
Druck und Bindearbeiten: CPI books GmbH, Leck
ISBN 978-3-548-28976-2

DER AUFTRAG

KAPITEL 1

Der Schnee tanzte wie Baumwollflocken im Schein der Lampe. Richtungslos, nicht wissend, ob es nach oben oder unten ging, ließ er sich von dem eisigen Wind davontragen, der aus der Dunkelheit vom Oslofjord herüberwehte. So vereint wirbelten Luft und Schnee durch die Finsternis zwischen den verlassenen Lagerhäusern am Kai. Bis der Wind das Spiel irgendwann leid war und seinen Tanzpartner dicht an der Wand ablegte, wo sich die trockenen, zusammengewehten Kristalle unter den Schuhen des Mannes sammelten, dem ich gerade in Brust und Hals geschossen hatte.

Das Blut tropfte vom Hemdkragen auf den Schnee. Ich weiß nicht viel über Schnee – und auch sonst nur wenig –, aber irgendwo habe ich gelesen, dass Schneekristalle, die sich bei extremer Kälte bilden, ganz anders sind als die von Schneematsch oder Graupel. Die Struktur der Kristalle und die Trockenheit des kalten Schnees sorgen dafür, dass das Hämoglobin im Blut seine tiefrote Farbe behält. Ich jedenfalls musste beim Anblick des Schnees unter ihm an die Robe eines Königs denken, Purpur und Hermelin. Wie auf den Illustrationen in dem alten norwegischen Märchenbuch, aus dem meine Mutter mir immer vorgelesen hat. Sie liebte Märchen und Könige. Wohl deshalb hat sie mich nach einem von ihnen benannt.

In der *Aftenposten* stand, dass 1977 das kälteste Jahr seit dem Krieg werden könnte, wenn der extreme Frost noch bis Neujahr anhielte, und dass wir uns an dieses Jahr als den Beginn der neuen Eiszeit erinnern würden, von der die Forscher seit geraumer Zeit redeten. Aber was wusste ich schon? Ich wusste nur, dass der Mann, der vor mir lag, nicht mehr lange zu leben hatte. Das Zittern, das durch seinen Körper ging, war eindeutig. Er war einer der Männer des Fischers. Es war nichts Persönliches. Das habe ich ihm auch gesagt, bevor er an der Wand zusammensackte und einen blutigen Streifen auf den Steinen hinterließ. Obwohl ich nicht glaube, dass es ihm die Sache leichter gemacht hat, bloß weil es nichts Persönliches war. Sollte ich einmal selbst erschossen werden, dann lieber aus persönlichen Gründen. Jedenfalls habe ich das nicht gesagt, um nicht von seinem Geist verfolgt zu werden, ich glaube nämlich gar nicht an Geister. Mir ist ganz einfach nichts anderes eingefallen. Natürlich hätte ich den Mund halten können. Normalerweise tue ich das auch, aber dieses Mal war mir irgendwie danach, etwas zu sagen. Vielleicht lag es daran, dass in einigen Tagen Weihnachten war. Angeblich rücken wir Menschen ja zusammen, wenn sich dieses Fest nähert. Aber was weiß ich.

Ich dachte, das Blut würde an der Oberfläche des

Schnees gefrieren, doch stattdessen sog der Schnee es tief in sich auf und versteckte es, als habe er damit irgendetwas vor. Auf dem Nachhauseweg stellte ich mir vor, wie sich ein Schneemann aus der Wehe erhob, unter dessen leichenblasser Eishaut die Adern zu sehen waren. Ich rief Daniel Hoffmann aus einer Telefonzelle an und sagte ihm, dass der Job erledigt sei.

Hoffmann war zufrieden und stellte wie gewöhnlich keine Fragen. Entweder hatte er im Laufe der vier Jahre, in denen ich für ihn expedierte, gelernt, mir zu vertrauen, oder er *wollte* einfach nichts wissen. Der Job war erledigt, warum sollte ein Mann wie er sich mit Details abgeben, wenn er doch dafür zahlte, weniger Probleme an der Backe zu haben. Er bestellte mich für den nächsten Tag in sein Büro, er hatte einen neuen Job für mich.

»Einen neuen Job?«, fragte ich und spürte mein Herz schneller schlagen.

»Ja«, sagte Hoffmann. »Einen neuen Auftrag.«

»Ah so.«

Erleichtert legte ich auf. Denn viel mehr als das, was ich machte, konnte ich auch nicht.

Es gibt vier Arten von Jobs, für die ich nicht zu gebrauchen bin. Einen Fluchtwagen fahren. Schnell fahren kann ich, das ist es nicht. Aber ich kann nicht anonym fahren, und wer einen Fluchtwagen fährt, muss beides können. Man muss es schaffen, ein Auto unter vielen zu sein. Ich habe mich und zwei andere in den Knast gebracht, weil ich nicht unauffällig genug gefahren bin. Ich bin gerast wie eine Wildsau, über Waldwege und Hauptstraßen, und hatte meine Verfolger längst abgehängt. Kurz vor der schwedischen Grenze bin ich dann vom Gas gegangen und brav wie ein Opa am Sonntagnachmittag weitergezockelt. Trotzdem wurden wir von einem Streifenwagen gestoppt. Hinterher meinten sie, sie hätten nicht einmal geahnt, dass es sich um einen Fluchtwagen handelte und dass ich weder zu schnell gefahren sei noch gegen irgendwelche Verkehrsregeln verstoßen hätte. Ich weiß nicht, warum, aber sie fanden meinen Fahrstil irgendwie verdächtig.

Für Raubüberfälle komme ich auch nicht in Frage. Ich habe gelesen, dass über die Hälfte aller Bankangestellten, die Opfer eines Raubüberfalls waren, anschließend psychische Probleme haben, einige sogar für den Rest ihres Lebens. Ich weiß nicht, aber der Alte an der Kasse des Postamts, das ich mal überfallen habe, hatte es verdammt eilig, psychische Probleme zu bekommen. Er ging schon zu Boden, als der Lauf meiner Schrotflinte nur vage in seine Richtung zeigte. Und schon am nächsten Tag stand was von psychischen Problemen in der Zeitung. Eine flotte Diagnose, aber trotzdem; will man irgendwas nicht haben, dann doch psychische Probleme. Also habe ich ihn im Krankenhaus besucht. Er hat mich natürlich nicht wiedererkannt, ich hatte in der Post ja auch eine Weihnachtsmannmaske auf. (Die perfekte Verkleidung, wirklich keine Sau hat in der Vorweihnachtshektik Verdacht geschöpft, als drei als Weihnachtsmänner verkleidete

Typen mit Säcken über der Schulter aus dem Postamt kamen.) Ich blieb in der Tür des Zimmers stehen und musterte den Alten. Er lag auf dem mittleren Bett und las den *Klassenkampf*, die Kommunistenzeitung. Ich habe nichts gegen Kommunisten, nichts gegen Kommunisten als Individuen. Oder doch, das habe ich. Aber ich *will* nichts gegen sie haben, ich meine bloß, dass sie auf der falschen Fährte sind. Deshalb hatte ich so was wie den Anflug eines schlechten Gewissens, als ich merkte, dass ich mich viel besser fühlte, weil dieser Kerl den *Klassenkampf* las. Aber es gibt natürlich einen Unterschied zwischen dem Anflug eines schlechten Gewissens und einem wirklich schlechten Gewissen. Und ich habe mich, wie gesagt, *viel* besser gefühlt. Mit Raubüberfällen war von da ab trotzdem Schluss. Es konnte schließlich sein, dass der Nächste *kein* Kommunist war.

Drittens kann ich nicht mit Drogen arbeiten. Ich schaffe das einfach nicht. Dabei macht es mir keine Probleme, Leute in die Mangel zu nehmen, die meinen Chefs Geld schulden. Jeder Junkie muss sich erst einmal selbst an die Nase fassen, und ich bin ganz klar der Meinung, dass man für seine Fehler geradestehen muss. Nicht mehr und nicht weniger. Das Problem ist eher, dass ich ein schwaches, sensibles Seelchen bin, wie meine Mutter das immer genannt hat. Sie hat sich bestimmt in mir wiedererkannt. Wie dem auch sei, ich sollte meine Finger von den Drogen lassen. Schließlich bin ich – ihrer Meinung nach – der Typ Mensch, der nur darauf wartet, sich unterzuordnen. Egal ob einer

Religion, einem großen Bruder oder einem Chef. Oder eben Drogen und Alkohol. Außerdem kann ich nicht rechnen, ich schaffe es kaum, bis zehn zu zählen, ohne mich zu verhaspeln. Und das ist gar nicht gut, wenn man dealt oder Geld eintreiben muss. Das versteht sich ja von selbst.

Okay, kommen wir zum letzten Punkt: Prostitution. Eigentlich ist es da auch wieder dasselbe. Ich habe keine Probleme damit, dass Frauen Geld mit etwas verdienen, was ihnen Spaß macht, oder dass ein Typ – zum Beispiel ich – ein Drittel ihrer Einnahmen einsteckt, um für sichere Rahmenbedingungen zu sorgen. Ich meine, sie sollen sich ja ganz auf ihr Handwerk konzentrieren können. Ein guter Zuhälter ist jede Krone wert, die man ihm zahlt, dieser Überzeugung war ich schon immer. Das Problem ist, dass ich mich schnell verliebe und dabei das Geschäft aus den Augen verliere. Außerdem mag ich keine Gewalt gegen Frauen, verliebt oder nicht. Vielleicht hat auch das mit meiner Mutter zu tun, wer weiß? Vielleicht kann ich deshalb nicht einmal zusehen, wenn andere Kerle Frauen verprügeln. Ich verliere dann den Kopf. Nehmen wir zum Beispiel Maria. Lahm und taubstumm. Ich weiß nicht, was diese beiden Dinge miteinander zu tun haben, vermutlich nichts, aber irgendwie scheint es wie mit einer Pechsträhne zu sein, hat man erst einmal schlechte Karten, geht das auch so weiter. Vermutlich hatte Maria deshalb auch einen Junkie zum Freund. Einen Kerl mit einem vornehmen, französischen Namen, der Hoffmann dreizehntausend schuldete.

Drogengeld. Das erste Mal gesehen habe ich sie, als Pine, Hoffmanns oberster Zuhälter, auf eine Frau in einem selbstgenähten Kleid zeigte, sie hatte die Haare in einem Knoten am Hinterkopf zusammengebunden, als käme sie geradewegs aus der Kirche. Sie saß auf der Treppe der Ridderhalle und weinte. Pine erklärte mir, dass sie die Drogenschulden ihres Freundes abarbeiten solle. Ich dachte, es wäre gut, sie sanft an die Arbeit heranzuführen und erst einmal nur ein bisschen Handarbeit machen zu lassen. Aber sie stürzte schon nach zehn Sekunden aus dem ersten Auto, in das sie eingestiegen war. Stand da und heulte wie ein Schlosshund, während Pine sie anbrüllte. Vielleicht glaubte er ja, dass sie ihn hörte, wenn er nur laut genug brüllte. Vielleicht war dieses Brüllen, vielleicht aber auch die Sache mit meiner Mutter, schuld daran, dass ich den Kopf verlor. Dabei verstand ich die Argumente, die Pine ihr ins Hirn zu brüllen versuchte. Auf jeden Fall endete es damit, dass ich meinen eigenen Vorgesetzten zusammenschlug. Danach nahm ich Maria mit in eine Wohnung, die vermietet werden sollte, und ging zu Hoffmann und sagte ihm, dass ich als Zuhälter nicht taugte.

Worauf Hoffmann meinte – und auch dagegen lässt sich nichts einwenden –, er könne es nicht zulassen, dass jemand seine Schulden nicht bezahle, das würde sonst nur die Zahlungsmoral anderer und wichtigerer Kunden gefährden. Überzeugt, dass Pine und Hoffmann auf der Suche nach der Frau waren, die den Fehler begangen hatte, die Schulden ihres Liebsten zu übernehmen, machte ich mich auf die Suche nach dem Franzosen und fand ihn in einer Wohngemeinschaft oben in Fagerborg. Er war ebenso zugedröhnt wie pleite, so dass mir schnell klar war, dass ich nicht eine einzige Krone aus ihm herausholen würde, auch wenn ich ihn schwer durchschüttelte. Ich drohte damit, ihm das Nasenbein ins Hirn zu rammen, sollte er sich Maria nur einen Schritt nähern, wobei ich ernsthaft daran zweifelte, ob von beiden überhaupt noch was übrig war. Dann ging ich zu Hoffmann, sagte ihm, der Lover sei endlich zu Geld gekommen, gab ihm dreizehntausend und ließ ganz klar durchblicken, dass ich davon ausging, dass die Jagd auf die Frau damit ein Ende hatte.

Ich weiß nicht, ob Maria etwas genommen hat, als sie mit diesem Typ zusammen war, und ob auch sie dazu neigte, sich unterzuordnen, aber auf mich wirkte sie clean. Sie arbeitete in einem kleinen Lebensmittelladen, und ich überprüfte hin und wieder, ob alles in Ordnung war und ihr Junkie nicht doch aufgetaucht war, um sie wieder in den Dreck zu ziehen. Natürlich achtete ich darauf, dass sie mich nicht sah. Ich stand draußen im Dunkeln und sah in den hell erleuchteten Laden. Sie saß an der Kasse, tippte die Waren ein und zeigte auf eine ihrer Kolleginnen, wenn jemand sie ansprach. Vermutlich haben wir alle irgendwann das Bedürfnis, wie unsere Eltern zu sein. Ich weiß nicht, ob es an meinem Vater etwas gab, dem ich nacheifern wollte, aber vermutlich ging es bei mir ohnehin nur um meine Mutter. Sie verstand es besser, sich um andere als um sich selbst zu kümmern, und für mich war das damals wohl so eine Art Ideal. Was weiß ich. Ich hatte ohnehin nichts, wofür ich das Geld ausgeben konnte, das ich bei Hoffmann verdiente. Warum dann nicht einer jungen Frau aus der Patsche helfen, die eine Pechsträhne hinter sich hatte?

Also, zusammenfassend lässt sich sagen, dass ich es nicht schaffe, langsam zu fahren, dass ich weich wie Butter bin, mich viel zu schnell verliebe und den Kopf verliere, wenn ich in Wut gerate. Und dass ich schlecht in Mathe bin. Ich habe eine Menge gelesen, weiß aber wenig und sicher nichts Nützliches. Und ich schreibe langsamer, als ein Stalaktit wächst.

Wieso also kann ein Mann wie Daniel Hoffmann jemanden wie mich brauchen?

Die Antwort lautet – das sollte mittlerweile deutlich geworden sein – als Expedient.

Ich brauche nicht zu fahren, ich töte in der Regel Männer, die es irgendwie verdient haben, und viel rechnen muss ich dabei auch nicht. Bislang jedenfalls nicht.

Dabei stellt sich allerdings die Frage: Wann weiß man so viel über seinen Chef, dass der sich Sorgen zu machen beginnt und immer häufiger überlegt, ob er seinen Expedienten nicht besser expedieren sollte. Es war wie mit der Schwarzen Witwe. Ich weiß nicht viel über Arachnologie, geschweige denn, was das Wort bedeutet, aber lassen die Witwen sich nicht von den viel kleineren Männchen begatten, um diese dann, wenn sie nicht mehr gebraucht werden, aufzufressen?

In *Brehms Tierleben, Band 2: Vielfüßler, Insekten und Spinnenkerfe*, das in der Deichmanske Bibliothek steht, findet sich auf jeden Fall das Bild einer Schwarzen Witwe, in deren Geschlechtsöffnung noch der Pedipalpus, so etwas wie das Fortpflanzungsorgan der männlichen Spinne, und Reste des von ihr verschlungenen Hinterleibs stecken. Sogar der charakteristische blutrote, sanduhrförmige Fleck ist noch zu erkennen. Die Uhr tickt, du dummer, kleiner, pathetischer Kerl, erkundige dich bloß danach, wann die Besuchszeit zu Ende geht. Denn dann solltest du schleunigst das Weite suchen und selbst mit ein oder zwei Kugeln im Bauch – oder wo auch immer – zu dem gehen, der dir dann noch helfen kann.

Ja, das war wirklich meine Meinung. Tu, was du tun musst, aber geh nie zu nah ran.

Und genau deshalb gefiel mir der neue Auftrag von Hoffmann ganz und gar nicht.

Ich sollte seine Frau expedieren.

KAPITEL 2

»Ich will, dass es wie ein Einbruch aussieht, Olav.«

»Warum?«, fragte ich.

»Weil es nach etwas anderem aussehen muss, als es in Wahrheit ist. Die Polizei hängt sich bei Privatpersonen viel stärker rein, manchmal reagiert sie geradezu hysterisch. Und wenn eine Frau, die einen Geliebten hat, tot aufgefunden wird, deutet doch immer alles auf den Ehemann hin. In neunzig Prozent der Fälle zu Recht.«

»Vierundsiebzig, Sir.«

»Sorry?«

»Hab ich irgendwo gelesen, Sir.«

Eigentlich nennt man in Norwegen niemanden »Sir«, wie hoch er auch über einem stehen mag. Mit Ausnahme der Königsfamilie natürlich, die mit »Eure Königliche Hoheit« angesprochen wird. Daniel Hoffmann hätte das bestimmt auch gefallen. Den Titel »Sir« hatte er zusammen mit einer ledernen Sitzgarnitur, einem dunklen Mahagoniregal und einer Reihe ledergebundener Bücher mit alten, vergilbten Seiten, die nie jemand gelesen hatte, aus England importiert.

Bestimmt Klassiker, aber mir sagten nur die bekanntesten Namen etwas: Dickens, Brontë und Austen. Auf jeden Fall machten die toten Dichter die Luft in seinem Büro so trocken, dass ich noch lange nach meinen Besuchen dort staubige Zellulose hustete. Ich weiß nicht, warum Hoffmann so fasziniert von England war. Er war während des Studiums eine Zeitlang dort gewesen und mit einem Koffer voller Tweedanzüge, Ambitionen und einem aufgesetzten Oxford-Akzent nach Norwegen zurückgekehrt. Aber ohne Examen oder andere Einsichten, als dass sich alles nur um das leidige Geld drehte. Und dass man, wollte man erfolgreich Geschäfte machen, da ansetzen musste, wo die Konkurrenz am schwächsten war. In Oslo war das damals der Frauenhandel. Ich glaube, die Analyse der Situation war letztendlich ganz einfach. Daniel Hoffmann sagte sich, dass er auf einem Markt, auf dem sich Scharlatane, Idioten und Amateure tummelten, selbst in all seiner Mittelmäßigkeit zur Nummer eins werden konnte. Es kam nur darauf an, moralisch die nötige Flexibilität zu beweisen, wenn man Tag für Tag junge Frauen rekrutieren und auf den Strich schicken wollte. Nach einer anfänglich noch vorsichtigen Testphase war sich Daniel Hoffmann sicher, dass er durchaus das Zeug dazu hatte. Ein paar Jahre später expandierte er in den Heroinmarkt. Zu diesem Zeitpunkt sah er sich selbst schon als erfolgreich an. Und da der Osloer Heroinmarkt damals in der Hand von Leuten war, die nicht nur Scharlatane, Idioten und Amateure, sondern noch dazu drogenabhängig waren, und Hoffmann erneut die notwendige moralische Flexibilität an den Tag legte, die es braucht, wenn man junge Menschen in die Drogenhölle schicken will, wurde auch dies zu einer Erfolgsgeschichte. Das einzige Problem für Hoffmann war der Fischer. Ein Konkurrent neueren Datums, der auf den Heroinmarkt drängte und der, wie sich zeigte, leider kein Idiot war. Es hätte in Oslo sicher genug Junkies für beide gegeben, aber das hinderte sie nicht daran, alles nur Erdenkliche zu tun, sich gegenseitig die Köpfe einzuschlagen. Warum? Tja. Ich nehme an, dass keiner von beiden mein Talent hatte, sich unterzuordnen. Und dann gibt es immer Probleme, wenn Menschen, die regieren *müssen*, die den Thron haben *müssen*, entdecken, dass ihre Frauen untreu sind. Ich glaube, Leute wie Daniel Hoffmann könnten ein besseres und einfacheres Leben haben, wenn sie in der Lage wären, einfach mal ein Auge zuzudrücken und ihren Frauen die eine oder andere Affäre zu verzeihen.

»Ich hatte eigentlich vor, Weihnachtsferien zu machen«, sagte ich. »Wollte wen einladen und eine Zeitlang verschwinden.«

»Eine Reisebegleitung? Ich hätte nicht gedacht, dass du mit jemandem so intim bist, Olav. Genau das gefällt mir so an dir. Du hast niemanden, dem du deine Geheimnisse anvertrauen kannst.« Er lachte und klopfte die Asche von der Zigarre. Ich war nicht sauer, er meinte es nur gut. Auf der Banderole stand *Cohiba*. Irgendwo habe ich gelesen, dass um die Jahrhundertwende herum Zigarren die häufigsten Weihnachtsgeschenke waren, zumindest in der westlichen Welt.

Vielleicht wäre das eine Idee? Aber ich wusste ja nicht einmal, ob sie rauchte. Bei der Arbeit hatte sie nie geraucht.

»Ich habe noch nicht gefragt«, sagte ich. »Aber …«

»Ich zahle dir das fünffache Honorar«, sagte Hoffmann. »Wenn du willst, kannst du deine Angebetete dann unbegrenzt mit in die Ferien nehmen. Natürlich nur, wenn du willst.«

Ich versuchte nachzurechnen, hatte dabei aber – wie gesagt – meine Schwierigkeiten.

»Hier ist die Adresse«, sagte Hoffmann.

Ich arbeitete seit vier Jahren für ihn, ohne zu wissen, wo er wohnte. Warum sollte ich das wissen? Er wusste ja auch nicht, wo ich wohnte. Seine neue Frau hatte ich ebenfalls noch nicht zu Gesicht bekommen, wohl aber Pines ständiges Gelaber gehört, was das für eine heiße Biene sei und dass er ein Vermögen machen könnte, wenn er genau solche Vögelchen auf der Straße hätte.

»Sie ist die meiste Zeit allein zu Hause«, sagte Hoffmann. »Wenn es stimmt, was sie sagt. Mach deine Arbeit so, wie du es für richtig hältst, Olav. Ich vertraue dir. Je weniger ich weiß, desto besser. Verstanden?«

Ich nickte. Je weniger, dachte ich, desto besser.

»Olav?«

»Ja, Sir, verstanden.«

»Gut«, sagte er.

»Geben Sie mir bis morgen Zeit, um darüber nachzudenken, Sir?«

Hoffmann zog eine seiner sorgfältig gebürsteten

Augenbrauen hoch. Ich weiß nicht viel über Evolution oder solche Sachen, aber war Darwin nicht der Meinung, dass es nur sechs universelle Gesichtsausdrücke gibt, mit denen die Menschen ihre Gefühle ausdrücken? Ich habe keine Ahnung, ob Hoffmann sechs menschliche Gefühle hatte, dachte aber, dass er mit dieser hochgezogenen Braue – im Gegensatz zu einem offen stehenden Mund – leichte Überraschung, Skepsis und Intelligenz zum Ausdruck bringen wollte.

»Ich habe dir gerade die Details genannt, Olav. Und jetzt – hinterher – überlegst du, den Auftrag *abzulehnen*?«

Die Drohung war kaum hörbar. Oder vielleicht doch, sonst hätte ich sie vermutlich nicht mitbekommen, taub wie ich für menschliche Zwischentöne bin. Wir sollten also wohl davon ausgehen, dass die Drohung ziemlich deutlich war. Daniel Hoffmann hatte blaue, klare Augen, eingerahmt von schwarzen Wimpern. Wäre er eine Frau gewesen, hätte ich diese Wimpern für unecht gehalten. Ich weiß nicht, warum ich das erwähne, es hat nichts mit der Sache zu tun.

»Sie haben mir die Details genannt, ohne dass ich überhaupt etwas sagen konnte, Sir«, sagte ich. »Sie kriegen meine Antwort heute Abend, ist das in Ordnung?«

Er sah mich an. Blies den Zigarrenrauch in meine Richtung. Ich hatte die Hände in den Schoß gelegt und drehte den Hut, den ich nicht hatte.

»Vor sechs«, sagte er. »Sonst bin ich weg.«

Ich nickte.

Als ich im Schneetreiben durch die Stadt nach Hause ging, war es vier Uhr. Die Dunkelheit hatte sich nach den wenigen dämmrigen Stunden bereits wieder über die Straßen gesenkt. Es windete noch immer, gesichtsloses Pfeifen aus den dunklen Gassen. Aber ich glaube, wie gesagt, nicht an Geister. Der Schnee unter meinen Stiefeln knackte morsch wie alte Buchseiten, ich dachte nach. In der Regel versuche ich das zu vermeiden, weil ich festgestellt habe, dass ich darin nicht besonders gut bin und es auch zu nichts führt. Aber ich war damit wieder bei der Grundsatzfrage angelangt. Das Expedieren als solches sollte kein Problem sein. War vermutlich einfacher als die anderen Aufträge, die ich ausgeführt hatte. Auch dass sie sterben sollte, war in Ordnung. Ich bin, wie gesagt, der Meinung, dass man – Mann oder Frau – die Konsequenzen seiner Fehler tragen muss. Bedeutend größere Sorgen machte mir, was hinterher geschehen würde. Schließlich war ich dann derjenige, der Daniel Hoffmanns Frau getötet hatte. Jemand, der alles wusste und die Macht hatte, über Daniel Hoffmanns Schicksal zu entscheiden, wenn die Polizei ihre Ermittlungen erst einmal aufgenommen hatte. Und Hoffmann war nicht fähig, sich unterzuordnen, und schuldete mir, Olav, das fünffache Honorar.

Warum bot er mir für einen derart durchschnittlichen Job so viel?

Irgendwie hatte ich das Gefühl, gerade mit vier schwerbewaffneten und von Natur aus misstrauischen schlechten Verlierern an einem Pokertisch zu sitzen und vier Asse auf die Hand bekommen zu haben, einfach so. Manchmal sind gute Nachrichten in Wahrheit schlechte.

Okay, ein kluger Pokerspieler hätte die Karten sicher auf den Tisch geworfen, die unausweichliche Niederlage in Kauf genommen und auf besseres – angemesseneres – Glück in der nächsten Runde gehofft. Mein Problem war, dass es bereits zu spät war, um aus diesem Spiel auszusteigen. Ich wusste, dass Hoffmann für den Mord an seiner Frau verantwortlich war, ob sie nun durch mich oder durch einen anderen ums Leben kam.

Als ich bemerkte, wohin meine Schritte mich geführt hatten, blickte ich hoch und starrte ins Licht.

Sie hatte die Haare hochgesteckt, genau wie meine Mutter es immer getan hatte. Nickte den Kunden lächelnd zu, die sie ansprachen. Die meisten wussten sicher, dass sie taubstumm war. Sagten »Frohe Weihnachten« oder »Auf Wiedersehen«. Ganz normale Dinge, die ganz normale Menschen zueinander sagen.

Das fünffache Honorar. Nie endende Weihnachtsferien.

KAPITEL 3

Am nächsten Tag bezog ich ein Zimmer in der Pension schräg gegenüber von Hoffmanns Wohnung in der Bygdøy allé. Ich wollte mir ein paar Tage lang einen Überblick verschaffen, was seine Frau so unternahm. Ging sie irgendwohin, wenn ihr Mann bei der Arbeit war, oder bekam sie Besuch? Ich wollte gar nicht wissen, wer ihr Lover war, es ging mir lediglich darum, den günstigsten, am wenigsten risikoreichen Zeitpunkt für die Aktion zu ermitteln. Sie musste allein zu Hause sein, und wir durften nicht gestört werden.

Wie sich zeigte, hatte ich von meinem Zimmer die perfekte Aussicht. Ich sah nicht nur, wann Corina Hoffmann kam und ging, sondern konnte auch beobachten, was sie in der Wohnung so trieb. Gardinen schienen sie dort drüben nämlich nicht nötig zu finden. Warum auch, wenn man in einer Stadt wohnte, in der es keine Sonne zum Aussperren gab und in der es den Leuten auf der Straße nicht darum ging, das Leben der anderen zu beobachten, sondern schnellstmöglich ins Warme zu kommen.

In den ersten Stunden war drüben niemand zu sehen. Nur das hell erleuchtete Wohnzimmer. Die Möbel sahen weniger englisch als französisch aus, besonders das merkwürdige Sofa mitten im Raum, das nur eine schmale Rückenlehne hatte. Vermutlich war das eins dieser Dinger, das die Franzosen als Chaiselongue bezeichnen, was – wenn mein Französischlehrer mir keinen Unsinn erzählt hatte – so etwas wie *langer Stuhl* heißt. Gewundene, asymmetrische Schnitzereien und ein Polsterbezug mit Naturmotiven. Rokoko stand in dem Kunstgeschichtsbuch meiner Mutter, aber ebenso gut konnte dieses Ding natürlich auch aus der Werkstatt eines Schreiners aus unserer Gegend stammen und irgendwo auf traditionelle Weise bemalt worden sein. Auf jeden Fall kein Möbelstück, das ein junger Mensch ausgesucht hätte, deshalb tippte ich auf Hoffmanns Exfrau. Pine sagte, Hoffmann habe sie gleich nach ihrem fünfzigsten Geburtstag rausgeschmissen. *Weil* sie 50 geworden war. Und weil ihr Sohn ausgezogen war und sie im Haus nun keine Funktion mehr hatte. Laut Pine hatte er ihr das alles direkt ins Gesicht gesagt, und sie soll das für eine Wohnung am Meer und einen Scheck über 1,5 Millionen auch geschluckt haben.

Um die Zeit sinnvoll zu füllen, nahm ich die Blätter mit dem Kram, an dem ich schreibe, raus. Nichts Besonderes, nur Kritzeleien. Nein, das stimmt nicht, es war ein Brief. Ein Brief an jemanden, von dem ich nicht wusste, wer er war. Oder vielleicht doch? Ich bin beileibe kein begnadeter Schreiber, mache ständig

Fehler und muss vieles durchstreichen. Für jedes stehen gebliebene Wort ist viel Tinte und Papier draufgegangen, um es mal so zu sagen. Das Ganze zog sich auch an diesem Tag derart hin, dass ich die Blätter schließlich beiseitelegte, mir eine Zigarette anzündete und mich stattdessen etwas in Träumen verlor.

Ich war noch nie jemandem aus Hoffmanns Familie begegnet – wie bereits erwähnt –, begann jetzt aber, sie mir drüben in der Wohnung vorzustellen. Ich schaue gerne bei anderen rein. Das hat mir schon immer gefallen. Ich begann also, mir das Leben der Familie auszumalen. Der neunjährige Sohn war gerade von der Schule nach Hause gekommen, saß im Wohnzimmer und las all die merkwürdigen Bücher, die er sich in der Bücherei ausgeliehen hatte. Die Mutter sang leise vor sich hin, während sie in der Küche das Essen zubereitete. Mutter und Sohn erstarrten für einen kurzen Moment, als die Wohnungstür aufging, atmeten aber erleichtert auf, als der Mann klar und fröhlich »Ich bin zu Hause« rief. Sie liefen in den Flur und umarmten ihn.

Mitten in einem dieser angenehmen Gedankenspielchen trat Corina Hoffmann aus dem Schlafzimmer ins Wohnzimmer, und alles veränderte sich.

Das Licht.

Die Temperatur.

Die Grundsatzfrage.

An diesem Nachmittag ging ich nicht zum Lebensmittelladen wie sonst so oft.

Ich wartete nicht darauf, dass Maria das Geschäft abschloss, folgte ihr nicht in sicherem Abstand bis zur U-Bahn und stellte mich auch nicht im vollbesetzten Wagen dicht hinter sie in die Mitte des Gangs, wo sie immer stand, selbst wenn es freie Sitzplätze gab. An diesem Nachmittag flüsterte ich ihr keine Worte ins Ohr, die nur ich hören konnte, sondern saß im Dunkeln in einem Zimmer und starrte wie gebannt auf die Frau auf der anderen Seite der Straße. Corina Hoffmann. Ich konnte sagen, was ich wollte und so laut ich es wollte, es konnte mich niemand hören. Und ich brauchte sie auch nicht von hinten anzusehen, den Knoten ihrer Haare anzustarren und mir eine Schönheit vorzustellen, die es gar nicht gab.

Seiltänzerin, war mein erster Gedanke, als ich Corina Hoffmann ins Zimmer kommen sah. Sie trug einen weißen Frotteebademantel und bewegte sich wie eine Katze. Damit meine ich nicht, dass sie im Passgang lief wie einige Säugetiere, zum Beispiel Katzen und Kamele, wenn sie die Beine der einen Seite bewegen, bevor sie die beiden anderen nachziehen … Das habe ich jedenfalls gehört. Damit will ich sagen, dass Katzen – wenn ich das richtig verstanden habe – sozusagen auf Zehenspitzen laufen und die Hinterpfoten in die Spur der Vorderpfoten setzen. Genau so machte es Corina. Sie setzte die nackten Zehen mit gestrecktem Fuß auf und schob den anderen Fuß dicht hinter den ersten. Wie eine Seiltänzerin.

Alles an Corina Hoffmann war schön. Das Gesicht mit den hohen Wangenknochen, die Brigitte-Bardot-

Lippen, die blonden, ungekämmten, glatten Haare. Die langen, schlanken Arme, die aus den weiten Ärmeln des Morgenrocks ragten und im Dekolleté der obere Rand ihrer Brüste, so weich, dass sie sich bei jedem Schritt und jedem Atemzug bewegten. Und die weiße, weiße Haut auf Armen, Gesicht, Brüsten, Beinen. Mein Gott, sie war wie eine frische Schneefläche in der flirrenden Sonne, ließ jeden Mann in kürzester Zeit blind werden. Kurzum, alles an Corina Hoffmann gefiel mir. Alles, bis auf den Nachnamen.

Sie schien sich zu langweilen. Trank Kaffee. Telefonierte. Blätterte in einem Magazin, ignorierte die Zeitungen. Sie verschwand im Bad, kam aber gleich wieder raus, noch immer im Morgenmantel. Sie legte eine Platte auf und machte ein paar Tanzschritte. Es schien Swing zu sein. Dann aß sie etwas. Sah auf die Uhr. Es war bald sechs. Sie zog sich ein Kleid an, kämmte sich die Haare und legte eine andere Platte auf. Ich öffnete das Fenster und versuchte, etwas zu hören, aber der Verkehr war zu dicht. Dann nahm ich wieder das Fernglas und starrte auf das Plattencover, das sie auf den Wohnzimmertisch gelegt hatte. Es schien das Bild eines Komponisten zu zeigen. Antonio Lucio Vivaldi? Keine Ahnung. Der Punkt war, dass die Frau, zu der Daniel Hoffmann um Viertel nach sechs nach Hause kam, eine ganz andere war als die, mit der ich den Tag bis dahin verbracht hatte.

Sie umkreisten einander. Berührten sich nicht. Redeten nicht. Wie zwei Elektronen, die sich abstießen, weil sie beide die gleiche, negative Ladung hatten.

Schließlich schlossen sie aber die Tür des gleichen Schlafzimmers hinter sich.

Ich legte mich hin, konnte aber keine Ruhe finden.

Was lässt uns erkennen, dass wir sterben werden? Was passiert an dem Tag, an dem wir verstehen, dass es nicht nur eine ferne Möglichkeit ist, sondern eine verdammte Tatsache, dass unser Leben zu Ende gehen wird? Bestimmt erlebt das jeder anders, aber für mich war es der Moment, in dem ich meinen Vater sterben sah. Zu beobachten, wie banal und physisch das ist. Wie bei einer Fliege auf dem Fensterbrett. Interessanter ist deshalb, was uns – trotz der Erkenntnis, die wir gewonnen haben – später wieder daran zweifeln lässt? Sind wir klüger geworden? Wie dieser Philosoph – irgendein David Soundso –, der geschrieben hat, dass auch wenn etwas wieder und wieder geschieht, es niemals sicher ist, dass es wirklich noch einmal geschieht. Ohne logischen Beweis *wissen* wir nicht sicher, dass die Geschichte sich wiederholt. Oder sind wir bloß älter und ängstlicher geworden, weil der Moment näher rückt? Natürlich kann es auch einen ganz anderen Grund geben. Einen Augenblick, in dem wir plötzlich etwas sehen, von dem wir nicht wussten, dass es existiert? Etwas spüren, von dem wir nicht wussten, dass wir es überhaupt spüren konnten? Wie wenn man an die Wand klopft, es hohl klingt, und man plötzlich erkennt, dass dahinter noch ein anderer Raum liegt? Plötzlich lodert Hoffnung auf, schmerzhafte, nervenzerreißende Hoffnung, die an einem nagt und die man nicht ignorieren kann. Hoffnung, dass es einen

Fluchtweg gibt, auf dem man den Tod austricksen kann, einen geheimen Weg zu einem Ort, den man vorher nicht kannte. Einen Sinn. Eine Geschichte.

Am nächsten Morgen stand ich zeitgleich mit Daniel Hoffmann auf. Als er die Wohnung verließ, war es noch stockfinster. Er wusste nicht, dass ich da war. Er *wollte* es ja nicht wissen, jedenfalls hatte er das gesagt.

Ich setzte mich auf den Stuhl am Fenster und wartete auf Corina. Nahm meine Blätter heraus und buchstabierte mich durch mein Briefprojekt. Die Worte waren unbegreiflicher denn je, und das wenige, das ich verstand, kam mir plötzlich irrelevant und tot vor. Warum schmiss ich den Scheiß nicht einfach weg? Bloß weil ich so lange für diese jämmerlichen Sätze gebraucht hatte? Ich legte die Blätter beiseite und beobachtete das öde Leben auf den winterlichen Straßen Oslos, bis Corina kam.

Der Tag verlief in etwa so wie der vorangegangene. Sie machte einen kleinen Spaziergang, und ich folgte ihr. Bei Maria habe ich gelernt, wie man jemandem am effektivsten folgt, ohne bemerkt zu werden. Corina kaufte in einem Laden einen Schal, trank in einer Konditorei mit einer Freundin – so deutete ich das jedenfalls – einen Tee. Dann ging sie wieder nach Hause.

Es war noch nicht spät, erst zwei Uhr nachmittags, und ich kochte mir eine Tasse Kaffee. Sah sie auf der Chaiselongue mitten im Wohnzimmer liegen. Sie hatte sich umgezogen. Ein anderes Kleid. Der Stoff umspielte ihren Körper, wenn sie sich bewegte. Eine Chaiselongue ist ein seltsames Möbelstück, irgendwie nichts Halbes und nichts Ganzes. Wenn Corina sich umdrehte, um eine bequemere Liegeposition einzunehmen, geschah auch dies überlegt, langsam und selbstbewusst. Als wüsste sie, dass ich sie betrachtete. Dass sie begehrt wurde. Sie sah auf die Uhr, blätterte in ihrem Magazin, es war dasselbe wie am Tag zuvor. Dann erstarrte sie beinahe unmerklich.

Ich hatte die Klingel nicht gehört.

Sie stand auf, ging mit ihren weichen, katzengleichen Bewegungen zur Tür und öffnete.

Er war dunkel, schmächtig und in ihrem Alter.

Er trat ein, schloss die Tür hinter sich, hängte seine Jacke auf und kickte sich die Schuhe von den Füßen. Es war klar, dass er nicht zum ersten Mal in dieser Wohnung war. Und auch nicht zum zweiten Mal. Daran gab es keinen Zweifel. Aber die hatte es ja ohnehin nicht gegeben. Warum hatte ich trotzdem welche gehabt? Weil ich es wollte?

Er schlug sie.

Im ersten Moment war ich so baff, dass ich glaubte, nicht richtig gesehen zu haben. Doch dann tat er es noch einmal. Er schlug ihr mit der flachen Hand hart ins Gesicht. Ihr Kopf flog zur Seite, und die blonden Haare schoben sich zwischen seine Finger. Ich sah an ihrem Mund, dass sie schrie.

Mit einer Hand umfasste er ihre Kehle, während er ihr mit der anderen das Kleid vom Leib riss.

Und da stand sie, mitten im Zimmer unter der

Lampe. Ihre nackte Haut war so weiß, dass ihr Körper eine konturlose Fläche bildete. Man sah nur Weiß, undurchdringliches Weiß, wie Schnee an einem wolkenverhangenen oder nebligen Tag.

Er nahm sie auf der Chaiselongue. Kniete, die Hose bis an die Knöchel heruntergelassen, am lehnenlosen Ende, während sie auf dem hellen Bezug mit einer harmonischen, idealisierten europäischen Waldlandschaft lag. Er war mager. Ich beobachtete das Spiel der Muskeln auf seinen Rippen. Seine Gesäßmuskulatur spannte und entspannte sich wie ein Blasebalg. Er zitterte und bebte wie wütend darüber, nichts … nicht mehr tun zu können. Sie lag mit gespreizten Beinen da, passiv, wie eine Tote. Ich wollte wegsehen, aber es gelang mir nicht. Sie so zu sehen, erinnerte mich an etwas. Nur wusste ich nicht, an was.

Erst nachts, als es still war, fiel es mir wieder ein. Ich träumte von einem Bild, das ich als Junge in einem Buch gesehen hatte. *Das Reich der Tiere, Band 1: Säugetiere*, aus der Deichmanske Bibliothek. Aufgenommen in der Serengeti in Tansania oder irgendwo dort in der Nähe. Drei wütende, erregte, abgemagerte Hyänen, die selber Beute gemacht oder die Löwen von deren Beute vertrieben hatten. Zwei von ihnen standen mit angespannten Hinterteilen da, die Köpfe tief im Bauch eines Zebras versenkt. Die dritte hatte sich der Kamera zugewandt und fletschte die spitzen Zähne. Aber es war der Blick des Tieres, an den ich mich am besten erinnerte. Der Blick der gelben Augen in die Kamera, der mir von der Buchseite entgegenblitzte. Es war eine Warnung. *Du hast hier nichts verloren, das ist unsere Beute. Verschwinde! Sonst töten wir auch dich.*

KAPITEL 4

Wenn ich in der U-Bahn hinter dir stehe, beginne ich immer erst dann zu sprechen, wenn unser Waggon auf den Weichen ist. Genau dort, wo das Gleis sich teilt und tief unter uns klickend und klackend Metall auf Metall schlägt. Ein Geräusch, das für mich immer eng mit Ordnung verbunden ist, mit Schicksal, damit, dass etwas an den richtigen Platz fällt. Der Zug ruckt leicht zur Seite, und alle, die keinen Sitzplatz haben, geraten für einen Moment aus dem Gleichgewicht und greifen nach etwas, woran sie sich festhalten können. Der Gleiswechsel verursacht so viel Lärm, dass ich sagen kann, was ich sagen will. Dass ich flüstern kann, was ich flüstern will. Genau dort, wo niemand sonst mich hören kann. Du schon gar nicht. Nur ich selbst höre mich.

Und was sage ich dir dann?

Ich weiß es nicht. Was mir spontan durch den Kopf schießt. Dinge, von denen ich nicht weiß, woher sie kommen oder was sie bedeuten. Doch schon, in dem Moment weiß ich es vermutlich. Denn du bist schön, ja auch du. Wenn ich im Gedränge dicht hinter dir stehe, nur den Knoten deines Haars sehe und mir den Rest vorstellen muss.

Ich kann mir dich nicht anders als dunkel vorstellen, und das ist auch gut so. Du bist nicht so hell wie Corina. Hast keine so prall mit Blut gefüllten Lippen, dass man hineinbeißen möchte. Keine Musik im Schwung deines Rückens oder in den Kurven der Brüste. Du bist einfach immer da gewesen, wo niemand sonst da war. Hast eine Leere gefüllt, von der ich nicht einmal wusste, dass sie existierte.

Du hast mich zu dir zum Essen eingeladen, damals, als ich dich aus dem Schlamassel geholt hatte. Als Dankeschön, denke ich. Hast die Einladung auf einen Zettel geschrieben und ihn mir gegeben, und ich habe zugesagt. Wollte es dir aufschreiben, aber dein Lächeln zeigte mir, dass du verstanden hattest.

Aber ich bin nie gekommen.

Warum nicht?

Tja.

Ich bin ich, und du bist du?

Oder was würdest du dazu sagen?

Vielleicht war es aber auch noch einfacher? Weil du lahm und taubstumm bist. Und weil ich selbst schon ausreichend geschlagen bin, mit all dem, was ich nicht kann. Von dieser einen Sache abgesehen. Außerdem, worüber hätten wir reden sollen? Du hättest sicher vorgeschlagen, dass wir uns Nachrichten schreiben, aber ich bin ja nicht so gut im Schreiben, bin wortblind. Legastheniker. Falls ich das noch nicht gesagt habe, weißt du es jetzt.

Und Maria, vielleicht verstehst du ja, dass es einen Mann nicht gerade anmacht, wenn du laut und schrill lachst, wie eben Taubstumme lachen, weil ich gerade die Worte »Du hast so schöne Augen« zu Papier gebracht habe. Mit vier Schreibfehlern.

Aber egal. Ich bin nicht gekommen. Das langt.

Daniel Hoffmann wollte wissen, warum es so lange dauere, den Job auszuführen.

Ich habe ihn daraufhin gefragt, ob er nicht auch sicher sein wolle, dass keine Spur zu einem von uns führe, bevor ich loslegte. Und natürlich wollte er das.

Also beobachtete ich weiter die Wohnung.

In den folgenden Tagen kam der Mann jeden Tag zur gleichen Zeit. Immer kurz nach drei, wenn es fast schon wieder dunkel war. Er betrat die Wohnung, hängte seinen Mantel auf und schlug sie. Immer auf die gleiche Weise. Erst hielt sie die Arme abwehrend in die Höhe. Ich sah ihrem Mund und ihren Halsmuskeln an, dass sie ihn anschrie, ihn anflehte, aufzuhören. Aber er hörte nicht auf. Nicht bevor ihr Tränen über die Wangen liefen. Dann – und erst dann – riss er ihr das Kleid vom Leib. Jedes Mal ein neues Kleid. Er nahm sie auf der Chaiselongue. Hatte sie ganz offensichtlich vollkommen in der Hand. Ich würde sagen, dass sie hoffnungslos in ihn verliebt war. Wie Marie in ihren Junkie verliebt gewesen war. Manche Frauen wissen nicht, was für sie das Beste ist, sie streuen einfach ihre Liebe aus, ohne irgendetwas zurückzuverlangen. Ja, dass nichts zurückkam, schien sie regelrecht zu fesseln und zu erregen. Vielleicht wartete sie die ganze Zeit darauf, irgendwann ihren Lohn zu bekommen. Eine Liebe, ebenso hoffnungsvoll wie hoffnungslos. Jemand sollte sie aufklären, dass die Welt so nicht funktionierte.

Ich glaube aber nicht, dass Corina verliebt war. Sie reagierte in einer anderen Sprache. Sie streichelte ihm zwar nach der Liebe über den Rücken und begleitete ihn zur Tür, wenn er eine Dreiviertelstunde nach seinem Kommen wieder ging, umarmte ihn flüchtig und flüsterte ihm eventuell etwas Nettes ins Ohr. Aber sie wirkte beinahe erleichtert, kaum dass er aus der Tür war. Und ich glaube, ich weiß, wie Verliebtheit aussieht. Warum also war sie – die junge Ehefrau des größten Lieferanten von Ekstase – bereit, alles für eine billige Affäre mit jemandem zu riskieren, der sie noch dazu schlug?

Erst am vierten Nachmittag verstand ich es, und ich fragte mich, wieso ich so lange gebraucht hatte, um darauf zu kommen. Ihr Lover hatte etwas gegen sie in der Hand. Etwas, womit er zu Daniel Hoffmann gehen konnte, wenn sie nicht tat, was er wollte.

Als ich am fünften Tag aufwachte, hatte ich einen Entschluss gefasst.

Ich wollte auf Nebenstraßen ins Ungewisse fahren.

KAPITEL 5

Leichter Schnee fiel.

Als der Mann um drei Uhr eintraf, hatte er ein Geschenk für die Frau dabei. Eine kleine Schachtel. Ich konnte nicht erkennen, was darin war, sah aber, wie das Strahlen ihres Gesichts für einen Moment das nachmittägliche Dunkel vor dem großen Wohnzimmerfenster erhellte. Sie wirkte überrascht. Auch ich war verblüfft, gelobte mir aber, sie würde das Lächeln, das sie ihm geschenkt hatte, auch mir schenken. Ich musste nur alles richtig machen.

Als er kurz nach vier ging – er war länger als sonst bei ihr geblieben –, wartete ich bereits in den Schatten auf der anderen Seite der Straße.

Ich sah ihn in der Dunkelheit verschwinden und blickte nach oben. Sie stand am Wohnzimmerfenster wie auf einer Bühne, hielt die Hand hoch und sah etwas in der Scheibe, das ich nicht erkennen konnte. Dann hob sie plötzlich den Kopf und starrte in den Schatten, wo ich stand. Ich wusste, dass sie mich unmöglich sehen konnte, und dennoch … Dieser bohrende, suchende Blick. Plötzlich lag in ihrem flehenden Gesicht so etwas wie Angst und Verzweiflung. *Die Gewissheit, dass das Schicksal unausweichlich war*, wie es in einem Buch heißt. In welchem, weiß ich nicht mehr.

Ich umklammerte die Pistole in meiner Manteltasche. Wartete, bis sie sich vom Fenster abwendete, ehe ich aus dem Schatten trat und mit raschen Schritten die Straße überquerte. Auf dem Bürgersteig fand ich seine Stiefelspuren in der feinen Schicht Neuschnee. Ich folgte ihm schnell.

Hinter der nächsten Ecke sah ich ihn.

Ich hatte natürlich diverse Möglichkeiten durchgespielt.

Dass er irgendwo ein Auto stehen hatte. Falls dem so war, vermutlich in einer Seitenstraße in Frogner. Das waren stille, dunkle Straßen. Perfekt. Oder er kehrte irgendwo ein, ging in eine Bar oder ein Restaurant. Dann konnte ich warten. Ich hatte alle Zeit der Welt. Ich *mochte* Warten. Die Zeit zwischen der eigentlichen Entscheidung und dem Augenblick, in dem es geschah. Das waren die einzigen Minuten, Stunden, Tage in meinem vermutlich kurzen Leben, in denen ich etwas war. Das Schicksal eines anderen.

Er konnte natürlich auch einen Bus oder ein Taxi nehmen.

Das hätte den Vorteil, dass wir uns noch weiter von Corina entfernten.

Er ging zur U-Bahn-Station am Nationaltheater.

Auf dem belebten Platz konnte ich etwas näher zu ihm aufschließen. Er stieg in eine der Bahnen, die nach Westen fuhren. Also kam er aus gutem Hause. In diesen Vierteln war ich nicht oft. Zu viel Geld und zu wenig, wofür man es ausgeben könnte, wie mein Vater immer sagte. Ich habe keine Ahnung, was er damit gemeint hat.

Es war nicht die Bahn, die Maria immer nahm, aber der erste Streckenabschnitt war gleich.

Ich saß auf dem Sitz hinter ihm. Wir waren noch im Untergrund, aber es gab draußen ja eh keinen Unterschied mehr zwischen Tag und Nacht. Bald hätten wir die Stelle erreicht. Der Stahl würde kreischen und ein Ruck durch den Zug gehen.

Ich spielte mit dem Gedanken, die Mündung der Pistole an die Rückenlehne zu halten und einfach abzudrücken, sobald wir auf der Weiche waren.

Als wir die Weiche passierten, wurde mir erneut bewusst, woran mich das Geräusch von Metall auf Metall erinnerte. Es gab mir ein Gefühl von Ordnung und dass alles an seinen Platz fiel. Schicksal. Es war das Geräusch meiner Arbeit, der beweglichen Teile der Waffe, Hahn und Schlagbolzen, Ladegriff und Patrone.

Wir waren die einzigen Fahrgäste, die in Vinderen ausstiegen. Ich folgte ihm. Der Schnee knirschte. Ich achtete darauf, im Takt mit ihm zu gehen, damit er mich nicht hörte. An beiden Seiten der Straße lagen Einfamilienhäuser, aber trotzdem waren wir so allein wie auf dem Mond.

Ich schloss dicht zu ihm auf, und als er sich halb umdrehte, als wollte er überprüfen, ob sich irgendein Bekannter näherte, schoss ich ihm in den unteren Teil des Rückens. Er sackte an einem Lattenzaun zusammen, und ich drehte ihn mit dem Fuß um. Er starrte mich mit glasigem Blick an, und einen Augenblick lang dachte ich, er wäre tot. Doch dann bewegte er den Mund.

Ich hätte ihm ins Herz schießen können, in den Nacken oder den Hinterkopf. Warum hatte ich ihm erst in den Rücken geschossen? Wollte ich ihn noch etwas fragen? Mag sein, dass das der Grund war, doch jetzt fehlten mir die Worte. Oder es war mir nicht mehr wichtig. Er sah auch von nahem kaum anders aus. Eine Hyäne. Ich schoss ihm ins Gesicht. Eine Hyäne mit blutiger Fratze.

Erst jetzt entdeckte ich den Kopf des Jungen, der über den Lattenzaun guckte. Schneeklumpen klebten an seinen wollenen Handschuhen und an seiner Mütze. Vielleicht hatte er versucht, einen Schneemann zu bauen. Das ist mit Pulverschnee gar nicht so leicht. Das Zeug pappt nicht, alles fällt immer wieder in sich zusammen.

»Ist er tot?«, fragte der Junge und sah auf die Leiche. Es mag komisch klingen, Sekunden nach dem Tod einer Person schon von einer Leiche zu sprechen, aber für mich war es immer genau so.

»Dein Vater?«, fragte ich.

Der Junge schüttelte den Kopf.

Ich weiß nicht, warum ich das dachte. Warum ich plötzlich die Idee hatte, der Junge wäre nur deshalb so ruhig, weil das sein Vater war. Doch, ich glaube, ich weiß es. Ich hätte so reagiert.

»Er wohnt da drüben«, sagte der Junge und streckte einen Arm aus, während er Schneeklumpen vom Handschuh der anderen Hand saugte, ohne den Toten aus den Augen zu lassen.

»Ich werde nicht zurückkommen, um auch dich zu töten«, sagte ich. »Aber vergiss, wie ich aussehe, kapiert?«

»Okay.« Die Wangen pumpten sich um den Schneeklumpen auf und erschlafften wieder, wie bei einem Baby an der Brust.

Ich drehte mich um und ging den gleichen Weg zurück, den ich gekommen war. Ich wischte den Griff der Waffe ab und ließ sie durch einen der Kanalroste fallen, von dem die dünne Schneeschicht weggeschmolzen war. Die Pistole würde gefunden werden, aber von der Polizei und nicht von ein paar unvorsichtigen Jungs. Ich nahm weder die U-Bahn noch den Bus oder ein Taxi. Das war nach einem abgeschlossenen Auftrag tabu. Das Beste war, ganz normal zu gehen und sich umzudrehen und zurück in Richtung Tatort zu gehen, wenn man einen Streifenwagen kommen sah. Ich war schon beinahe im Viertel Majorstua, als ich die ersten Sirenen hörte.

KAPITEL 6

Es war erst ein paar Wochen her, ich wartete wie gewohnt nach Geschäftsschluss hinter den Mülleimern auf dem Parkplatz des Lebensmittelladens. Ich hörte das leise Klicken der Tür, als sie aufging und kurz darauf wieder ins Schloss fiel. Marias Schritte waren am Hinken leicht zu erkennen. Ich blieb noch einen Moment stehen, dann folgte ich ihr. So wie ich das sehe, habe ich sie aber nicht verfolgt. Natürlich entschied sie, wohin wir gingen, und an diesem Tag führte unser Weg nicht direkt zur U-Bahn, sondern erst in einen Blumenladen und dann nach oben zum Friedhof an der Aker Kirche. Es war niemand sonst dort, deshalb wartete ich draußen, damit sie mich nicht sah. Als sie wieder auf die Straße kam, hatte sie die gelben Blumen nicht mehr dabei. Sie ging über den Kirkeveien nach unten in Richtung Haltestelle, während ich mich auf den Friedhof schlich. Ich fand die Blumen auf einem frischen Grab, dessen Erde allerdings schon gefroren war. Der Grabstein war blank und schön. Der Name bekannt. Französisch. Es war ihr Junkie. Ich hatte nicht mitbekommen, dass er gestorben war. Womit ich vermutlich keine Ausnahme war. Sein Todestag war nämlich nicht mit einem genauen Datum, sondern nur mit dem Monat angegeben. Oktober. Dabei habe ich immer gedacht, sie würden das Datum schätzen, wenn sie sich nicht sicher sind, damit der Grabstein nicht so schrecklich leer aussieht inmitten all der Grabsteine auf dem verschneiten Friedhof.

Auf dem Nachhauseweg dachte ich, dass ich Maria jetzt ja eigentlich nicht mehr zu folgen brauchte. Sie war sicher. Ich hoffte jedenfalls, dass sie das so empfand und dass dieser Junkie vielleicht auch im Zug hinter ihr gestanden und geflüstert hatte: »Ich werde nicht zurückkommen, um auch dich zu töten, aber vergiss, wie ich aussehe.« Ja, das hoffte ich wirklich. Ich wollte ihr nicht mehr folgen. Ihr Leben begann neu.

Vor der Telefonzelle im Bogstadveien holte ich tief Luft. Auch mein Leben sollte mit diesem Telefonat neu beginnen. Ich brauchte Daniel Hoffmanns Begnadigung. Für den Anfang. Was danach kam, war unsicher.

»Erledigt«, sagte ich.

»Gut«, sagte er. »Hast du sie expediert?«

»Nicht sie, Sir. Ihn.«

»Wie bitte?«

»Ich habe ihren sogenannten Liebhaber expediert.« Am Telefon reden wir immer von »Expedierung«. Als hätte man einen Brief aufgegeben. Einfach für den Fall, dass wir abgehört werden. »Sie werden ihn nicht mehr sehen, Sir. Und eigentlich waren sie auch gar kein richtiges Liebespaar. Er hat sie dazu gezwungen. Ich bin überzeugt davon, dass sie ihn nicht geliebt hat, Sir.«

Ich hatte schnell gesprochen, schneller als sonst, und eine lange Pause folgen lassen. Daniel Hoffmann atmete schwer durch die Nase. Schnauben, nennt man das wohl eher.

»Du … du hast Benjamin getötet?«

In diesem Moment wusste ich, dass ich niemals hätte anrufen dürfen.

»Du … du hast meinen einzigen Sohn … umgebracht?«

Mein Gehirn registrierte und dechiffrierte die Schallwellen, übersetzte sie in Worte, die es dann zu analysieren begann. Sohn? War das möglich? Ein Gedanke meldete sich. Die Art, wie der Liebhaber sich die Schuhe abgestreift hatte. Als wäre er schon sehr oft dort gewesen. Als hätte er früher dort gewohnt.

Ich legte auf.

Corina Hoffmann starrte mich erschrocken an. Sie hatte sich ein anderes Kleid angezogen. Ihr Haar war noch nass. Es war Viertel nach fünf, und sie hatte – wie an den anderen Tagen auch – geduscht und die Spuren des Toten abgewaschen, bevor ihr Mann nach Hause kam.

Ich hatte ihr gerade gesagt, dass ich den Auftrag hätte, sie zu töten.

Sie wollte mir die Tür vor der Nase zuknallen, aber ich war zu schnell.

Mit dem Fuß im Türspalt drückte ich die Tür auf. Corina taumelte nach hinten ins Licht des Wohnzimmers. Klammerte sich an den langen Stuhl wie eine Schauspielerin auf der Bühne, die mit einer Requisite spielt.

»Bitte …«, begann sie und hielt einen Arm schützend in die Höhe. Ich sah etwas blinken. Ein dicker Ring mit einem Stein. Den hatte ich zuvor noch nicht gesehen.

Ich trat einen Schritt näher.

Sie schrie laut und wild. Packte eine Tischlampe und stürzte sich auf mich. Ich war von dem Angriff so überrascht, dass ich ihrem Schwinger nur knapp ausweichen konnte. Die Wucht des Schlages brachte sie aus der Balance. Ich fing sie auf. Spürte die feuchte Haut unter meinen Handflächen und roch ihr schweres Parfüm. Oder war es ein Duschgel? Ihr Eigengeruch? Ich hielt sie fest und spürte das Pumpen ihrer Lunge. Mein Gott, am liebsten hätte ich sie auf der Stelle genommen. Aber nein, ich war nicht wie er. Ich war nicht wie diese Leute.

»Ich bin nicht hier, um dich zu töten, Corina«, flüsterte ich in ihr Haar. Sog den Duft ein. Er war wie Opium, betäubte mich und schärfte gleichzeitig meine Sinne. »Daniel weiß, dass du einen Lover hattest. Benjamin. Er ist jetzt tot.«

»Ben… Benjamin ist tot?«

»Ja. Und wenn du hier bist, wenn Daniel kommt, tötet er auch dich. Du musst mitkommen, Corina.«

Sie sah mich verwirrt blinzelnd an. »Wohin?«

Die Frage überraschte mich. Ich hatte eher ein »Warum?« erwartet oder ein »Wer bist du?«. Möglicherweise auch ein »Das ist doch alles gelogen!«. Vielleicht verstand sie aber instinktiv, dass ich die Wahrheit sagte und ihr nur wenig Zeit blieb. Auf jeden Fall kam sie gleich zur Sache. Wenn sie nicht so verwirrt und verloren war, dass ihr die Worte einfach so über die Lippen rutschten. »Wohin?«

»In den Raum hinter dem Raum«, sagte ich.

KAPITEL 7

Sie saß zusammengekauert in dem einzigen Sessel meiner Wohnung und starrte mich an.

Und war dabei schöner denn je; verängstigt, allein, schutzlos. Abhängig.

Ich hatte ihr unnötigerweise erklärt, dass meine Wohnung nichts Besonderes sei, nur eine simple Junggesellenbude mit einem Wohnzimmer und einem Alkoven. Sauber und ordentlich, aber nichts für eine Frau wie sie. Dafür hatte die Wohnung einen großen Vorteil: Niemand wusste, wo sie war. Was bedeutete, dass auch niemand – und das war absolut wörtlich zu verstehen – wusste, wo ich wohnte.

»Warum nicht?«, fragte sie und umklammerte die Kaffeetasse, die ich ihr gegeben hatte.

Sie hatte um Tee gebeten, aber damit musste sie bis morgen warten. Ich wollte ihr welchen holen, sobald die Geschäfte aufmachten. Ich wusste ja, dass sie morgens Tee trank, hatte das in den letzten fünf Tagen mitbekommen.

»Wenn man so eine Arbeit macht wie ich, ist es besser, wenn niemand die Adresse kennt«, sagte ich.

»Aber ich kenne sie doch jetzt.«

»Ja.«

Wir tranken schweigend unseren Kaffee.

»Heißt das, dass du keine Freunde oder Verwandten hast?«, fragte sie.

»Ich habe eine Mutter.«

»Die nicht weiß …«

»Nein.«

»Dann weiß sie auch nicht, was für eine Arbeit du machst?«

»Nein.«

»Was hast du ihr gesagt?«

»Expedient.«

»Bei der Post oder in einem Geschäft?«

Ich sah Corina Hoffmann an. Interessierte sie das wirklich, oder wollte sie nur reden?

»Ja.«

»So was.« Sie zitterte und verschränkte die Arme vor der Brust. Ich hatte die Heizung voll aufgedreht, aber die Fenster waren nur einfach verglast, so dass die Kälte nach mehr als einer Woche mit minus zwanzig Grad in die Wohnung eingedrungen war. Ich fingerte an meiner Tasse herum.

»Was willst du machen, Olav?«

Ich stand von meinem Küchenstuhl auf. »Schauen, ob ich eine Decke für dich finde.«

»Ich meine, was sollen *wir* machen?«

Sie war gesund. Es ist ein Zeichen von gesundem Menschenverstand, wenn man das, was man doch nicht ändern kann, beiseitelegt und den Blick nach vorne richtet. Ich wünschte mir, ich könnte das auch.

»Er wird mich suchen, Olav. Uns suchen. Wir können uns nicht bis in alle Ewigkeit hier verstecken. Er wird niemals aufhören zu suchen. Glaub mir, ich kenne ihn. Er würde lieber sterben, als mit dieser Schande zu leben.«

Noch stellte ich die Frage nicht, die im Raum stand. Warum sie etwas mit seinem Sohn angefangen hatte. Stattdessen wollte ich andere, weniger plausible Sachen wissen.

»Wegen der Schande? Nicht, weil er dich liebt?«

Sie schüttelte den Kopf. »Ach, das ist kompliziert.«

»Wir haben viel Zeit«, sagte ich. »Und wie du siehst, habe ich keinen Fernseher.«

Sie lachte.

Ich hatte die Wolldecke noch immer nicht geholt. Oder die Frage gestellt, die mir mehr als alle anderen auf der Zunge brannte: Hast du ihn eigentlich geliebt? Seinen Sohn?

»Olav?«

»Ja?«

Sie senkte die Stimme. »Warum tust du das?«

Ich holte tief Luft. Mit dieser Frage hatte ich gerechnet und mir eine Antwort zurechtgelegt. Mehrere Antworten, falls die erste wirkungslos war. Zumindest hatte ich mir Gedanken über die Antworten gemacht, nur dass sie in diesem Moment alle verschwunden waren, wie weggeblasen.

»Es ist falsch«, sagte ich.

»Was ist falsch?«

»Was er tut. Dass er seine eigene Frau töten will.«

»Und was würdest du tun, wenn deine Frau dich in deinem eigenen Haus mit einem anderen Mann betrügt?«

Da sagte sie etwas.

»Ich glaube, du hast ein gutes Herz, Olav.«

»Gute Herzen gibt's heutzutage im Ausverkauf.«

»Nein, das stimmt nicht. Gute Herzen sind selten. Und immer gefragt. *Du* bist selten, Olav.«

»Ich weiß nicht.«

Sie gähnte und streckte sich. Gelenkig wie eine Schmusekatze. Schultern und Brustkorb gehen bei Katzen eine ganz flexible Verbindung ein, so dass sie überall hinkommen, wo ihr Kopf durchpasst. Für die Jagd ist das praktisch. Für die Flucht auch.

»Wenn du die Wolldecke holen könntest, würde ich jetzt gerne schlafen«, sagte sie. »Das war ein ziemlich aufregender Tag. Zu aufregend.«

»Ich beziehe das Bett noch neu, dann kannst du dort schlafen«, sagte ich. »Das Sofa und ich sind gute alte Freunde.«

»Ach ja?«, sagte sie lächelnd und zwinkerte mir zu, ihre Augen waren groß und blau. »Heißt das, ich bin nicht die Erste, die hier übernachtet?«

»Doch, aber es kommt vor, dass ich beim Lesen auf dem Sofa einschlafe.«

»Was liest du gerade?«

»Nichts Spezielles. Bücher.«

»Bücher?« Sie neigte den Kopf zur Seite und lächelte mich verschmitzt an, als hätte sie mich bei einer Lüge ertappt. »Ich sehe hier nur ein Buch.«

»Bücherei. Bücher brauchen Platz. Aber ich habe gerne Freiraum um mich herum.«

Sie nahm das Buch, das auf dem Wohnzimmertisch lag. »*Die Elenden*? Worum geht es darin?«

»Um ziemlich viel, würde ich sagen.«

Sie zog eine Augenbraue hoch.

»In erster Linie um einen Mann, der Vergebung für seine Sünden erfährt«, sagte ich. »Er nutzt den Rest seines Lebens, um Abbitte zu leisten und ein guter Mensch zu sein.«

»Hm.« Sie wog das Buch in der Hand. »Fühlt sich schwer an. Geht's darin auch um Liebe?«

»Ja.«

Sie legte das Buch weg. »Du hast nicht auf meine Frage geantwortet, was wir tun sollen, Olav.«

»Was wir tun müssen«, sagte ich. »Wir müssen Daniel Hoffmann expedieren, bevor er uns expediert.«

Der Satz hatte idiotisch geklungen, als ich ihn in Gedanken formuliert hatte. Und als ich ihn jetzt laut aussprach, klang er keinen Deut besser.

KAPITEL 8

Früh am nächsten Morgen ging ich in die Pension. Die beiden Zimmer, von deren Fenstern aus man in Hoffmanns Wohnung sehen konnte, waren vermietet. Ich stellte mich draußen im morgendlichen Dunkel hinter einen Lastwagen und sah nach oben zu seinem Wohnzimmer. Wartete. Knetete den Griff der Pistole in meiner Manteltasche. Sonst war er um diese Zeit immer zur Arbeit aufgebrochen. Aber dieser Tag war kein normaler Tag. Das Licht brannte, aber ich konnte nicht erkennen, ob tatsächlich jemand oben in der Wohnung war. Ich war mir ziemlich sicher, dass Hoffmann nicht damit rechnete, dass ich gemeinsam mit Corina in ein Hotel nach Kopenhagen oder Amsterdam geflohen war. Erstens war das nicht mein Stil, und zweitens fehlte mir dazu das Geld. Hoffmann wusste das, schließlich hatte ich um einen Vorschuss gebeten, um meine Schulden zahlen zu können. Er hatte sogar gefragt, wieso ich schon wieder blank sei, schließlich habe er mich doch gerade erst für zwei Aufträge bezahlt. Ich hatte bloß etwas von einer Altlast gemurmelt.

Wenn Hoffmann davon ausging, dass ich in der

Stadt war, ging er bestimmt auch davon aus, dass ich versuchen würde, ihn zu töten, bevor er mich tötete. Wir kannten einander inzwischen ziemlich gut. Andererseits war ich mir nicht wirklich sicher, da ich mich ja auch schon früher geirrt hatte. Vielleicht war er doch allein in der Wohnung. In diesem Fall gäbe es keine bessere Chance für mich als den Moment, in dem er die Wohnung verließ. Ich musste nur warten, bis die Tür hinter ihm ins Schloss gefallen war, damit er nicht zurücklaufen konnte, musste über die Straße gehen, ihm aus fünf Metern Entfernung zweimal in die Brust schießen und dann aus nächster Nähe noch zwei weitere Male in den Kopf.

Die Hoffnung stirbt zuletzt.

Die Tür ging auf. Er war es.

Und Brynhildsen und Pine.

Brynhildsen mit einem hundefellähnlichen Toupet und dem dünn ausrasierten Bart, der sich wie der Bügel eines Krockettors um seinen Mund zog. Pine trug wie immer die karamellbraune Lederjacke und den kleinen Hut. Er hatte sich eine Zigarette hinters Ohr gesteckt und redete unablässig. Wortfetzen trieben über die Straße.

»Verfluchte Kälte« und »dieses Arschloch«.

Hoffmann blieb im Hauseingang stehen, während seine zwei Wachhunde auf die Straße traten, die Hände tief in den Taschen, und nachsahen, ob die Luft rein war.

Dann gaben sie Hoffmann ein Zeichen und gingen in Richtung Wagen.

Ich duckte mich und lief in die andere Richtung. Okay. Die Hoffnung starb zuletzt. Jetzt wusste ich auf jeden Fall, dass ihm klar war, welche Lösung unseres Problems mir vorschwebte. Nämlich, dass er starb und nicht ich.

Damit war der Fall klar: Ich musste zu Plan A übergehen.

Mit Plan B hatte ich begonnen, weil mir an Plan A alles missfiel. So einfach war das.

KAPITEL 9

Ich sehe gerne Filme. Nicht so gerne, wie ich lese, aber ein guter Film hat bis zu einem gewissen Grad die gleiche Wirkung. Er verleitet dich, bestimmte Dinge anders zu sehen. Trotzdem hat es kein Film je geschafft, mich davon zu überzeugen, dass eine zahlenmäßige Überlegenheit und eine gute Ausrüstung nicht von Vorteil wären. Kämpft ein einzelner Mann gegen eine Gruppe, die ebenso bewaffnet und kampfbereit ist wie er, wird der Mann sterben. Hat eine Seite automatische Waffen, wird die Seite mit den automatischen Waffen gewinnen. Diese Erfahrungen hatte ich mir sehr teuer erkauft, und ich versuchte daher gar nicht erst, mir einzureden, dass es anders war, nur um nicht zum Fischer gehen zu müssen. Es ist einfach so. Und deshalb ging ich zum Fischer.

Der Fischer beherrschte – wie schon erwähnt – neben Hoffmann den Heroinmarkt in Oslo. Dieser Markt war nicht groß, aber da Heroin die alles beherrschende Droge war, die Kunden Geld hatten und die Preise hoch waren, brachte das Ganze guten Profit. Begonnen hatte alles mit der Russenroute – oder der

Nordpassage. Als diese Anfang der siebziger Jahre von den Russen und Hoffmann etabliert worden war, kamen die meisten Drogen noch aus dem Goldenen Dreieck und wurden über die sogenannte Balkanroute via Türkei und Jugoslawien geliefert. Pine hatte unter Hoffmann als Zuhälter gearbeitet, und von ihm wusste ich, dass neunzig Prozent der Huren Heroin nahmen. Ein Briefchen Stoff war für die meisten deshalb eine ebenso gute Währung wie norwegische Kronen. Hoffmann hatte das auf den Gedanken gebracht, den Profit seiner Sex-Dienstleistungen durch billiges Heroin noch zu steigern.

Die Idee dazu stammte aus dem Norden. Genauer gesagt von der kleinen, eigentlich unbewohnten und zwischen Norwegen und der Sowjetunion aufgeteilten Polarinsel Spitzbergen. Beide Länder fördern dort Kohle. Das Leben auf der Insel ist hart und monoton, und Hoffmann hatte von norwegischen Grubenarbeitern die reinsten Horrorgeschichten gehört, wie sich die Russen auf der anderen Seite der Insel den Alltag mit Wodka, Heroin und russischem Roulette versüßten. Hoffmann war daraufhin nach Spitzbergen gereist, hatte die Russen besucht und mit ihnen einen Deal gemacht. Und dabei erfahren, dass das Rohopium aus Afghanistan in der Sowjetunion zu Heroin veredelt und über die Stationen Archangelsk und Murmansk in den Norden geliefert wurde. Ein direkter Export nach Norwegen war unmöglich, da die Kommunisten die Grenzen des Nato-Landes Norwegen intensiv bewachten – und umgekehrt. Aber auf Spitzbergen, wo die Grenze nur von Eisbären und klirrendem Frost bis minus vierzig Grad gesichert wurde, war das kein Problem.

Hoffmanns Kontakt auf der norwegischen Seite schickte die Ware mit dem täglichen Inlandflug nach Tromsø. Dort wurde kein einziger Koffer kontrolliert, obwohl jeder wusste, dass die Grubenarbeiter kanisterweise billigen, steuerfreien Schnaps schmuggelten. Der Zoll schien ihnen diesen kleinen Bonus zu gönnen. Klar gab es Leute, die im Nachhinein argumentierten, es sei schlichtweg unmöglich, so viel Heroin ins Land zu schmuggeln und mit Anschlussflügen oder -zügen und mit Autos weiterzutransportieren, ohne dass jemand davon Wind bekam. Sie glaubten fest daran, dass da auch irgendwelche Beamten die Hand aufgehalten hatten.

Laut Hoffmann war aber nicht eine Krone geflossen, weil die Polizei wirklich nicht gewusst hatte, was da vor ihren Augen ablief. Das änderte sich erst, als am Stadtrand von Longyearbyen ein verlassenes Schneemobil gefunden wurde. Anhand dessen, was der Eisbär vom Fahrer übriggelassen hatte, konnte man erkennen, dass es sich um einen Russen handelte, und im Benzintank fanden sich Plastikbeutel mit insgesamt vier Kilogramm reinem Heroin.

Die Operation wurde auf Eis gelegt, während die Polizei und die Vertreter des Ministeriums wie Bienen ausschwärmten. In Oslo herrschte derweil Heroinpanik. Aber die Gier ist wie Schmelzwasser, ist ein Weg verschlossen, sucht es sich einen neuen. Der Fischer –

er war in erster Linie ein Geschäftsmann – formulierte das folgendermaßen: Nicht gestillte Nachfrage wird gestillt. Er war ein geheimnisvoller Mann mit Walrossbart, und wegen seiner Körperfülle erinnerte er an den Weihnachtsmann, aber dieser Eindruck täuschte, denn wenn es seinem Geschäft zuträglich war, stieß er dir ein Messer direkt zwischen die Rippen. Er hatte ein paar Jahre lang russischen Schnaps geschmuggelt, der von sowjetischen Fischerbooten auf der Barentssee an norwegische Kollegen übergeben und dann zu einer entvölkerten Fischersiedlung gebracht wurde, wo der Fischer eine private Fischfabrik betrieb. Dort wurden die Flaschen in Fischkästen verpackt und mit Fischlastwagen, in denen natürlich auch Fisch war, in die Hauptstadt gefahren. In Oslo lagerten die Flaschen im Keller der Fischhandlung, die seit drei Generationen im Besitz der Fischerfamilie war, allerdings immer nur gerade so viel abgeworfen hatte, dass sie nicht pleitegegangen waren.

Als die Russen dem Fischer die Frage stellten, ob er den Schnaps nicht durch Heroin ersetzen wolle, überschlug er im Kopf die Zahlen, den Strafrahmen und die Wahrscheinlichkeit, geschnappt zu werden. Dann sagte er zu. Und damit hatte Daniel Hoffmann, als er seine Spitzbergen-Route wieder in Gang brachte, plötzlich Konkurrenz. Was ihm ganz und gar nicht gefiel.

An diesem Punkt kam ich ins Spiel.

Ich hatte zu der Zeit – wie ich ja bereits ausführlich geschildert habe – eine ziemlich missglückte kriminelle Laufbahn hinter mir. Hatte wegen Bankraubs gesessen, als Zuhältergehilfe von Pine für Hoffmann gearbeitet und war gefeuert worden. Aus diesem Grund befand ich mich damals auf der Suche nach einer Arbeit, die noch sinnentleerter war. Hoffmann hatte irgendwie aus angeblich sicherer Quelle erfahren, dass ich einen Schmuggler expediert hatte, der im Haldener Hafen mit nur noch halbwegs intaktem Schädel aufgefunden worden war, und nahm deshalb Kontakt zu mir auf. Ein wirklich professioneller Auftragsmord, lobte Hoffmann. Und da ich keinen Ruf zu verlieren hatte, stritt ich es nicht ab.

Mein erster Auftrag war ein Bergenser, der für Hoffmann auf der Straße gedealt hatte, bis er einen Teil der Ware für sich einbehalten hatte und zum Fischer gewechselt war. Der Mann war leicht zu finden gewesen. Bergenser reden lauter als andere Norweger, und sein Bergenser »r« hallte laut durch die nächtliche Stille unten am Bahnhof, wo er seine Waren verkaufte. Ich zeigte ihm meine Waffe, und plötzlich war es still. Es heißt, das Töten fällt einem schon beim zweiten Mal leichter, und ich denke, das stimmt. Ich nahm den Typ mit in den Containerhafen und schoss ihm zwei Kugeln in den Kopf, damit es so aussah wie in Halden. Die Polizei hatte für die Tat in Halden bereits jemanden auf dem Kieker und war deshalb bei ihren Ermittlungen vom ersten Tag an auf der falschen Fährte. Sie kamen nicht einmal in meine Nähe. Hoffmann sah das als Bestätigung meiner Qualifikation und gab mir einen neuen Auftrag.

Dieses Mal war es ein Typ, der Hoffmann angerufen

und gesagt hatte, er würde lieber für ihn als für den Fischer dealen. Er hatte ein Treffen an einem diskreten Ort vorgeschlagen, damit sie die Details besprechen konnten, ohne dass der Fischer davon erfuhr. Außerdem gab er vor, den Gestank der Fische nicht mehr ertragen zu können. Er hätte wirklich besser an seiner Deckgeschichte arbeiten sollen. Hoffmann nahm Kontakt zu mir auf und sagte, dass der Fischer diesen Typ vermutlich auf ihn angesetzt hatte, um ihn zu expedieren.

Am nächsten Abend wartete ich oben im Sankt-Hanshaugen-Park. Ein wirklich übersichtlicher Ort. Angeblich ein alter Opferplatz, an dem es spukt. Meine Mutter hat mir mal gesagt, die Buchdrucker hätten dort früher ihre Druckerschwärze gekocht. Ich weiß nur, dass auch der Abfall der Stadt dort verbrannt wurde. Auf jeden Fall sollte es an dem Abend richtig kalt werden, minus zwölf Grad, ich konnte mir also sicher sein, dass wir allein waren. Zehn vor neun kam tatsächlich ein Mann rauf zum Turm. Trotz der Kälte glitzerten Schweißtropfen auf seiner Stirn, als er oben war.

»Ziemlich früh«, sagte ich.

»Wer sind Sie?«, fragte er und wischte sich mit dem Schal den Schweiß ab. »Und wo ist Hoffmann?«

Wir griffen gleichzeitig zu unseren Pistolen, aber ich war schneller. Ich traf ihn in die Brust und dicht über dem Ellenbogen in den Arm. Die Pistole fiel ihm aus den Händen, und er kippte nach hinten. Lag auf dem Rücken im Schnee und sah blinzelnd zu mir hoch.

Ich richtete meine Waffe auf seine Brust. »Wie viel zahlt er?«

»Zw… zwanzigtausend.«

»Und das langt, um einen Mann zu töten?«

Er öffnete den Mund und schloss ihn wieder.

»Ich werde dich so oder so töten, du brauchst dir also gar keine kluge Antwort zu überlegen.«

»Wir haben vier Kinder und leben in einer Zweizimmerwohnung«, sagte er.

»Ich hoffe, er hat im Voraus bezahlt?«, erwiderte ich und drückte ab.

Er stöhnte, blieb aber liegen und blinzelte. Ich starrte auf die zwei Löcher auf seiner Brust und riss seinen Mantel auf.

Der Kerl trug ein Eisenhemd. Keine schusssichere Weste, sondern ein Scheißkettenhemd wie die Wikinger. Wie in den Zeichnungen in Snorris Königssaga, die ich als Junge so oft gelesen hatte, dass die Bücherei mir das Buch schließlich nicht mehr ausleihen wollte. Eisen. Kein Wunder, dass der Typ ins Schwitzen gekommen war.

»Was zum Henker ist das denn?«

»Meine Frau hat das gemacht«, sagte er. »Für die Aufführung.«

Ich fuhr mit den Fingern über die kleinen, ineinander verzahnten Eisenringe. Es mussten Tausende sein. Zwanzig? Vierzig?

»Ohne das lässt sie mich nicht gehen«, sagte er.

Ein Kettenhemd für das Theaterstück, das von der Ermordung eines heiligen Königs handelte.

Ich richtete den Lauf der Waffe auf seine Stirn. *»Schlag du den Hund, den kein Eisen beißen will.«*

»Snorri«, flüsterte er. »Olav der Heilige während der Schlacht bei Stik …«

»Richtig«, unterbrach ich ihn und drückte ab.

In seiner Geldbörse waren fünfzig Kronen, ein Bild von seiner Frau und seinen Kindern und ein Ausweis mit Namen und Adresse.

Der Bergenser und der Kerl im Kettenhemd. Dazu der neulich unten am Kai. Drei gute Gründe, mich vom Fischer fernzuhalten.

Am nächsten Morgen ging ich früh zu seinem Laden.

Die Fischhandlung Eilertsen & Sohn lag am Youngstorget, nur einen Steinwurf vom Polizeipräsidium in der Møllergata 19 entfernt. Früher, als der Fischer noch geschmuggelten Schnaps verkaufte, sollen die Polizisten seine besten Kunden gewesen sein.

Ich kämpfte mich vornübergebeugt durch den peitschenden, eiskalten Wind und überquerte die Straße. Die ersten Kunden waren bereits da, dabei hatte der Laden gerade erst aufgemacht.

Manchmal stand der Fischer selbst im Laden, an diesem Tag kümmerten sich aber ausschließlich Verkäuferinnen um die Wünsche der Kunden. Ein junger Mann verschwand durch die Schwingtür in den dahinterliegenden Raum, als er mich entdeckt hatte. Sein Blick sagte mir, dass er andere Aufgaben hatte, als Fische zu filetieren, zu wiegen und zu verpacken.

Kurz darauf betrat der Fischer den Laden. Er war von oben bis unten weiß gekleidet. Schürze, Mütze, ja sogar die Clogs. Irgendwie sah er aus wie ein Bademeister.

Er kam um die Theke herum auf mich zu und wischte sich die Finger an der Schürze vor seinem runden Bauch ab. Dann nickte er in Richtung der Tür, die noch immer auf- und zuschwang. Jedes Mal, wenn sie sich öffnete, konnte ich Klein sehen. Diese schmächtige, fast verhungert wirkende Kreatur. Ich weiß nicht, ob er sich diesen Namen selbst gegeben hatte, weil er so klein und schwächlich wirkte, oder ob das wirklich sein Name war. Auf jeden Fall waren da immer wieder seine toten, rabenschwarzen Augen und die abgesägte Schrotflinte, die neben seinem Bein hing.

»Lass die Hände aus den Taschen«, sagte der Fischer mit breitem Weihnachtsmanngrinsen, »wenn du hier lebendig wieder rauskommen willst.«

Ich nickte.

»Wir haben in diesen Tagen viel zu tun. Alle wollen Kabeljau für die Festtage, also sag uns, was du willst, und hau wieder ab.«

»Ich kann Ihnen helfen, Ihre Konkurrenz loszuwerden.«

»Du?«

»Ja, ich.«

»Ich hätte dich nicht für einen Verräter gehalten, Junge.«

Dass er Junge sagte und mich nicht beim Namen nannte, konnte verschiedene Gründe haben. Vielleicht wusste er nicht, wie ich hieß, vielleicht wollte er mir aber auch keinen Respekt bezeugen oder mich darüber im Unklaren lassen, wie viel er wirklich über mich wusste. Ich tippte auf Letzteres.

»Können wir das im Hinterzimmer besprechen?«, fragte ich.

»Nee, das geht hier, hier hört uns niemand zu.«

»Ich habe Hoffmanns Sohn erschossen.«

Der Fischer kniff ein Auge zu und starrte mich mit dem anderen an. Lange.

»Frohe Weihnachten!«, riefen die Kunden, und eine Welle kalter Luft schwappte in den Dunst des Ladens, wenn sie die Tür öffneten.

»Gehen wir ins Hinterzimmer«, sagte der Fischer.

Drei Tote. Man muss schon ein verdammt abgebrühter Geschäftsmann sein, um nicht wütend auf denjenigen zu sein, der drei deiner Leute liquidiert hat. Ich konnte nur hoffen, dass mein Angebot gut genug und der Fischer wirklich so abgebrüht war, wie ich es glaubte. Verdammt, natürlich wusste er, wie ich hieß.

Ich saß an einem verschrammten Holztisch. Neben mir auf dem Boden stapelten sich Styroporkisten voller Eis, gefrorenem Fisch und – wenn die Logistik wirklich so war, wie Hoffmann es behauptete – Heroin. Die Temperatur betrug höchstens fünf oder sechs Grad. Klein setzte sich nicht, während ich meine Geschichte vorbrachte. Er schien die hässliche Schrotflinte in seiner Hand vergessen zu haben, aber ihr Lauf zielte die ganze Zeit auf mich. Ich erzählte alles genau so, wie es sich zugetragen hatte, ließ nichts aus, fügte aber auch kein unnötiges Detail hinzu.

Als ich fertig war, starrte der Fischer mich mit seinem Zyklopenauge an.

»Du hast statt seiner Frau einfach seinen Sohn erschossen?«

»Ich wusste ja nicht, dass es sein Sohn ist.«

»Was meinst du, Klein?«

Klein zuckte mit den Schultern. »In der Zeitung steht was von einem Typ, der gestern in Vinderen erschossen wurde.«

»Habe ich gesehen. Vielleicht haben Hoffmann und sein Killer das nur ausgenutzt, um eine Geschichte zusammenzuschustern, mit der sie uns täuschen können.«

»Rufen Sie die Polizei an, und fragen Sie nach dem Namen des Toten«, schlug ich vor.

»Machen wir«, sagte der Fischer. »Aber erst musst du mir sagen, warum du Hoffmanns Frau verschont hast und jetzt versteckst.«

»Das ist meine Sache«, sagte ich.

»Wenn du hier wirklich wieder lebend rauskommen willst, sagst du uns das, und zwar ein bisschen plötzlich!«

»Hoffmann hat sie geschlagen«, sagte ich.

»Welcher von beiden?«

»Beide«, log ich.

»Ja und? Wenn jemand von einem Stärkeren Prügel bezieht, heißt das doch nicht automatisch, dass er es nicht verdient hat.«

»Und erst recht nicht bei so einer Hure«, sagte Klein.

»Ui, ui«, lachte der Fischer. »Guck dir mal seinen Blick an, Klein, der Junge würde dich am liebsten umbringen! Wenn der mal nicht verliebt ist!«

»Ist schon in Ordnung«, sagte Klein. »Ich würd ihm auch am liebsten den Hals umdrehen. Immerhin hat er Mao ausgeschaltet.«

Ich hatte keine Ahnung, wer von den dreien Mao gewesen war. Auf dem Führerschein des Typs oben am Sankt Hanshaugen hatte Mauritz gestanden, aber wer weiß, vielleicht war er ja trotzdem Mao gewesen.

»Ihr Fisch wartet«, sagte ich. »Also, wie geht's jetzt weiter?«

Der Fischer zog an den Spitzen seines Walrossbarts. Ich fragte mich, ob er den Fischgestank jemals wieder loswurde. Dann stand er auf.

»What loneliness is more lonely than distrust? Weißt du, was das heißt, Junge?«

Ich schüttelte den Kopf.

»Stimmt, der Bergenser, der zu uns übergelaufen ist, hat ja gesagt, du hättest nicht genug Grips, um als Dealer für Hoffmann zu arbeiten. Dass du nicht mal zwei und zwei zusammenrechnen könntest.«

Klein lachte. Ich antwortete nicht.

»Der Satz stammt von T. S. Eliot, Junge«, seufzte der Fischer. »Die Einsamkeit des Misstrauischen. Glaub mir, diese Einsamkeit fühlen alle Anführer irgendwann. Und sicher auch viele Ehemänner im Laufe ihres Lebens. Väter eher weniger. Hoffmann durfte alle drei Varianten kennenlernen. Von seinem Expedienten, seiner Frau und seinem Sohn. Er kann einem fast leidtun.« Er ging zur Schwingtür und sah durch das Bullauge ins Geschäft. »Also, was brauchst du?«

»Zwei deiner besten Leute.«

»Das hört sich ja fast so an, als verfügten wir hier über eine ganze Armee.«

»Hoffmann wird vorbereitet sein.«

»Ach? Ist er nicht der Jäger und du die Beute?«

»Er kennt mich.«

Der Fischer schien sich den Bart von den Lippen reißen zu wollen. »Du kriegst Klein und den Dänen.«

»Wie wäre es mit dem Dänen und …?«

»Klein und der Däne.«

Ich nickte.

Der Fischer führte mich zurück in den Laden. Ich ging zur Tür, wischte das beschlagene Fenster darin ab und sah nach draußen.

In der Opern-Passage stand ein Mann, der vorhin dort noch nicht gestanden hatte. Klar, es gab sicher Hunderte von Gründen, warum ein Mann im Schneegestöber wartete.

»Hast du eine Telefonnummer, unter der …«

»Nein«, sagte ich. »Ich gebe Bescheid, wann und wo ich sie brauche. Gibt es hier eine Hintertür?«

Auf dem Rückweg dachte ich, dass die Ausbeute eigentlich ziemlich gut war. Ich hatte zwei Männer bekommen und war noch am Leben. Außerdem hatte ich etwas Neues gelernt, T.S. Eliot hatte das über die

Einsamkeit geschrieben. Dabei hatte ich immer gedacht, es stammte von dieser Frau. Wie hatte sie sich noch mal genannt? George Eliot? »Hurt, he will never be hurt – he's made to hurt other people.« Nicht dass ich an Dichter glaube. Nicht mehr als an Gespenster jedenfalls.

KAPITEL 10

Corina machte uns aus den Sachen, die ich eingekauft hatte, ein einfaches Essen.

»Lecker«, sagte ich, als ich fertig war, wischte mir den Mund ab und goss uns Wasser nach.

»Wie bist du da reingeraten?«, fragte sie.

»Wie reingeraten?«

»Warum … machst du das? Warum machst du nicht das Gleiche wie dein Vater? Nur ein Beispiel. Ich gehe davon aus, dass er kein …«

»Er ist tot«, sagte ich und leerte mein Glas in einem Zug. Das Essen war ziemlich salzig gewesen.

»Das tut mir leid, Olav.«

»Muss es nicht, es tut auch sonst niemandem leid.«

Corina lachte. »Du bist witzig.«

Das hatte noch nie jemand über mich gesagt.

»Legst du eine Platte auf?«

Ich suchte Jim Reeves raus.

»Du hast einen altmodischen Geschmack«, sagte sie.

»Ich habe nicht so viele Platten.«

»Und tanzen tust du auch nicht?«

Ich schüttelte den Kopf.

»Und im Kühlschrank ist auch kein Bier, oder?«

»Willst du gern ein Bier?«

Sie sah mich grinsend an, als hätte ich schon wieder etwas Witziges gesagt.

»Setzen wir uns aufs Sofa, Olav?«

Sie räumte den Tisch ab, und ich kochte Kaffee. Das alles wirkte so vertraut, so heimelig. Schließlich setzten wir uns nebeneinander auf die Couch, während Jim Reeves sang, dass er dich liebt, weil du ihn verstehst. Es war im Laufe des Tages etwas wärmer geworden, draußen vor dem Fenster schwebten jetzt dicke Schneeflocken langsam zu Boden.

Ich sah sie an. Ein Teil von mir war schrecklich angespannt und hätte viel lieber auf einem Stuhl gesessen. Der andere wollte nichts lieber, als den Arm um Corinas schmale Taille legen und sie an sich ziehen. Ihre Lippen küssen, die glänzenden Haare streicheln. Wollte sie fest an sich drücken, mit Kraft, um zu spüren, wie die Luft aus ihren Lungen entwich, um ihren Atem zu hören und zu sehen, wie ihre Brust und ihr Bauch sich ihm entgegenstreckten.

Plötzlich hatte ich Zuckerwatte im Kopf.

In diesem Moment stieß die Nadel gegen die Mitte der Platte, wurde angehoben und zurückgeführt, und das Vinyl hörte langsam auf sich zu drehen.

Ich schluckte schwer. Wollte die Hand heben. Sie dorthin legen, wo Hals und Schultern ineinander übergingen. Aber meine Finger zitterten. Nicht nur die Finger, ich zitterte am ganzen Körper, als hätte ich Grippe. Idiotisch.

»Du, Olav …« Corina neigte sich zu mir hin, und ein intensiver Duft stieg mir in die Nase. Ich wusste nicht, ob das ihr Parfüm war oder ihr ganz eigener Geruch. Ich musste den Mund öffnen, um Luft zu bekommen.

Sie nahm das Buch vom Couchtisch. »Hättest du nicht Lust, mir etwas vorzulesen? Etwas über die Liebe …?«

»Das würde ich gerne tun«, sagte ich.

»Dann tu es doch …«, gurrte sie, zog die Füße unter sich aufs Sofa und legte eine Hand auf meinen Arm. »Ich *liebe* die Liebe.«

»Aber es geht nicht, ich kann nicht.«

»Natürlich kannst du das!«, sagte sie lachend und schob mir das Buch aufgeschlagen auf den Schoß. »Sei nicht so schüchtern, Olav, lies! Außer mir ist hier doch …«

»Ich habe eine Lese- und Rechtschreibschwäche.«

Meine schnell ausgespuckten Worte schnitten ihren Satz ab, und sie starrte mich an, als hätte ich ihr eine Ohrfeige verpasst. Verdammt, ich zuckte zusammen.

»Entschuldige, Olav, aber … du hast doch gesagt … ich dachte …« Sie verstummte, und es wurde still. Ich wünschte mir, die Platte würde noch laufen, und schloss die Augen.

»Ich lese ja auch«, sagte ich.

»Du liest?«

»Ja.«

»Aber wie kannst du lesen, wenn du die Wörter nicht … nicht richtig siehst?«

»Ich sehe sie ja … nur hin und wieder eben falsch. Dann muss ich die Stellen noch einmal lesen.« Ich öffnete die Augen. Ihre Hand lag noch immer auf meinem Arm.

»Aber wie … ich meine, woher weißt du, dass du falsch gelesen hast?«

»In der Regel, weil die Buchstaben dann keine Worte bilden, die Sinn machen. Manchmal sehe ich allerdings auch ganz andere Worte und merke es oft erst viel später. Dann ist die Geschichte in meinem Kopf eine ganz andere als die im Buch. Auf die Weise kriege ich dann zwei Geschichten für den Preis von einer.«

Sie lachte. Laut und perlend, und ihre Augen glitzerten im Halbdunkel. Ich musste mitlachen. Es war nicht das erste Mal, dass ich jemandem von meiner Leseschwäche erzählte, ganz sicher aber das erste Mal, dass jemand nachhakte. Und das erste Mal, dass ich es jemandem zu erklären versuchte, der weder meine Mutter noch mein Lehrer war. Ihre Hand strich über meinen Arm nach unten. Beinahe unmerklich. Ich hatte damit gerechnet, dass sie mich loslassen würde, doch stattdessen schob sich ihre Hand in meine und drückte sie. »Du bist wirklich witzig, Olav. Und nett.«

Der Schnee blieb auf dem Fensterrahmen liegen, die Kristalle verhakten sich ineinander wie die eisernen Ringe eines Kettenhemdes.

»Dann erzähl es mir«, sagte sie. »Erzähl mir von der Liebe in deinem Buch.«

»Tja«, sagte ich und warf einen Blick auf das Buch auf meinem Schoß. Es war auf der Seite aufgeschlagen, auf der Jean Valjean sich der verlorenen, zum Tode verurteilten Hure annimmt. Ich dachte nach. Und erzählte ihr stattdessen von Cosette und Marius. Und von Eponine, der jungen, zur Diebin ausgebildeten Frau, die sich hoffnungslos in Marius verliebt, ehe sie ihr Leben der Liebe opfert. Der Liebe zweier anderer Menschen. Dieses Mal erzählte ich, ohne irgendetwas auszulassen.

»Oh, wie phantastisch!«, rief Corina überschwänglich, als ich fertig war.

»Ja«, sagte ich, »Eponine ist …«

»… dass Cosette und Marius sich am Ende kriegen.«

Ich nickte.

Corina drückte meine Hand. Hatte sie die ganze Zeit über gehalten. »Erzähl mir vom Fischer.«

Ich zuckte mit den Schultern. »Er ist ein Geschäftsmann.«

»Daniel hat gesagt, er ist ein Mörder.«

»Das auch.«

»Und was passiert, wenn Daniel tot ist?«

»Du hast nichts zu befürchten, der Fischer wird dir nichts tun.«

»Ich meine, übernimmt der Fischer dann den ganzen Markt?«

»Ich rechne damit, er hat dann ja keine anderen Konkurrenten mehr. Außer du hast vor …« Ich zwinkerte ihr zu.

Sie lachte laut und verpasste mir einen Stoß. Wer hätte gedacht, dass ein Komiker in mir steckte?

»Warum hauen wir nicht einfach ab?«, fragte sie.

»Du und ich? Wir würden gut miteinander klarkommen. Ich kann Essen kochen und du …«

Der Rest des Satzes blieb wie eine nicht fertig gebaute Brücke in der Luft stehen.

»Ich würde gern mit dir abhauen, Corina, aber ich besitze nicht eine Krone.«

»Oh? Dabei hat Daniel immer gesagt, er bezahle seine Leute gut. Dass man sich Loyalität erkaufen müsse.«

»Ich habe das Geld ausgegeben.«

»Für was?« Sie nickte und ließ ihren Blick durch den Raum schweifen. Vermutlich meinte sie die Wohnung und fragte sich, was darin denn Geld gekostet haben könnte.

Ich zuckte mit den Schultern. »Es ging um eine Witwe mit vier Kindern. Ich habe sie zur Witwe gemacht, deshalb habe ich … nun, in einem schwachen Augenblick habe ich ihr das, was ihr Mann für seinen Auftrag bekommen hätte, in einen Umschlag gesteckt. Dummerweise war das alles, was ich hatte. Ich hätte nicht gedacht, dass der Fischer seine Leute so gut bezahlt.«

Sie sah mich verständnislos an. Keiner von Darwins sechs universellen Gesichtsausdrücken, glaube ich, ich verstand aber trotzdem, was sie mir damit sagen wollte. »Du … du hast dein ganzes Geld der Witwe eines Mannes gegeben, der jemanden *umbringen* sollte?«

Eigentlich hatte ich schon damals das Gefühl gehabt, dass es ziemlich dumm war, obwohl ich dafür ja auch etwas zurückbekommen hatte. Trotzdem, als

Corina es jetzt aussprach, hörte es sich geradezu idiotisch an.

»Wen sollte er umbringen?«

»Weiß ich nicht mehr«, log ich.

Sie sah mich an. »Olav, weißt du was?«

Nein.

Sie legte mir die Hand auf die Wange. »Du bist wirklich etwas ganz, ganz Besonderes.«

Corinas Blick glitt über mein Gesicht und nahm es Stück für Stück auf, als würde er es verzehren. Ich weiß, in diesen Augenblicken sollte man etwas erkennen, die Gedanken des anderen lesen oder spüren. Mag sein. Aber ich habe eine Leseschwäche, vielleicht klappt das bei mir einfach deshalb nicht. Meine Mutter hat immer gesagt, ich solle nicht so pessimistisch sein. Vielleicht hatte sie ja recht. Auf jeden Fall wurde ich positiv überrascht, als Corina Hoffmann sich vorbeugte und mich küsste.

Wir liebten uns. Es hat nichts mit meiner Schüchternheit zu tun, dass ich diesen romantischen und etwas scheuen Ausdruck wähle, statt Klartext zu reden. Für mich ist »sich lieben« einfach die treffendste Bezeichnung. Ihr Mund war dicht an meinem Ohr, sie atmete keuchend. Ich hielt sie unendlich vorsichtig fest, wie die getrockneten Blumen, die ich manchmal in den ausgeliehenen Büchern finde. Sie sind so zerbrechlich, dass sie sofort zerbröseln, wenn ich sie zu fest zwischen die Finger nehme. Ich hatte Angst, dass es auch ihr so gehen könnte. Immer wieder musste ich mich auf die

Arme stützen und mich vergewissern, dass sie wirklich noch da war und alles kein Traum war. Ich streichelte sie, leicht und sanft, um sie nicht abzunutzen, wartete, bevor ich in sie eindrang. Sie sah mich überrascht an, konnte ja nicht wissen, dass ich auf den richtigen Augenblick wartete. Und dann kam er, der Moment des Verschmelzens, der Augenblick, der – wie man meinen könnte – für einen Exzuhälter trivial sein sollte, der aber derart überwältigend war, dass mir die Luft wegblieb. Sie stöhnte leise und langgezogen, während ich mich langsam und vorsichtig in sie schob und ihr dabei zärtliche, idiotische Worte ins Ohr flüsterte. Natürlich spürte ich ihre Ungeduld, ich wollte aber, dass es lange dauerte und etwas ganz Besonderes wurde. Ich nahm sie in Zeitlupe und mit mühsam erkämpfter Beherrschung. Ihre Hüften begannen rasch und schnell unter mir zu kreisen, und ihre weiße Haut glänzte im Dunkeln wie der Mond. Ebenso weich, ebenso unmöglich.

»Komm Liebster«, raunte sie mir leise keuchend ins Ohr. »Komm, Olav.«

Ich rauchte eine Zigarette. Sie schlief. Es hatte zu schneien aufgehört, und die traurige Melodie des Windes war verstummt. Nur Corinas ruhiger Atem erfüllte den Raum. Ich lauschte. Nichts.

Es war genauso gewesen, wie ich es mir erträumt und niemals für möglich gehalten hatte. Ich war so müde, dass ich schlafen musste, und so glücklich, dass ich genau das nicht wollte. Denn wenn ich einschlief, würde diese Welt, eine Welt, die ich bis zu diesem Moment nicht einen Augenblick lang geliebt hatte, für eine Weile aufhören zu existieren. Wie Humes sagt, ist die Tatsache, dass ich bis jetzt jeden Morgen im selben Körper aufgewacht bin, in derselben Welt, in der geschehen ist, was geschehen ist, keine Garantie dafür, dass es auch am nächsten Morgen noch so ist. Zum ersten Mal in meinem Leben fühlte es sich riskant an, die Augen zu schließen.

Also hörte ich zu. Wachte über das, was ich hatte. Es war perfekt, keine fremden Laute, nichts, das nicht da sein sollte. Und doch hörte ich weiter hin.

KAPITEL 11

Meine Mutter war schwach und musste deshalb mehr ertragen, als die Stärksten zu ertragen hatten.

Es gelang ihr nicht, zu meinem Vater, diesem ausgemachten Arsch, auch nur ein einziges Mal nein zu sagen. Das hatte zur Folge, dass sie mehr Prügel einstecken musste als ein Sittlichkeitsverbrecher im Knast. Am liebsten würgte er sie, ich höre noch heute den keuchenden Atem meiner Mutter, wenn mein Vater hinter der geschlossenen Schlafzimmertür von ihr abließ. Sie klang wie eine Kuh, wenn sie endlich wieder Luft holen konnte. Bis er von Neuem begann, sie umzubringen. Sie war zu schwach, um nein zum Alkohol zu sagen, und mit dem Gift, das sie in sich hineinkippte, hätte man ganze Elefantenherden töten können. Und mir gegenüber war sie so schwach, dass ich alles bekam, was ich verlangte, auch wenn sie es selbst mindestens ebenso nötig gehabt hätte.

Die Leute sagten immer, ich wäre meiner Mutter so ähnlich. Erst als ich zum letzten Mal in die Augen meines Vaters blickte, erkannte ich, dass ich auch ihn in mir trug. Wie einen Virus, eine Krankheit im Blut.

In der Regel tauchte er nur dann auf, wenn er Geld brauchte, und das bekam er in den meisten Fällen auch. Er wusste aber auch, dass er ihr – um den Angstpegel zu halten – klarmachen musste, was passieren würde, sollte sie einmal *nicht* bezahlen. Meine Mutter erklärte mir ihre Veilchen und dicken Lippen anschließend immer mit Treppen, Türen und glatten Badezimmerböden. Aber das stimmte wohl erst später, als der Alkohol ihr Leben in den Griff bekommen hatte – wenigstens das eine oder andere Mal.

Mein Vater war der Meinung, all die Lernerei mache mich nur zum Idioten. Ich habe den Verdacht, dass er die gleichen Probleme mit dem Lesen und Schreiben hatte wie ich, nur hatte er, anders als ich, aufgegeben. Während er die Schule bei der erstbesten Gelegenheit verlassen und seitdem nicht einmal mehr die Zeitung gelesen hatte, gefiel es mir dort merkwürdigerweise, sah man einmal vom Matheunterricht ab. Ich trug nicht gerade viel zum Unterricht bei, und die meisten hielten mich deshalb vermutlich für dumm. Aber der Norwegischlehrer, der meine Aufsätze korrigierte, sah hinter all den Schreibfehlern etwas Besonderes, das er in den Arbeiten der anderen nicht finden konnte. Für mich war das Grund genug, in der Schule zu bleiben, für meinen Vater nicht. Er fragte nur, was dieser Quatsch solle und ob ich mich für etwas Besseres hielte als ihn und den Rest der Familie. Sie seien mit ihrer ehrlichen Arbeit immer gut zurechtgekommen und hätten sich nicht hinter Fremdwörtern und abenteuerlichen Träumen versteckt. Mit sechzehn habe ich ihn dann irgendwann gefragt, warum nicht auch er es mal mit ehrlicher Arbeit versuche. Er schlug mich grün und blau, nannte es Erziehung und meinte, das sei für diesen Tag Arbeit genug.

Als ich neunzehn war, tauchte er eines Abends wieder bei uns zu Hause auf. Er war am selben Tag aus der Strafanstalt Botsen entlassen worden, wo er ein Jahr eingesessen hatte, weil er jemanden zu Tode geprügelt hatte. Es gab keine Zeugen für die Tat, und so war es seinem Anwalt gelungen, die Kopfverletzungen des Opfers damit zu erklären, dass es beim Versuch zurückzuschlagen auf dem Eis ausgerutscht sei.

Vater sagte, ich sei groß geworden, und schlug mir kameradschaftlich auf den Rücken. Dann meinte er, Mama habe ihm erzählt, dass ich im letzten Jahr im Güterbahnhof gearbeitet habe. Für ihn war das wohl so etwas wie ein Beweis, dass ich endlich zur Vernunft gekommen war.

Ich sagte nichts, erklärte ihm nicht, dass ich neben dem Gymnasium arbeitete, um Geld für eine eigene Wohnung zu haben, wenn ich im nächsten Jahr nach dem Militärdienst auf die Uni ging.

Und schließlich meinte er, es sei gut, dass ich nun auch arbeiten ginge, um meinen Beitrag zu leisten.

Beitrag wozu?, fragte ich ihn.

Wozu? Er sei schließlich mein Vater, ein armer Mann, der unschuldig im Gefängnis gesessen habe und jetzt die volle Unterstützung seiner Familie brauche, um wieder auf die Füße zu kommen.

Ich lehnte ab.

Er starrte mich ungläubig an und war kurz davor, mich zu schlagen. Er maß mich mit den Augen. Der Junge war wirklich groß geworden.

Dann lachte er kurz auf. Sagte, dass er meine Mutter umbringen würde, wenn ich nicht ein paar lausige Tausender rüberwachsen ließe. Und dass es ihm auch diesmal gelingen würde, das Ganze wie einen Unfall aussehen zu lassen. Was ich dazu sagen würde, wollte er schließlich wissen.

Ich antwortete nicht.

Er gab mir sechzig Sekunden.

Ich erwiderte, das Geld sei auf der Bank, er müsse sich bis zum nächsten Morgen gedulden.

Er neigte den Kopf zur Seite, um besser erkennen zu können, ob ich log.

Ich sagte ihm, ich würde schon nicht abhauen, und er könne auch gerne mein Bett haben, ich würde dann bei Mama schlafen.

»So, so, hast du meinen Platz übernommen«, sagte er grinsend. »Weißt du nicht, dass das verboten ist? Oder steht davon nichts in deinen Büchern?«

Abends teilten Mutter und Vater sich den Rest des Schnapses, bevor sie in ihrem Zimmer verschwanden. Ich legte mich aufs Sofa und steckte mir Klopapier in die Ohren. Aber das reichte nicht, ich hörte wieder, wie sie nach Luft schnappte. Irgendwann knallte die Tür, und er verschwand in meinem Zimmer.

Ich wartete bis zwei Uhr nachts, dann stand ich auf, ging ins Bad und holte die Klobürste. Anschließend lief ich in den Keller und schloss unseren Verschlag auf. Mit dreizehn hatte ich Ski zu Weihnachten bekommen. Von meiner Mutter. Weiß Gott, was sie dafür bezahlt hatte. Sie waren mir längst zu klein geworden. Ich entfernte den Teller von einem der Skistöcke und ging wieder nach oben. Schlich mich in mein Zimmer. Mein Vater lag schnarchend auf dem Rücken. Einen Fuß auf jeder Seite des schmalen Bettes stellte ich mich auf den Rahmen und platzierte die Spitze des Skistocks auf seinem Bauch. Das Risiko, sie auf seine Brust zu setzen, wo die Spitze am Brustbein oder einer Rippe hängenbleiben konnte, wollte ich nicht eingehen. Ich schob eine Hand in die Schlaufe, legte die andere oben auf den Stock und achtete darauf, dass er senkrecht stand, damit der Bambus nicht schräg belastet wurde und splitterte. Dann wartete ich. Warum, weiß ich nicht. Angst hatte ich keine. In diesem Moment nicht. Der Atem meines Vaters wurde unruhiger. Als er Anstalten machte, sich umzudrehen, sprang ich hoch und beugte die Knie wie ein Stabhochspringer. Kam mit meinem ganzen Körpergewicht wieder runter. Die Haut bot einen gewissen Widerstand, doch als sie durchstochen war, glitt der Stab glatt hindurch. Der Bambusschaft riss Fetzen des T-Shirts mit in seinen Bauch, und die Spitze bohrte sich tief in die Matratze.

Seine Augen waren schwarz vor Schock, als er mich von unten anstarrte. Ich war schnell auf seinen Brustkorb gesprungen und hielt seine Arme mit den Knien fest. Er öffnete den Mund, um zu schreien. Ich zielte und stieß ihm die Klobürste in den Rachen. Er zappelte gurgelnd herum, konnte sich aber nicht wirklich bewegen. Ja, ich war groß geworden.

Ich saß da, den Bambusstab spürte ich im Rücken. Unter mir wand sich der Körper meines Vaters, und ich dachte, dass ich ihn jetzt ritt. Wie einen alten Gaul.

Ich weiß nicht, wie lange ich dort saß, bis das Zucken schwächer und sein Körper so schlaff wurde, dass ich es wagte, die Klobürste herauszuziehen.

»Verdammter Idiot«, stöhnte er mit geschlossenen Augen. »Man schneidet einem die Kehle durch, nicht …«

»Das wäre viel zu schnell gegangen«, sagte ich.

Er lachte, hustete. Blutige Blasen quollen ihm aus dem Mundwinkel.

»Schau einer an, *das* ist mein Junge«, war das Letzte, was er sagte. Den letzten Stich hatte dieser Arsch sich also doch noch gesichert, denn in diesem Moment spürte ich mit ganzem Herzen, dass er recht hatte. Ich war sein Sohn. Und jetzt wusste ich auch, warum ich mir so viel Zeit gelassen hatte, bevor ich ihm den Stock in den Bauch gerammt hatte. Ich wollte das selige Gefühl auskosten und in die Länge ziehen, ganz allein über Leben und Tod zu bestimmen.

Das war der Virus in meinem Blut. Sein Virus.

Ich trug die Leiche in den Keller und wickelte sie in die alte, vergammelte Zeltplane. Auch dieses Zelt hatte meine Mutter irgendwann gekauft. Vermutlich weil sie sich vorgestellt hatte, dass die kleine Familie damit Campingausflüge machte, an einen See, wo die

Sonne nie unterging und sie frisch gefangene Forellen über dem Lagerfeuer grillte.

Hoffentlich kam sie wenigstens besoffen dorthin.

Erst nach über einer Woche tauchte die Polizei bei uns auf und fragte, ob wir meinen Vater seit seiner Entlassung zu Gesicht bekommen hätten. Das verneinten wir. Sie würden später noch ein Protokoll schreiben, sagten sie, bedankten sich und verschwanden wieder. Motivation sah anders aus. Die Matratze und das Bettzeug hatte ich zu diesem Zeitpunkt längst zur Müllverbrennungsanlage gekarrt. Und in der Nacht war ich bis weit ins verlassene Nittedal gefahren, zu einem See, wo die Sonne nie unterging, ich aber sicher eine ganze Weile nicht mehr fischen würde.

Ich saß am Ufer, blickte über die spiegelglatte Wasserfläche und dachte, dass genau das von uns übrigblieb. Ringe auf dem Wasser, die nach einer Weile verschwanden. Als hätte es sie nie gegeben. Als hätte es uns nie gegeben.

Das war meine erste Expedierung.

Als ein paar Wochen später der Brief von der Universität kam: »Es freut uns, Ihnen mitteilen zu können, dass Ihr Antrag auf einen Studienplatz angenommen wurde …«, mit Datum und Uhrzeit der Immatrikulation, zerriss ich ihn ganz langsam.

KAPITEL 12

Ich wachte von einem Kuss auf.

Bevor ich allerdings erkannte, dass es ein Kuss war, durchlebte ich einen Augenblick reinster Panik.

Dann kamen die Erinnerungen, und aus der Panik wurde etwas Warmes, Weiches, das ich in Ermangelung eines anderen Wortes einfach als Glück bezeichnen muss.

Sie hatte die Wange auf meine Brust gelegt, und ich sah auf sie herab.

»Olav?«

»Ja?«

»Können wir nicht einfach für alle Ewigkeit hierbleiben?«

Mir fiel wirklich nichts ein, das ich mir mehr wünschte. Ich zog sie an mich. Hielt sie fest. Zählte die Sekunden, die wir zusammen gehabt hatten, die keiner uns nehmen konnte, Sekunden, die wir hier und jetzt genossen. Aber ich kann, wie gesagt, nicht sonderlich gut zählen. Ich drückte die Lippen auf ihr Haar.

»Hier würde er uns finden, Corina.«

»Dann lass uns weit, weit weggehen.«

»Erst müssen wir ihn erledigen. Oder willst du dich für den Rest deines Lebens immer wieder umdrehen müssen?«

Sie strich mir mit dem Zeigefinger über Nasenrücken und Kinn, als verliefe dort eine Naht. »Du hast recht. Aber danach gehen wir dann doch weg?«

»Ja.«

»Versprichst du mir das?«

»Ja.«

»Wohin?«

»Wohin du willst.«

Sie fuhr mir mit dem Finger weiter über den Hals, den Adamsapfel und zwischen den Schlüsselbeinen hindurch. »Ich will nach Paris.«

»Dann gehen wir nach Paris. Warum gerade dorthin?«

»Weil da Cosette und Marius zusammen waren.«

Ich lachte, stellte die Füße auf den Boden und küsste sie auf die Stirn.

»Steh nicht auf«, sagte sie.

Also stand ich nicht auf.

Um zehn Uhr las ich die Zeitung und trank am Küchentisch eine Tasse Kaffee. Corina schlief.

Der Kälterekord lag noch immer in Reichweite. Durch das milde Wetter am Vortag waren die Straßen allerdings wie Schmierseife. Auf dem Trondheimsveien war ein Auto auf die Gegenfahrbahn geraten und seitlich unter einen LKW-Anhänger gerutscht. Eine dreiköpfige Familie, die über Weihnachten nach Hause in den Norden fahren wollte. Und die Polizei hatte noch immer keine Spur von dem Mörder in Vinderen.

Um elf Uhr stand ich in einem Kaufhaus. Der Laden war voller Menschen auf der Suche nach Weihnachtsgeschenken. Ich stand am Fenster und tat so, als betrachtete ich ein Essservice, verfolgte dabei aber, was auf der anderen Straßenseite, wo Hoffmanns Büroräume lagen, vor sich ging. Draußen warteten zwei Männer. Pine und ein Typ, den ich noch nie gesehen hatte. Der Neue stampfte mit den Füßen auf. Der Rauch seiner Zigarette zog nach unten, Pine genau in die Fresse, der irgendwas sagte, wofür der andere sich aber nicht zu interessieren schien. Der Neue trug eine dicke Bärenfellmütze und einen Mantel, hatte aber trotzdem die Schultern bis zu den Ohren hochgezogen, während Pine entspannt in seiner kackbraunen Jacke und dem bunten Hut dastand. Zuhälter sind es gewohnt, draußen zu warten. Der Neue zog sich die Mütze tiefer ins Gesicht. Was vermutlich eher an dem Scheiß lag, den Pine absonderte, als an der Kälte. Pine hatte die Zigarette hinter dem Ohr weggenommen und zeigte sie dem Neuen. Aller Wahrscheinlichkeit nach erzählte er jetzt wieder, was es mit der Zigarette hinter dem Ohr auf sich hatte, seit er mit dem Rauchen aufgehört hatte. Er wollte dem Tabak auf diese Weise zeigen, wer wirklich das Sagen hatte. Die alte Geschichte. In Wahrheit trug er sie bestimmt nur dort, um gefragt zu werden, was die Zigarette hinter seinem Ohr bedeutete. So konnte er den Leuten das Ohr abkauen.

Der Neue trug so viele Schichten von Klamotten, dass ich nicht erkennen konnte, ob er bewaffnet war, aber Pines Jacke hatte Schlagseite. Ein verdammt dickes Portemonnaie oder ein Schießeisen. Auf jeden Fall etwas, das schwerer war als das abartige Messer, mit dem er immer rumlief. Ein Jagdmesser mit Zacken auf der Rückseite der Klinge. Bestimmt hatte er Maria mit diesem Messer davon überzeugt, für ihn zu arbeiten. Vielleicht hatte er sie gewarnt, was das Messer mit ihr und ihrem Lover tun würde, wenn sie das Geld, das sie ihm schuldeten, nicht durch Blasen und Ficken wieder eintrieb. Ich stellte mir vor, wie Marias weit aufgerissene, erschreckte Augen auf seine Lippen starrten und verzweifelt abzulesen versuchten, was Pine von ihr wollte, während sein Mundwerk unablässig mahlte. Wie jetzt. Aber der Neue ignorierte den Zuhälter und ließ seinen Blick finster über die Straße schweifen. Ruhig und konzentriert. Wahrscheinlich angeheuert. Aus dem Ausland. Auf jeden Fall sah er aus wie ein Profi.

Ich verließ das Kaufhaus durch den Eingang in der Parallelstraße. Auf der Torggata ging ich in eine Telefonzelle. Hielt die Zeitungsseite hoch, die ich herausgerissen hatte, und wählte die Nummer. Zeichnete ein Herz auf die beschlagene Scheibe, während ich darauf wartete, dass sich jemand meldete.

»Gemeindeverwaltung Ris.«

»Entschuldigen Sie bitte, ich möchte einen Kranz für die Hoffmann-Beerdigung bringen. Die ist übermorgen.«

»Den können Sie beim Beerdigungsinstitut abgeben …«

»Schon, aber wissen Sie, ich wohne außerhalb der Stadt. Morgen Abend nach Ladenschluss bin ich allerdings in der Gegend. Es würde mir deshalb sehr entgegenkommen, wenn ich den Kranz direkt in die Kirche bringen könnte.«

»Wir haben hier keine Angestellten, die …«

»Aber der Sarg ist doch bis morgen Abend bei Ihnen im Keller aufgebahrt, oder?«

»Normalerweise ja.«

Ich wartete, aber mehr kam nicht.

»Könnten Sie das für mich überprüfen?«

Ein fast lautloses Seufzen. »Einen Augenblick, bitte.« Papierrascheln. »Ja, das ist richtig.«

»Dann komme ich morgen Abend zur Kirche. Die Familie will ihn bestimmt ein letztes Mal sehen, da kann ich ihnen gleich mein Beileid aussprechen. Es ist doch sicher ein Zeitpunkt notiert, wann ihnen Zugang zum Keller gewährt wird. Ich könnte die Familie natürlich auch direkt anrufen, will sie damit jetzt aber nicht belästigen …«

Ich wartete und horchte auf das Zögern am anderen Ende der Leitung. Räusperte mich: »… in dieser für sie so tragischen Vorweihnachtszeit.«

»Ja, hier steht's. Sie haben darum gebeten, morgen Abend zwischen 8 und 9 Uhr kommen zu dürfen.«

»Danke«, sagte ich. »Aber das schaffe ich vermutlich nicht. Schade. Sagen Sie der Familie lieber gar nicht erst, dass ich erwogen habe, persönlich zu kommen.

Ich werde den Kranz dann auf anderem Weg schicken.«

»Wie Sie wollen.«

»Herzlichen Dank für Ihre Hilfe.«

Ich ging zum Youngstorget. In der Opern-Passage stand an diesem Tag niemand. Sollte das gestern Hoffmanns Mann gewesen sein, hatte er gesehen, was er sehen wollte.

Der Junge ließ mich nicht rein. Der Fischer sei in einer Besprechung, sagte er. Hinter der Milchglasscheibe der Schwingtür sah ich Schatten hin und her huschen. Dann erhob sich einer der Schatten und verschwand auf dem gleichen Weg, auf dem auch ich verschwunden war – durch die Hintertür.

»Sie können jetzt rein«, sagte der Junge hinter dem Tresen.

»Sorry«, sagte der Fischer. »Es geht hier, so kurz vor Weihnachten, nicht nur um Kabeljau.«

Es stank so streng, dass ich die Nase rümpfen musste. Er lachte.

»Sag bloß, du magst keinen Rochen, Junge?« Er nickte in Richtung der Fische, die ausgenommen und zerteilt oder filetiert auf dem Tisch hinter uns lagen. »Ein besseres Versteck gibt es nicht. Wenn man das Dope im gleichen Wagen wie die Rochen transportiert, haben die Drogenhunde keine Chance. Ich weiß, das ist ungewöhnlich, aber ich liebe Rochen-Fischbällchen. Probier mal.« Er nickte in Richtung eines Topfs, der auf der rauhen Tischplatte zwischen uns stand. In der trüben Suppe dümpelten grauweiße Klumpen.

»Wie läuft dieser Teil des Geschäfts eigentlich?«, fragte ich und tat so, als hätte ich die Aufforderung nicht mitbekommen.

»Über die Nachfrage kann ich mich nicht beschweren, aber die Russen werden langsam gierig. Der Umgang mit ihnen wird aber sicher leichter, wenn sie Hoffmann und mich nicht mehr gegeneinander ausspielen können.«

»Hoffmann weiß, dass wir miteinander geredet haben.«

»Er ist nicht dumm.«

»Nein. Deshalb wird er zurzeit auch sehr gut bewacht. Wir können nicht einfach so bei ihm reinmarschieren und ihn erledigen. Wir müssen unsere Phantasie benutzen.«

»Das ist dein Problem«, sagte der Fischer.

»Wir müssen ganz nah ran, in den engeren Kreis.«

»Auch das ist dein Problem.«

»Heute war die Todesanzeige in der Zeitung. Hoffmann junior soll übermorgen beerdigt werden.«

»Ja und?«

»Das könnte unsere Chance sein.«

»Auf einer Beerdigung. Mit so vielen Leuten?« Der Fischer schüttelte den Kopf. »Dafür mache ich meine Boote nicht flott.«

»Nicht auf der Beerdigung. Am Abend zuvor. Bei der Totenwache.«

»Das musst du mir näher erklären.«

Ich weihte ihn in die Details ein. Er schüttelte den Kopf. Ich redete weiter. Er schüttelte nur noch energischer den Kopf. Ich hob eine Hand und redete weiter. Er schüttelte weiterhin den Kopf, jetzt aber mit einem Lächeln. »Ich muss schon sagen. Wie um alles in der Welt bist du denn darauf gekommen?«

»Die Trauerfeier für einen Bekannten von mir war in derselben Kirche. Da lief das so ab.«

»Du weißt, dass ich nein sagen sollte.«

»Ich weiß, dass Sie ja sagen werden.«

»Und wenn ich das tue?«

»Dann brauche ich Geld für drei Särge«, sagte ich. »Im Beerdigungsinstitut Kimen gibt's die von der Stange. Aber das wissen Sie ja …«

Der Fischer sah mich warnend an. Wischte sich die Finger an der Schürze ab. Fuhr sich durch den Bart und strich noch einmal mit den Fingern über die Schürze.

»Nimm dir ein Fischbällchen, ich guck mal nach, was wir in der Kasse haben.«

Ich blieb sitzen und sah die Fischbällchen in der Suppe schwimmen. Die trübe Brühe erinnerte an Sperma. Zum Glück wusste ich, dass es etwas anderes war. Obwohl?

Auf dem Rückweg schaute ich in Marias Laden vorbei. Ich konnte ja auch bei ihr fürs Abendessen einkaufen. Sie drehte mir den Rücken zu und bediente einen Kunden, als ich mir einen Einkaufswagen nahm. Ich ging an den Regalen entlang, nahm Fischstäbchen, Kartoffeln und Möhren. Vier Bier. König-Haakon-Konfekt war im Angebot, fertig eingepackt in Weihnachtspapier. Ich legte es in den Wagen.

Näherte mich Maria und der Kasse. Ich war jetzt der einzige Kunde. Sie hatte mich bemerkt und war rot geworden. Scheiße, eigentlich kein Wunder nach der Nummer mit dem Essen. Sie lud bestimmt nicht oft Männer zu sich nach Hause ein, nicht auf diese Weise.

Ich ging zu ihr und begrüßte sie kurz. Sah in den Wagen und konzentrierte mich darauf, die Waren auf das Band zu legen: Fischstäbchen, Kartoffeln, Möhren und Bier. Die Pralinen behielt ich noch eine Weile in der Hand, zögerte. Der Ring an Corinas Finger. Das war der Ring, den er – der Sohn, der Liebhaber – ihr geschenkt hatte. Einfach so. Und ich kam zu Weihnachten mit einer albernen Pralinenschachtel, die noch dazu eingepackt war, als enthielte sie Kleopatras Zepter.

»Ist. Das. Alles?«

Ich sah Maria überrascht an. Sie hatte gesprochen. Verdammt, sie hatte gesprochen! Es klang seltsam. Logisch. Aber es waren Worte gewesen. Worte, wie von dir und mir. Sie strich sich die Haare aus dem Gesicht. Die Sommersprossen. Ihre ruhigen Augen. Sie wirkten etwas müde.

»Ja«, sagte ich mit überdeutlicher Betonung. Spitzte die Lippen.

Sie lächelte.

»Das … ist … alles«, sagte ich langsam und etwas zu laut.

Sie nickte und warf einen fragenden Blick auf die Pralinenschachtel.

»Für … dich.« Ich hielt sie ihr hin. »Frohe … Weihnachten.«

Sie legte die Hand vor den Mund. Und hinter dieser Hand spielte sich eine ganze Theatervorstellung unterschiedlichster Gesichtsausdrücke ab. Mehr als sechs. Darunter Überraschung, Erstaunen, Freude, Verlegenheit, gefolgt von fragend hochgezogenen Augenbrauen. Warum? Dann wurden die Augen zu Strichen, die lächelnd »Danke« sagten. Vermutlich ist das so, wenn man nicht reden kann. Vielleicht eignet man sich dann eine derart ausdrucksstarke Mimik an und lernt, eine Art von Pantomime zu spielen, die auf alle, die das nicht gewohnt sind, übertrieben wirkt.

Ich reichte ihr die Schachtel. Sah, wie ihre sommersprossige Hand sich der meinen näherte. Was wollte sie? Hatte sie vor, meine Hand zu nehmen? Ich zog sie weg. Nickte kurz und ging in Richtung Tür. Spürte ihren Blick im Rücken. Verdammt, ich hatte ihr bloß eine Schachtel Pralinen geschenkt, was wollte diese Frau denn?

Die Wohnung lag im Dunkeln, als ich die Tür aufschloss, aber unter der Bettdecke konnte ich Corinas Umrisse ausmachen.

So still und regungslos, dass es mir seltsam erschien. Ich ging langsam zu ihr und stellte mich vor sie. Sie sah so friedlich aus. So blass. Eine Uhr begann in meinem Kopf zu ticken, immer schneller, als wollte sie irgendwohin. Ich beugte mich vor, hatte das Gesicht dicht über ihrem Mund. Etwas fehlte. Die Uhr tickte lauter und lauter.

»Corina«, flüsterte ich.

Keine Reaktion.

»Corina«, wiederholte ich etwas lauter und hörte in meiner Stimme einen Ton mitschwingen, den ich zuvor noch nie gehört hatte, hilflos und hoch.

Sie schlug die Augen auf.

»Komm her, mein Bär«, flüsterte sie, legte die Arme um mich und zog mich ins Bett.

»Härter«, flüsterte sie. »Ich gehe nicht kaputt, weißt du.«

Nein, dachte ich. Du gehst nicht kaputt. Wir, *das hier*, geht nicht kaputt. Denn genau hierauf habe ich mein ganzes Leben gewartet, dafür habe ich immer gearbeitet. Nur der Tod konnte das zerstören.

»Oh, Olav«, flüsterte sie. »Oh, Olav.«

Ihr Gesicht leuchtete, sie lächelte, aber ihre Augen waren blank von Tränen. Ihr Körper lag weiß wie Schnee unter mir, und obgleich sie mir in diesem Moment so nah war, wie man einem anderen Menschen nur nah sein kann, fühlte es sich an, als sähe ich sie wie beim ersten Mal aus der Ferne durch das Fenster auf der anderen Seite der Straße. Mir ging durch den Kopf, dass man einen anderen Menschen vielleicht niemals nackter sieht als in einem Moment, in dem er sich nicht beobachtet fühlt. Sie hatte mich so noch nie gesehen und würde mich wohl auch nie so sehen. Gleichzeitig kam mir der Gedanke, dass ich noch immer die Blätter hatte, den nie fertiggeschriebenen Brief. Sollte Corina ihn finden, würde sie ihn möglicherweise missverstehen. Aber es irritierte mich, dass mein Herz wegen einer solchen Bagatelle plötzlich schneller schlug. Die Blätter lagen unter der Besteckbox in der Küchenschublade. Warum sollte jemand auf die Idee kommen, sie da rauszunehmen? Trotzdem beschloss ich, die Blätter bei der nächstbesten Gelegenheit wegzuwerfen.

»So, ja, Olav.«

Als ich kam, löste sich etwas in mir, das lange im Verborgenen gelegen hatte. Ich weiß nicht was, aber der Erguss riss es mit sich und spülte es aus mir heraus. Ich blieb auf dem Rücken liegen und rang nach Atem, war verändert, wusste nur noch nicht wie.

Sie beugte sich über mich, kitzelte mich an der Stirn.

»Wie fühlst du dich, mein König?«

Ich antwortete mit belegter Stimme.

»Was?«, fragte sie lachend.

Ich räusperte mich und wiederholte: »Hungrig.«

Sie lachte noch lauter.

»Und glücklich«, sagte ich.

Corina war allergisch gegen Fisch. Wie ihre ganze Familie.

Die Läden waren geschlossen, aber ich sagte, ich könne bei Chinapizza eine CP Spezial bestellen.

»Chinapizza?«

»Chinesisch und Pizza. Beides. Ich esse da fast jeden Tag.«

Ich zog mich wieder an und ging nach draußen zur Telefonzelle an der Ecke. Ich hatte noch nie einen Anschluss in der Wohnung gehabt, ich wollte das nicht.

Wollte keine Leitung, die zu mir führte und über die mich jemand hören konnte. Mich finden. Mit mir reden konnte.

Aus der Telefonzelle sah ich mein Fenster in der vierten Etage. Und ich sah Corina. Sie stand dort, ihr Kopf umrahmt von Licht, wie ein Heiligenschein. Sie schaute zu mir herunter. Ich winkte. Sie winkte zurück.

Die Münze fiel mit einem metallischen Klappern nach unten.

»Chinapizza, bitteschön?«

»Hei, Lin, hier ist Olav. Eine CP Spezial, bitte, take away.«

»Nicht hiel essen, Mistel Olav?«

»Heute nicht, nein.«

»Eine Vieltelstunde.«

»Danke. Noch eine Frage. Hat bei Ihnen jemand nach mir gefragt?«

»Nach Ihnen? Nein.«

»Gut. Sitzt bei Ihnen jemand, den Sie schon mal in meiner Begleitung gesehen haben? Ein Mann mit einem dünnen Bart, der wie aufgemalt aussieht? Oder einer mit einer braunen Lederjacke und einer Zigarette hinter dem Ohr?«

»Mal sehen. Neiiin …«

Sie hatten nur etwa zehn Tische, so dass ich ihm glaubte. Weder Brynhildsen noch Pine warteten auf mich. Sie waren mehr als einmal mit mir dort gewesen, hatten aber sicher keine Ahnung, wie oft ich wirklich dort aß. Gut.

Ich schob die schwere Tür der Telefonzelle auf und sah zu meinem Fenster hoch. Corina stand noch immer dort.

Als ich eine Viertelstunde später die Tür öffnete, war die Pizza bereits fertig. Ich bekam eine Pappschachtel in der Größe eines Campingtisches. CP Spezial. Oslos beste Pizza. Ich freute mich darauf, Corinas Gesicht zu sehen, wenn sie den ersten Bissen aß.

»See you latel, all-a-gatol«, rief Lin wie üblich hinter mir her, als ich schon fast durch die Tür war. Sie fiel ins Schloss, ehe er den Gruß noch einmal wiederholen konnte.

Ich hastete über den Bürgersteig und bog, an Corina denkend, um die nächste Ecke. Offenbar dachte ich ziemlich *fest* an Corina. Eine andere Entschuldigung habe ich nicht dafür, dass ich die Typen weder gesehen noch gehört, noch an das eigentlich Entscheidende gedacht hatte. Wenn ich wusste, dass sie meine Stammkneipe kannten, mussten sie damit rechnen, dass ich mich diesem Ort nur mit größter Vorsicht näherte. Deshalb hatten sie nicht drinnen in der hell erleuchteten Wärme gewartet, sondern draußen im Dunkeln in der kosmischen Kälte ausgeharrt, in der sich, wie ich meinte, auch alle Moleküle nur in Zeitlupe bewegten.

Ich hörte den Schnee zweimal knirschen, aber die Scheißpizza war im Weg, so dass ich es nicht schaffte, die Pistole zu ziehen, bevor ich ein kaltes Stück Metall am Ohr spürte.

»Wo ist sie?«

Es war Brynhildsen. Der bleistiftstrichdünne Bart bewegte sich beim Sprechen. Neben ihm stand ein junger Typ, der eher ängstlich als gefährlich aussah. Auf seiner Brust hätte ebenso gut ein »Anfänger«-Schild kleben können, aber er war gründlich, als er mich durchsuchte. Er reichte Brynhildsen meine Waffe. Ich ging davon aus, dass Hoffmann den Jungen als Hilfe mitgeschickt, ihm aber noch keine scharfe Waffe gegeben hatte. Allenfalls ein Messer oder so was. Eine Zuhälterwaffe. Schusswaffen waren Drogenwaffen.

»Hoffmann sagt, du bleibst am Leben, wenn du seine Frau auslieferst«, sagte Brynhildsen.

Eine Lüge, aber ich hätte natürlich das Gleiche gesagt. Ich schätzte meine Lage ein. Die Straße war wie leergefegt, weder Menschen noch Autos. Außer den falschen. Es war so still, dass ich die Feder in der Waffe knirschen hörte, als sie gespannt wurde.

»Also, wird's bald«, sagte Brynhildsen. »Wir finden sie auch ohne dich, klar?«

Er hatte recht, er bluffte nicht.

»Okay«, sagte ich. »Ich habe sie mitgenommen, um etwas in der Hand zu haben, sollte es zu Verhandlungen kommen. Ich wusste ja nicht, dass der Mann Hoffmanns Sohn war.«

»Keine Ahnung, wovon du redest. Wir sollen nur Hoffmanns Frau herschaffen.«

»Dann gehen wir und holen sie.«

Sagte ich.

KAPITEL 13

»Wir *müssen* die U-Bahn nehmen«, erklärte ich. »Die Frau geht davon aus, dass ich sie beschütze. Und in gewisser Weise tue ich das ja auch. Solange ich sie nicht für diesen Deal nutzen kann. Ich habe ihr gesagt, sie soll abhauen, wenn ich nicht in einer halben Stunde zurück bin, weil dann irgendwas nicht in Ordnung ist. Mit dem Auto brauchen wir jetzt im Vorweihnachtsverkehr aber mindestens eine Dreiviertelstunde.«

Brynhildsen starrte mich an. »Dann ruf sie an und sag, dass du ein bisschen später kommst.«

»Ich habe kein Telefon.«

»Was? Und wieso war dann die Pizza fertig, als du kamst, Olav Johansen?«

Ich schaute auf den großen roten Karton runter. Brynhildsen war kein Idiot. »Telefonzelle.«

Brynhildsen fuhr sich mit Daumen und Zeigefinger auf beiden Seiten des Mundes über den Bart, als wollte er die Striche in die Länge ziehen. Dann warf er prüfend einen Blick auf die Straße. Vermutlich schätzte er den Verkehr ein. Sicher fragte er sich aber auch, was

Hoffmann sagen würde, wenn ihm die Frau durch die Lappen ging.

»Eine CP Spezial?« Das war der Junge. Er grinste breit und deutete auf den Karton. »Die beste Pizza der Stadt, nicht wahr?«

»Halt's Maul«, sagte Brynhildsen, der sich nicht mehr über den Bart strich und einen Entschluss gefasst hatte.

»Wir nehmen die Bahn. Und rufen Pine aus deiner Telefonzelle an, damit er uns da auflesen kann.«

Wir brauchten etwa fünf Minuten zur U-Bahn-Haltestelle am Nationaltheater. Brynhildsen zog den Ärmel seines Mantels über die Pistole.

»Du musst dir dein Ticket aber selbst kaufen, das spendier ich dir nicht«, sagte er, als wir am Ticketschalter standen.

»Das Ticket, das ich eben gekauft habe, gilt eine Stunde, das kann ich noch mal nehmen«, log ich.

»Stimmt«, grunzte Brynhildsen.

Vielleicht wurden wir ja kontrolliert, und die Kontrolleure nahmen mich mit auf eine sichere Polizeiwache. Man soll ja die Hoffnung nie aufgeben …

In der U-Bahn war es so voll, wie ich gehofft hatte. Müde Angestellte, kaugummikauende Jugendliche, dick eingepackte Männer und Frauen mit Weihnachtspäckchen in Tüten. Wir fanden keine Sitzplätze, sondern stellten uns alle drei mitten in den Wagen und hielten uns an der glatten Stahlstange fest. Die Türen wurden geschlossen, und der Atem der Menschen schlug sich an den Scheiben nieder. Der Zug fuhr los.

»Hovseter. Ich hätte nicht geglaubt, dass du im noblen Westen der Stadt wohnst, Johansen.«

»Tja, das Leben ist voller Überraschungen, Brynhildsen.«

»Ach ja? Und mich überrascht, dass du deine Pizza nicht irgendwo da im Westen geholt hast statt hier im Zentrum.«

»Das ist eine CP Spezial«, sagte der Junge andächtig und starrte auf den roten Karton, der in dem überfüllten Waggon unanständig viel Platz einnahm. »Das ist was ganz ...«

»Halt's Maul. Dann magst du also kalte Pizza, Johansen?«

»Wir wärmen sie wieder auf.«

»Wir? Du und Hoffmanns Schlampe?« Brynhildsen lachte sein Ein-Stoß-Lachen. Es klang wie ein Axthieb. »Du hast recht, Johansen, das Leben ist voller Überraschungen.«

Ja, dachte ich. Wie konnte ich zum Beispiel darauf vertrauen, dass ein Typ wie Hoffmann mich am Leben lassen und ein Typ wie ich nicht irgendwelche verzweifelten Dinge unternehmen würde, um sich doch noch irgendwie zu retten. Brynhildsens Augenbrauen wuchsen beinahe über seiner Nasenwurzel zusammen.

Ich konnte nicht lesen, was hinter seiner Stirn vor sich ging, tippte aber darauf, dass ihr Plan darauf hinauslief, Corina und mich in meiner Wohnung zu erschießen. Vermutlich würden sie mir anschließend die Waffe in die Hand drücken, damit es wie Mord und Selbstmord aussah. Wie das klassische Liebesdrama.

Immerhin besser, als uns in irgendeinem See außerhalb von Oslo zu versenken. Wenn Corina einfach verschwand, rückte Hoffmann automatisch ins Blickfeld der Polizei, und das konnte er sich nun wirklich nicht leisten. Ich an Brynhildsens Stelle würde so vorgehen. Aber Brynhildsen war nicht ich. Brynhildsen war ein Typ mit einem unerfahrenen Assistenten, einer im Ärmel versteckten Pistole und einer Beinhaltung, mit der er, eine Hand nur locker um die Stange gelegt, kaum die Balance würde halten können. Typischer Anfängerfehler. Ich begann mit dem Countdown, kannte hier jeden Schienenübergang, jedes Ruckeln, jedes Komma und jeden Punkt.

»Halt mal«, sagte ich und drückte dem Jungen die Pizzaschachtel gegen die Brust, der sie automatisch ergriff.

»He!«, rief Brynhildsen durch das metallische Scheppern und hob die Hand mit der Pistole, als wir die Weiche erreichten. Ich beugte mich zurück, als der Ruck, der durch die Bahn ging, Brynhildsen zwang, die Pistolenhand zur Seite zu strecken, um die Balance zu halten. Ich hatte beide Hände um die Stange gelegt, zog mich mit aller Kraft hoch und zielte mit der Stirn auf den Punkt, an dem die Augenbrauen sich über der Nasenwurzel trafen. Irgendwo hatte ich gelesen, dass ein menschlicher Kopf rund viereinhalb Kilo wiegt und bei einer Geschwindigkeit von siebzig Stundenkilometern eine gebündelte Kraft ausmacht, die ein besserer Mathekopf als ich ausrechnen muss. Als ich mich wieder zurücklehnte, spritzte Blut aus Brynhildsens gebrochener Nase. In seinen Augen war nur noch das Weiße zu sehen. Die Arme hatte er steif zur Seite gestreckt. Wie ein Pinguin. Brynhildsen war eindeutig ausgeknockt, aber um zu vermeiden, dass er wieder zu sich kam, nahm ich seine beiden Hände, dabei packte ich mit einer Hand die Pistole in seinem Mantelärmel, als wollten wir ein Tänzchen wagen. Dann wiederholte ich das Procedere, obwohl ihn schon der erste Kopfstoß ausgeknockt hatte. Ich zog ihn fest an mich, beugte den Kopf vor und traf erneut seine Nase. Etwas, das vermutlich nicht nachgeben sollte, gab nach. Dann ließ ich ihn, aber nicht die Pistole los. Er fiel wie ein Sack zu Boden, während die Menschen um uns herum erschrocken zurückwichen.

Ich drehte mich um und richtete die Pistole auf den Jungen, als eine nasale, übertrieben uninteressierte Lautsprecherstimme »Majorstua« ansagte.

»Meine Haltestelle«, sagte ich, beugte mich herunter, ohne den Jungen aus den Augen zu lassen, zog meine Waffe aus Brynhildsens Brusttasche und steckte sie ein.

Der Junge starrte mich mit kreisrunden Augen über den Pizzakarton hinweg an, und sein Mund stand so weit offen, dass er ein pervers attraktives Ziel ausmachte. Wer weiß, in ein paar Jahren war er vielleicht deutlich erfahrener und sicher besser bewaffnet auf meiner Spur. In ein paar Jahren? Die jungen Leute von heute lernten das doch in drei bis vier Monaten.

Der Zug bremste. Ich schob mich zur Tür hinter mir. Plötzlich hatten wir viel Platz, die Leute pressten sich an die Seiten und starrten uns an. Ein Baby brabbelte selig mit seiner Mutter, ansonsten war es mucksmäuschenstill. Die Bahn hielt an, die Türen öffneten sich. Ich trat noch einen Schritt nach hinten und blieb in der Türöffnung stehen. Sollte jemand hinter mir sein und die Bahn betreten wollen, suchte er sich besser eine andere Tür.

»Los«, sagte ich.

Der Junge reagierte nicht.

»Los!«, wiederholte ich etwas deutlicher.

Der Junge blinzelte, er verstand mich noch immer nicht.

»Die Pizza.«

Er trat apathisch wie ein Schlafwandler einen Schritt vor und reichte mir den roten Karton. Ich stieg rückwärts aus der Bahn. Blieb stehen und richtete weiter die Waffe auf den Jungen, damit er verstand, dass das wirklich nur *meine* Haltestelle war. Ich warf einen letzten Blick auf Brynhildsen. Er lag flach auf dem Boden, eine seiner Schultern zuckte, wie ein elektrischer Impuls in einer ansonsten kaputten Maschine. Sterben würde er nicht.

Die Türen schlossen sich.

Der Junge starrte mich durch die winterlich schmutzige, salzverschmierte Scheibe an. Dann fuhr die Bahn weiter in Richtung Hovseter.

»See you latel, all-a-gatol«, flüsterte ich, ließ die Pistole sinken und ging schnell durch die Dunkelheit nach Hause. Als ich die ersten Polizeisirenen hörte, stellte ich den Pizzakarton auf die Treppe einer geschlossenen Buchhandlung und ging wieder in Richtung Haltestelle. Danach machte ich aufs Neue kehrt und ging schnell zurück. Der Pizzakarton stand noch auf der Treppe. Ich freute mich – wie gesagt – darauf, Corinas Gesicht zu sehen, wenn sie den ersten Bissen aß.

KAPITEL 14

»Du hast nicht gefragt«, sagte sie im Dunkeln.

»Nein«, erwiderte ich.

»Warum nicht?«

»Wahrscheinlich, weil ich nicht neugierig bin.«

»Aber du musst dich doch fragen. Vater und Sohn …?«

»Du wirst es mir schon erzählen, wenn dir danach ist, denke ich.«

Das Bett knarrte, als Corina sich zu mir umdrehte. »Und was, wenn ich es dir niemals erzähle?«

»Dann werde ich es nie erfahren.«

»Ich verstehe dich nicht, Olav. Warum wolltest du mich retten? *Mich*? Du bist so ein guter Mensch, und dann setzt du dich für so ein dummes Wesen wie mich ein?«

»Du bist nicht dumm.«

»Was weißt du denn? Du versuchst ja gar nicht erst, es herauszufinden.«

»Ich weiß auf jeden Fall, dass du jetzt bei mir bist. Und mir reicht das erst einmal.«

»Und danach? Sagen wir mal, du schaffst es, Daniel

zu erledigen, bevor er dich erledigt. Und wir gehen dann nach Paris, und es gelingt uns irgendwie, genug Geld zum Leben zusammenzukratzen. Bestimmt fragst du dich doch irgendwann, wer die Frau ist, die gleichzeitig die Geliebte von Vater und Sohn sein konnte. So einer Person ist doch nicht wirklich zu trauen, oder? Wer sich derart auf Verrat versteht …«

»Corina«, sagte ich und griff nach den Zigaretten. »Wenn es dich derart quält, was ich mich fragen oder nicht fragen werde, darfst du es mir gerne erzählen. Ich habe nur gesagt, es ist deine Entscheidung.«

Sie biss mir sanft in den Oberarm. »Hast du Angst vor dem, was ich sagen könnte? Zu erfahren, dass ich doch nicht die bin, für die du mich hältst? Doch nicht so, wie du es dir wünschst?«

Ich fischte eine Zigarette aus dem Päckchen, fand aber kein Feuerzeug. »Hör mal. Ich verdiene mir meine Brötchen damit, andere Menschen umzubringen. Ich bin ziemlich tolerant, was den Lebenswandel oder die Beweggründe meiner Mitmenschen angeht.«

»Ich glaube dir nicht.«

»Was?«

»Ich glaube dir nicht. Ich glaube, du versuchst nur, das zu verstecken.«

»Was zu verstecken?«

Ich hörte, wie sie schluckte. »Dass du mich liebst.«

Ich sah sie an.

Das Mondlicht, das durch die Fenster fiel, glitzerte in ihren feuchten Augen.

»Du liebst mich, Dummerchen.« Sie schlug mir

kraftlos gegen die Schulter. Wiederholte: *Du liebst mich, Dummerchen, du liebst mich, Dummerchen*, während ihr Tränen über die Wangen liefen.

Ich zog sie fest an mich. Hielt sie, bis meine Schulter warm und dann wieder kalt wurde, weil sie von den Tränen ganz nass war. Mein Blick fiel auf ein Feuerzeug. Es lag auf dem leeren roten Pizzakarton. Sollte ich jemals gezweifelt haben, wusste ich es jetzt. Sie liebte die CP Spezial. Sie liebte mich.

KAPITEL 15

Der Tag vor Weihnachten.

Es war kälter geworden. Das war's erst mal mit dem Tauwetter.

Ich rief aus der Telefonzelle an der Ecke im Reisebüro an, erfuhr, was die Flugtickets nach Paris kosteten, und sagte, ich würde zurückrufen. Dann meldete ich mich beim Fischer.

Sagte ohne Einleitung, dass ich Geld dafür wollte, Hoffmann zu expedieren.

»Das ist eine offene Leitung, Olav.«

»Wir werden nicht abgehört«, sagte ich.

»Und woher willst du das wissen?«

»Hoffmann bezahlt jemanden bei der Telefongesellschaft, der eine Übersicht hat, welche Telefone abgehört werden und welche nicht. Von euch ist niemand auf der Liste.«

»Ich helfe dir, dein Problem zu lösen, Olav, warum sollte ich dich auch noch dafür bezahlen?«

»Weil Sie dermaßen viel Kohle machen werden, wenn Hoffmann erst mal weg ist, dass wir eigentlich hier nur über Peanuts reden.«

Eine Pause, nicht lang.

»Wie viel?«

»Vierzigtausend.«

»Okay.«

»In bar. Ich hole das Geld morgen früh im Laden ab.«

»Okay.«

»Und noch etwas. Ich gehe heute Abend nicht das Risiko ein, noch einmal im Laden vorbeizukommen, Hoffmanns Leute sind mir etwas zu dicht auf den Fersen. Ihre Leute müssen mich um sieben auf der Rückseite des Bislett Stadions abholen.«

»Geht in Ordnung.«

»Die Särge und den Wagen haben Sie?«

Der Fischer antwortete nicht.

»Sorry«, antwortete ich. »Ich bin es gewohnt, mich immer selbst um alles zu kümmern.«

»War's das?«

Wir legten auf. Ich blieb stehen und starrte auf den Hörer. Der Fischer hatte, ohne zu zögern, eingewilligt. Vierzigtausend. Fünfzehn hätten mir auch schon gereicht. War ihm das nicht klar? Er war doch Geschäftsmann? Irgendwas stimmte da nicht. Hatte ich einen Fehler gemacht? Mich zu billig verkauft? Hätte ich sechzig verlangen müssen oder achtzig? Aber dafür war es jetzt zu spät. Trotzdem gut, dass ich endlich einmal nachverhandelt hatte.

Ich bin in der Regel nervös, wenn ein Auftrag länger als einen Tag vor mir liegt. Doch wenn ich die Stunden zählen kann, fällt diese Nervosität mehr und mehr von mir ab.

So war es auch dieses Mal.

Ich ging im Reisebüro vorbei und kaufte die Tickets nach Paris. Bekam ein Hotel am Montmartre empfohlen. Günstig, aber gemütlich und romantisch, sagte die Frau hinter dem Tresen.

»Interessant«, sagte ich.

»Ein Weihnachtsgeschenk?« Die Frau lächelte, als sie den Auftrag auf einen Namen eintippte, der meinem ähnlich war, aber nicht ganz stimmte. Noch nicht, ich würde ihn kurz vor dem Abflug korrigieren. Ihr Name stand auf dem Schild an der apfelgrünen Jacke, allem Anschein nach die Arbeitskleidung der Angestellten in diesem Reisebüro. Sie war stark geschminkt. Tabakflecken auf den Zähnen. Sonnengebräunt. Vielleicht bekamen die Angestellten ja Rabatt auf Reisen in den Süden.

Ich ging nach draußen auf die Straße. Sah nach rechts und links. Sehnte mich nach der Dunkelheit.

Auf dem Rückweg bemerkte ich, dass ich sie nachmachte. Maria.

Ist. Das. Alles.

Um fünf Uhr hatte ich zwei Koffer gepackt.

»Was du brauchst, kaufen wir in Paris«, sagte ich zu Corina, die deutlich nervöser war als ich.

Um sechs Uhr hatte ich die Pistole auseinandergenommen, gesäubert, geölt und wieder zusammengesetzt.

Das Magazin gefüllt. Ich duschte und zog mich im Bad um. Ging alles noch einmal durch. Überlegte, wie es ablaufen könnte. Auf jeden Fall musste ich dafür sorgen, dass Klein zu keiner Zeit hinter mir war. Ich zog den schwarzen Anzug an. Setzte mich in den Sessel, schwitzte. Corina fror.

»Viel Glück«, sagte sie.

»Danke«, erwiderte ich, stand auf und ging.

KAPITEL 16

Ich trat im Dunkeln hinter dem alten Fußball- und Eislaufstadion von einem Fuß auf den anderen.

Laut *Aftenposten* sollten die Temperaturen im Laufe der Nacht und in den nächsten Tagen noch weiter fallen. Inzwischen waren sie sich sicher, dass der Kälterekord geknackt würde.

Exakt um sieben Uhr rollte der schwarze Lieferwagen um die Straßenecke. Keine Minute zu früh, keine Minute zu spät. Ich nahm das als ein gutes Zeichen.

Ich öffnete die Tür des Laderaums und stieg ein. Klein und der Däne hatten sich je auf einen weißen Sarg gesetzt. Sie trugen schwarze Anzüge und, wie von mir gewünscht, weiße Hemden und Krawatten. Der Däne begrüßte mich, er hatte diesen seltsamen Akzent. Klein starrte mich nur mürrisch an. Ich setzte mich auf den dritten Sarg und klopfte gegen die Trennscheibe zur Fahrerkabine. Der junge Mann, der mich nicht aus den Augen gelassen hatte, als ich in die Fischhandlung gekommen war, fungierte heute als Fahrer.

Der Weg hinauf zur Ris Kirche führte über stille,

kurvige Straßen mit ansehnlichen Villen. Ich sah nichts davon, wusste aber ziemlich genau, wo wir waren.

Ich schnupperte. Hatte der Fischer einen seiner Fischwagen benutzt? Hoffentlich hatte er dann auch falsche Nummernschilder montiert.

»Woher stammt der Wagen?«, fragte ich.

»Der stand am Ekeberg«, sagte der Däne. »Der Fischer hat gesagt, ich solle etwas Beerdigungstypisches besorgen.« Er lachte laut. *»Beerdigungstypisch.«*

Ich schluckte die Frage herunter, warum es im Innern des Lieferwagens dann so nach Fisch stank. Das konnte dann ja nur von ihnen kommen. Nach wenigen Minuten im Hinterzimmer des Ladens stank jeder nach Fisch, ich hatte auch gestunken.

»Wie fühlt es sich eigentlich an«, fragte Klein plötzlich, »seinen Chef zu liquidieren?«

Es war sicher besser, so wenig wie möglich mit Klein zu reden. »Weiß nicht«, sagte ich.

»Natürlich weißt du das! Red schon.«

»Vergiss es!«

»Nein.«

Ich sah Klein an, dass er nicht nachgeben würde.

»Zum einen ist Hoffmann nicht mein Chef, zum anderen habe ich es nicht so mit Gefühlen.«

»Klar ist er dein Chef!« Ich hörte die Wut in seiner Stimme.

»Wenn du meinst.«

»Warum sollte er denn *nicht* dein Chef sein?«

»Das ist doch nicht so wichtig.«

»Komm schon, Mann. Schließlich sollen wir dir

heute Abend den Arsch retten, da kannst du uns doch wohl …«, er hielt mir Zeigefinger und Daumen hin, »ein klein bisschen entgegenkommen.«

Der Wagen fuhr ziemlich abrupt um eine Kurve, und wir rutschten auf den glatten Sargdeckeln hin und her.

»Hoffmann bezahlt mich pro Stück«, sagte ich. »Er ist also ein Kunde von mir. Darüber hinaus …«

»Kunde?«, wiederholte Klein. »Und Mao war ein *Stück*?«

»Wenn Mao einer von denen war, die ich expediert habe, dann war Mao ein Stück, ja. Tut mir leid für dich, wenn du emotional mit ihm verbunden warst.«

»Emotional verb…« Klein spuckte die Worte aus, aber seine Stimme versagte. Er musste tief durchatmen. »Was glaubst du eigentlich, wie lange du selbst noch lebst, du …?«

»Heute Abend ist Hoffmann ein Stück«, sagte ich. »Ich würde vorschlagen, dass wir uns erst einmal auf ihn konzentrieren.«

»Und wenn er erledigt ist«, sagte Klein, »ist der Nächste an der Reihe.«

Er starrte mich an, ohne auch nur zu versuchen, seinen Hass zu verbergen.

»Da du allem Anschein nach auf Chefs stehst«, sagte ich, »möchte ich dich an die Order erinnern, die der Fischer dir gegeben hat.«

Klein griff nach seiner hässlichen Flinte, aber der Däne legte ihm die Hand auf den Arm. »Immer mit der Ruhe, Klein.«

Der Wagen wurde langsamer. Der junge Mann sprach in Richtung Scheibe. »Es ist Zeit, in eure Vampirbetten zu steigen, Jungs.«

Wir nahmen die Deckel von den diamantförmigen Särgen und legten uns hinein. Ich wartete, bis Klein seinen Deckel zugemacht hatte, ehe ich meinen auflegte. Wir konnten den Deckel von innen mit zwei Schrauben fixieren, nur ein paar Umdrehungen, aber genug, um ihn an Ort und Stelle zu halten. Zugleich war der Deckel schnell aufzumachen, wenn die Zeit gekommen war. Ich war nicht mehr nervös. Aber meine Knie zitterten. Merkwürdig.

Wir hielten an, Türen schlugen, und von draußen waren Stimmen zu hören.

»Danke, dass wir Ihren Keller benutzen dürfen.« Die Stimme des jungen Mannes.

»Ist doch selbstverständlich.«

»Man hat mir auch Hilfe zum Tragen versprochen.«

»Ja, die Toten selbst können einem ja nicht mehr behilflich sein.«

Männerlachen. Vermutlich ein Mitarbeiter des Beerdigungsinstituts. Die Tür des Laderaums wurde geöffnet. Ich lag so still, wie ich konnte, als mein Sarg angehoben wurde. Wir hatten unten und an den Seiten Atemlöcher gebohrt, durch die schmale Lichtstreifen in den Sarg fielen, als ich in den Flur getragen wurde.

»Ist das die Familie, die auf dem Trondheimsveien umgekommen ist?«

»Ja.«

»Hab davon in der Zeitung gelesen, tragische Geschichte. Die sollen ganz oben im Norden beerdigt werden, nicht wahr?«

»Ja.«

Es ging nach unten, ich rutschte nach hinten und stieß mit dem Kopf an die Rückwand. Verdammt, ich dachte immer, die Toten würden mit den Beinen voran getragen werden.

»Dann habt ihr es nicht mehr geschafft, die noch vor Weihnachten hochzubringen?«

»Nein, die sollen in Narvik beerdigt werden. Das sind zwei Tage Fahrt.« Kurze, schlurfende Schritte. Sie waren jetzt auf der engen Steintreppe. Ich erinnerte mich gut daran.

»Warum werden die eigentlich nicht mit dem Flugzeug transportiert?«

»Das war den Angehörigen zu teuer«, sagte der junge Mann. Er machte seinen Job gut. Ich hatte gesagt, er solle vorgeben, noch ganz neu im Unternehmen zu sein, falls ihm zu viele Fragen gestellt wurden.

»Und während der Wartezeit wollten die Angehörigen sie in einer Kirche haben?«

»Ja, vermutlich wegen Weihnachten und so.«

Es wurde wieder eben.

»Ja, ja, schon verständlich. Also, hier ist Platz, aber das sehen Sie ja selbst. Da steht nur der eine Sarg für die Beerdigung morgen. Der ist offen, die Familie kommt gleich noch mal. Wir können den Sarg hier auf die Böcke stellen.«

»Ach, stellen wir ihn doch einfach auf den Boden.«

»Wir sollen den Sarg einfach auf den Betonboden stellen?«

»Ja.«

Sie waren stehen geblieben. Zögerten.

»Wie Sie wollen.«

Ich wurde zu Boden gelassen. Hörte ein Kratzen unweit meines Kopfes. Dann entfernten sich die Schritte.

Ich war allein. Sah durch eines der Löcher nach draußen. Ganz allein war ich nicht. Da war noch die Leiche. Meine Leiche. Bei meinem letzten Besuch war ich hier unten auch allein mit einer Leiche gewesen. Meine Mutter hatte in ihrem Sarg so klein ausgesehen. Irgendwie geschrumpft. Vielleicht hatte die Seele bei ihr mehr Platz eingenommen als bei anderen Menschen. Von ihrer Familie war dann auch jemand gekommen, ich hatte keinen von ihnen jemals zuvor gesehen. Ihre Eltern hatten den Kontakt abgebrochen, als meine Mutter mit meinem Vater zusammenkam. Dass sich jemand aus ihrer Familie mit einem Kriminellen abgab, war für Großeltern, Onkel und Tanten schlichtweg inakzeptabel. Glücklicherweise war sie mit dem Kerl in den Osten der Stadt gezogen, aus den Augen, aus dem Sinn. Mit dem Tod meiner Mutter war ich ins Leben der Familie getreten. War mit einem Mal sichtbar für Onkel und Tanten, die bis dahin nur Leute gewesen waren, von denen Mama gesprochen hatte, wenn sie voll oder high war. Die ersten Worte, die ein Verwandter zu mir sagte, waren »Mein Beileid«. Circa zwanzig Beileidsbekundungen in einer Kirche im Westen der Stadt, unweit ihres Elternhauses. Danach war ich wieder auf meine Seite des Flusses zurückgekehrt und hatte keinen von ihnen jemals wiedergesehen.

Ich überprüfte, ob die Schrauben noch richtig festsaßen.

Der zweite Sarg kam.

Die Schritte verschwanden wieder. Ich sah auf die Uhr. Halb acht.

Der dritte Sarg kam.

Der junge Mann und der Bestatter verschwanden über die Treppe nach draußen und redeten dabei darüber, was es Weihnachten zu essen gab.

Bis jetzt war alles nach Plan gelaufen.

Der Pastor hatte keine Einwände gehabt, als ich im Namen der Familie angerufen und ihn darum gebeten hatte, die drei Verkehrsopfer über Weihnachten im Keller seiner Kirche aufzubahren. So waren wir an Ort und Stelle, wenn Hoffmann kam. In einer halben Stunde sollte er hier sein. Mit etwas Glück ließ er seine Bodyguards draußen warten. Aber mindestens das Überraschungsmoment war ja auf unserer Seite.

Der Phosphor auf dem Zifferblatt meiner Uhr leuchtete im Dunkeln.

Zehn vor.

Punkt.

Fünf nach.

Ein Gedanke schoss mir durch den Kopf. Die Blätter. Der Brief. Er lag noch immer unter der Besteckbox in der Küchenschublade. Warum hatte ich ihn nicht weggeworfen? Hatte ich das wirklich einfach nur vergessen? Und warum fragte ich mich das und nicht, *was* passieren würde, wenn Corina ihn fand? *Wollte* ich, dass sie ihn fand? Wenn einem doch jemand all diese Fragen beantworten könnte.

Draußen war das Geräusch von Motoren zu hören. Autotüren knallten.

Schritte auf der Treppe.

»Er sieht so friedlich aus«, flüsterte eine Frauenstimme.

»Wie hübsch sie ihn zurechtgemacht haben«, sagte eine ältere Frauenstimme schluchzend.

Eine Männerstimme: »Ich habe den Schlüssel im Schloss stecken lassen, ich sollte wohl besser …«

»Du gehst nirgendwohin, Erik.« Die jüngere Frau. »Mein Gott, bist du ein Waschlappen.«

»Aber Schatz, der Wagen …«

»Er steht auf einem Friedhof, Erik! Was soll denn da schon passieren?«

Ich spähte durch das Loch in der Sargwand.

Ich hatte gehofft, Daniel Hoffmann würde allein kommen. Stattdessen waren sie zu viert und stellten sich alle auf der gleichen Seite des Sarges auf. Mir zugewandt. Ein Mann mit Halbglatze in Daniels Alter, der ihm nicht ähnlich sah. Vielleicht ein Schwager. Das würde zu den beiden anderen passen, die neben ihm standen: eine Frau in den Dreißigern und ein vielleicht zehn- oder zwölfjähriges Mädchen.

Wenn es eine Ähnlichkeit gab, dann mit der älteren, grauhaarigen Frau. Daniel war ihr wie aus dem Gesicht geschnitten. Die große Schwester? Seine jung gebliebene Mutter?

Aber kein Daniel Hoffmann.

Ich redete mir gut zu, dass er bestimmt mit dem eigenen Wagen kam und es schon ein großer Zufall wäre, wenn alle gleichzeitig einträfen.

Dass ich damit richtiglag, entnahm ich dem Blick, den der Schwager mit der Halbglatze auf seine Uhr warf.

»Eigentlich sollte er doch die Geschäfte seines Vaters übernehmen. Der arme Benjamin«, schniefte die Ältere. »Was soll Daniel denn jetzt nur machen?«

»Mutter«, sagte die jüngere Frau in warnendem Tonfall.

»Ach, tu doch nicht so, als wüsste Erik nicht Bescheid.«

Erik hob und senkte die Schultern in seiner Anzugjacke und wippte auf den Füßen. »Stimmt, ich weiß über Daniels Geschäfte Bescheid.«

»Dann weißt du auch, wie krank er ist.«

»Elise hat mir davon erzählt, ja. Aber so viel haben wir mit Daniel ja nicht zu tun. Oder mit dieser … äh …«

»Corina«, warf Elise ein.

»Vielleicht wäre es an der Zeit, dass ihr ihn öfter seht«, sagte die Ältere.

»Mutter!«

»Ich will damit nur sagen, dass wir nicht wissen, wie lange Daniel noch unter uns ist.«

»Wir wollen nichts mit Daniels Geschäften zu tun haben, Mutter. Sieh doch, was mit Benjamin passiert ist.«

»Psst!«

Schritte auf der Treppe.

Zwei Gestalten betraten den Raum.

Eine davon umarmte die ältere Frau und nickte der jüngeren und dem Schwager distanziert zu.

Daniel Hoffmann. Und mit ihm Pine, der ausnahmsweise mal den Mund hielt.

Sie stellten sich auf die vordere Seite des Sargs, mit dem Rücken zu uns. Perfekt. Wenn ich davon ausgehe, dass ein von mir zu expedierendes Stück bewaffnet ist, nehme ich bereitwillig große Umwege in Kauf, um in eine Position zu gelangen, aus der ich ihm in den Rücken schießen kann.

Ich legte die Finger um den Schaft der Pistole.

Wartete.

Wartete auf den Kerl mit der Bärenfellmütze.

Er kam nicht.

Er war draußen vor der Kirche postiert worden.

Das erleichterte den ersten Akt, würde uns aber später Probleme bereiten. Aber kommt Zeit, kommt Rat.

Mein Signal für Klein und den Dänen war simpel: Ich würde schreien.

Es sprach nichts dagegen, direkt loszuschlagen. Trotzdem hatte ich das Gefühl, als gäbe es einen richtigen Moment, die perfekte Sekunde zwischen all den anderen Sekunden. Wie bei dem Skistock und meinem Vater. Oder wie in einem Buch, in dem der Autor festlegt, wann genau etwas passiert, von dem man weiß, dass es passieren wird, weil er vorher schon davon erzählt hat. Es gibt eine richtige Reihenfolge in der

Geschichte, einen Augenblick, den es abzuwarten gilt. Alles muss erst an seinem Ort sein. Ich schloss die Lider und spürte den Countdown, eine Feder, die gespannt wurde, ein Tropfen, der noch zitternd an einem Eiszapfen hing.

Dann war der Augenblick da.

Ich schrie und stieß den Deckel hoch.

KAPITEL 17

Alles war hell. Hell und gut. Mutter sagte, ich hätte hohes Fieber, der Arzt sei da gewesen und habe mir ein paar Tage Bettruhe verordnet. Ich solle viel trinken, es sei aber nicht gefährlich. In diesem Moment wusste ich, dass sie sich Sorgen machte. Ich selbst hatte keine Angst. Mir ging es gut. Auch wenn ich die Augen schloss, war es hell, das Licht schien rot und warm durch meine Lider. Ich lag in Mutters großem Bett, und irgendwie war es, als zögen die Jahreszeiten durch den Raum. Dem milden Frühling folgte ein brennend heißer Sommer, in dem mir der Schweiß wie Sommerregen von der Stirn lief und das Laken an der Haut klebte. Danach wurde es besser, der Herbst kam mit kühler, klarer Luft, bevor es plötzlich Winter wurde und ich mit klappernden Zähnen frierend im Bett lag, wie auf Skiern durch Schlaf, Traum und Wirklichkeit schoss.

Sie war in der Bibliothek gewesen und hatte ein Buch für mich ausgeliehen. *Die Elenden* von Victor Hugo. Auf dem Umschlag unter der Zeichnung der jungen Cosette, einer Originalillustration von Émile

Bayard, stand *Gekürzte Ausgabe*. Ich las und träumte. Träumte und las. Fügte Sachen hinzu und ließ andere weg. Wusste nicht mehr sicher, was der Autor erfunden hatte und was von mir war.

Ich glaubte an die Geschichte. Ich glaubte nur nicht, dass Victor Hugo sie richtig erzählt hatte.

Ich glaubte nicht, Jean Valjean habe Brot gestohlen und das sei der Grund für seine Strafe. Ich hatte den Verdacht, Hugo habe da etwas geschönt, damit die Leser auch weiterhin zu ihrem Helden hielten. In Wahrheit hatte Jean Valjean bestimmt jemanden getötet. Er war ein Mörder. Da Jean Valjean aber ein guter Mann war, hatte derjenige, den er getötet hatte, es sicher verdient. Ja, so musste es sein. Jean Valjean hatte jemanden getötet, der Unrecht begangen hatte und dafür bezahlen musste. Der Brotdiebstahl störte mich. Also schrieb ich die Geschichte um. Machte sie besser.

Jean Valjean war bei mir ein gefährlicher Mörder, der in ganz Frankreich gesucht wurde. Und er war verliebt in Fantine, die arme Hure. War ihr völlig ergeben. Was er für sie tat, geschah aus Verliebtheit, weil er verrückt war, sie anbetete und nicht weil er seinen Seelenfrieden retten wollte, es geschah aus Liebe zu den Menschen. Er unterwarf sich der Schönheit. Ja, genau, der Schönheit dieser verdorbenen, kranken, sterbenden Hure, die keine Zähne und Haare hatte. Er sah Schönheit, wo andere nichts sahen. Und deshalb gehörte sie einzig ihm. Und er ihr.

Erst nach zehn Tagen ließ das Fieber langsam nach. Für mich war diese Zeit wie ein Tag gewesen. Als ich wieder richtig zu mir kam, saß Mutter an meinem Bett und streichelte mir über die Stirn. Sie weinte leise und gestand mir, wie knapp es gewesen war.

Ich erzählte ihr, dass ich an einem Ort gewesen war, an den ich gerne wieder zurückkehren wollte.

»So etwas darfst du nicht sagen, Olav, Lieber!«

Ich sah ihr an, was sie dachte. Schließlich hatte auch sie einen Ort, an den sie immer wieder zurückkehren wollte, per Flaschenpost.

»Aber ich will nicht sterben, Mama. Ich will nur dichten.«

KAPITEL 18

Ich kniete und hatte beide Hände um den Griff der Pistole gelegt.

Wie in Zeitlupe beobachtete ich, wie Hoffmann und Pine sich umdrehten.

Ich schoss Pine in den Rücken, und da er dabei war, eine Pirouette zu drehen, gab ich noch einen Schuss ab. Weiße Federn stoben aus seiner braunen Jacke und tanzten wie Schneeflocken durch die Luft. Er hatte es geschafft, seine Waffe aus der Jackentasche zu ziehen und zu schießen, allerdings hatte er den Arm nicht mehr hochgekriegt. Die Kugeln trafen den Boden und die Wände, prallten laut knallend davon ab. Klein hatte den Deckel des Sargs neben mir angehoben, war aber liegen geblieben. Die Wetterlage war ihm wohl zu stürmisch. Der Däne war aus dem Sarg gestiegen und zielte auf Hoffmann, aber ich stand in seiner Schusslinie. Ich ging rückwärts, die Pistole auf Hoffmann gerichtet, der verblüffend schnell war. Er sprang quer über den Sarg, direkt auf das Mädchen zu, das er mit zu Boden riss, während der Rest der Verwandtschaft wie Salzsäulen mit aufgerissenen Mündern hinter dem Sarg stand.

Pine lag unter dem Tisch, auf dem der Sarg von Benjamin Hoffmann aufgebahrt war, und streckte den Pistolenarm wie einen Peilsender aus. Wahllos feuerte er seine Kugeln ab. Blut und Rückenmark auf dem Beton. Glock-Pistole. Verdammt viele Kugeln. Es war nur eine Frage der Zeit, bis eine davon traf. Ich verpasste Pine noch eine Kugel. Trat gegen Kleins Sarg und richtete die Pistole wieder auf Hoffmann. Sah ihn über Kimme und Korn hinweg an. Er saß mit dem Rücken an der Wand auf dem Boden und hielt das schmächtige Mädchen mit einem Arm vor sich auf dem Schoß fest. In der anderen Hand hielt er eine Pistole, die er auf die Schläfe des Mädchens richtete. Sie war vollkommen still und sah mich mit ihren braunen Augen an, ohne auch nur einmal zu blinzeln.

»Erik …« Hoffmanns Schwester ließ ihren Bruder nicht aus den Augen, sprach aber mit ihrem Gatten.

Da endlich reagierte der Mann mit dem Yin-Yang-Scheitel und machte unsicher einen Schritt auf seinen Schwager zu.

»Komm nicht näher, Erik«, sagte Hoffmann. »Diese Leute haben es nicht auf dich abgesehen.«

Aber Erik blieb nicht stehen, er taumelte wie ein Zombie weiter.

»Verdammt«, schrie der Däne und fingerte hektisch an seiner Waffe. Funktionsfehler. Ladehemmung. Dieser verfluchte Amateur.

»Erik!«, wiederholte Hoffmann und richtete die Waffe auf seinen Schwager.

Der Vater streckte die Arme nach seiner Tochter

aus. Fuhr sich mit der Zunge über die Lippen. »Bertine …«

Hoffmann drückte ab. Der Mann taumelte nach hinten. Hoffmann musste ihn in den Bauch getroffen haben.

»Raus mit euch, sonst erschieße ich das Mädchen!«, brüllte Hoffmann.

Neben mir hörte ich schweren Atem. Es war Klein. Er hatte sich aufgerichtet und die abgesägte Flinte auf Hoffmann gerichtet. Aber der Tisch und der Sarg von Hoffmann junior waren im Weg, so dass Klein einen Schritt nach vorn machen musste, um freie Schussbahn zu haben.

»Weg! Sonst erschieße ich sie!« Hoffmanns Stimme überschlug sich.

Die Flinte zeigte nach unten, ein Winkel von fünfundvierzig Grad. Klein aber lehnte sich nach hinten, weg von der Waffe, als hätte er Angst, sie könnte vor seinem Gesicht explodieren.

»Nein!«, rief ich. »Klein, nicht!«

Ich sah ihn blinzeln, wie man es tut, wenn man auf den Knall wartet.

»Sir!«, rief ich und versuchte Augenkontakt mit Hoffmann zu bekommen. »Sir! Lassen Sie das Mädchen gehen, bitte!«

Hoffmann starrte mich an, als wäre ich ein kompletter Idiot.

Verdammt, so war das nicht geplant gewesen! Ich schaffte es, noch einen Schritt auf Klein zuzugehen, als der Schuss in meinen Ohren dröhnte. Eine Qualmwolke stieg zur Decke auf. Kurzer Lauf, große Streuung.

Die weiße Bluse des Mädchens war rot gepunktet, eine Seite ihres Halses aufgerissen, und das Gesicht von Daniel Hoffmann sah aus, als würde es brennen. Aber beide lebten. Während Hoffmanns Pistole über den Betonboden tanzte, beugte Klein sich über den Sarg und streckte den Arm aus, so dass der Lauf der Flinte auf der Schulter des Mädchens lag und die Mündung Hoffmanns Nase berührte, der sich verzweifelt hinter dem Kind zu verstecken versuchte.

Klein drückte noch einmal ab. Die Schrotladung katapultierte Hoffmanns Gesicht ins Innere seines Schädels.

Klein drehte sich mit wutverzerrtem Gesicht zu mir um. »Ein Stück! War das jetzt ein Stück für dich, du Arsch!«

Ich hätte Klein in den Kopf geschossen, wenn er die Flinte auf mich gerichtet hätte, obwohl ich wusste, dass er nur noch leere Patronenhülsen im Lauf hatte. Dann wandte ich mich wieder Hoffmann zu, sein Kopf war eingesunken wie ein von innen verfaulter Apfel. Er war expediert. Was war schon dabei? Er sollte ohnehin sterben. Wir alle mussten sterben. Aber ich hatte ihn überlebt.

Ich kümmerte mich um das Mädchen, löste Hoffmanns Kaschmirschal und wickelte ihn ihr um den Hals, um die Blutung zu stoppen. Sie starrte mich noch immer mit großen Augen an. Sagte kein Wort. Ich schickte den Dänen zur Treppe, um sicherzugehen, dass niemand kam, während ich der Großmutter zeigte, wie sie die Hand auf das Loch im Hals ihrer Enkelin pressen musste, damit sie nicht so viel Blut verlor. Klein stopfte zwei neue Patronen in sein Höllenwerkzeug, ich legte die Pistole deshalb nicht weg.

Hoffmanns Schwester lag auf den Knien neben ihrem Mann, der sich die Hände auf den Bauch presste und leise und monoton jammerte. Magensäure soll in Wunden höllisch brennen, hatte ich gehört, aber ich ging davon aus, dass er überleben würde. Nur die Kleine … verdammt noch mal, die hatte doch niemandem etwas getan!

»Was machen wir jetzt?«, fragte der Däne.

»Leise sein und warten«, antwortete ich.

Klein schnaubte. »Und worauf? Dass die Bullen kommen?«

»Warten, ob wir draußen ein Auto starten und wegfahren hören«, sagte ich und dachte an den ruhigen, konzentrierten Blick unter der Bärenfellmütze. Ich konnte nur hoffen, dass dieser Mann seinen Auftrag nicht ganz so ernst nahm.

»Der Bestatter hat …«

»Halt den Mund!«

Klein starrte mich an. Der Lauf der Flinte hob sich leicht. Bis er merkte, auf wen ich mit der Pistole zielte.

Nicht so Pine unter dem Tisch.

»Verdammte Scheiße, was für eine verdammte Scheiße …!«

Möglich, dass er tot war und nur sein Mundwerk noch irgendwie weiterlebte. Wie der Körper einer

Schlange. Ich hatte irgendwo gelesen, dass der noch einen Tag lang rumzuckte, wenn man das Tier in der Mitte durchtrennte.

»So eine verdammte Riesenkacke, Kacke, Kacke, verdammte!«

Ich ging neben ihm in die Hocke.

»Oh, verflucht, das tut echt sauuumäßig weh, Olav!«

»Sieht nicht so aus, als müsstest du noch lange leiden, Pine.«

»Nicht! Scheiße! Gibst du mir die Kippe?«

Ich holte die Zigarette hinter seinem Ohr hervor und steckte sie ihm zwischen die zitternden Lippen. Sie wippte auf und ab, es gelang ihm aber, sie festzuhalten.

»F-f-feuer!«, stammelte er.

»Sorry, ich habe aufgehört.«

»K-k-kluger Mann, du lebst dann länger.«

»Keine Garantie.«

»Nein, logisch, verdammt, eh, du kannst ja morgen vor ein Auto laufen.«

Ich nickte. »Wer steht draußen?«

»Mann, hast du Sch-schweiß auf der Stirn? Zu warm angezogen oder Stress, Olav?«

»Antworte!«

»Und was kriege ich für die Info?«

»Zehn Millionen Kronen steuerfrei. Oder Feuer für deine Zigarette. Deine Entscheidung.«

Pine lachte. Hustete. »Nur der Russe. Aber der ist gut. Berufssoldat oder so was. Weiß nicht, der macht kaum das Maul auf.«

»Waffen?«

»Na klar.«

»Was heißt das? Automatische?«

»Wie sieht das mit dem Feuerzeug aus?«

»Das kommt schon noch, Pine.«

»Mann, sei doch gnädig, ich kack hier ab.« Er hustete Blut auf mein weißes Hemd. »Damit du besser schlafen kannst.«

»Wie du besser geschlafen hast, nachdem du die Taubstumme auf den Strich geschickt hast, um das Geld für ihren Macker einzutreiben.«

Pine sah mich blinzelnd an. Sein Blick war seltsam klar, als hätte sich ein Schleier gelüftet.

»Ach, die«, sagte er leise.

»Ja, die«, erwiderte ich.

»Das hast du aber gründlich missverstanden, Olav.«

»So, habe ich das?«

»Ja, die ist nämlich zu mir gekommen. *Sie* wollte seine Schulden zahlen.«

»Sie?«

Pine nickte. Es sah fast so aus, als würde er sich wieder berappeln. »Eigentlich hatte ich schon abgelehnt, ich meine, sonderlich hübsch war sie ja nicht, und wer zahlt schon für ein Mädchen, das nicht hören kann, was man haben will? Ich hab bloß zugestimmt, weil sie so hartnäckig darauf bestanden hat. Aber klar, sobald sie seine Schulden übernommen hat, waren das ihre Schulden. Ist doch logisch, oder?«

Ich antwortete nicht. Hatte keine Antwort. Es war verrückt. Jemand hatte die Geschichte umgeschrieben. Meine war besser gewesen.

»Däne!«, rief ich in Richtung Tür. »Hast du Feuer?«

Er nahm die Pistole in die linke Hand, ohne die Treppe aus den Augen zu lassen, und fischte mit der rechten ein Feuerzeug aus der Tasche. Wir sind schon seltsame Gewohnheitstiere. Dann warf er es mir zu. Ich fing es auf, klickte es an und hielt die Flamme an die Zigarette. Wartete, dass das Feuer in den Tabak gezogen wurde, aber die Flamme stand ruhig vor der Zigarette. Ich ließ sie noch einen Moment brennen, dann hob ich den Daumen. Die Flamme erlosch.

Ich sah mich um. Blut und Stöhnen. Alle waren mit sich beschäftigt. Außer Klein, der war mit mir beschäftigt. Ich begegnete seinem Blick.

»Du gehst vor«, sagte ich.

»Hä?«

»Du gehst vor mir die Treppe hoch.«

»Warum das denn?«

»Hast du die Flinte oder ich?«

»Du kannst sie gerne nehmen.«

»Darum geht es nicht, du machst, was ich sage. Ich will dich nicht hinter mir haben.«

»Was soll das denn? Vertraust du mir etwa nicht?«

»Ich vertraue dir so sehr, dass ich dich gerne vor mir hätte.« Ich deutete mit der Pistole auf ihn. »Däne, mach mal Platz, Klein will rauf.«

Klein sah mich lange an. »Das zahle ich dir heim, Johansen.«

Er kickte sich die Schuhe von den Füßen, ging schnell zur Treppe und schlich sich gebeugt durchs Halbdunkel nach oben.

Wir blickten ihm nach. Sahen, wie er stehen blieb und sich so weit reckte, dass er den Kopf über den Rand der Treppe bekam, bevor er sich wieder duckte. Anscheinend sah er niemanden, denn er richtete sich wieder auf und ging weiter, die Flinte hielt er mit beiden Händen vor der Brust fest. Er sah aus wie einer von der Heilsarmee mit Gitarre. Oben blieb er stehen, drehte sich zu uns um und winkte.

Ich hielt den Dänen zurück.

»Warte noch einen Moment«, flüsterte ich und begann zu zählen.

Die Salve kam bei eineinhalb.

Sie erwischte Klein und warf ihn über den Rand der Treppe runter.

Er schlug auf halbem Weg auf den Stufen auf und rutschte auf uns zu. Tot. Sein Körper, ein Stück Schlachtvieh, folgte der Schwerkraft.

»Das war knapp …«, flüsterte der Däne und starrte auf den Leichnam vor seinen Füßen.

»Hallo!«, rief ich. Der Ruf hallte zwischen den Wänden wider, als wäre er beantwortet worden. »Your boss is dead! Job is over! Go back to Russia! No one is gonna pay for any more work here today!«

Ich wartete. Flüsterte dem Dänen zu, dass er nach Pines Autoschlüsseln suchen solle. Er brachte sie, und ich warf sie über die Treppe nach oben.

»We are not coming out until we hear the car leaving!«, rief ich.

Nach kurzem Zögern kam eine Antwort in gebrochenem Englisch. »I don't know boss is dead.

Maybe prisoner. Give me boss, I will leave and you will live.«

»He is very dead! Come down and see!«

»Ha, ha. I want my boss come with me.«

Ich sah zu dem Dänen.

»Was machen wir jetzt?«, flüsterte er, es klang langsam wie ein Refrain.

»Wir schneiden ihm den Kopf ab«, sagte ich.

»Was?«

»Los, schneid Hoffmann den Kopf ab. Pine hat ein Messer mit Sägezähnen.«

»Äh … welchem Hoffmann?«

War er wirklich so blöd?

»Dem Alten. Sein Kopf ist unser Ausgangssticket, verstanden?«

Nee, er verstand nichts, tat aber trotzdem, was ich ihm gesagt hatte.

Ich stand in der Türöffnung und behielt die Treppe im Blick. Von unten waren leise Stimmen zu hören, als hätten sich alle wieder beruhigt. Ich wagte das Risiko, in mich hineinzufühlen. Wie immer in Stresssituationen dachte ich an seltsame, nutzlose Dinge. Zum Beispiel, dass das Innere von Kleins Anzugjacke sich komplett nach außen gekehrt hatte, so dass ich das Etikett des Kostümverleihs sehen konnte, bei dem er sie sich geliehen hatte. Zerschossen, wie sie war, würden sie die sicher nicht zurücknehmen. Oder dass die Logistik für die Leichen von Hoffmann, Pine und Klein eigentlich perfekt war. Sie waren schon in der Kirche und hatten jeder einen leeren Sarg. Und dass ich für Corina einen

Fensterplatz vor der Tragfläche gebucht hatte, damit sie schon beim Landeanflug Paris sehen konnte. Ein paar nützliche Gedanken waren aber auch dabei. Was machte der junge Mann jetzt mit unserem Wagen? Wartete er noch immer unterhalb der Kirche auf uns? Und war ihm aufgefallen, dass die letzten Schüsse aus einer automatischen Waffe abgefeuert worden waren, die nicht zu unserer Ausrüstung gehörte? Es ist immer ein schlechtes Zeichen, wenn der letzte Schuss aus der Waffe des Feindes kommt. Er hatte einen klaren Befehl, aber würde er auch einen klaren Kopf bewahren? Hatten andere Leute in der Nachbarschaft die Schüsse gehört? Und wo steckte der Mann vom Bestattungsunternehmen? Die Sache hatte viel zu lange gedauert. Wie viel Zeit blieb noch, bis wir wirklich draußen sein *mussten*?

Der Däne trat in die Türöffnung. Sein Gesicht war blass. Aber nicht so blass wie das Gesicht, das er an den Haaren in der Hand hielt. Es war der richtige Hoffmann, und ich signalisierte ihm, dass er den Kopf nach oben werfen sollte.

Die Haare ein paarmal um die Hand gewickelt, nahm der Däne einen Schritt Anlauf und schwang den Arm wie beim Bowlen. Der Kopf segelte mit flatternden Haaren nach oben, stieg aber zu steil hoch und stieß an die Decke, klatschte danach auf die Treppe und holperte mit leisen trockenen Knacklauten wieder zu uns zurück, wie wenn man mit einem Löffel gegen ein hartgekochtes Ei schlägt.

»Ich muss erst den richtigen Winkel finden«, murmelte der Däne, packte den Kopf erneut, ging in Stellung, schloss konzentriert die Augen und atmete ein paarmal tief ein und aus. Ich war in diesem Moment wirklich mit den Nerven fertig und hätte jeden Moment laut loslachen können. Er öffnete die Augen wieder, trat zwei Schritte vor und schwang den Arm. Ließ los. Vier Komma fünf Kilo Menschenschädel flogen in einem sauberen Bogen über die Treppe nach oben, landeten auf dem Boden und kullerten über den Flur weiter.

Der Däne wandte sich mit einem triumphierenden Blick zu mir um, sagte aber nichts.

Wir warteten. Und warteten.

Dann hörten wir, dass ein Motor angelassen wurde und aufheulte. Jemand schaltete hart. Rückwärtsgang. Erneutes Aufheulen. Zu hohe Drehzahl und erster Gang. Jemand, der es nicht gewohnt war zu fahren, fuhr weg.

Der Däne blies die Wangen auf und ließ die Luft wieder entweichen, während er die rechte Hand schüttelte, als hätte er etwas Heißes angefasst.

Ich lauschte. Hörte ganz genau hin. Und spürte es, bevor ich es wirklich hörte. Das Geräusch von Polizeisirenen. In der kalten Luft wurde es weit getragen. Es konnte noch eine Weile dauern, bis sie hier waren.

Ich sah mich um. Das Mädchen saß auf dem Schoß seiner Großmutter. Es war unmöglich zu sagen, ob sie noch atmete, aber nach ihrer Gesichtsfarbe zu schließen, hatte sie keinen Tropfen Blut mehr in sich. Aber daran durfte ich jetzt nicht denken. Bevor ich ging, erfasste ich noch einmal mit den Augen den ganzen Raum. Die Familie, das Blut, der Tod. Es erinnerte mich an ein Gemälde. Drei Hyänen und ein Zebra mit aufgerissenem Bauch.

KAPITEL 19

Es stimmt nicht, dass ich nicht mehr weiß, was ich in der U-Bahn zu ihr gesagt habe. Allerdings bin ich mir gar nicht sicher, ob ich es wirklich gesagt habe, vielleicht erinnere ich mich deshalb nicht. Ich weiß nur noch, dass ich es vorhatte. Die Worte weiß ich aber noch ganz genau. Ich habe ihr gesagt, dass ich sie liebe. Nur um zu sehen, wie es sich anfühlt, so etwas zu jemandem zu sagen. Oder auf ein Ziel zu schießen, das die Form eines menschlichen Torsos hat. Das ist natürlich nicht dasselbe, wie wenn man auf einen richtigen Menschen schießt, aber trotzdem anders als auf normale, runde Zielscheiben. Ich meinte das ja nicht ernst, so wie ich die Torsoleute auf den Zielscheiben ja auch nicht erschießen will. Es war ein Training. Ich wollte mich mit den Worten vertraut machen. Vielleicht würde ich eines Tages ja doch noch eine Frau treffen, die meine Liebe erwiderte, und dann durfte ich nicht ins Stocken geraten. Noch hatte ich Corina nicht gesagt, dass ich sie liebe. Jedenfalls nicht laut, von Herzen, ohne Rückzugsmöglichkeit, ohne Absicherung, so, dass der Nachhall der Worte den Raum füllt und die Stille aufbläst, bis die Wände zurückgedrängt werden. Ich hatte es nur zu Maria gesagt, an der Stelle, an der die Schienen sich begegnen. Oder trennen. Beim Gedanken, dass ich diese Worte bald zu Corina sagen würde, fühlte mein Herz sich an, als wollte es zerspringen. Sollte ich es ihr an diesem Abend sagen? Auf dem Flug nach Paris? Oder später im Hotel? Vielleicht beim Essen? Ja, das wäre der perfekte Moment.

Genau daran dachte ich, als ich mit dem Dänen aus der Kirche trat und die rauhe, kalte Winterluft einatmete. Sie schmeckte nach Meersalz. Das war immer so, bis das Eis sich über den Fjord legte. Die Polizeisirenen waren noch immer nicht laut, aber deutlich hörbar, das Heulen schwoll an und ab wie ein schlecht eingestellter Radiosender. Noch waren sie so weit entfernt, dass unmöglich auszumachen war, aus welcher Richtung sie sich näherten.

Auf der Straße unterhalb des Friedhofs entdeckte ich die Scheinwerfer des schwarzen Lieferwagens.

Ich ging mit raschen Schritten und leicht gebeugten Knien über den eisigen Boden. So etwas lernt man in Norwegen schon als kleines Kind. In Dänemark vielleicht erst später, dort gibt es nicht so oft Schnee und Eis. Auf jeden Fall blieb der Däne zurück. Aber was weiß denn ich, vielleicht kannte der Däne sich viel besser mit Eis aus als ich. Wir wissen so wenig übereinander. Wir sehen nur ein rundes, nettes Gesicht, ein offenes Lächeln und hören freundlich klingende dänische Worte, die wir nicht immer verstehen, die uns aber einlullen und die Nerven beruhigen, so dass wir an die kleine Meerjungfrau denken, an dänisches Bier, an dänische Sonne und an das geruhsame Landleben am Belt. Eine angenehme Vorstellung, bei der wir instinktiv den Schutzschild sinken lassen. Aber woher sollte *ich* mehr wissen? Vielleicht hatte der Däne mehr Leute expediert, als ich das jemals tun würde. Und warum kam mir dieser Gedanke ausgerechnet jetzt? Nun, vielleicht weil es sich plötzlich so anfühlte, als wartete die Zeit wie eine zum Bersten gespannte Feder wieder auf eine neue, perfekte Sekunde.

Ich wollte mich umdrehen, kam aber nicht mehr dazu.

Ich kann ihm keine Vorwürfe machen. Ich nehme, wie gesagt, selbst alle möglichen Umwege in Kauf, um in eine Position zu gelangen, aus der ich einem bewaffneten Stück in den Rücken schießen kann.

Der Knall hallte über den Friedhof.

Ich spürte die erste Kugel wie einen Druck auf dem Rücken, die nächste wie einen Biss in den Oberschenkel. Er hatte mich ziemlich weit unten getroffen, genau wie ich Benjamin. Ich fiel nach vorn. Schlug mit dem Kinn aufs Eis. Drehte mich um und blickte in die Mündung seiner Waffe.

»Tut mir wirklich leid, Olav«, sagte der Däne, und ich hörte, dass er es ernst meinte. »Nimm es nicht persönlich.« Er hatte extra tief gezielt, um mir das sagen zu können.

»Klug vom Fischer«, flüsterte ich. »Er wusste, dass

ich Klein nicht aus den Augen lassen würde, und hat deshalb dir den Auftrag gegeben.«

»Das ist wohl so, Olav.«

»Aber warum müsst ihr mich expedieren?«

Der Däne zuckte mit den Schultern. Die Polizeisirenen waren näher gekommen.

»Eigentlich klar«, sagte ich. »Die Chefs wollen keine lebenden Zeugen, keine Leute, die wirklich etwas gegen sie in der Hand haben. Daran solltest auch du denken, Däne. Man sollte wissen, wann man abhauen muss.«

»Das hat damit nichts zu tun, Olav.«

»Verstehe. Der Fischer ist der Chef, und Chefs haben Angst vor Menschen, die ihre Chefs expedieren. Sie fürchten, als Nächster an der Reihe zu sein.«

»Darum geht es auch nicht, Olav.«

»Verdammt, Mann, siehst du nicht, dass ich verblute, Däne, lassen wir die Ratespielchen!«

Der Däne räusperte sich. »Der Fischer hat gesagt, dass man schon ein verdammt abgebrühter Geschäftsmann sein muss, um nicht wütend auf jemanden zu sein, der drei der eigenen Leute umgebracht hat.«

Er zielte auf mich, der Finger krümmte sich um den Abzug.

»Bist du sicher, dass sich nicht wieder eine Kugel im Magazin verklemmt hat?«, flüsterte ich.

Er nickte.

»Ein letzter Wunsch zu Weihnachten, Däne. Nicht ins Gesicht. Bitte.«

Ich sah, dass er zögerte. Dann nickte er wieder.

Senkte den Lauf der Pistole etwas. Ich schloss die Augen. Hörte die Schüsse. Spürte die Projektile in mich einschlagen. Zwei Bleikugeln. Genau dort, wo bei normalen Menschen das Herz ist.

KAPITEL 20

»Meine Frau hat das gemacht«, hatte er gesagt, »für die Aufführung.«

Ineinander verhakte Eisenringe. Viele Tausende? Ich war, wie gesagt, der Meinung, dass ich mit dieser Witwe ein gutes Geschäft gemacht hatte. Ein Kettenhemd. Pine hatte richtig beobachtet, ich war verschwitzt, aber kein Wunder, schließlich sah ich unter Anzug und Hemd wie ein heiliger König aus.

Das Kettenhemd hatte die Schüsse in Rücken und Brust gut abgefangen, nicht aber den in den Oberschenkel.

Ich spürte, wie das Blut aus mir herausströmte, als ich die Rücklichter des schwarzen Lieferwagens in der Dunkelheit verschwinden sah und auf die Beine zu kommen versuchte. Mir wurde schwarz vor Augen, aber ich schaffte es, mich aufzurichten und in Richtung des Volvos zu hinken, der vor der Kirchentür parkte. Das Heulen der Sirenen kam mit jeder Sekunde näher. Mindestens ein Krankenwagen war darunter. Der Bestatter hatte die Zeichen richtig gedeutet, als er Alarm geschlagen hatte. Vielleicht konnten sie das Mädchen ja doch noch retten. Vielleicht auch nicht. Vielleicht konnte ich mich retten, dachte ich, als ich die Tür des Volvos aufriss. Vielleicht auch nicht.

Was Hoffmanns Schwager gesagt hatte, war richtig, die Schlüssel steckten tatsächlich noch im Zündschloss.

Ich schob mich hinter das Lenkrad und drehte den Schlüssel um. Der Starter stotterte kurz und verstummte. Verdammte Scheiße! Ich versuchte es noch einmal. Erneutes Stottern. Jetzt spring schon an! Wenn man hier oben in dieser Schneehölle Autos produziert, dann müssen sie doch bei Kälte anspringen! Ich hämmerte mit der Faust auf das Lenkrad. Sah die Blaulichter wie das Nordlicht über den Winterhimmel flackern.

Da! Ich gab Gas. Ließ die Kupplung kommen und schleuderte durch den Schnee, bis die Spikes auf dem Eis Halt fanden und mich in Richtung Kirchentür katapultierten.

Ich fuhr ein paar hundert Meter durch das Villenviertel nach unten, drehte dann um und fuhr langsam zurück in Richtung Kirche. Kurz darauf sah ich im Rückspiegel die Blaulichter. Ich machte ihnen brav in einer Villeneinfahrt Platz und ließ sie vorbeifahren.

Zwei Einsatzfahrzeuge der Polizei und ein Rettungswagen, aber mindestens ein weiterer Polizeiwagen näherten sich. Ich wartete und stellte nun fest, dass ich nicht zum ersten Mal hier war. Es war zum Mäusemelken. In dieser Straße, vor exakt diesem Haus, hatte ich Benjamin Hoffmann expediert.

Im Wohnzimmerfenster hing Weihnachtsdeko, und

auf dem Fensterbrett standen Plastikröhren, die echte Kerzen vortäuschten. Ein Schein von heiler Familienwelt fiel auf den Schneemann im Garten. Der Junge hatte es also geschafft. Vielleicht mit Hilfe von etwas Wasser und seinem Vater. Ihr Schneemann war jedenfalls richtig groß geworden, ausgestattet mit Zylinder, einem sinnlosen Steingrinsen und Stockarmen, die so aussahen, als wollten sie diese ganze, verkommene Welt und all das Verrückte in ihr umarmen.

Der Polizeiwagen raste vorbei, und ich setzte aus der Einfahrt heraus und fuhr weiter.

Zum Glück waren keine anderen Wagen unterwegs. Niemand, der den Volvo sah, der krampfhaft normal wirken sollte, dabei aber – ohne dass man genau sagen konnte, wieso – irgendwie anders durch den Osloer Vorweihnachtsabend fuhr als all die übrigen Autos.

Ich parkte direkt hinter der Telefonzelle und schaltete den Motor aus. Hosenbein und Fahrersitz waren blutgetränkt. Es fühlte sich irgendwie so an, als hätte ich ein falsches Herz im Bein, das schwarzes Tierblut herauspumpte, Opferblut, Satansblut.

Corina riss vor Entsetzen die großen blauen Augen auf, als ich die Wohnungstür öffnete und schwankend in der Tür stehen blieb.

»Olav! Mein Gott, was ist passiert?«

»Es ist erledigt.« Ich warf die Tür hinter mir zu.

»Ist … ist er tot?«

»Ja.«

Mit einem Mal begann der Raum sich zu drehen.

Hatte ich viel Blut verloren? Zu viel? Zwei Liter? Irgendwo hatte ich gelesen, dass wir fünf, sechs Liter Blut haben und bei einem Blutverlust von rund zwanzig Prozent ohnmächtig werden. Was gleichbedeutend war mit ... verdammt, auf jeden Fall weniger als zwei Liter.

Ihre Tasche stand im Wohnzimmer auf dem Boden. Sie hatte bereits für Paris gepackt, die gleichen Sachen, die sie aus der Wohnung ihres Mannes mitgenommen hatte. Ihres früheren Mannes. Ich hatte bestimmt viel zu viel eingepackt. Hatte es nie weiter als bis nach Schweden geschafft. Mit meiner Mutter, in dem Sommer, in dem ich vierzehn geworden war. Mit dem Auto unseres Nachbarn. In Göteborg hatte er mich, kurz bevor wir in den Liseberg-Freizeitpark gingen, gefragt, ob es okay wäre, wenn er es bei meiner Mutter versuchte. Tags darauf fuhren Mutter und ich mit dem Zug nach Hause. Mutter tätschelte mir die Wange und sagte, ich sei ihr Ritter, der einzige auf der ganzen Welt. Irgendwie hatte ich das Gefühl, dass in ihrer Stimme ein falscher Ton mitschwang, aber das lag sicher daran, dass ich so verwirrt über diese ganze kranke Erwachsenenwelt war. Außerdem habe ich ja schon gesagt, dass ich nicht sehr musikalisch bin, ich konnte noch nie die sauberen von den unsauberen Tönen unterscheiden.

»Was ist das da an deiner Hose, Olav? Ist das ... Blut? Mein Gott, du bist verwundet! Was ist passiert?« Sie sah derart verwirrt und hilflos aus, dass ich schon lachen musste. Ungläubig, fast wütend starrte sie mich an. »Was ist? Findest du es etwa zum Lachen, dass du wie ein Schwein blutest? Wo bist du getroffen worden?«

»Nur ins Bein.«

»Nur? Wenn die Pulsader getroffen wurde, kannst du verbluten, Olav! Zieh die Hose aus und setz dich in der Küche auf den Stuhl.«

Sie legte das Cape ab, das sie bei meinem Kommen getragen hatte, und ging ins Bad.

Kam mit Verbandszeug, Pflaster und Jod wieder zurück.

»Ich muss das nähen«, sagte sie.

»Wenn du meinst«, antwortete ich, lehnte den Kopf an die Wand und schloss die Augen.

Sie reinigte die Wunde und versuchte, die Blutung zu stillen. Kommentierte, was sie tat, und dass sie mich nur provisorisch zusammenflicke. Die Kugel sei da noch irgendwo drin, daran könne sie jetzt aber nichts ändern.

»Wo hast du das gelernt?«, fragte ich.

»Halt den Mund und bleib still sitzen, sonst reißen die Stiche aus.«

»An dir ist ja eine richtige Krankenschwester verlorengegangen.«

»Du bist nicht der erste Mann mit einer Kugel im Körper.«

»Na dann«, seufzte ich, fragte aber nicht weiter. Wir hatten es ja nicht eilig, würden für diese Geschichten noch viel Zeit haben. Ich öffnete die Augen und starrte auf den Haaransatz an ihrem Hinterkopf, während sie vor mir kniete. Ich sog ihren Duft ein. Er war irgendwie anders, das köstliche Aroma, das ich kannte, wenn ich sie im Arm hielt, sie nackt und erregt war oder verschwitzt auf meinem Arm lag, war mit etwas vermischt. Nicht viel, nur ein Hauch von Ammoniak, kaum wahrnehmbar, aber doch … da. Aber bestimmt kam der Geruch nur von meiner Wunde, von der Entzündung, ich begann zu verfaulen.

»So«, sagte sie und biss den Faden durch.

Ich starrte sie an. Die Bluse war ihr über eine Schulter gerutscht, am Hals war ein blauer Fleck zu sehen. Den hatte ich nicht bemerkt, er musste noch von Benjamin Hoffmann stammen. Ich wollte etwas zu ihr sagen, ihr versichern, dass so etwas nie wieder passieren würde, dass niemals wieder jemand sie so hart anfassen würde. Aber der Zeitpunkt war falsch. Wird man von einer Frau zusammengeflickt, damit man nicht verblutet, sollte man vielleicht nicht gerade sagen, dass sie bei einem in Sicherheit ist.

Sie wischte das Blut mit einem Handtuch weg, das sie in warmes Wasser getaucht hatte, und wickelte einen Verband um mein Bein.

»Ich glaube, du hast Fieber, Olav. Du solltest ins Bett gehen.«

Sie zog mir Jacke und Hemd aus. Starrte auf das Kettenhemd. »Was ist denn das?«

»Eisen.«

Sie half mir, das Kettenhemd auszuziehen, und fuhr mit dem Finger über die blauen Flecken, die mir die Kugeln des Dänen verpasst hatten. Liebevoll. Fasziniert. Sie küsste sie. Und als ich im Bett lag, der Schüttelfrost kam und sie die Decke um mich herum feststeckte, war es genau wie damals in Mamas Bett. Es tat fast überhaupt nicht mehr weh. Und ich hatte das Gefühl, endlich alles loslassen zu können, als müsste ich nichts mehr entscheiden. Wie ein Boot auf dem Wasser. Der Fluss bestimmte die Reiseroute. Das Schicksal, das Ziel waren vorgegeben. Der Rest war die Reise, die Zeit und all das, was man unterwegs am Ufer des Flusses erlebt. Das Leben ist einfach, wenn man nur krank genug ist.

Ich glitt in die Welt der Träume.

Sie trug mich über der Schulter, das Wasser platschte unter ihren Füßen. Es war dunkel und stank nach Kanalisation, infizierten Wunden, Ammoniak und Parfüm. Auf den Straßen über uns hörte ich Schüsse und Schreie, Streifen von Licht fielen durch die Kanaldeckel. Sie aber ließ sich nicht aufhalten, war mutig und stark. Stark genug für uns beide. Sie wusste, wie wir hier wieder rauskamen, denn sie war hier schon einmal gewesen. Ja, so ging die Geschichte. An einer Kanalabzweigung blieb sie stehen, legte mich auf den Boden, sagte, sie müsse den weiteren Weg erkunden und werde bald wieder zurück sein. Ich lag auf dem Rücken, hörte die Ratten um mich herumlaufen, während ich durch die Ritzen der Kanaldeckel zum Mond emporsah. Tropfen hingen an dem Gitter über mir, zitterten blinkend im Mondlicht. Rote, glänzende, fette Tropfen. Sie lösten sich und rasten auf mich zu. Trafen mich auf der Brust. Schlugen durch das Kettenhemd in mein Herz. Warm, kalt. Warm, kalt. Der Geruch …

Ich schlug die Augen auf.

Sagte ihren Namen. Niemand antwortete.

»Corina?«

Ich richtete mich im Bett auf. Mein Schenkel pochte und fühlte sich an, als würde er gleich platzen. Mühsam schob ich die Beine über die Bettkante und schaltete das Licht ein. Ich erschrak. Mein Schenkel war so angeschwollen, dass mir fast übel wurde. Es sah aus, als hätte die Wunde weitergeblutet und sich alles Blut unter der Haut und der Bandage angesammelt.

Das Mondlicht fiel auf ihre Tasche. Sie stand mitten im Wohnzimmer. Aber ihr Cape hing nicht mehr über dem Stuhl. Ich stand auf und hinkte in die Küche. Zog die Schublade heraus und hob den Besteckkasten an.

Die Blätter waren noch da. Im Umschlag, unangetastet.

Ich nahm den Umschlag heraus und trat ans Fenster. Das Thermometer auf der Außenseite der Scheibe zeigte, dass die Temperaturen noch weiter gefallen waren.

Ich sah nach unten.

Da war sie. Sie war nur runtergegangen.

Sie stand in der Telefonzelle, den gebeugten Rücken zur Straße gewandt, und presste den Hörer ans Ohr.

Ich winkte, dabei wusste ich, dass sie mich nicht sehen konnte.

Verdammt, das Bein tat wahnsinnig weh!

Dann legte sie auf. Ich trat einen Schritt zurück, um nicht im Licht zu stehen. Sie trat aus der Telefonzelle, und ich sah, wie sie zu mir hochblickte. Ich stand still da. Sie auch. Ein paar Schneeflocken wirbelten durch die Luft. Sie lief los. Mit gestreckten Füßen, den einen dicht vor den anderen setzend. Wie eine Seiltänzerin. Sie überquerte die Straße. Kam zu mir herüber. Zurück blieben ihre Spuren im Schnee. Katzenpfoten. Die Hinterpfoten in den Abdrücken der Vorderpfoten. Im schrägen Licht der Straßenlaternen warfen ihre Fußabdrücke kleine Schatten. Wie wenig es brauchte. Wie wenig …

Als sie leise in die Wohnung zurückkam, lag ich wieder mit geschlossenen Augen im Bett.

Sie legte das Cape ab. Ich hatte gehofft, dass sie sich ganz ausziehen und zu mir ins Bett kommen würde. Mich eine Weile halten würde. Einfach nur festhalten. Auch Kleinvieh macht Mist. Denn ich wusste jetzt, dass sie mich nicht über die Schulter legen und durch die Kanalisation tragen würde. Sie würde mich nicht retten, und wir würden auch nicht nach Paris fliegen.

Statt zu mir ins Bett zu kommen, setzte sie sich im Dunkeln auf einen Stuhl.

Wachte.

Wartete.

»Dauert es lange, bis er kommt?«, fragte ich.

Ich sah, wie sie zusammenzuckte. »Du bist wach.«

Ich wiederholte die Frage.

»Von wem redest du, Olav?«

»Vom Fischer.«

»Du hast Fieber. Du solltest versuchen zu schlafen.«

»Du hast ihn doch unten aus der Telefonzelle angerufen.«

»Olav …«

»Ich will nur wissen, wie viel Zeit mir noch bleibt.«

Sie hatte sich vorgebeugt, ihr Gesicht lag im Dunkeln. Als sie wieder zu reden begann, klang ihre Stimme verändert. Fremd. Härter. Aber in meinen Ohren klangen die Töne trotzdem reiner.

»Zwanzig Minuten vielleicht.«

»Okay.«

»Woher wusstest du …?«

»Ammoniak. Rochen.«

»Was?«

»Der Ammoniakgeruch, er bleibt an der Haut hängen, wenn du in Kontakt mit Rochen kommst, besonders wenn die noch nicht ausgenommen und küchenfertig sind. Das soll an der Harnsäure liegen, die im Fischfleisch abgelagert wird. Hab ich irgendwo gelesen. Genau wie bei Haien.«

Corina sah mich mit abwesendem Lächeln an. »Verstehe.«

Noch eine Pause.

»Olav?«

»Ja.«

»Das ist nicht …«

»Persönlich?«

»Genau.«

Die Stiche brannten. Der Gestank von Entzündung

und Wundwasser stieg mir in die Nase. Ich legte die Hand auf den Oberschenkel. Der Verband war durchnässt. Und der Druck war noch immer hoch, das Blut wollte raus.

»Was ist es dann?«, fragte ich.

Sie seufzte. »Ist das wichtig?«

»Ich mag Geschichten«, sagte ich. »Zwanzig Minuten habe ich noch.«

»Es geht nicht um dich, es geht um mich.«

»Und wer bist du?«

»Ja. Wer bin ich?«

»Daniel Hoffmann war sterbenskrank. Und du wusstest das, und du wusstest auch, dass Benjamin Hoffmann die Leitung übernehmen würde.«

Sie zuckte mit den Schultern. »Ertappt. Du hast mich.«

»Du bist also jemand, der ohne schlechtes Gewissen diejenigen betrügt, die er betrügen muss, um Geld und Macht zu folgen?«

Corina erhob sich mit einer abrupten Bewegung, trat ans Fenster und sah nach unten auf die Straße. Zündete sich eine Zigarette an.

»Abgesehen vom schlechten Gewissen, stimmt das wohl«, sagte sie.

Ich lauschte. Es war still. Mir wurde bewusst, dass es nach Mitternacht sein musste. Heiligabend.

»Hast du ihn einfach angerufen?«, fragte ich.

»Ich bin in seinem Laden gewesen.«

»Und er hat dich empfangen?«

Ich sah die Silhouette ihrer geschürzten Lippen, als

sie den Rauch ausatmete. »Er ist ein Mann. Wie alle Männer.«

Ich dachte an die Schatten hinter der Milchglasscheibe. Den blauen Fleck an ihrem Hals. Er war frisch. Wie blind konnte man eigentlich sein? Die Schläge. Die Unterwerfung. Die Erniedrigung. Sie wollte das so.

»Der Fischer ist verheiratet. Was hat er dir angeboten?«

Sie zuckte mit den Schultern. »Nichts. Vorläufig. Aber er wird es schon noch tun.«

Sie hatte recht. Schönheit stach alles aus.

»Als ich eben nach Hause kam … Du warst nicht schockiert über meine Verletzung, sondern darüber, dass ich noch am Leben war?«

»Beides. Du darfst nicht glauben, dass ich nichts für dich empfinde, Olav. Du warst ein guter Liebhaber.« Sie lachte kurz. »Anfangs dachte ich, du hättest das gar nicht drauf.«

»Was?«

Sie lächelte nur. Zog fest an ihrer Zigarette. Die Glut leuchtete im Halbdunkel vor dem Fenster auf. Wenn jetzt jemand von draußen nach oben zum Fenster sah, stellte er sich vielleicht heile Welt, Familienglück, Weihnachtsstimmung vor. Oder dass sie dort oben all das hatten, was man sich nur wünschen konnte. Dass sie da so lebten, wie man leben *sollte*. Aber was weiß ich denn schon? Ich hätte mir das jedenfalls vorgestellt.

»Was draufhatte?«, wiederholte ich.

»Na, mich zu beherrschen, mein König zu sein.«

»Dein König?«

»Ja«, sagte sie lachend. »Zwischenzeitlich dachte ich sogar, ich müsste dich bremsen.«

»Wovon redest du?«

»Davon«, sagte sie und streifte ihre Bluse über die Schulter nach unten und zeigte auf den Bluterguss.

»Der ist nicht von mir.«

Ihre Hand fror auf dem Weg zu ihrem Mund ein, und sie sah mich ungläubig an.

»*Was?* Glaubst du etwa, ich habe das selbst gemacht?«

»Der ist nicht von mir, sage ich!«

Sie lachte leise. »Komm schon, Olav. Dafür musst du dich nicht schämen.«

»Ich schlage keine Frauen!«

»Stimmt, was das angeht, warst du nur schwer zu überzeugen. Aber du würgst gern. Nachdem ich dich darauf gebracht habe, hat es dir richtig *Spaß* gemacht.«

»Nein!« Ich presste mir die Hände auf die Ohren. Sah, dass ihr Mund sich bewegte, hörte aber nichts. Da war nichts zu hören. Denn das war nicht meine Geschichte. Meine Geschichte ging ganz anders.

Ihr Mund verformte sich. Wie eine Seeanemone. Ich habe mal gelernt, dass die einen Mund als Anus haben und umgekehrt. Warum redete sie, was wollte sie damit bezwecken? Was wollten die alle? Ich war taubstumm, hatte keinen Apparat mehr, um Schallwellen zu dekodieren, wie normale Leute sie unablässig produzieren. Wellen, die über die Korallen schwappen und dann verschwinden. Ich starrte in eine Welt, die ohne Sinn war, ohne Zusammenhang, die nicht mehr war als das verzweifelte Leben der Leben, die wir zugeteilt bekommen hatten, die zwanghafte Befriedigung jeder noch so kranken Begierde, das Betäuben der Angst vor der Einsamkeit und der Todeskampf, der schlagartig beginnt, wenn wir erkennen, wie vergänglich wir sind. Ich verstand jetzt, was sie meinte. Ist. Das. Alles?

Ich nahm meine Hose vom Stuhl neben dem Bett und zog sie an. Das eine Hosenbein war steif von Blut. Ich schob mich aus dem Bett und zog das Bein beim Gehen nach.

Corina rührte sich nicht.

Ich beugte mich über meine Schuhe und spürte, dass mir übel wurde. Trotzdem gelang es mir, die Schuhe anzuziehen. Der Mantel. Ich hatte den Pass und die Tickets nach Paris in der Innentasche.

»Du wirst nicht weit kommen«, sagte sie.

Die Schlüssel des Volvos in der Hosentasche.

»Deine Wunde ist aufgeplatzt. Sieh dich doch mal an.«

Ich öffnete die Tür und trat auf den Treppenabsatz hinaus. Packte das Geländer und stützte mich mit beiden Unterarmen ab, während ich mich nach unten kämpfte und an das kleine, geile Spinnenmännchen dachte, das etwas zu spät erkannt hatte, dass die Besuchszeit vorüber war.

Unten schmatzte das Blut bereits in meinem Schuh.

Ich ging zum Auto. Polizeisirenen. Sie waren die

ganze Zeit über zu hören gewesen. Wie weit entferntes Wolfsgeheul auf den schneebedeckten Hügeln rund um Oslo. Ansteigend, abfallend, immer dem Geruch des Blutes nachjagend.

Diesmal sprang der Volvo sofort an.

Ich wusste, wohin ich musste, aber irgendwie verloren die Straßen Richtung und Struktur, wurden zu weich treibenden Feuerquallen, denen ich in alle Richtungen zu folgen hatte. Es war schwer, sich in dieser neuen Gummistadt zurechtzufinden, in der nichts mehr stillhalten wollte. Ich sah ein rotes Licht und bremste. Versuchte mich zu orientieren. Musste eingeschlafen sein, denn ich schrak vom Hupen des Autos hinter mir auf und bemerkte, dass es längst grün geworden war. Gab Gas. Wo war ich? War das noch immer Oslo?

Meine Mutter hat nie ein Wort über den Mord an meinem Vater verloren. Als wäre das nie passiert. Für mich war das okay. Bis sie dann eines Tages, vier oder fünf Jahre später, als wir zusammen am Küchentisch saßen, fragte: »Was glaubst du, wann kommt er wieder?«

»Wer?«

»Dein Vater.« Sie schaute mit glasigem Blick durch mich hindurch. »Er ist jetzt schon so lange weg. Wo er dieses Mal wohl gewesen ist?«

»Er kommt nicht zurück, Mama.«

»Natürlich tut er das, er ist immer wieder zurückgekommen.« Sie hob ihr Glas. »Er liebt mich, weißt du. Und dich auch.«

»Mama, du hast doch mitgeholfen, ihn …«

Sie knallte das Glas so hart auf den Tisch, dass der Gin überschwappte.

»So«, sagte sie ohne jedes Lallen und sah mich an. »Nur eine grausame Person würde ihn mir nehmen, meinst du nicht auch?«

Sie verrieb mit einer Hand den klaren Alkohol auf dem Wachstuch und wischte danach weiter, als wollte sie irgendetwas beseitigen. Ich wusste nicht, was ich sagen sollte. Sie hatte sich ihre eigene Geschichte zusammengesponnen. Ich mir meine. Und ich konnte ja nun nicht in diesem See im Nittedal tauchen, nur um zu überprüfen, wer von uns die richtige Geschichte erzählte. Also sagte ich nichts.

Aber die Gewissheit darüber, dass sie einen Mann liebte, der sie so behandelte, verriet mir etwas ganz Bestimmtes über die Liebe.

Nein, eigentlich nicht.

Das tat es nicht.

Es verriet mir *nichts* über die Liebe.

Danach haben wir nie wieder über meinen Vater gesprochen.

Ich folgte der Straße, hielt so gut es ging die Spur, aber irgendwie schien die Straße mich die ganze Zeit über abwerfen zu wollen. Ich rutschte in Richtung Hauswände, kam zu nah an die anderen Autos oder auf die Gegenfahrbahn, wo die Wagen mir auswichen und ihr lautes Hupen hinter mir verhallte wie der Klang eines müden Leierkastens.

Irgendwann bog ich nach rechts ab. Kam auf ruhigere Straßen. Weniger Licht. Weniger Verkehr. Das Dunkel gewann die Oberhand. Und dann wurde alles schwarz.

Ich musste ohnmächtig geworden sein und war von der Fahrbahn abgekommen. Nicht schnell, ich war mit der Stirn gegen die Windschutzscheibe gefallen, ohne dass irgendetwas zu Schaden gekommen war. Weder die Scheibe noch die Stirn. Und der Laternenpfahl, um den sich der Kühlergrill gewickelt hatte, war nicht einmal verbogen. Nur der Motor war ausgegangen. Ich drehte den Zündschlüssel herum, wieder und wieder, aber das Jaulen klang wenig enthusiastisch, so dass ich irgendwann die Autotür aufmachte und rauskroch. Ich hockte wie ein betender Muslim auf Knien und Ellenbogen, während mir der Schnee auf die Handflächen fiel. Dann schob ich die Hände zusammen und versuchte, den lockeren Schnee zusammenzuballen. Aber genau das ist das Problem mit Pulverschnee. Er ist weiß und schön, aber schwer zu etwas zu gebrauchen, das Bestand hat. Er verspricht so viel, aber das, was du daraus machen willst, geht doch irgendwann kaputt und zerrieselt dir zwischen den Fingern. Ich sah nach oben, blickte mich um und erkannte, wohin ich gefahren war.

Ich stolperte vom Auto weg zum Fenster. Presste das Gesicht gegen die Scheibe. Das kalte Glas linderte das Glühen meiner Stirn. Drinnen lagen die Regale und Kassen in schimmerndem Halbdunkel. Ich war zu spät gekommen, der Laden war zu. Natürlich war er das, es war ja mitten in der Nacht. An der Tür hing sogar ein Zettel, der darüber informierte, dass sie früher schlossen als sonst üblich. *Wegen Inventur schließt das Geschäft am 23. 12. bereits um 17.00 Uhr.*

Inventur. Die Zeit war wohl reif dafür.

In der Ecke hinter der kurzen Reihe der Einkaufswagen stand ein kleiner, hässlicher Weihnachtsbaum. Trotzdem, auch dieses Ding verdiente den Namen Weihnachtsbaum.

Ich wusste nicht, warum ich hierher gefahren war. Ich hätte in die Pension fahren und dort ein Zimmer nehmen können. Gegenüber von der Wohnung, deren Besitzer wir gerade expediert hatten. Und deren Besitzerin mich expediert hatte. Dort würde mich niemand suchen. Mein Geld reichte für zwei Nächte. Und morgen könnte ich den Fischer anrufen und ihn bitten, das restliche Honorar auf mein Konto zu überweisen.

Ich hörte mich selbst lachen.

Spürte eine warme Träne über meine Wange laufen, sah, wie sich der Tropfen in den Schnee bohrte.

Und noch eine, die einfach verschwand.

Dann fiel mein Blick auf mein Knie. Das Blut quoll durch den Stoff meiner Hose, sickerte nach unten und legte sich schleimig glänzend auf den Schnee, wie Eiweiß. Ich wollte, dass es verschwand. Dass es mit dem Schnee verschmolz und wie die Tränen geschluckt wurde. Stattdessen blieb es da, rot und vibrierend. Meine verschwitzten Haare klebten am Schaufenster. Es ist vielleicht etwas spät jetzt, aber ich will es doch noch sagen, ich habe lange, strähnige blonde

Haare, einen Bart, blaue Augen und bin mittelgroß. Das sollte als Beschreibung eigentlich reichen. Haare und Bart sind vorteilhaft, wenn man bei einer Expedierung einmal zu viele Zeugen hat. Man kann sein Aussehen jederzeit schnell verändern. Jetzt aber spürte ich, dass mein Potential zur schnellen Veränderung an der Scheibe festfror und Wurzeln schlug wie eins der Geschöpfe dieses Scheißkorallenriffs, von dem ich die ganze Zeit rede. Ich sollte also mit dieser Scheibe verschmelzen, zu Glas werden, genau wie in Brehms Tierleben beschrieben. Die wirbellosen Nesseltiere werden zu dem Korallenriff, auf dem sie leben. Und morgen konnte ich dann Maria sehen, sie den ganzen Tag beobachten, ohne dass sie mich sah. Ihr zuflüstern, was ich wollte. Die Worte rufen, sie singen. Verschwinden. Das war das Einzige, was ich mir jetzt noch wünschte, vielleicht das Einzige, was ich mir *jemals* gewünscht hatte. Verschwinden, wie Mama, die sich mit ihrem Klaren unsichtbar gesoffen, sich selbst weggeätzt hatte. Wo war sie jetzt? Ich erinnerte mich nicht mehr. Hatte es ziemlich schnell vergessen. Es war merkwürdig, ich erinnerte mich an meinen Vater, aber wo war sie, die mich auf die Welt gebracht und für mich gesorgt hatte? War sie wirklich tot? Beerdigt auf dem Ris Friedhof? Oder gab es sie noch irgendwo dort draußen? Ich konnte mich einfach nicht erinnern.

Ich schloss die Augen und stützte mich weiter an der Scheibe ab. Ganz entspannt. So müde. Bald würde ich mich daran erinnern. Bald …

Die Dunkelheit senkte sich herab. Unaufhaltsam.

Breitete ihren schweren, schwarzen Mantel über mich und kam mir entgegen, um mich in ihre Arme zu nehmen.

Es war so still, dass ich das sanfte Klicken ganz deutlich hörte, als wäre die Tür genau neben mir. Dann vernahm ich Schritte, das bekannte Hinken. Es näherte sich. Ich öffnete die Augen nicht. Die Schritte stoppten.

»Olav.«

Ich antwortete nicht.

Sie kam näher. Ich spürte eine Hand auf meinem Oberarm. »Was. Machst. Du. Hier.«

Ich öffnete die Augen. Starrte in das Glas und sah ihr Spiegelbild. Sie stand hinter mir.

Ich öffnete den Mund, konnte aber nicht sprechen.

»Blutest. Du.«

Ich nickte. Wie war das möglich, wie konnte sie jetzt hier sein? Mitten in der Nacht?

Natürlich.

Inventur.

»Dein. Auto.«

Ich formte Mund und Zunge zu einem »Ja«, aber es kam einfach kein Laut heraus.

Sie nickte, als würde sie verstehen, hob meinen Arm und legte ihn sich über die Schulter.

»Komm.«

Ich hinkte auf Maria gestützt zum Auto. Das Merkwürdige war, dass ich nichts von ihrem Hinken bemerkte, als wäre es verschwunden. Sie bugsierte mich auf den Beifahrersitz und ging selbst zur noch immer offen stehenden Fahrertür. Sie beugte sich über mich und riss das Hosenbein auf, das lautlos nachgab. Dann nahm sie eine Flasche Mineralwasser aus ihrer Tasche, drehte den Deckel ab und goss mir das Wasser über das Bein.

»Kugel?«

Ich nickte und blickte nach unten. Es tat nicht mehr weh, aber die Einschusswunde sah aus wie das nasse, aufgerissene Maul eines Fisches. Maria hatte ihren Schal abgenommen und bat mich, das Bein anzuheben. Dann wickelte sie den Schal um meinen Oberschenkel. Fest.

»Halten. Finger. Hier. Und. Drück. Die. Wunde. Zusammen.«

Sie drehte den Zündschlüssel herum, der noch immer im Schloss steckte. Der Wagen startete mit einem weichen, wohlwollenden Schnarren. Sie legte den Rückwärtsgang ein und löste den Wagen von dem Laternenpfahl. Lenkte das Auto auf die Straße und fuhr los.

»Mein. Onkel. Ist. Chirurg. Marcel. Myriel.«

Myriel. Das war auch der Nachname des Junkies gewesen. Wie konnten sie und er einen Onkel mit dem gleichen …

»Nicht. Ins. Krankenhaus.« Sie sah mich an. »Bei. Mir.«

Ich legte den Kopf nach hinten an die Kopfstütze. Sie redete nicht wie eine Taubstumme. Es klang seltsam abgehackt, aber nicht wie bei jemandem, der nicht reden kann, eher wie …

»Französisch«, sagte sie. »Sorry. Aber. Ich. Rede. Nicht. Gerne. Norwegisch.« Sie lachte kurz. »Ich. Schreibe. Lieber. Habe. Das. Immer. Getan. Schon. Als. Kind. Hab. Viel. Gelesen. Liest. Du. Gerne. Olav.«

Ein Polizeiwagen kam uns mit langsam rotierendem Blaulicht entgegen. Ich sah im Rückspiegel, wie er verschwand. Wenn er auf der Suche nach dem Volvo war, hatte er nicht aufgepasst. Vielleicht ging es um etwas anderes.

Ihr Bruder. Der Junkie war ihr Bruder, nicht ihr Lover. Vermutlich ihr kleiner Bruder, deshalb hatte sie alles für ihn opfern wollen. Aber warum hatte damals der Chirurg, ihr Onkel, nicht helfen können? Warum hatte sie sich … Genug jetzt. Ich würde den Rest schon noch irgendwann erfahren und den Zusammenhang verstehen. Sie hatte die Heizung aufgedreht, und die Wärme machte mich so schläfrig, dass ich mich konzentrieren musste, um nicht völlig wegzudriften.

»Ich. Glaube. Du. Liest. Olav. Denn. Du. Bist. Wie. So. Ein. Dichter. Es. Ist. So. Schön. Was. Du. Sagst. Wenn. Wir. Unter. Der. Erde. Sind.«

Unter der Erde?

Meine Augen fielen zu, aber allmählich verstand ich. Die U-Bahn. Maria hatte alles gehört, was ich gesagt hatte.

An all diesen Nachmittagen in der U-Bahn hatte sie einfach nur dagestanden und mich reden lassen, während ich sie für taub hielt. Tag für Tag, und dabei so getan, als hätte sie mich weder gesehen noch gehört. Wie in einem Spiel. Deshalb hatte sie im Laden meine

Hand genommen, sie glaubte zu wissen, dass ich sie liebte. Und diese Pralinenschachtel war das Zeichen, ich war nun endlich bereit, den Schritt von der Phantasie in die Wirklichkeit zu wagen. Hing das alles so zusammen? War ich wirklich so blind gewesen, wie ich sie für taub gehalten hatte? Oder hatte ich es die ganze Zeit gewusst, nur vor der Wahrheit die Augen verschlossen?

War es möglich, dass ich schon immer auf dem Weg hierher gewesen war? Auf dem Weg zu Maria Myriel?

»Mein. Onkel. Kann. Heute. Nacht. Bestimmt. Kommen. Und. Wenn. Das. Für. Dich. In. Ordnung. Ist. Gibt. Es. Morgen. Französisches. Weihnachtsessen. Gans. Etwas. Später. Nach. Der. Christmette.«

Ich steckte die Hand in die Innentasche, fand den Briefumschlag und hielt ihn ihr mit noch immer geschlossenen Augen hin. Spürte, dass sie den Brief nahm, an die Seite fuhr und den Wagen anhielt. Ich war so müde, so müde.

Sie begann zu lesen.

Las die Worte, die ich aufs Papier geblutet, die ich zerpflückt und wieder zusammengesetzt hatte, damit die richtigen Buchstaben an die richtigen Stellen kamen.

Sie hörten sich gar nicht so tot an. Im Gegenteil, sie waren lebendig. Und wahr. So wahr, dass *ich liebe dich* die einzigen Worte sind, die man überhaupt sagen kann. So lebendig, dass jeder, der diese Worte hört, ihn sehen muss, diesen Mann, der über das Mädchen geschrieben hat, zu dem er jeden Tag ging. Und sie, das

Mädchen im Laden, das er liebte, aber gar nicht lieben wollte, weil er niemanden lieben wollte, der genauso war wie er. Unvollkommen, mit Mängeln, Ecken und Kanten, auch sie eine selbstaufopfernde, pathetische Sklavin der Liebe, die brav von den Lippen las, aber nie selbst redete. Die sich unterwarf und darin ihren Lohn fand. Und dennoch: Er würde es niemals schaffen, sie nicht zu lieben. Sie war genau das, was er nicht wollte, was er von ganzem Herzen wünschte, nicht haben zu wollen. Sie war seine eigene Erniedrigung. Und das Beste, das Menschlichste und Schönste, das er kannte.

Ansonsten weiß ich nicht so viel, Maria. Nur zwei Dinge, eigentlich. Das eine ist, dass ich keine Ahnung habe, wie ich jemanden wie dich glücklich machen könnte, denn ich mache alles kaputt und erfülle nichts mit Sinn und Leben. Das andere ist, dass ich dich liebe, Maria. Und genau aus diesem Grund bin ich nicht zu dem Essen gekommen. Olav.

Ich hörte die Tränen in ihrer Stimme, als sie die letzten Sätze las.

Wir saßen in der Stille da, sogar die Polizeisirenen waren verstummt. Sie schniefte. Dann redete sie.

»Du. Hast. Mich. Jetzt. Glücklich. Gemacht. Olav. Das. Ist. Genug. Verstehst. Du.«

Ich nickte und holte tief Luft. Dachte, dass ich jetzt sterben kann, Mama. Denn mehr muss ich nicht schreiben. Einen besseren Schluss für diese Geschichte gibt es nicht.

KAPITEL 21

Trotz der eisigen Kälte schneite es die ganze Nacht. Als die ersten Bewohner im morgendlichen Dunkel aufstanden und auf Oslo blickten, lag die Stadt unter einer weichen weißen Decke. Die Autos zogen langsame Spuren durch den Schnee, und die Menschen stapften lächelnd über die vereisten Bürgersteige. Niemand hatte Eile, denn es war Heiligabend, die hohe Zeit für Frieden und Besinnlichkeit.

Im Radio redeten sie über den Kälterekord und noch kältere Zeiten, und im Fischladen am Youngstorget packten sie die letzten Kilo Dorsch ein und sangen »Oh du fröhliche« mit der merkwürdigen Melodie, die ungeachtet des Textes einfach nur positiv stimmte.

An der Ris Kirche hing noch immer das Absperrband der Kripo. Der Pastor diskutierte drinnen mit der Polizei, wie um alles in der Welt sie den Weihnachtsgottesdienst durchführen sollten, wenn am Nachmittag all die Menschen kamen.

Im Rikshospital im Zentrum von Oslo verließ der Chirurg den OP-Tisch, auf dem das kleine Mädchen lag, trat auf den Flur, zog sich die Handschuhe aus und ging zu den beiden wartenden Frauen. Erst als Angst und Verzweiflung nicht aus ihren erstarrten Gesichtern wichen, bemerkte er, dass er ja immer noch den Mundschutz trug und sie sein Lächeln gar nicht sehen konnten.

Maria Myriel verließ die U-Bahn und ging über die kleine Anhöhe zum Laden. Vor ihr lag ein kurzer Arbeitstag, sie schlossen heute schon um zwei Uhr. Und dann war Weihnachten. Weihnachten!

Gedankenverloren summte sie ein Lied, in dem es darum ging, dass sie ihn wiedersehen würde. Dass sie das ganz genau wusste. Sie wusste das seit dem Tag, an dem er gekommen war und sie einfach herausgeholt hatte … aus all dem, woran sie nicht mehr denken wollte. Die blauen, lieben Augen hinter den langen blonden Haaren. Die geraden schmalen Lippen unter dem kräftigen Bart. Und seine Hände. Seine Hände liebte sie mehr als alles andere, aber das war ja nur natürlich. Es waren die Hände eines Mannes, aber sie waren gepflegt. Etwas groß und kantig, wie von einem Bildhauer gemeißelt. Die Hände eines Arbeiterhelden. Hände, von denen sie sich vorstellen konnte, dass sie ihren Körper streichelten, sie festhielten, liebkosten, trösteten. So wie ihre Hände ihn. Manchmal bekam sie es mit der Angst, wenn sie an die Kraft ihrer Liebe dachte. Sie war wie ein aufgestauter See, dabei wusste Maria genau, dass es nur eine Nuance war, ob man jemanden in Liebe badete oder darin ertränkte. Aber davor hatte sie keine Angst. Denn er sah so aus, als könnte er nicht nur Liebe geben, sondern auch welche empfangen.

Vor dem Laden waren Menschen zusammengelaufen, und dort stand auch ein Polizeiwagen. War eingebrochen worden?

Nein, allem Anschein nach handelte es sich nur um einen Unfall. Am Laternenpfahl stand ein Auto.

Als sie näher kam, sah sie, dass die Schaulustigen sich mehr für das Schaufenster als für das Auto interessierten. War möglicherweise doch eingebrochen worden? Ein Polizist trat aus der Menschenmenge, ging zu dem Streifenwagen und nahm ein Funkgerät heraus, in das er hineinsprach. Sie las von seinen Lippen ab. »Tod« und »Schussverletzung« und »richtiger Volvo«.

Ein anderer Polizist versuchte, die Schaulustigen zurückzudrängen, und als sie den Blick freigaben, erkannte sie eine Gestalt vor dem Fenster. Zuerst glaubte sie, es handele sich um einen Schneemann. Doch dann verstand sie, dass der Mann, der am Schaufenster lehnte, nur mit Schnee bedeckt war. Er wurde von seinem Bart und den langen blonden Haaren, die an der Scheibe angefroren waren, aufrecht gehalten. Sie wollte es nicht, ging aber trotzdem näher heran. Der Polizist sagte etwas zu ihr, und sie deutete auf ihre Ohren und ihren Mund. Dann zeigte sie auf den Laden und holte den Ausweis mit ihrem Namen heraus. Schon mehrmals hatte sie gedacht, dass sie ihn wieder in Maria Olsen ändern lassen sollte, andererseits war ihr außer dem billigen Ring und den Drogenschulden nichts von ihm geblieben außer diesem französischen Namen, und der war eindeutig exotischer als Olsen.

Der Polizist gab ihr nickend zu verstehen, dass sie den Laden öffnen durfte, aber sie blieb stehen.

Das Weihnachtslied in ihrem Inneren war verstummt.

Sie starrte den Mann am Fenster an. Er schien eine dünne Haut aus Eis bekommen zu haben, unter der feine blaue Adern zu erkennen waren. Wie ein Schneemann, der Blut aufgesaugt hatte. Unter den bereiften Augenlidern war der gebrochene Blick in den Laden gerichtet. Auf den Platz, an dem sie bald sitzen würde und die Preise der Waren in die Kasse eintippen. Die Kunden anlächeln und sich vorstellen, wer sie waren und was für Leben sie führten. Und später, am Abend, wollte sie das Konfekt essen, das sie von ihm bekommen hatte.

Der Polizist schob eine Hand in den Mantel des Mannes, nahm die Geldbörse, öffnete sie und zog einen grünen Führerschein heraus. Aber nicht darauf hatte Maria den Blick geheftet. Sie starrte auf den gelben Umschlag, der herausgerutscht und in den Schnee gefallen war, als der Polizist die Geldbörse herausgezogen hatte. Die Buchstaben auf dem Kuvert waren zierlich, schön, fast feminin.

An Maria.

Der Polizist ging mit dem Führerschein zum Wagen hinüber. Maria bückte sich und hob den Umschlag auf. Steckte ihn in die Tasche. Niemand schien es gesehen zu haben. Sie stand dort, wo er zu Boden gefallen war. Auf dem Schnee und dem Blut. Weiß. Rot. Seltsam schön. Wie die Robe eines Königs.

DAS VERSTECK

KAPITEL 1

Wo beginnt diese Geschichte? Ich wünschte, ich könnte sagen, am Anfang. Aber ich weiß nicht, wo sie beginnt. Die *eigentlichen* Zusammenhänge meines Lebens kenne ich ebenso wenig wie jeder andere.

Beginnt die Geschichte in dem Moment, als mir klarwurde, dass ich nur der viertbeste Kicker der Klasse war? Als Basse, mein Großvater, mir die Zeichnungen der Sagrada Família zeigte – seine Zeichnungen? Als ich zum ersten Mal an einer Zigarette zog oder zum allerersten Mal Grateful Dead hörte? Als ich an der Uni Kant las und glaubte, ihn zu verstehen? Als ich meinen ersten Klumpen Hasch verkaufte? Oder begann die Geschichte, als ich Bobby küsste – Bobby ist ein Mädchen –, oder als ich das kleine, schrumpelige Wesen sah, das sich die Seele aus dem Leib schrie und den Namen Anna bekommen sollte? Oder erst, als ich im stinkigen Hinterzimmer des Fischers hockte und er mir sagte, was ich zu tun hatte. Ich weiß es nicht. Wir bauen uns unsere Geschichten nach unserer eigenen Logik zusammen, um unserem Leben einen Anstrich von Sinn zu geben.

Im Grunde kann ich auch gleich hier anfangen, mittendrin, ohne es zu wissen, in dem Moment, als das Schicksal eine Pause zu machen und den Atem anzuhalten schien. Als ich einen Augenblick dachte, auf dem Weg zu sein, ja vielleicht schon am Ziel.

Ich stieg mitten in der Nacht aus dem Bus und kniff die Augen zusammen. Die Sonne hing über einer Insel im Meer irgendwo im Norden. Rot und matt. Wie ich. Hinter ihr war noch mehr Meer. Und irgendwo dahinter der Nordpol. Vielleicht war dies der Ort, an dem sie mich nicht finden würden.

Ich sah mich um. In allen drei anderen Himmelsrichtungen hügelige Landschaft. Rote und grüne Heide. Steine und hin und wieder ein Birkenstrauch. Im Osten fiel das Land sanft und steinig Richtung Meer ab, im Südwesten sah die Küste aus wie mit dem Messer gekappt. Vielleicht hundert Meter über dem Meeresspiegel begann die Hochebene, die sich bis weit ins Landesinnere erstreckte. Die Finnmarksvidda. Großvater hatte immer gesagt, dass die Linie, wie er es immer nannte, hier endete.

Der festgefahrene Kiesweg führte zu einer Gruppe kleiner Häuser, in deren Mitte der Turm einer Kirche aufragte. Ich hatte im Bus geschlafen und war erst hinter dem Ortsschild mit dem Namen Kåsund aufgewacht, unten am Wasser, an einem hölzernen Kai. Warum nicht?, hatte ich gedacht und an der Schnur über dem Fenster gezogen. Das Schild über dem Busfahrer leuchtete auf.

Ich zog meine Anzugjacke an, nahm die Ledertasche und ging los. Die Pistole in der Jackentasche schlug mir gegen die Hüfte. Direkt gegen den Knochen, ich war immer schon zu dünn gewesen. Ich blieb stehen, schob den Geldgürtel unter dem Hemd etwas tiefer, damit die Scheine die Schläge auffingen.

Nicht eine Wolke war am Himmel und die Luft so klar, dass ich das Gefühl hatte, unendlich weit sehen zu können. So weit das Auge reicht, wie es hieß. Die Finnmarksvidda gilt als schön. Aber was weiß ich schon davon? Sagen die Leute so etwas nicht immer über ungastliche Gegenden? Um zu demonstrieren, wie taff sie sind oder weil sie intellektuell und überlegen wirken wollen, wie Leute, die auf unverständliche Musik stehen oder auf rätselhafte Literatur? Ich war da gar nicht anders. Dachte, damit vielleicht andere, meine weniger guten Seiten kompensieren zu können. Oder wollte man so die wenigen Kreaturen trösten, die verdonnert waren, hier zu leben? »Es ist so wunderschön.« Ehrlich: Was war an dieser flachen, kargen und auch noch eintönigen Landschaft schön? Es war die reinste Marslandschaft. Eine rote Wüste. Unbewohnbar und hässlich. Das perfekte Versteck. Hoffentlich.

Die Zweige einer nahen Baumgruppe bewegten sich. Im nächsten Augenblick sprang ein Mann über den Graben auf die Straße. Meine Hand griff automatisch zur Pistole, aber ich riss mich zusammen, das war keiner von ihnen. Dieser Kerl sah aus wie der Joker aus einem Kartenspiel.

»Guten Abend!«, rief er und kam seltsam schwankend auf mich zu. Ich konnte durch seine ausgeprägten O-Beine die Straße sehen, die zum Dorf führte. Ein paar Schritte später erkannte ich, dass das, was er auf dem Kopf trug, keine Narrenkappe, sondern eine Samenmütze war. Blau, rot und gelb, nur die Glöckchen fehlten. Er trug helle Lederstiefel und eine blaue, mit schwarzem Klebeband geflickte Daunenjacke. An manchen Stellen quoll trotzdem die gelbliche Füllung heraus, die eher nach Isolierwatte als nach Federn aussah.

»Entschuldige die Frage«, sagte er, »aber was bist du denn für einer?«

Der Kerl war mindestens zwei Köpfe kleiner als ich, das Gesicht ebenso breit wie sein Grinsen, die Augen standen schräg wie bei einem Asiaten. Er entsprach allen Klischees, die in Oslo über die Samen kursierten.

»Ich bin mit dem Bus gekommen«, sagte ich.

»Das habe ich gesehen. Ich bin Mattis.«

»Mattis«, wiederholte ich langsam, um ein paar Sekunden Zeit zu schinden, bevor ich auf seine nächste, unausweichliche Frage antworten musste.

»Und wer bist du?«

»Ulf«, sagte ich. Ein Name wie jeder andere.

»Und was willst du in Kåsund?«

»Ich bin nur zu Besuch«, sagte ich und nickte in Richtung der Häuser.

»Und wen willst du besuchen?«

Ich zuckte mit den Schultern. »Niemand Spezielles.«

»Bist du von der Jagdbehörde oder ein Wanderprediger?«

Ohne zu wissen, wie die Leute von der Jagdbehörde aussehen, schüttelte ich den Kopf und fuhr mir mit der Hand durch meine langen Hippiehaare. Vielleicht sollte ich sie besser schneiden, das wäre weniger auffällig.

»Entschuldige die Frage«, sagte er wieder, »aber was bist du dann?«

»Jäger«, sagte ich. Mag sein, dass ich wegen der Jagdbehörde darauf kam. Aber diese Lüge war auch nicht schlechter als irgendeine andere.

»Ach? Du willst hier jagen, Ulf?«

»Sieht doch nach einem guten Jagdgebiet aus.«

»Schon, aber du kommst eine Woche zu früh, die Jagdsaison beginnt erst am 15. August.«

»Gibt es hier ein Hotel?«

Der Same lachte laut. Räusperte sich und spuckte eine braune Brühe aus, die geräuschvoll auf den Boden klatschte. Hoffentlich Snus oder Kautabak.

»Eine Pension?«, fragte ich.

Er schüttelte den Kopf.

»Campinghütte oder ein Privatzimmer?«

An dem Telefonmast direkt hinter ihm klebte das Plakat einer Tanzcombo, die in Alta aufspielte. Die Stadt konnte also nicht so weit entfernt sein. Vielleicht sollte ich mit dem Bus lieber dorthin fahren.

»Was ist mit dir, Mattis?«, fragte ich und schlug eine Mücke platt, die mich in die Stirn stach. »Du hast nicht zufällig ein Bett für eine Nacht?«

»Nee, das habe ich im Mai im Ofen verfeuert. Wir hatten einen kalten Mai.«

»Ein Sofa? Oder eine Matratze?«

»Matratze?« Er deutete auf die Heide, die ringsum wucherte.

»Danke, aber ich habe gerne vier Wände um mich herum und ein Dach über dem Kopf. Dann schaue ich mal, ob ich eine leere Hundehütte finde. Gute Nacht.« Ich ging auf die Häuser zu.

»Die einzige Hundehütte, die du in Kåsund findest, ist die da«, rief er in sinkendem, klagendem Tonfall.

Ich drehte mich um. Er zeigte auf das Gebäude am Rand der Siedlung.

»Die Kirche?«

Er nickte.

»Die ist nachts auf?«

Mattis legte den Kopf schief. »Weißt du, warum in Kåsund niemand was stiehlt? Weil es außer Rentieren nichts zu stehlen gibt.«

Mit einem überraschend eleganten Satz sprang der kleine, gedrungene Mann über den Graben und stapfte durch die Heide nach Westen. Meine Fixpunkte waren die Sonne im Norden und die Kirche, denn bei allen Kirchen, wo auch immer auf der Welt, liegt der Turm im Westen. Das hatte mein Großvater einmal gesagt. Ich legte die Hand über die Augen und ließ den Blick über das Gelände vor dem Mann schweifen. Wo zum Henker wollte er hin?

Vielleicht lag es an der Mitternachtssonne oder auch an der Stille, dass der Ort so verlassen wirkte. Die Häuser schienen alle zur gleichen Zeit errichtet worden zu sein, lieblos und ohne Gefühl fürs Detail. Sie waren solide gebaut, wirkten aber eher wie das nötige Dach über dem Kopf denn wie ein Zuhause. Praktisch. Verkleidet mit wetterfesten, pflegeleichten Platten. In den Gärten, in der Regel eingezäunte Heidefläche mit Birken, standen Autowracks ohne Nummernschilder, Kinderwagen, aber keine Spielsachen. Die wenigsten Häuser hatten Gardinen oder Fensterläden. Die kahlen Fensterflächen reflektierten das Sonnenlicht und verwehrten den Einblick. Wie eine verspiegelte Sonnenbrille zu tiefe Blicke in die Seele verhindert.

Die Kirche war tatsächlich offen, aber die Tür klemmte und ließ sich nicht so einfach öffnen wie die anderer Kirchen, die ich kannte. Das Kirchenschiff war klein und nüchtern, und doch von schlichter Schönheit. Die Mitternachtssonne schien auf die Glasmalereien, und über dem Altar hing wie überall ein gequälter Jesus am Kreuz, dahinter ein Triptychon mit der Jungfrau Maria in der Mitte und David gegen Goliath und dem Jesuskind auf den Seitenflügeln.

Neben dem Altar befand sich die Tür zur Sakristei. Ich durchsuchte die Schränke, fand zwei Talare, einen Putzeimer samt Schrubber, aber keinen Messwein, nur ein paar Schachteln mit Oblaten von der Bäckerei Olsen. Ich versuchte vier oder fünf davon herunterzuwürgen. Sie trockneten meinen Mund jedoch wie Löschpapier aus und quollen derart auf, dass ich sie schließlich auf die Zeitung spucken musste, die auf dem Tisch lag. Wenn es die aktuelle Ausgabe des *Finnmark Dagbladet* war, hatten wir den 8. August 1977.

Die Proteste gegen den Ausbau des Altaelva nahmen zu, las ich, und die Finnmark fühlte sich als einziger Bezirk mit einer Grenze zur Sowjetunion nach dem Tod des Spions Gunvor Galtung Haavik sicherer. Außerdem erfuhr ich, wie der Regierungschef des Bezirks aussah und dass das Wetter im Norden endlich einmal besser werden würde als unten in Oslo.

Der Steinboden der Sakristei war zu hart und die Kirchenbänke zu schmal. Also nahm ich den Talar mit zum Altar, hängte meine Jacke über die kniehohe Umrandung, legte mich auf den Boden und schob mir die Ledertasche unter den Kopf. Etwas Nasses traf mich im Gesicht. Ich wischte es mit der Hand weg und sah auf meine Fingerkuppen. Sie waren rostrot.

Ich sah zu dem Gekreuzigten über mir, aber der Tropfen musste von der Decke kommen. Eine undichte Stelle, Nässe, Farbe von Lehm oder Rost. Ich drehte mich um, auf meine nicht schmerzende Schulter, und zog den Talar über den Kopf, damit es endlich dunkel wurde. Dann schloss ich die Augen.

So. Nicht nachdenken. Einfach alles aussperren.

Eingesperrt.

Ich riss den Talar weg und rang nach Atem.

Verdammt.

Blieb liegen und starrte an die Decke. Als ich nach der Beerdigung nicht schlafen konnte, hatte ich Valium genommen. Ich weiß nicht, ob ich davon abhängig geworden war, aber ohne Valium konnte ich kaum noch einschlafen. Jetzt kam es einfach darauf an, dass ich kaputt genug war.

Ich zog mir den Talar wieder über den Kopf und schloss die Augen. Siebzig Stunden auf der Flucht. Eintausendachthundert Kilometer. Ein paar Stunden Schlaf auf Bus- und Zugsitzen. Ich müsste kaputt genug sein.

Gute Gedanken.

Ich versuchte mir in Erinnerung zu rufen, wie es früher gewesen war. Davor. Aber die Bilder wollten sich nicht einstellen. Stattdessen kam alles andere hoch. Der Mann in Weiß. Der Fischgestank. Das schwarze Mündungsloch einer Pistole. Splitterndes Glas, der Sturz. Ich versuchte, die Bilder zu verjagen, streckte die Hand aus und flüsterte ihren Namen.

Und da kam sie. Endlich.

Ich wachte auf. Lag ganz still da.

Etwas hatte mich berührt. Irgendjemand. Vorsichtig, als wollte er mich nicht wecken, sondern sich nur vergewissern, dass da unter dem Talar wirklich jemand war.

Ich konzentrierte mich darauf, gleichmäßig zu atmen. Vielleicht gab es ja doch noch eine Chance, vielleicht hatten sie noch nicht bemerkt, dass ich wach war.

Ich schob meine Hand zur Seite, bis mir einfiel, dass meine Jacke mit der Pistole über der Umrandung hing.

Anfängerfehler, dachte ich. Und du willst ein Profi sein?

KAPITEL 2

Langsam beruhigte sich mein Puls wieder. Der Körper hatte kapiert, was der Kopf noch verarbeitete: Wären sie das, hätten sie mich nicht sachte angetippt, sondern den Talar weggerissen, sich vergewissert, ob ich der Richtige bin, und mich mit Blei vollgepumpt.

Ich zog den Talar vorsichtig vom Kopf.

Das Gesicht, das auf mich herunterblickte, hatte Sommersprossen, eine Himmelfahrtsnase, ein Pflaster auf der Stirn und helle Wimpern um außergewöhnlich blaue Augen. Über der Stirn ragten widerspenstige rote Haare in die Höhe. Wie alt mochte er sein? Neun Jahre? Dreizehn? Keine Ahnung, mit Kindern habe ich echt keine Erfahrung.

»Du kannst hier nicht liegen bleiben.«

Ich sah mich um. Er schien allein zu sein.

»Warum nicht?«, fragte ich mit belegter Stimme.

»Weil Mama hier saubermachen muss.«

Ich kam auf die Beine, rollte den Talar zusammen, nahm die Jacke von der Umrandung und stellte fest, dass die Pistole noch in der Tasche steckte. Ein stechender Schmerz zuckte durch die linke Schulter, als ich den Arm in die Jacke zwängte.

»Bist du ein Südländer?«, fragte der Junge.

»Kommt darauf an, was ein Südländer ist.«

»Na einer, der weiter aus dem Süden kommt.«

»Alle kommen weiter aus dem Süden als ihr hier.«

Der Junge legte den Kopf schief. »Ich bin Knut. Ich bin zehn. Wie heißt du?«

Ich hätte beinahe etwas anderes gesagt, hielt mich dann aber doch an die Version vom Vortag.

»Ulf.«

»Und wie alt bist du, Ulf?«

»Alt«, sagte ich und streckte den Nacken.

»Mehr als dreißig?«

Die Tür der Sakristei öffnete sich. Ich drehte mich um. Eine Frau kam heraus, blieb stehen und sah mich an. Ich dachte spontan, dass sie für eine Putzfrau verdammt jung war. Und stark aussah. Auf dem Arm und der Hand, die den Eimer hielt, traten die Adern hervor. Wasser schwappte. Sie hatte breite Schultern, aber schmale Hüften. Die Beine waren unter einem altmodischen schwarzen Faltenrock verborgen. Ihre langen tiefschwarzen Haare schimmerten im Licht, das durch die hohen Fenster fiel. Eine einfache Haarspange hielt die Haare zusammen.

Sie setzte sich wieder in Bewegung. Kam auf mich zu. Die Sohlen ihrer Schuhe schlugen hart auf den Boden. Als sie nah genug war, sah ich, wie fein ihr Mund gezeichnet war. Auf der Oberlippe war die Narbe einer Hasenscharte zu erkennen. Ihre blauen Augen wirkten fast unnatürlich bei der dunklen Haut und den beinahe schwarzen Haaren.

»Guten Morgen«, sagte sie.

»Guten Morgen. Ich bin heute Nacht mit dem Bus gekommen. Aber es gab keinen Ort, an dem ich …«

»Schon in Ordnung«, sagte sie. »Die Tür des Herrn steht immer offen.« In ihrer Stimme war keine Wärme. Sie stellte Eimer und Schrubber ab und streckte mir die Hand hin.

»Ulf«, sagte ich und wollte einschlagen.

»Den Talar«, sagte sie und gab mir zu verstehen, dass ich meine Hand wegnehmen sollte. Ich sah auf das Bündel, das ich in der anderen Hand hielt.

»Ich habe keine Decke gefunden«, erwiderte ich und reichte ihr den Talar.

»Und nichts anderes zu essen als unser Abendmahl«, sagte sie, rollte den Talar auseinander und inspizierte den schweren weißen Stoff.

»Tut mir leid, ich bezahle natürlich dafür …«

»Es sei Ihnen gegönnt, mit oder ohne Segen. Aber spucken Sie beim nächsten Mal bitte nicht auf unseren Regierungschef.«

Ich weiß nicht, ob ich da ein Lächeln sah, aber die Narbe auf ihrer Oberlippe dehnte sich etwas. Dann verschwand die Frau ohne ein weiteres Wort wieder in der Sakristei.

Ich nahm die Tasche und stieg über die Altarumrandung.

»Wohin willst du?«, fragte der Junge.

»Raus.«

»Und warum?«

»Warum? Weil ich hier nicht wohne.«

»Mama ist nicht so sauer, wie sie wirkt.«

»Sag ihr einen schönen Gruß.«

»Von wem?«, erklang ihre Stimme. Die Frau kam zum Altar zurück.

»Ulf.« So langsam gewöhnte ich mich an den Namen.

»Und was wollen Sie hier in Kåsund, Ulf?« Sie wrang den Aufnehmer über dem Eimer aus.

»Jagen.« Ich hatte das Gefühl, dass es ratsam war, sich in einem kleinen Nest wie diesem an ein und dieselbe Geschichte zu halten.

»Schneehühner«, sagte ich ins Blaue. Gab es so weit im Norden überhaupt noch Schneehühner? »Alles halt, was kreucht und fleucht«, fügte ich hinzu.

»Es ist ein schlechtes Maus- und Lemmingjahr«, entgegnete sie.

Ich musste lachen. »Okay, ein bisschen größer hatte ich mir meine Beute schon vorgestellt.«

Sie zog die Augenbrauen hoch. »Ich meine nur, dass es dieses Jahr nicht so viele Schneehühner gibt.«

Es entstand eine Pause, der Knut schließlich ein Ende machte.

»Wenn die Raubtiere nicht genug Mäuse und Lemminge haben, nehmen sie Schneehühner.«

»Ach so«, sagte ich und spürte, dass mir der Schweiß ausbrach. Ich musste mich mal waschen. Auch mein Hemd und meinen Geldgürtel. Meine Anzugjacke. »Ich werde schon was finden, was ich jagen kann.

Das Problem ist wohl eher, dass ich ein bisschen zu früh dran bin. Die Jagdsaison beginnt ja erst nächste Woche. Aber so hab ich Zeit, mich ein bisschen einzuschießen.« Ich hoffte, dass der Same mich richtig informiert hatte.

»Ach, das mit der Saison«, sagte die Frau und wischte den Platz, an dem ich gelegen hatte, so fest, dass die Gummileiste des Schrubbers quietschte. »Wann Saison ist, bestimmt ihr da unten im Süden. Wir jagen, wenn wir Nahrung brauchen. Und lassen es, wenn wir keine brauchen.«

»Apropos brauchen«, sagte ich. »Können Sie mir sagen, ob ich hier im Ort irgendwo eine Bleibe finde?«

Sie hörte auf zu wischen und stützte sich auf den Schrubber. »Sie müssen nur irgendwo anklopfen, dann geben die Leute Ihnen auch ein Bett.«

»Egal wo?«

»Ja, ich denke schon. Aber im Moment sind natürlich nicht so viele zu Hause.«

»Ach ja?« Ich sah zu Knut. »Sommerferien?«

Sie schüttelte lächelnd den Kopf. »Sommerweide. Wer Rentiere hat, ist jetzt mit Zelt oder Wohnwagen auf den Weiden oder an der Küste unterwegs. Weiter im Süden. Die anderen sind noch beim Seelachsfischen. Außerdem findet gerade das jährliche Treffen in Kautokeino statt.«

»Verstehe. Gibt es eine Chance, bei Ihnen ein Bett zu bekommen?« Als ich ihr Zögern bemerkte, fügte ich gleich hinzu: »Ich bezahle natürlich gut.«

»Ich glaube, niemand hier würde Sie bezahlen lassen. Auf jeden Fall nicht gut. Aber mein Mann ist nicht zu Hause. Das ziemt sich eher nicht.«

Ziemen? Ich warf einen Blick auf ihren Faltenrock. Die langen Haare.

»Verstehe. Gibt es vielleicht ein Haus, das nicht so … zentral liegt? Wo man ein bisschen Ruhe und Frieden finden kann. Und eine hübsche Aussicht hat.« Ein Ort, von dem aus man sehen kann, wenn sich jemand nähert, meinte ich.

»Tja«, erwiderte sie. »Da Sie wegen der Jagd gekommen sind, könnten Sie eigentlich in die Jagdhütte gehen. Die steht jedem zur Verfügung. Sie liegt ein bisschen abseits, ist klein und eng, aber Ruhe finden Sie da ganz sicher. Und Aussicht haben Sie auch, in alle Himmelsrichtungen, das steht außer Frage.«

»Hört sich perfekt an.«

»Knut kann Ihnen den Weg zeigen.«

»Ist nicht nötig, ich finde sie bestimmt auch so …«

»Nein!«, sagte Knut. »Bitte!«

Ich sah ihn an. Sommerferien. Alle weg. Die Langeweile musste schon verdammt groß sein, wenn er mit seiner Mutter putzen ging. Jetzt war endlich mal was los.

»Okay«, sagte ich. »Gehen wir?«

»Ja!«

»Ich frage mich allerdings«, sagte die dunkelhaarige Frau und drückte den Aufnehmer in den Eimer, »womit Sie schießen wollen. Sie haben in der Tasche ja wohl kaum ein Gewehr.«

Ich starrte auf meine Tasche und musste der Frau recht geben.

»Das habe ich im Zug vergessen«, sagte ich. »Ich habe angerufen, und sie haben versprochen, es mir im Laufe der nächsten Tage mit dem Bus zuzustellen.«

»Und womit wollen Sie sich dann einschießen?«, fragte sie lächelnd. »Bis die *Saison* beginnt.«

»Ich …«

»Sie können die Flinte von meinem Mann leihen. Wartet doch draußen, bis ich fertig bin. Es dauert nicht lange.«

Eine Schrotflinte? Na ja, warum eigentlich nicht. Sie hatte das nicht als Frage formuliert, also nickte ich einfach und ging zur Tür. Das hastige Keuchen hinter mir ließ mich langsamer werden. Der Junge trat mir fast in die Fersen.

»Ulf?«

»Ja.«

»Kannst du Witze erzählen?«

Ich saß auf der Südseite der Kirche und rauchte eine Zigarette. Keine Ahnung, warum ich rauche. Ich bin nicht abhängig. Also, mein Blut lechzt nicht nach Nikotin. Das ist nicht der Grund. Es geht um irgendetwas anderes. Vielleicht die Handlung als solche. Rauchen beruhigt mich. Wahrscheinlich könnte ich mir ebenso gut einen Grashalm in den Mund stecken. Bin ich abhängig von Drogen? Nein, ich denke nicht. Bestimmt nicht. Ich bin vielleicht Alkoholiker, aber sicher bin ich mir auch da nicht. Ich bin gerne high, in den Wolken, blau – so viel steht fest. Und Valium nehme ich auch ganz gerne. Wobei das eigentlich so nicht stimmt: Ich hasse es, kein Valium zu nehmen. Total. Es ist wirklich die einzige Droge, von der ich wieder loskommen muss.

Ich habe angefangen, Hasch zu verkaufen, um damit meinen eigenen Verbrauch zu finanzieren. Das ist eine ganz simple und einleuchtende Rechnung; man kauft so viel Gramm, dass man den Preis drücken kann, vertickt zwei Drittel davon zu einem etwas höheren Preis und hat – schwupps – seine eigene Ration gratis. Von dort ist es kein großer Schritt mehr, daraus einen Fulltime-Job zu machen. Schwierig war eigentlich nur die grundsätzliche Entscheidung, etwas zu verkaufen. Das erste Mal. Der Weg dorthin war lang und umständlich, mit ein paar Abstechern, die ich mir echt hätte sparen können. Aber irgendwann stand ich im Schlosspark und raunte den Passanten, deren Haare meinem Empfinden nach lang genug waren, meinen kurzen Verkaufspitch zu (»Gras?«). Aber wie bei vielen Dingen im Leben ist das erste Mal eben so. Auf jeden Fall bin ich wie ein Idiot getürmt, als ein Typ mit Crewcut und blauem Hemd stehen blieb und um zwei Gramm bat.

Dabei wusste ich, dass er kein Drogenfahnder war. Die haben immer die längsten Haare und coolsten Klamotten. Ich hatte Schiss, es könnte jemand vom Fischer sein. Bis mir klarwurde, dass dem Fischer solch kleine Nummern wie ich vollkommen egal sind. Es wurde erst gefährlich, wenn man sich breitmachte und in seinen Amphetamin- und Heroinmarkt drängte.

Wie Hoffmann. Für Hoffmann war es übel ausgegangen. Den gab es nicht mehr.

Ich schnippte die Kippe zwischen zwei Grabsteine.

Irgendwann ist man bis zum Filter runtergebrannt, und dann ist unwiederbringlich Schluss. Und das ist doch eigentlich der Sinn der Sache, bis zum Filter runterzubrennen und nicht schon vorher zu verglühen. Aber was heißt schon Sinn? Inzwischen war das mein *Ziel*, der Sinn ist mir eigentlich egal. Nach der Beerdigung hatte ich allerdings auch dieses Ziel in Frage gestellt. Jedenfalls an manchen Tagen.

Ich schloss die Augen und konzentrierte mich auf die Sonne. Wollte spüren, wie sie meine Haut wärmte. Einfach nur genießen. Hedon. Griechischer Gott. Oder wie es hier auf geweihtem Boden wohl heißen müsste: Abgott. Eigentlich ziemlich arrogant, alle anderen Götter als Abgötter zu bezeichnen. *Du sollst keine anderen Götter neben mir haben.* Ein ganz schön diktatorischer Ansatz. Merkwürdig nur, dass die Christen das selbst nicht so sahen. Dass sie den Mechanismus nicht erkannten, den Automatismus, das sich selbst Erfüllende, Verstärkende, das ihren Aberglauben zweitausend Jahre überdauern ließ. Und dass eine Erlösung einzig denen vorbehalten sein sollte, die das Glück hatten, im richtigen Augenblick der Menschheitsgeschichte und noch dazu in den richtigen Ecken unserer Erde geboren worden zu sein, wo es die frohe Botschaft und den kurzen Pitch »Paradies« überhaupt nur gab.

Es wurde kühler. Eine Wolke hatte sich vor die Sonne geschoben.

»Das ist meine Oma.«

Ich öffnete die Augen. Es war keine Wolke. Die Sonne malte einen Heiligenschein um die roten Haare des Jungen. War die Frau da drin wirklich seine Großmutter?

»Was?«

Er streckte den Arm aus. »Das Grab, auf das du die Zigarette geschnippt hast.«

Ich sah an ihm vorbei. Aus dem Blumenbeet vor einem schwarzen Stein stieg Rauch auf. »Tut mir leid, ich hatte eigentlich auf den Weg gezielt.«

Er verschränkte die Arme vor der Brust. »Ach ja? Und wie willst du Schneehühner treffen, wenn du nicht mal einen Weg triffst?«

»Gute Frage.«

»Ist dir inzwischen ein Witz eingefallen?«

»Nein, ich habe ja gesagt, es kann länger dauern.«

»Es sind doch schon …«, er sah auf die Uhr, die er nicht hatte, »… fünfundzwanzig Minuten vergangen.«

Das stimmte sicher nicht, aber mir wurde langsam klar, dass der Weg zur Jagdhütte ganz schön lang werden konnte.

»Knut! Geh dem Mann nicht auf die Nerven.« Seine Mutter war aus der Kirche getreten und ging auf das Tor zu.

Ich stand auf und folgte ihr. Sie hatte einen kraftvollen Gang, und ihr leicht geschwungener Rücken erinnerte mich an den Hals eines Schwans. Der Kiesweg führte von der Kirche zu den wenigen Häusern von Kåsund. Die Stille war irgendwie bedrückend. Bis jetzt hatte ich außer diesen beiden keine anderen Menschen gesehen. Sah man einmal von dem Samen ab, der mir in der Nacht begegnet war.

»Warum haben so viele Häuser keine Gardinen?«, fragte ich.

»Weil Læstadius uns gelehrt hat, dass wir das Licht Gottes ins Haus lassen sollen«, antwortete sie.

»Læstadius?«

»Lars Levi Læstadius. Kennen Sie seine Lehre wirklich nicht?«

Ich schüttelte den Kopf. Ich hatte mal was über den schwedischen Pfarrer aus dem letzten Jahrhundert gelesen, der mit dem Lotterleben der Leute hier oben aufgeräumt hatte, aber seine Lehre kannte ich nicht. Ich hatte eigentlich auch gedacht, dass dieses antiquierte Zeugs längst ausgestorben war.

»Du bist kein Læstadianer?«, fragte der Junge. »Dann musst du in der Hölle brennen.«

»Knut!«

»Aber das sagt Großvater immer! Und der muss es wissen, er war doch Wanderprediger in der ganzen Finnmark und in Nord-Troms!«

»Großvater sagt aber auch, dass du deinen Glauben nicht an jeder Straßenecke herausposaunen sollst.« Sie sah mich entschuldigend an. »Knut ist manchmal ein bisschen forsch. Sind Sie aus Oslo?«

»Born and raised.«

»Familie?«

Ich schüttelte den Kopf.

»Sicher?«

»Was?«

Sie lächelte. »Sie haben gezögert. Vielleicht geschieden?«

»Dann musst du auf jeden Fall in der Hölle brennen!«, rief Knut und bewegte die Finger wie züngelnde Flammen.

»Nicht geschieden«, sagte ich.

Sie musterte mich von der Seite. »Also ein einsamer Jäger, weit entfernt von zu Hause. Was tun Sie sonst so?«

»Expedient«, sagte ich. Eine Bewegung ließ mich aufblicken, und ich sah gerade noch ein Männergesicht hinter einer Gardine verschwinden. »Aber ich habe meine Stellung gekündigt und suche etwas Neues.«

»Etwas Neues«, wiederholte sie.

Es klang wie ein Seufzer.

»Und Sie putzen?«, fragte ich, um das Gespräch in Gang zu halten.

»Mama ist Küsterin«, sagte Knut. »Großvater sagt immer, wenn sie ein Mann wäre, könnte sie auch die Pfarrstelle übernehmen.«

»Ich dachte, Pfarrerinnen wären mittlerweile erlaubt?«

Sie lachte. »Eine Pfarrerin in Kåsund?«

Der Junge machte wieder seine Flammenbewegungen mit den Fingern.

»Da wären wir.« Sie ging auf ein kleines Haus ohne Gardinen zu. Im Garten stand neben einer Schubkarre mit zwei rostigen Felgen ein auf Ytong-Steinen aufgebockter Volvo ohne Räder.

»Das ist Papas Auto«, sagte Knut. »Und das Mamas.« Er zeigte zur Garage, in der ein Käfer geparkt war.

Wir betraten das unverschlossene Haus, und sie bat mich im Wohnzimmer zu warten, während sie die Flinte holte. Ich blieb mit Knut stehen. Das Zimmer war spartanisch eingerichtet, aber hübsch, sauber und ordentlich. Solide Möbel, allerdings weder Fernseher noch Stereoanlage. Keine Topfpflanzen. Und die einzigen Bilder an der Wand waren ein Hochzeitsfoto und ein Gemälde von Jesus mit einem Lamm auf dem Arm.

Ich trat näher heran. Das Hochzeitsfoto zeigte sie, daran bestand kein Zweifel. Sie sah bezaubernd aus in ihrem weißen Brautkleid. Der Mann an ihrer Seite war groß und breitschultrig. Er lächelte, wirkte aber trotzdem hart und verschlossen. Sein Gesicht erinnerte mich an den Mann, den ich gerade hinter dem Fenster gesehen hatte.

»Kommen Sie mal her, Ulf!«

Ich folgte der Stimme über den Flur und trat durch eine offene Tür in eine Art Werkstatt. Sein Reich. Ein Arbeitstisch mit Schraubstock und rostigen Autoteilen, kaputtes Kinderspielzeug, das vergeblich darauf wartete, repariert zu werden, und andere halbfertige Projekte.

Sie hielt eine Schachtel Patronen in der Hand und zeigte mit der anderen auf eine Flinte, die an zwei Nägeln so hoch an der Wand hing, dass sie nicht daran kommen konnte. Daneben ein Gewehr. Ich hatte den Verdacht, sie hatte mich im Wohnzimmer warten lassen, um erst einmal ein bisschen Ordnung zu schaffen. Auf dem Holz waren Ringe von Flaschen zu erkennen, und es roch unverkennbar nach Schnaps und Zigaretten.

»Haben Sie auch Patronen für das Gewehr?«, fragte ich.

»Natürlich«, antwortete sie. »Aber wollten Sie nicht Schneehühner jagen?«

»Schon, aber mit einem Gewehr ist das eine viel größere Herausforderung«, sagte ich, reckte mich und nahm das Gewehr von der Wand. Zielte aus dem Fenster. Hinter der Gardine des Nachbarhauses war eine Bewegung zu erkennen. »Außerdem muss man dann nicht das ganze Schrot raussuchen. Wie lädt man das Ding?«

Sie sah mich skeptisch an. Dachte vermutlich, ich wollte sie auf den Arm nehmen. Dann zeigte sie mir den Ladevorgang. Bei meinem Job sollte ich mich eigentlich mit Waffen auskennen, das trifft aber nur auf Pistolen zu. Sie schob das Magazin in die Waffe, zeigte mir mehrmals den Ladegriff und erklärte mir, dass es bei halbautomatischen Gewehren gesetzlich verboten sei, mehr als drei Kugeln im Magazin und eine in der Kammer zu haben.

»Klar«, sagte ich und wiederholte die Ladebewegung. Ich mag an Waffen besonders das Geräusch von geöltem Metall, die präzise Ingenieurskunst. Mehr aber auch nicht.

»Das hier können Sie sicher auch gebrauchen«, sagte sie.

Ich drehte mich um. Sie reichte mir ein Fernglas. Ein russisches Militärfernglas. Mein Großvater hatte sich so ein Ding über Umwege beschafft, um sich damit Details von Kirchenbauten anzuschauen. Er hatte mir erzählt, dass vor und während des Krieges alle guten optischen Geräte aus Deutschland kamen, dass die Russen aber gleich nach der Besetzung des deutschen Ostens die Industriegeheimnisse geklaut und billigere, aber verdammt gute Kopien gebaut hatten. Wie sie hier an ein solches Fernglas gekommen waren, wussten die Götter. Wenn sie es denn wussten. Ich legte das Gewehr weg und schaute zu dem Haus mit dem Gesicht hinüber. Es war niemand da.

»Ich bezahle natürlich Leihgebühr.«

»Unsinn.« Sie tauschte den Patronengurt gegen einen anderen aus und legte ihn vor mich hin. »Hugo würde es aber sicher schätzen, wenn Sie die verschossenen Patronen ersetzen.«

»Wo ist er?«

»Beim Seelachsfischen.«

Vermutlich ziemte sich die Frage nicht, da ein Zucken über ihr Gesicht ging. »Haben Sie etwas zu essen und trinken?«, fragte sie.

Ich schüttelte den Kopf. War gar nicht auf den Gedanken gekommen. Was hatte ich seit meinem Aufbruch in Oslo eigentlich gegessen?

»Ich kann Ihnen ein Lunchpaket machen, den Rest kriegen Sie in Pirjos Laden. Knut zeigt Ihnen den Weg.«

Wir traten wieder auf die Treppe. Sie sah auf die

Uhr. Versicherte sich vermutlich, dass wir nicht zu lange im Haus gewesen waren, um den Nachbarn ja keinen Grund zum Tratschen zu geben. Knut rannte wie ein Hund auf dem Grundstück hin und her. Er freute sich, dass er mal rauskam.

»Bis zur Hütte braucht man eine gute halbe Stunde oder eine knappe Stunde, je nachdem, wie gut Sie zu Fuß sind«, sagte sie.

»Hm, ich weiß nicht sicher, wann meine Flinte kommt.«

»Das eilt nicht. Hugo ist kein großer Jäger.«

Ich nickte. Justierte den Riemen des Gewehrs und hängte es mir über die Schulter. Die gesunde Schulter. Dann ließ ich den Blick noch einmal durchs Dorf schweifen. Überlegte, was ich zum Abschied sagen sollte. Sie legte den Kopf zur Seite, genau wie ihr Sohn, und strich sich eine Haarsträhne aus dem Gesicht.

»Es gefällt Ihnen hier nicht besonders, was?«

Ich muss ziemlich verwirrt ausgesehen haben, denn sie lachte kurz und errötete. »Kåsund, meine ich. Unsere Häuser. Wissen Sie, früher war es hier richtig schön. Vor dem Krieg. Aber als die Russen 1945 kamen, haben die Deutschen auf der Flucht alles niedergebrannt, nur die Kirche nicht.«

»Die Politik der verbrannten Erde.«

»Aber weil die Menschen ein Dach über dem Kopf brauchten, ist alles schnell wieder aufgebaut worden. Schnell und hässlich.«

»Ach, *so* hässlich ist es gar nicht«, log ich.

»Doch«, lachte sie. »Die Häuser sind hässlich. Nicht aber die Menschen, die darin wohnen.«

Ich sah auf ihre Narbe. »Wenn Sie das sagen. Wir gehen dann mal. Danke.« Ich reichte ihr die Hand, die sie dieses Mal ergriff. Ihr Händedruck war fest und warm, wie ein glatter, sonnenwarmer Stein.

»Gottes Frieden.«

Ich sah sie an. Sie schien das wirklich zu meinen.

Pirjos Laden lag dunkel und verwaist im Keller eines der Häuser. Knut musste dreimal »Pirjo« rufen, bis endlich eine große, runde Frau mit Kopftuch auftauchte.

»Jumalan terve«, sagte sie mit Piepsstimme.

»Wie bitte?«, antwortete ich.

Sie wandte sich von mir ab und sah Knut an.

»Gottes Frieden«, übersetzte er. »Pirjo spricht Finnisch, sie weiß aber, wie ihre Sachen auf Norwegisch heißen.«

Das Warensortiment befand sich auf dem Regal hinter dem Tresen, auf dem sie alles gestapelt hatte, was ich wollte. Wildeintopf und Fischpudding in Dosen. Würstchen. Käse und Brot.

Sie schien alles im Kopf zu addieren, denn als ich fertig war, schrieb sie eine Zahl auf einen Zettel. Mist, ich hätte vorher ein paar Scheine aus meinem Geldgürtel nehmen sollen. Da ich nicht zur Schau stellen wollte, dass ich mit einer ansehnlichen Summe Geld rumlief, grob überschlagen einhundertdreizehntausend Kronen, wandte ich den beiden den Rücken zu, trat an die Wand und machte die beiden untersten Knöpfe meines Hemds auf.

»Ulf, hier drin darf man nicht pinkeln«, sagte Knut.

Ich drehte mich halb zu ihm um und sah ihn an.

»Das war nur ein Witz«, sagte er und lachte.

Pirjo gab mir mit Gesten zu verstehen, dass sie den Hunderter, den ich ihr gegeben hatte, nicht wechseln konnte.

»Ist schon in Ordnung«, sagte ich. »Trinkgeld.«

Sie erwiderte etwas in ihrer harten, unverständlichen Sprache.

»Sie sagt, dass du ja wahrscheinlich wiederkommst und mehr brauchst«, sagte Knut.

»Dann sollte sie den Betrag vielleicht aufschreiben.«

»Den hat sie im Kopf«, sagte Knut. »Komm jetzt.«

Knut tanzte vor mir über den Weg. Die Heide schrappte an meinen Hosenbeinen entlang, und die Mücken schwirrten um unsere Köpfe. Wir waren auf der Hochebene, der Vidda.

»Ulf?«

»Ja?«

»Warum hast du so lange Haare?«

»Weil sie niemand schneidet.«

»Ach so.«

Zwanzig Sekunden später.

»Ulf?«

»Hm.«

»Kannst du kein Finnisch?«

»Nein.«

»Samisch?«

»Kein Wort.«

»Nur Norwegisch?«

»Und Englisch.«

»Gibt es viele Engländer unten in Oslo?«

Ich blinzelte in die Sonne. Wenn jetzt Mittag war, gingen wir folglich nach Westen. »Im Grunde nicht«, sagte ich. »Aber Englisch ist eine Weltsprache.«

»Eine Weltsprache, ja. Das hat Großvater auch gesagt. Und Norwegisch ist die Sprache der Vernunft. Und Finnisch eine heilige Sprache.«

»Wenn er das sagt.«

»Ulf?«

»Ja?«

»Ich kann dir einen Witz erzählen.«

»Ja?«

Er blieb stehen, wartete und stapfte dann neben mir durch die Heide. »Was läuft und läuft und kommt doch nie ans Ziel?«

»Das ist doch wohl eher ein Rätsel.«

»Soll ich dir die Antwort verraten?«

»Ja, ich fürchte, das musst du.«

Er hielt sich die Hand über die Augen und sah blinzelnd zu mir hoch. »Du lügst, Ulf.«

»Wieso?«

»Du kennst die Antwort.«

»Ja, wirklich?«

»Jeder kennt die Antwort auf dieses Rätsel. Warum müsst ihr immer lügen? Ihr kommt noch in die …«

»Hölle?«

»Ja!«

»Und wen meinst du mit *ihr*?«

»Papa. Und Onkel Ove. Und Mama.«

»Wirklich? Deine Mama lügt?«

»Sie sagt immer, dass ich vor Papa keine Angst zu haben brauche. Jetzt bist du dran. Jetzt musst du einen Witz erzählen.«

»Ich bin wirklich nicht so gut darin.«

Er ließ stöhnend den Kopf hängen. Seine Arme baumelten bis in die Heide herab. »Du triffst nichts, hast keine Ahnung von Schneehühnern und kannst keine Witze erzählen. Was kannst du eigentlich?«

»Nun«, sagte ich und sah einen einzelnen Vogel hoch über uns kreisen. Auf der Suche. Auf der Jagd. Die leicht angewinkelten Flügel erinnerten mich an einen Düsenjäger. »Ich kann mich verstecken.«

»Ja!« Sein Kopf schnellte nach oben. »Wir können Verstecken spielen. Wer zählt zuerst? Eins, zwei, Eckstein …«

»Lauf vor und versteck du dich.«

Er stürmte drei Schritte vor und blieb dann wieder stehen.

»Was ist?«

»Das sagst du nur, um mich loszuwerden.«

»Dich loswerden? Niemals!«

»Jetzt lügst du schon wieder.«

Ich zuckte mit den Schultern. »Wir können Schweigen spielen. Wer es nicht schafft, den Mund zu halten, wird erschossen.«

Er sah mich ganz seltsam an.

»Wir tun nur so«, sagte ich, »okay?«

Er nickte und kniff die Lippen fest zusammen.

»Ab jetzt«, sagte ich.

Wir gingen weiter. Eine ganze Weile. Die Landschaft, die aus der Ferne so monoton ausgesehen hatte, veränderte sich mit jedem Meter. Der federnde Boden, auf dem abwechselnd grüne und rotbraune Heide wucherte, wurde zu einer steinigen Mondlandschaft, und plötzlich ließ das Licht der Sonne, die seit meiner Ankunft wie ein roter Diskus einen Halbkreis um mich gezogen hatte, die Landschaft aufglühen, als liefe Lava über die sanften Hänge. Am meisten beeindruckte mich aber der Himmel. Ich weiß nicht, warum er mir hier so unendlich viel größer erschien oder warum ich glaubte, die Erdkrümmung sehen zu können. Vielleicht war es bloß der Schlafentzug. Ich habe gelesen, dass Menschen schon nach zwei Tagen ohne Schlaf Psychosen entwickeln.

Knut stapfte mit verbissener Kämpfermiene vor mir her. Die Mückenschwärme wurden dichter und hüllten uns mittlerweile völlig ein. Ich hatte aufgehört, nach ihnen zu schlagen, wenn sie sich auf mich setzten. Sie bohrten ihren Stachel in meine Haut und spritzten mir eine Narkose, das Ganze war so schonend, dass ich sie gewähren ließ. Es kam jetzt nur darauf an, Meter um Meter weiterzugehen, Kilometer zwischen mich und die Zivilisation zu bringen. Trotzdem brauchte ich langsam einen Plan.

Der Fischer findet immer, was er sucht.

Bis jetzt hatte ich den Plan verfolgt, keinen Plan zu

haben, da der Fischer jede von mir ausgetüftelte Logik durchschaut hätte. Meine einzige Chance war Willkür, so unberechenbar zu sein, dass nicht einmal ich wusste, wie mein nächster Zug aussehen würde. Aber jetzt war es an der Zeit, etwas zu unternehmen.

»Die Uhr«, sagte Knut. »Die Antwort ist die Uhr.«

Ich nickte. Es war nur eine Frage der Zeit gewesen.

»Und jetzt kannst du mich erschießen, Ulf.«

»Na, dann.«

»Also, dann mach's auch.«

»Und warum?«

»Damit ich es hinter mir habe. Nichts ist schlimmer als eine Kugel, von der man nicht weiß, wann sie kommt.«

»Peng.«

»Bist du in der Schule geärgert worden, Ulf?«

»Warum fragst du das?«

»Du redest so komisch.«

»Wo ich aufgewachsen bin, reden alle so.«

»Oh, wurden da alle geärgert?«

Ich musste lachen. »Okay, ein *bisschen* bin ich schon geärgert worden. Als ich zehn Jahre alt war, sind meine Eltern gestorben und ich bin vom Osten der Stadt in den Westen zu meinem Großvater Basse gekommen. Da haben mich die anderen Jungs dann Oliver Twist oder Ost-Dreck genannt.«

»Aber das bist du doch gar nicht.«

»Danke.«

»Du bist Süd-Dreck.« Knut lachte. »Das war ein Witz! Jetzt habe ich noch drei gut.«

»Wenn ich nur wüsste, wo du das alles hernimmst, Knut.«

Er kniff ein Auge zusammen und sah mich an. »Darf ich dein Gewehr tragen?«

»Nein.«

»Das ist Papas.«

»Ich habe nein gesagt.«

Er stöhnte und ließ Kopf und Arme noch tiefer hängen, bevor er sich wieder aufrichtete.

Wir stapften weiter, und er sang leise etwas vor sich hin, was sich für mich wie ein Lied aus dem Gesangbuch anhörte. Ich hätte ihn gerne nach dem Namen seiner Mutter gefragt, es wäre praktisch, ihn zu wissen, wenn ich zurück ins Dorf musste. Falls ich mich nicht mehr erinnern sollte, welches ihr Haus war. Aus irgendeinem Grund konnte ich mich aber nicht zu der Frage aufraffen.

»Da ist die Hütte«, sagte Knut und streckte den Arm aus.

Ich nahm das Fernglas, stellte scharf. Was da hinter den tanzenden Mückenschwärmen lag, sah eher wie ein Holzschuppen als wie eine Hütte aus. Ich konnte keine Fenster entdecken, nur eine Ansammlung grauer, vertrockneter Latten, die sich an einen dünnen schwarzen Schornstein klammerten.

Wir gingen weiter, und ich dachte an vollkommen andere Dinge, als ich plötzlich eine Bewegung wahrnahm von etwas, das größer war als die schwirrenden Mücken. Gut hundert Meter vor uns löste es sich aus der monotonen Landschaft. Mein Herz stockte für einen Moment. Ein seltsames Klicken war zu hören, als das Tier mit dem großen Geweih durch die Heide davonlief.

»Ein Bock«, stellte Knut fest.

Mein Puls beruhigte sich. »Woher weißt du, dass es nicht …«

Er warf mir wieder einen seiner seltsamen Blicke zu.

»In Oslo gibt es nicht so viele Rentiere«, sagte ich.

»Ganz einfach. Böcke haben größere Geweihe. Guck mal, jetzt fegt er.«

Das Rentier war in einem Wäldchen stehen geblieben und kratzte mit dem Geweih an den Birkenstämmen.

»Kratzt er die Rinde ab, um sie zu fressen?«

Er lachte. »Rentiere fressen Flechten.«

Ach ja, stimmt, Rentierflechte. Wir hatten in der Schule gelernt, dass das irgendein seltsames Moos ist, das hier oben am Nordpol wächst. Und dass ein Joik improvisiertes Gejohle auf Samisch ist und ein Lavvo eine Art Indianerzelt. Und dass die Finnmark weiter weg von Oslo ist als London oder Paris. Und dann noch eine Regel, die einem helfen sollte, sich an die Namen der Fjorde zu erinnern, aber niemand konnte diese Regel behalten. Ich auf jeden Fall nicht, dabei bin ich fünfzehn Jahre zur Schule gegangen, zwei davon sogar auf die Uni. Ich sollte also einiges mitbekommen haben.

»Die fegen, um ihre Geweihe zu reinigen«, sagte Knut. »Das machen sie immer im August. Als ich klein war, hat Opa gesagt, sie tun das, weil die Geweihe so jucken.«

Er schnalzte mit der Zunge wie ein alter Mann, als amüsierte er sich darüber, wie naiv man sein konnte. Ich hätte ihm in diesem Moment verraten können, dass einige von uns noch immer so naiv sind.

Die Hütte stand auf vier großen Steinen. Sie war unverschlossen, aber ich musste fest an der Klinke rütteln, um die Tür vom Rahmen zu ziehen. Drinnen gab es ein Doppelstockbett mit Wolldecken, einen alten Küchenofen mit zwei Platten, auf denen ein verbeulter Kessel und ein alter Topf standen, einen orangefarbenen Wandschrank, einen roten Plastikeimer, zwei Stühle und einen Tisch, der nach Westen abfiel. Entweder war der Tisch schief oder der Boden.

Die Hütte hatte Fenster, schmale Luken auf jeder Seite, die mir von außen nicht aufgefallen waren. Nur an der Türseite waren keine. Die Scheiben ließen genügend Licht herein, und man konnte sehen, wenn sich jemand näherte. Egal, aus welcher Richtung. Sie waren wie Schießscharten. Auch als ich die drei Schritte von der einen zur anderen Seite der Hütte ging und feststellte, dass das Ding wackelte wie ein französischer Bistrotisch, änderte das nichts an meiner Einschätzung – die Hütte war der perfekte Unterschlupf.

Ich sah mich um und dachte an das, was mein Großvater gesagt hatte, als er den Koffer seines zehnjährigen Enkels zu seinem Haus hochgetragen und die Tür aufgeschlossen hatte: *Mi casa es su casa.* Ich wusste damals, was er sagen wollte, ohne ein einziges Wort verstanden zu haben.

»Willst du einen Kaffee, bevor du wieder nach unten

gehst?«, fragte ich freundlich und öffnete die Ofenklappe. Feine graue Asche rieselte heraus.

»Ich bin zehn Jahre alt«, sagte Knut. »Ich trinke keinen Kaffee. Du brauchst Holz. Und Wasser.«

»Das sehe ich. Eine Scheibe Brot vielleicht?«

»Hast du eine Axt? Oder ein Messer?«

Ich sah ihn an, ohne zu antworten. Er verdrehte die Augen als Antwort. Ein Jäger ohne Messer.

»Du kannst solange meins leihen«, sagte Knut, schob die Hand hinter seinen Rücken und zog ein riesiges Messer mit breiter Klinge und gelbem Holzschaft hervor.

Ich wog das Messer in der Hand. Es war schwer, aber nicht zu schwer, und gut ausbalanciert. Genau so, wie sich auch eine Pistole anfühlen sollte.

»Hast du das von deinem Vater?«

»Von meinem Opa, das ist ein Samenmesser.«

Wir einigten uns darauf, dass er Holz sammelte und ich Wasser holte. Er schien zufrieden damit zu sein, den Erwachsenenjob bekommen zu haben, schnappte sich das Messer und rannte los. Ich fand eine lose Latte an einer der Wände und verbarg in dem dahinter hervorquellenden Isoliermaterial aus Moos und Torf meinen Geldgürtel. Ich hörte ihn hinten beim Wäldchen hacken, als ich den Eimer am Bach füllte, der nur hundert Meter von der Hütte entfernt vorbeifloss.

Knut stopfte das Kleinholz und die Rinde in den Ofen, während ich die Mäuseköttel aus dem Schrank fegte, bevor ich meine Esssachen hineinlegte. Er bekam meine Streichhölzer, und gleich darauf brannte der Ofen. Das Wasser im Kessel blubberte. Ein bisschen Rauch quoll aus dem Ofen, und ich stellte fest, dass die Mücken das Weite suchten. Ich nutzte die Gelegenheit, mein Hemd auszuziehen und mir Gesicht und Oberkörper zu waschen.

»Was ist das?«, fragte Knut und streckte seinen Arm aus.

»Das?«, sagte ich und fasste die Militärmarke an, die ich um den Hals trug. »Name und Personennummer, eingraviert in atombombensicheren Stahl, damit sie wissen, wen sie getötet haben.«

»Warum müssen die das wissen?«

»Damit sie wissen, wohin sie die sterblichen Überreste schicken sollen.«

»Haha«, sagte er trocken. »Das zählt jetzt aber *nicht* als Witz.«

Das Blubbern des Kessels war zu einem beängstigenden Brodeln geworden. Als ich eine der beiden angeschlagenen Kaffeetassen vollgoss, hatte Knut sich bereits über das zweite Leberwurstbrot hergemacht. Ich blies auf die schwarze, ölige Oberfläche.

»Wie schmeckt Kaffee eigentlich?«, fragte Knut mit vollem Mund.

»Beim ersten Mal schrecklich«, sagte ich und probierte einen Schluck. »Iss auf, damit du nach Hause kommst, bevor deine Mutter sich fragt, wo du bleibst.«

»Sie weiß doch, wo ich bin.« Er stemmte die Ellenbogen auf die Tischplatte und legte den Kopf in die Hände, so dass seine Wangen etwas hochgeschoben wurden. »Witz.«

Der Kaffee schmeckte perfekt, und die Tasse wärmte wunderbar die Hand. »Hast du schon mal von dem Norweger, dem Dänen und dem Schweden gehört, die gewettet haben, wer von ihnen sich am weitesten aus dem Fenster lehnen kann?«

Die Arme verschwanden vom Tisch, und er sah mich erwartungsvoll an. »Nein.«

»Sie haben sich aufs Fensterbrett gesetzt. Und plötzlich hatte der Norweger gewonnen.«

Es wurde still, und ich trank noch einen Schluck Kaffee. Knut starrte mich an. Er hatte offensichtlich nicht verstanden, dass der Witz bereits zu Ende war.

»Wie gewonnen?«, fragte er.

»Was glaubst du? Der Norweger ist aus dem Fenster gefallen.«

»Dann hat der Norweger auf sich selbst gewettet?«

»Ist doch klar.«

»Ist *überhaupt nicht* klar, das hättest du gleich sagen müssen.«

»Okay, aber jetzt hast du wenigstens die Pointe verstanden«, seufzte ich. »Also, was meinst du?«

Er legte einen Finger unter sein Kinn voller Sommersprossen und sah nachdenklich vor sich hin. Dann lachte er zweimal kurz auf, ehe er weiter nachdachte.

»Ein bisschen kurz«, sagte er. »Aber das macht wahrscheinlich den Witz aus. Dass er – peng – einfach so vorbei ist. Doch, witzig.« Er lachte noch einmal kurz.

»Apropos vorbei …«

»Na klar«, sagte er und war auf den Beinen. »Ich komme morgen wieder.«

»Äh? Wieso?«

»Mückenöl.«

»Mückenöl?«

Er nahm meine Hand und legte sie mir auf die Stirn. Sie fühlte sich an wie ganz grobes Schmirgelpapier. Stich an Stich.

»Okay«, sagte ich. »Bring Mückenöl mit. Und Bier.«

»Bier? Dafür …«

»Werde ich brennen.«

»… musst du nach Alta.«

Ich dachte an den Schnapsgeruch im Werkraum seines Vaters. »Und wie sieht's mit Schnaps aus?«

»Hä?«

»Selbstgebrannter. Sprit? Das Zeug, das dein Vater trinkt. Wo kriegt er das her?«

Knut trat von einem Bein aufs andere. »Von Mattis.«

»Hm. Dieser o-beinige kleine Kerl mit der Daunenjacke?«

»Ja.«

Ich steckte die Hand in die Hosentasche und zog einen Schein heraus. »Guck mal, wie viel du dafür kriegst, und für den Rest kaufst du dir ein Eis. Vorausgesetzt, das ist keine Sünde.«

Er schüttelte den Kopf und nahm den Schein entgegen. »Leb wohl, Ulf. Und lass die Tür zu.«

»Ach, hier drin ist doch kaum Platz für noch mehr Mücken.«

»Nicht wegen der Mücken, Ulf.«

Machte er Witze?

Als er draußen war, nahm ich das Gewehr und legte es auf den Fensterrahmen. Zielte über das Korn und suchte den Horizont ab. Fand Knuts Rücken, als der Junge über den Pfad hüpfte. Schweifte weiter zum Waldrand und entdeckte den Bock. Er hob den Kopf, als hätte er mich gewittert. Soweit ich weiß, sind Rentiere Herdentiere. Er musste ausgestoßen worden sein. Wie ich.

Ich setzte mich vor die Hütte und trank den Rest Kaffee. Von der Wärme und dem Rauch aus dem Ofen hatte ich hämmernde Kopfschmerzen.

Ich sah auf die Uhr. Sie lief und lief. Inzwischen waren seit meinem angenommenen Todeszeitpunkt hundert Stunden vergangen. Hundert Stunden Bonus.

Als ich wieder zum Wäldchen sah, war der Bock näher gekommen.

KAPITEL 3

Hundert Stunden.

Dabei hatte es viel früher angefangen. Wann genau, weiß ich wie gesagt nicht. Sagen wir vor einem Jahr, als Brynhildsen zu mir in den Schlosspark kam. Ich war gestresst, hatte gerade erfahren, dass sie krank war.

Brynhildsen war früh kahl geworden, hatte eine hässliche Nase und einen messerscharf ausrasierten, schmalen Bart. Er hatte für Hoffmann gearbeitet, bis der Fischer Hoffmanns gesamten Nachlass übernommen hatte, das heißt sein Herointerritorium, seine Frau und die Riesenwohnung in der Bygdøyallé. Brynhildsen überbrachte mir die Nachricht, dass der Fischer mit mir reden wolle. Ich solle in seinen Laden kommen. Mehr sagte er nicht.

Mein Großvater liebte spanische Redewendungen, die er seinerzeit in Barcelona gelernt hatte, als er seine Version der Sagrada Família gezeichnet hatte. Am häufigsten hörte ich: *»Éramos pocos y parió la abuela«*, was so viel heißen sollte wie, dass wir auch so schon genug Probleme hatten.

Also bin ich am nächsten Tag in den Laden des Fischers am Youngstorget gegangen. Nicht weil ich Lust dazu hatte oder gewollt hätte, sondern weil es keine Alternative dazu gab. Der Fischer war zu mächtig. Zu gefährlich. Alle wussten, dass er Hoffmann einen Kopf kürzer gemacht und gesagt hatte, dass es jedem so erginge, der zu hoch hinauswolle. Und auch dass zwei seiner Dealer wie vom Erdboden verschwunden waren, nachdem sie sich selbst bedient hatten, war allgemein bekannt. Niemand hatte sie je wiedergesehen. Stattdessen kursierte das Gerücht, seine Fischbällchen hätten nie so gut geschmeckt wie in den Monaten nach ihrem Verschwinden. Der Fischer hatte dieses Gerücht nie dementiert. Er war durch und durch Geschäftsmann und sicherte sein Territorium mit einer Mischung aus Gerüchten, Halbwahrheiten und unzweifelhaften Tatsachen. Jeder wusste, was einem blühte, wenn man ihn zu hintergehen versuchte.

Ich hatte nicht versucht, den Fischer zu hintergehen, schwitzte aber trotzdem wie ein Junkie auf Turkey, als ich in seinem Laden stand und mich bei der älteren Frau hinter dem Tresen vorstellte. Ich weiß nicht, ob sie irgendeine Klingel drückte, aber gleich darauf kam der Fischer durch die Schwingtür aus dem Hinterzimmer und grinste mich breit an. Er war von Kopf bis Fuß weiß gekleidet – weiße Mütze, weiße Schürze, weiße Hose, weiße Clogs – und reichte mir seine große, weiche Hand.

Auch das Hinterzimmer war weiß mit gekacheltem

Boden und Wänden. Auf den Tischen standen Metalltröge mit leichenblassen Fischfilets in irgendwelchen Laken.

»Entschuldige den Geruch, Jon, aber ich mache gerade Fischbällchen.« Der Fischer zog einen Stuhl vom Tisch weg und stellte ihn mitten in den Raum.

»Setz dich.«

»Ich verkaufe nur Hasch«, sagte ich und folgte seiner Aufforderung. »Mit Speed oder Heroin habe ich nichts zu tun.«

»Ich weiß. Ich wollte mit dir sprechen, weil du einen meiner Angestellten umgebracht hast. Toralf Jansen.«

Ich starrte ihn entgeistert an. Das war's dann. Ich war ein Fischbällchen.

»Verdammt guter Job, Jon. Wirklich klug, es wie einen Selbstmord aussehen zu lassen. Jeder wusste ja, dass Toralf ein bisschen … düster drauf war.« Der Fischer riss einen Streifen von einem Filet ab und steckte ihn in den Mund.

»Die Polizei hat zu keinem Zeitpunkt Verdacht geschöpft. Ich muss gestehen, ich bin sogar davon ausgegangen, dass er sich erschossen hat. Bis mir ein Bekannter bei der Polizei gesteckt hat, die Pistole, die neben ihm gefunden wurde, war auf dich registriert. Jon Hansen. Wir sind der Sache natürlich nachgegangen, und Toralfs Freundin ist schließlich damit rausgerückt, dass Toralf dir Geld schuldete. Und dass du ein paar Tage vor seinem Tod versucht hast, diese Schulden einzutreiben. Ist das so weit richtig?«

Ich schluckte. »Toralf hat ziemlich viel gekifft. Wir kannten uns ganz gut, haben schon im Sandkasten miteinander gespielt und eine Zeit sogar zusammengewohnt. Deshalb habe ich ihm auch diesen Kredit gegeben.« Ich versuchte zu lächeln, ahnte aber, wie bescheuert ich dabei aussah. »Es ist echt ein Fehler, in dieser Branche Ausnahmen zu machen. Auch bei Freunden.«

Der Fischer erwiderte mein Lächeln, nahm ein Fischfilet und studierte es ausgiebig. »Jon, du darfst niemals zulassen, dass Freunde, Verwandte oder Angestellte Schulden bei dir haben. Niemals. Klar, du hast dir das eine Weile angeguckt, aber zu guter Letzt ist dir dann doch klargeworden, Regeln müssen eingehalten werden. Du bist wie ich, Jon. Hältst dich an Prinzipien. Wer dir auf die Füße tritt, muss bestraft werden. Egal, ob groß oder klein. Egal, ob es irgendein Idiot ist, den du nicht kennst, oder dein eigener Bruder. Nur so kann man sein Revier verteidigen. Selbst so ein kleines Scheißgeschäft wie deins da im Schlosspark. Wie viel verdienst du eigentlich? Fünftausend im Monat? Sechs?«

Ich zuckte mit den Schultern. »So in etwa.«

»Ich respektiere, was du getan hast.«

»Aber …«

»Toralf war ein sehr wichtiger Mann für mich. Er war mein Eintreiber. Und wenn nötig auch mein Expedient. Er war bereit, Leute, die nicht zahlen wollten, zu expedieren, was man heutzutage wirklich nicht über jeden sagen kann. Die Menschen sind so soft geworden. Und die Gesellschaft lässt das zu. Es ist …« Er steckte sich das ganze Filet auf einmal in den Mund. »… pervers.«

Während er kaute, überlegte ich, welche Möglichkeiten mir blieben. Aufzuspringen und durch den Laden das Weite zu suchen schien mir die beste Idee zu sein.

»Du verstehst sicher, dass ich jetzt ein bisschen in der Bredouille bin«, sagte er.

Natürlich würden sie mir folgen und mich irgendwann auch schnappen, aber zumindest bliebe es mir erspart, als Fischbällchen zu enden, wenn sie mich irgendwo auf offener Straße abknallten.

»Ich frage mich nun: Wen kenne ich, der in der Lage wäre, das Nötige zu tun? Der töten kann? Und ich kenne nur zwei. Der eine ist effektiv, tötet aber etwas zu gerne, und diese Lust daran scheint mir eben auch ein bisschen …« Er pulte etwas aus seinen Zähnen. »… pervers zu sein.« Er studierte den Fang zwischen seinen Fingerspitzen. »Außerdem schneidet er sich die Fingernägel nicht ordentlich. Und ich brauche keinen perversen Schönling, sondern jemanden, der mit den Menschen redet, der den Dialog sucht und *erst*, wenn das Reden nicht zum Erfolg führt, expediert. Also, wie viel willst du, Jon?«

»Was?«

»Eine ganz einfache Frage: Was würdest du als angemessene Bezahlung betrachten? Achttausend im Monat?«

Ich blinzelte.

»Nicht genug? Sagen wir zehn? Plus dreißig als Bonus, solltest du jemanden expedieren müssen?«

»Sie fragen mich …?«

»Zwölf. Verdammt, du bist ein harter Knochen, Jon. Aber okay, ich respektiere auch das.«

Ich atmete tief durch die Nase. Fragte der mich wirklich, ob ich Toralfs Job als Eintreiber und Expedient wollte?

Ich schluckte. Dachte nach.

Ich hatte keine Lust auf den Job.

Ich hatte keine Lust auf Geld.

Aber ich brauchte es.

Sie brauchte es.

»Zwölf …«, sagte ich, »… hört sich gut an.«

Es war ein einfacher Job.

Ich kam, sagte, ich sei der Eintreiber des Fischers, und schon lag das Geld auf dem Tisch. Ich habe mich echt nicht überarbeitet, saß die meiste Zeit im Hinterzimmer des Fischladens und spielte Karten mit Brynhildsen und Styrker, obwohl Brynhildsen ständig mogelte und Styrker unablässig davon redete, wie wahnsinnig effektiv seine Rottweiler seien. Ich langweilte mich, hatte keinen Bock, aber das Geld floss, und mit ein paar weiteren Expedierungen sollte ich in einem Jahr in der Lage sein, die Behandlung zu bezahlen. Natürlich konnte ich nur hoffen, dass das rechtzeitig genug war. Außerdem gewöhnt man sich an das meiste, sogar an den Gestank von Fisch.

Eines Tages kam der Fischer und sagte, er habe

einen etwas größeren Job für mich, der sowohl Diskretion als auch eine feste Hand erforderte.

»Der Typ kauft seit Jahren Speed bei mir«, sagte er. »Und da er weder ein Freund noch ein Verwandter oder Angestellter ist, habe ich ihm immer mal wieder Kredit gegeben. Er hat nie irgendwelche Probleme gemacht, aber jetzt ist er im Verzug.«

Es ging um Kosmos, einen älteren Typen, der an einem Tisch im Gullfisken Speed dealte. Das Gullfisken war eine alte Hafenkneipe mit grau verschmierten Scheiben und nie mehr als drei oder vier Gästen.

Kosmos ging regelmäßig nach demselben Muster vor. Der Kunde kam herein und setzte sich an den Nachbartisch, der immer unbesetzt war, weil Kosmos seine Jacke über einen Stuhl gehängt und eine aufgeschlagene Zeitschrift auf den Tisch gelegt hatte. Er selbst löste direkt daneben Kreuzworträtsel aus Zeitungen und Zeitschriften. Es ging das Gerücht, dass er zweimal norwegischer Kreuzworträtsel-Meister der Zeitschrift *Hjemmet* geworden war. Der Kunde legte einen Umschlag mit Geld in die Zeitschrift auf dem Tisch und ging aufs Klo, und wenn er zurückkam, war statt des Geldes Speed im Umschlag.

Es war noch früh am Morgen, als ich das Lokal betrat. Wie stets waren nur drei oder vier andere Gäste dort. Ich nahm zwei Tische von dem Alten entfernt Platz, bestellte einen Kaffee und schlug in einer Zeitschrift eine Kreuzworträtsel-Seite auf. Kratzte mich mit dem Bleistift am Kopf. Beugte mich vor.

»Entschuldigung?«

Ich musste Kosmos zweimal ansprechen, bis er den Kopf hob und von seinem eigenen Kreuzworträtsel aufblickte. Er trug eine Brille mit orange getönten Gläsern.

»Können Sie mir helfen, ich brauche ein anderes Wort für *Außenstände*. Acht Buchstaben, der erste ein ›S‹.«

»Schulden«, sagte er und senkte den Blick.

»Natürlich, danke.« Ich tat so, als trüge ich das Wort ein, und wartete einen Moment. Trank einen Schluck von dem entfernt an Kaffee erinnernden Getränk. Räusperte mich: »Ich will Sie ja nicht stören, aber könnten Sie mir vielleicht auch beim nächsten Wort helfen: Fänger mit sieben Buchstaben. Die ersten beiden ›F‹ und ›I‹.«

»Fischer«, antwortete er, ohne aufzublicken. Ich sah aber, wie er zusammenzuckte, als das Wort über seine Lippen kam.

»Und noch ein letztes Wort«, sagte ich. »Werkzeug, dieses Mal sechs Buchstaben. Es beginnt mit ›H‹ und hat in der Mitte zwei ›M‹.«

Er schob sein Kreuzworträtsel weg und sah mich an. Sein Adamsapfel fuhr in seinem unrasierten Hals Aufzug.

Ich lächelte bedauernd. »Wissen Sie, die Abgabefrist für das Kreuzworträtsel läuft heute Nachmittag ab. Ich muss jetzt leider etwas erledigen, bin in zwei Stunden aber wieder zurück. Ich lasse die Zeitschrift hier liegen, vielleicht könnten Sie die Antworten, die Ihnen einfallen, einfach eintragen.«

Ich ging nach unten an den Hafen, rauchte eine Zigarette und dachte nach. Ich hatte keinen Schimmer, was los war und warum er seine Schulden nicht bezahlt hatte, wollte es auch gar nicht wissen. Ich konnte gut darauf verzichten, dass sich sein verzweifeltes Gesicht in meine Netzhaut brannte. Das kleine, blasse Gesicht auf dem Kopfkissen mit dem verwaschenen Ullevål-Krankenhaus-Schriftzug reichte mir vollkommen.

Als ich zurückkam, vertiefte Kosmos sich noch mehr in sein Rätsel, aber als ich meine Zeitschrift aufschlug, lag dort ein Umschlag.

Der Fischer bestätigte später, dass Kosmos die Summe vollständig bezahlt und ich meinen Job gut gemacht hätte. Aber wofür? Ich hatte wieder einmal mit den Ärzten gesprochen, und die Prognose war nicht gut. Ohne Behandlung würde sie das Jahr nicht überleben. Also ging ich zum Fischer und sagte frei heraus, dass ich einen Kredit bräuchte.

»Sorry, Jon, das kann ich nicht machen. Angestellter, verstanden?«

Ich nickte. Was zum Henker sollte ich tun?

»Aber vielleicht gibt es trotzdem eine Lösung für dein Problem. Ich brauche eine Expedierung.«

Oh, verdammt.

Früher oder später hatte das ja kommen müssen, wobei ich eher auf später gehofft hatte. Nachdem ich genug verdient und gekündigt hatte.

»Angeblich sagst du gerne, das erste Mal ist besonders schwer«, sagte er. »In dem Fall hast du Glück. Es ist ja nicht das erste Mal.«

Ich versuchte zu lächeln. Er konnte ja nicht wissen, dass ich Toralf nicht getötet hatte. Die auf mich registrierte Waffe war bloß so ein Kleinkaliberding. Toralf hatte sie für einen Job gebraucht, sie sich aber nicht selber besorgen können, denn seine Akte war so lang wie die von einem ostdeutschen Dissidenten. Ich war trotz meiner Dealerei nie erwischt worden und hatte ihm die Waffe gegen ein kleines Entgelt organisiert und seither nie wiedergesehen. Das Geld, das Toralf mir schuldete und das ich für ihre Behandlung brauchte, hatte ich längst abgeschrieben. Toralf, der armselige deprimierte Junkie, hatte genau das getan, wonach es aussah: sich selbst erschossen.

Ich hatte keine Prinzipien. Kein Geld. Aber auch kein Blut an den Händen.

Noch nicht.

Dreißigtausend Bonus.

Das war schon ein großer Batzen. Ein großer Batzen der zu bezahlenden Summe.

Ich schrak aus dem Schlaf hoch. Die Mückenstiche nässten, die Wolldecke klebte an meiner Haut. Aber nicht das hatte mich geweckt. Irgendwo dort draußen in der kargen Natur hatte ein klagendes Heulen die Stille durchbrochen.

Wölfe? Die heulten im Winter den Mond an und nicht im Sommer diese Scheißsonne, unablässig hing sie am verwaschenen Himmel und wollte einfach nicht untergehen. Oder war das ein Hund, der die Rentiere der Samen hütete? Gut möglich.

Ich drehte mich auf dem schmalen Bett auf die Seite, vergaß die verletzte Schulter, fluchte und drehte mich wieder zurück. Das Heulen schien ziemlich weit entfernt zu sein, aber das war schwer zu sagen. Im Sommer waren Geräusche bestimmt nicht so gut zu hören wie im Winter. Vielleicht war das Tier ganz in der Nähe.

Ich schloss die Augen, wusste aber ganz genau, dass ich nicht wieder einschlafen würde.

Also stand ich auf, trat mit dem Fernglas an eine der Fensterluken und suchte den Horizont ab.

Nichts.

Nur tick-tack-tick-tack.

KAPITEL 4

Knut hatte eine durchsichtige, zähe Masse dabei, die schrecklich stank. Sein Mückenöl hätte auch Napalm sein können. Und zwei verkorkte Flaschen mit einer durchsichtigen, nach Fusel stinkenden Flüssigkeit, die ganz sicher Napalm war. Der Morgen hatte außer noch mehr Sonne auch Wind gebracht, der im Ofenrohr pfiff. Die Schatten der wenigen Wolken jagten wie Rentierherden über die eintönige, wellige Landschaft, färbten die hellgrüne Vegetation für einen Moment dunkler und löschten die Sonnenreflexe auf den zahllosen Seen, Bächen und nassen Felsen. Wie ein plötzlicher tiefer Basston in Moll in einem ansonsten hellen Lied.

»Mama hat gesagt, dass du herzlich zum Gottesdienst eingeladen bist«, sagte der Junge. Er hatte sich zu mir an den Tisch gesetzt.

»Ach ja?«, erwiderte ich und strich über die Flasche. Ich hatte den Korken wieder reingedrückt, ohne zu probieren. Vorspiel. Es kam darauf an, es so lange wie nur möglich hinauszuzögern, es wurde nur besser dadurch. Oder schlimmer, je nachdem, manchmal.

»Sie meint, du könntest noch erlöst werden.«

»Glaubst du das denn auch?«

»Ich glaube nicht, dass du erlöst werden willst.«

Ich stand auf und trat an eine der Luken. Der Bock war wieder da. Als ich ihn am Morgen gesehen hatte, war ich irgendwie erleichtert gewesen. Seltsam. Wölfe. Waren die in Norwegen nicht ausgestorben? Ausgerottet?

»Mein Großvater hat Kirchen entworfen«, sagte ich. »Er war Architekt. Aber an Gott hat er nicht geglaubt. Er meinte, wenn wir tot sind, sind wir tot. Ich neige zu seinem Glauben.«

»Dann hat er auch nicht an Jesus geglaubt?«

»Wenn er nicht an Gott geglaubt hat, wird er wohl auch nicht an Gottes Sohn geglaubt haben, Knut.«

»Verstehe.«

»Du verstehst. Und?«

»Dann muss er in die Hölle.«

Ich fand ihn amüsant. »Dann brennt er da schon ziemlich lange, er ist gestorben, als ich neunzehn war. Aber findest du das nicht ein bisschen ungerecht? Basse war ein guter Mann, er hat Menschen geholfen, die in Not waren. Und das kann man über manche Christen, die ich kenne, nicht sagen. Wenn ich nur ein halb so guter Mensch wie mein Großvater sein könnte …«

Ich blinzelte. Meine Augen brannten. Weiße Punkte schwirrten davor hin und her. Hatte die Sonne schon Löcher in meine Netzhaut gebrannt, oder wurde ich mitten im Sommer schneeblind?

»Großvater sagt, dass einem die guten Taten nichts

nützen, Ulf. Dein Großvater ist in der Hölle, und da musst du auch bald hin.«

»Hm. Und du meinst, dass ich ins Paradies kommen könnte, wenn ich in den Gottesdienst gehe und mich zu Jesus und diesem Læstadius bekenne, obwohl ich nie jemandem geholfen habe?«

Der Junge kratzte sich in den roten Haaren. »Jaaa, vorausgesetzt, du sagst zur Lyngen-Bewegung ja.«

»Es gibt auch noch verschiedene Bewegungen?«

»O ja. In Alta gibt es die mit dem kleinsten Erstgeborenen, in Sør-Troms die Lundbergianer und dann noch die Alt-Læstadianer in Amerika und …«

»Und die kommen auch alle in die Hölle?«

»Großvater sagt das.«

»Hört sich an, als wäre im Paradies Platz. Überleg mal, was passieren würde, wenn wir unsere Großväter tauschten? Dann wärst du vermutlich Atheist und ich Læstadianer. Dann müsstest du in die Hölle.«

»Vielleicht. Aber zum Glück musst du brennen, Ulf.«

Ich seufzte. Die Landschaft um mich herum wirkte so ursprünglich, so unberührt. Als könnte hier nichts geschehen, als wäre das Unveränderliche die wahre Natur aller Dinge.

»Du, Ulf?«

»Ja?«

»Vermisst du deinen Vater?«

»Nein.«

Knut hielt inne. »War er nicht nett?«

»Ich glaube schon. Aber als Kind vergisst man so schnell.«

»Darf man das denn?«, fragte Knut leise. »Seinen Vater nicht vermissen?«

Ich sah ihn an. »Ich glaube schon«, sagte ich und gähnte. Meine Schulter schmerzte. Ich brauchte einen Drink.

»Bist du wirklich ganz allein, Ulf? Hast du *niemand*?«

Ich dachte nach. Ich musste wirklich *nachdenken*, mein Gott.

Ich schüttelte den Kopf.

»Rate mal, an wen ich denke, Ulf.«

»An deinen Vater und an deinen Großvater?«

»Nein«, sagte er. »Ich denke an Ristiinna.«

Ich fragte ihn nicht, wie ich bitte darauf hätte kommen sollen. Meine Zunge fühlte sich wie ein eingetrockneter Schwamm an, aber der Drink musste warten, bis er zu Ende erzählt hatte und gegangen war. Er hatte mir sogar das Wechselgeld gegeben. »Also, wer ist Ristiinna?«

»Sie geht in die Fünfte und hat lange goldene Haare. Sie ist im Sommerlager in Kautokeino. Eigentlich sollten wir auch dort sein.«

»Was ist das für ein Lager?«

»Ein Lager halt.«

»Und was macht ihr da?«

»Wir Kinder spielen. Wenn keine Versammlungen oder Gottesdienste sind. Aber jetzt macht sich bestimmt Roger an sie ran und fragt, ob Ristiinna mit ihm gehen will. Vielleicht küssen sie sich dann sogar.«

»Und es ist keine Sünde, sich zu küssen?«

Er legte den Kopf auf die Seite, kniff ein Auge zu. »Ich weiß nicht. Bevor sie gefahren ist, habe ich ihr gesagt, dass ich sie liebe.«

»Wirklich lieben?«

»Ja.« Er beugte sich vor und hauchte mit verträumtem Blick: *»Ich liebe dich, Ristiinna.«*

Dann sah er wieder zu mir rüber. »War das ein Fehler?«

Ich lächelte. »Nein, ganz und gar nicht. Was hat sie geantwortet?«

»Na dann.«

»Sie hat *na dann* gesagt?«

»Ja. Was bedeutet das, Ulf?«

»Tja, schwer zu sagen. Das kann heißen, dass ihr das ein bisschen zu viel ist. Lieben ist ein ziemlich starkes Wort. Aber auch, dass sie darüber nachdenken wird.«

»Glaubst du, ich habe eine Chance?«

»Na klar.«

»Auch wenn ich jetzt eine Narbe habe?«

»Was für eine Narbe?«

Er schob das Pflaster auf seiner Stirn weg. Auf der blassen Haut darunter waren die Stiche noch zu erkennen.

»Was ist passiert?«

»Bin die Treppe runtergefallen.«

»Sag ihr doch, du hast mit einem Bock gekämpft, ihr habt um das Revier gestritten. Und du hast gewonnen. Logisch.«

»Du spinnst doch! Das würde sie doch niemals glauben.«

»Natürlich nicht, es ist ja auch nur ein Witz. Mädchen lieben Jungs, die Witze erzählen können.«

Er kaute auf seiner Oberlippe. »Du sagst jetzt doch die Wahrheit, Ulf?«

»Hör mal. Wenn du bei dieser Ristiinna in diesem Sommer keine Chance haben solltest, kommen noch andere Ristiinnas und andere Sommer. Du kriegst noch Mädchen im Überfluss.«

»Warum?«

»Warum?« Ich maß ihn mit den Augen. War er klein für sein Alter? Für seine Größe war er auf jeden Fall klug. Rote Haare und Sommersprossen waren beim weiblichen Geschlecht vielleicht nicht gerade von Vorteil, aber das waren bestimmt auch nur Modeerscheinungen, die kamen und gingen. »Wenn du mich fragst, bist du der Mick Jagger der Finnmark.«

»Hä?«

»James Bond.«

Er sah mich verständnislos an.

»Paul McCartney?« Keine Reaktion. »The Beatles. *She loves you yeah-yeah-yeah.*«

»Gut singen kannst du ja nicht gerade, Ulf.«

»Stimmt.« Ich öffnete die Ofentür, drückte einen nassen Lappen hinein und schmierte die feuchte Asche auf das blankgeschliffene Korn der Waffe. »Und warum bist du nicht im Sommerlager?«

»Papa ist noch beim Seelachsfischen, wir müssen auf ihn warten.« Da war etwas, ein Zucken im Mundwinkel, irgendetwas stimmte nicht. Ich fragte nicht nach, sondern musterte stattdessen das Korn. Die Sonne dürfte darauf jetzt nicht mehr reflektiert werden. Ich hatte Angst, dass mich das Glitzern verriet, wenn ich ihnen auflauerte, falls sie kamen.

»Lass uns rausgehen«, sagte ich.

Der Wind hatte die Mücken vertrieben, so dass wir uns an die Sonnenwand setzen konnten. Der Bock lief etwas von uns weg, als er uns sah. Knut hatte sein Messer mitgenommen und begann an einem Zweig zu schnitzen.

»Du, Ulf?«

»Du musst nicht jedes Mal meinen Namen sagen, wenn du etwas fragen willst.«

»Okay, aber Ulf?«

»Ja?«

»Betrinkst du dich, wenn ich weg bin?«

»Nein«, log ich.

»Gut.«

»Machst du dir Sorgen um mich?«

»Ich finde es nur ein bisschen schade, dass du in die Hölle musst und …«

»Brennen?«

Er lachte. Hielt den Zweig hoch und versuchte, durch die Zähne zu pfeifen.

»Ulf?«

Ich seufzte resigniert. »Ja?«

»Hast du eine Bank ausgeraubt?«

»Wie kommst du denn auf so eine Idee?«

»Wegen dem vielen Geld, mit dem du herumläufst.«

Ich nahm die Zigaretten raus. Fummelte einen Moment damit herum. »So eine Reise ist teuer«, sagte ich. »Und ich habe kein Scheckheft.«

»Und wegen der Pistole in deiner Jackentasche.«

Ich blinzelte runter zu ihm, während ich versuchte, mir die Zigarette anzuzünden, aber der Wind blies immer wieder die Flamme aus. Der Junge hatte also meine Jacke durchsucht, bevor er mich in der Kirche geweckt hatte.

»Man muss vorsichtig sein, wenn man mit Bargeld und nicht mit Scheckheft reist.«

»Ulf?«

»Ja.«

»Du bist auch kein sonderlich guter Lügner.«

Ich lachte. »Was schnitzt du da eigentlich?«

»Eine Ruderpinne.«

Als der Junge ging, wurde es friedlicher. Logisch. Dabei hätte ich nichts dagegen gehabt, wenn er noch ein bisschen geblieben wäre. Er war wirklich unterhaltsam.

Ich saß da und döste. Blinzelte und sah, dass der Bock wieder etwas näher gekommen war. Er sah so einsam aus. Man sollte meinen, Rentiere waren in dieser Jahreszeit fett, aber dieses war verdammt mager. Verhärmt und grau und mit einem sinnlos großen Geweih, das ihm früher sicher einmal die Zuneigung der Kühe gesichert hatte, jetzt aber nur noch im Weg zu sein schien.

Der Bock war so nah, dass ich ihn kauen hörte. Er hob den Kopf und sah mich an. Sah zumindest in meine Richtung. Rentiere sehen schlecht. Dafür haben sie einen ausgeprägten Geruchssinn. Er witterte mich.

Ich schloss die Augen.

Wie lang war das jetzt her? Zwei Jahre? Ein Jahr? Der Typ, den ich expedieren sollte, hieß Gustavo. Ich schlug im Morgengrauen zu. Er wohnte allein in einem kleinen, vergessenen Holzhaus, das zwischen zwei Wohnblöcken im Viertel Homansbyen eingeklemmt war. Es war frischer Schnee gefallen, sollte aber bald tauen, so dass ich mir wegen der Fußabdrücke keine Sorgen machen musste.

Ich klingelte, und als er öffnete, drückte ich ihm die Mündung der Waffe an die Stirn. Er wich zurück, und ich folgte ihm. Ich schloss die Tür hinter uns. Es roch nach Rauch und gebratenem Fisch. Der Fischer hatte mir erzählt, er habe vor kurzem entdeckt, dass Gustavo, einer seiner festangestellten Straßendealer, Geld und Drogen unterschlug. Mein Job war es, ihn zu erschießen, schlicht und einfach. Und hätte ich genau das damals getan, wäre alles anders gekommen. Aber ich beging zwei Fehler: Ich sah ihm in die Augen. Und ich ließ ihn reden.

»Bist du gekommen, um mich zu erschießen?«

»Ja«, sagte ich, statt es einfach zu tun. Er hatte braune Dackelaugen und einen langen Seehundschnäuzer.

»Wie viel bezahlt dir der Fischer?«

»Genug«, ich hatte den Finger am Abzug. Eines seiner Augen begann zu zittern. Er gähnte. Ich habe mal gehört, dass Hunde gähnen, wenn sie nervös sind.

Aber der Abzug wollte sich nicht bewegen. Falsch, mein Finger wollte nicht. Es war wie verhext. Hinter Gustavo hing eine Ablage an der Wand mit ein paar Handschuhen und einer blauen Wollmütze drauf.

»Zieh dir die Mütze über den Kopf«, sagte ich.

»Was?«

»Die Wollmütze. Zieh sie dir übers Gesicht. Mach schon. Sonst …«

Er tat, was ich verlangte. Wurde ein blauer, weicher, gesichtsloser Puppenkopf. Er gab ein ziemlich jämmerliches Bild ab, wie er mit hängenden Armen, Bierbauch und Esso-T-Shirt dastand, aber so konnte ich es schaffen. Bestimmt. Wenn ich nur ihre Gesichter nicht sah. Ich zielte auf die Mütze.

»Wir können teilen.« Sein Mund bewegte sich hinter dem blauen Wollstoff.

Ich drückte ab. Ich war mir ganz sicher, dass ich abgedrückt hatte. Aber das konnte nicht sein, denn seine Stimme war immer noch zu hören.

»Wenn du mich gehen lässt, bekommst du die Hälfte des Geldes und das Amphetamin. Das sind allein neunzigtausend in bar. Der Fischer kriegt das nicht mit, ich hau hier ab, für immer. Verschaffe mir im Ausland eine neue Identität. Ich schwöre es.«

Das Gehirn ist eine erstaunliche Erfindung. Obwohl es davon überzeugt war, der Gedanke sei idiotisch und lebensgefährlich, begann es sofort zu rechnen. Neunzigtausend. Plus die dreißigtausend Bonus. Plus die Tatsache, dass ich den Typ nicht erschießen musste.

»Solltest du jemals wieder auftauchen, bin ich fertig«, sagte ich.

»Dann sind wir beide fertig«, sagte er. »Du kriegst obendrauf noch meinen Geldgürtel.«

Verdammt.

»Der Fischer will eine Leiche sehen.«

»Sag doch, dass du die beiseitegeschafft hast.«

»Und warum sollte ich das getan haben?«

Es wurde still unter der Mütze. Aber nur kurz. »Weil man dir die Tat sonst nachweisen könnte. Weil du mir in den Kopf geschossen hast, die Kugel aber irgendwie stecken geblieben ist. Bei deiner Witzpistole ist das ja durchaus denkbar. Die Kugel ließe sich über die Waffe zu dir zurückverfolgen oder so. Und deshalb hast du die Leiche mitgenommen und im Bunnefjord versenkt.«

»Ich habe kein Auto.«

»Dann nimmst du halt meins. Wir können es ja am Bunnefjord stehen lassen. Einen Führerschein hast du doch hoffentlich?«

Ich nickte. Und realisierte, dass er mein Nicken nicht sehen konnte und dass dieser Plan scheiße war. Ich hob die Pistole wieder hoch. Aber zu spät, er nahm die Mütze ab und grinste breit. Lebhafte Augen. Ein Goldzahn blitzte auf.

Rückblickend darf man sich natürlich fragen, warum ich Gustavo nicht einfach erschossen habe, *nachdem* er mir das Geld und die Drogen übergeben hatte. Unten im Kohlenkeller, wo er die Sachen vergraben hatte, wäre die Gelegenheit günstig gewesen. Ich hätte einfach das Licht ausschalten und ihm eine Kugel in den Hinterkopf jagen können. Dann hätte der Fischer seine Leiche gehabt und ich nicht nur die Hälfte, sondern das ganze Geld. Außerdem hätte ich mich dann nicht dauernd fragen müssen, wann Gustavo wohl wieder auftauchen würde. Für ein cleveres Hirn wäre das eigentlich eine simple Rechnung gewesen. Und das war es auch. Die Crux war nur, es war mir verdammt viel wert, dass ich ihm diese Kugel nicht in den Kopf schießen musste. Und dass er die Hälfte des Geldes brauchte, um abzuhauen und sich zu verstecken, war auch klar.

Ich war schlicht und ergreifend ein lächerlicher, feiger Jammerlappen, der sich in diesem Moment all die Scheiße verdiente, die das Schicksal für ihn noch in petto haben sollte.

Aber Anna hatte das nicht verdient.

Anna hatte etwas Besseres verdient.

Anna hatte es verdient zu leben.

Ein Klicken.

Ich öffnete die Augen. Der Bock sprang ab.

Jemand kam.

KAPITEL 5

Ich sah ihn durchs Fernglas.

Er kam angewatschelt, so kurz und krummbeinig, dass das Heidekraut ihm bis in den Schritt reichte.

Ich ließ das Gewehr sinken.

Als er vor der Hütte stand, nahm er seine Jokerkappe ab und wischte sich den Schweiß von der Stirn. Lächelte.

»Eiskalter *viidna* käme jetzt gerade recht.«

»Ich fürchte, den habe ich nicht …«

»Samischer Branntwein. Aus den besten Zutaten. Du hast zwei Flaschen.«

Ich zuckte mit den Schultern, und wir gingen hinein. Ich öffnete eine der Flaschen und goss klaren, raumtemperierten Schnaps in die Tassen.

»Prost«, sagte Mattis und hob seine Tasse.

Ich sagte nichts, sondern kippte das Gift einfach runter.

Er machte es wie ich und wischte sich den Mund ab. »Ah, das war gut.« Dann streckte er mir die Tasse entgegen.

Ich goss ein. »Bist du Knut gefolgt?«

»War doch klar, dass der *viidna* nicht für seinen Vater war. Und da musste ich doch sichergehen, dass er ihn nicht selber trinkt. Eine gewisse Verantwortung hat man ja schon.« Er grinste, und braune Soße sickerte zwischen seinen gelben Zähnen über die Unterlippe. »Hier hast du dich also eingerichtet.«

Ich nickte.

»Und wie läuft die Jagd?«

Ich zuckte mit den Schultern. »Wenig Schneehühner, zu wenige Mäuse und Lemminge.«

»Du hast ein Gewehr. Aber so viele wilde Rentiere gibt es in der Finnmark auch nicht mehr.«

Ich trank einen Schluck aus der Tasse. Der Schnaps schmeckte immer noch scheußlich, obwohl der erste Schluck die Geschmacksnerven teilweise gelähmt hatte.

»Ich habe nachgedacht, Ulf. Was macht ein Mann wie du in einer so kleinen Hütte in Kåsund? Du bist nicht zum Jagen hier. Du suchst nicht Ruhe oder Frieden, sonst hättest du das gesagt. Also, was ist los?«

»Wie das Wetter wohl wird?« Ich goss seine Tasse wieder voll. »Ob es so windig bleibt? So sonnig?«

»Entschuldigung, wenn ich so direkt frage, aber du läufst doch vor etwas weg. Vor der Polizei? Oder hast du bei jemand Schulden?«

Ich gähnte. »Woher wusstest du, dass der Schnaps nicht für Knuts Vater ist?«

Er zog seine flache, breite Stirn in Falten. »Für Hugo?«

»Ich habe den Schnaps in seiner Werkstatt gerochen. Der Mann ist kein Abstinenzler.«

»Du warst in Hugos Zimmer? Lea hat dich ins Haus gelassen?«

Lea. Sie hieß also Lea.

»Dich, einen Ungläubigen? Wann …?« Er brach mitten im Satz ab, und ein Strahlen ging über sein Gesicht. Dann beugte er sich vor und schlug mir lachend auf die schmerzende Schulter. »Da haben wir's! Weibergeschichten! Du bist ein … Schürzenjäger. Dir ist bestimmt ein Ehemann auf den Fersen, was?«

Ich rieb mir die Schulter. »Wie bist du nur dadrauf gekommen?«

Mattis zeigte auf seine kleinen, schmalen Augen. »Wir Samen sind Kinder der Erde, weißt du. Ihr Norweger verfolgt immer nur den Weg der Vernunft, wir sind die einfältigen Schamanen, die nichts verstehen, dafür aber *fühlen* und *sehen*.«

»Lea hat mir bloß das Gewehr geliehen«, sagte ich, »bis ihr Mann vom Seelachsfischen zurückkommt.«

Mattis sah mich an. Seine Kiefer mahlten. Er nahm einen winzigen Schluck aus seiner Tasse. »Dann wirst du es lange behalten können.«

»Warum?«

»Du hast gefragt, wie ich wissen konnte, dass der Schnaps nicht für Hugo ist. Ganz einfach, weil er nicht mehr vom Seelachsfischen zurückkommt.« Noch einen kleinen Schluck. »Heute früh kam die Nachricht, dass sie seinen Südwester gefunden haben.« Er sah zu mir hoch. »Hat Lea wirklich nichts davon erwähnt?

Nein, vermutlich nicht. Die Gemeinde betet schon seit vierzehn Tagen für Hugo. Und die Læstadianer glauben fest daran, dass jemand gerettet wird, wenn man nur lange genug für ihn betet, wie schlecht das Wetter auch sein mag. Alles andere wäre Gotteslästerung.«

Ich nickte. Das also hatte Knut gemeint, als er sagte, seine Mutter löge ihn an, wenn sie sagte, er brauche keine Angst vor seinem Vater zu haben.

»Aber jetzt sind sie davon befreit«, sagte Mattis. »Jetzt können sie sagen, dass Gott ihnen ein Zeichen gesandt hat.«

»Die Suchmannschaften haben heute Morgen seinen Südwester gefunden?«

»Suchmannschaften?« Mattis lachte. »Nein, nein, die haben schon vor einer Woche aufgegeben. Ein anderer Fischer hat den Südwester im Meer treiben sehen, vor Hvassøya.« Ich sah ihn fragend an. »Die Fischer hier oben schreiben ihre Namen auf die Innenseite ihrer Südwester. Südwester schwimmen nämlich besser als Fischer. So haben die Angehörigen Gewissheit.«

»Tragisch«, sagte ich.

Er starrte unschlüssig vor sich hin. »Na ja, es gibt vermutlich größere Tragödien, als die Witwe von Hugo Eliassen zu sein.«

»Wie meinst du das?«

»Hm.« Er sah vielsagend auf seine leere Tasse. Ich wusste nicht, warum er so versessen auf den Schnaps war, er musste ihn zu Hause doch fässerweise haben.

Vielleicht waren die Zutaten teuer. Ich schenkte ihm nach, aber er befeuchtete gerade einmal die Lippen.

»'tschuldigung«, sagte er und ließ einen fahren. »Also, die Eliassen-Brüder waren schon als Kinder ziemliche Hitzköpfe. Sie lernten früh, sich zu prügeln, zu saufen und sich zu nehmen, was sie haben wollten. Gelernt haben sie das von ihrem Vater, der hier zwei Fischerboote besitzt. Immerhin arbeiten acht Leute für ihn. Und Lea war das hübscheste Mädchen in Kåsund. Die schwarzen Haare und diese unglaublichen Augen. Die Hasenscharte spielte da keine Rolle. Ihr Vater, Prediger Jakob, passte allerdings wie ein Schießhund auf sie auf. Du weißt ja, wenn ein Læstadianer vor der Hochzeit Sex hat, laufen sie alle Gefahr, in die Hölle zu kommen. Der Bursche, das Mädchen und ihre Nachkommen. Nicht dass Lea nicht auf sich hätte aufpassen können. Sie ist stark und weiß, was sie will. Aber es ist natürlich nicht leicht, gegen Hugo Eliassen …« Er seufzte schwer. Drehte die Tasse in der Hand.

Ich wartete, bis mir irgendwann klarwurde, dass er auf eine Aufforderung wartete. »Was ist passiert?«

»Das wissen wohl nur die beiden. Aber ein bisschen merkwürdig war es schon. Als sie achtzehn war, zeigte sie ihm stur die kalte Schulter und sah nicht einmal in seine Richtung. Das hat ihn stinkwütend gemacht. Er war damals vierundzwanzig. Irgendwie schien er geglaubt zu haben, sie müsse die Erde, über die er gegangen war, küssen, schließlich würde er mal der Erbe von zwei Fischerbooten sein. Dann gab es bei

Eliassens zu Hause eine Prügelei im Suff. Von einer anschließenden Versammlung in einem der Læstadianerhäuser ging Lea alleine nach Hause. Es war Winter und alles dunkel, so dass niemand etwas gesehen hat. Aber einige Leute wollen Lea und Hugo gehört haben. Manche behaupten auch, einen Schrei gehört zu haben, bevor alles wieder still war. Wie dem auch sei, einen Monat später stand Hugo fein rausgeputzt am Altar, während Jakob Sara mit eisigem Blick seine Tochter durch den Mittelgang führte. Sie hatte Tränen in den Augen und blaue Flecken am Hals und an den Wangen. Ich will mal so sagen: Es sollten nicht ihre letzten blauen Flecken sein.« Er leerte die Tasse und stand auf. »Aber was weiß ich schon, ich bin ja nur ein elender Same. Vielleicht waren sie zwischendurch auch mal glücklich. Ich meine, die Menschen heiraten ja ständig, irgendwie müssen sie doch dabei glücklich sein. Deshalb muss ich jetzt auch nach Hause. Ich muss Schnaps für eine Hochzeit in Kåsund liefern. In drei Tagen. Kommst du?«

»Ich? Ich werde ja wohl kaum eingeladen.«

»Hier bei uns braucht niemand eine Einladung. Hier sind alle willkommen. Warst du früher schon einmal bei einer Hochzeit?«

Ich schüttelte den Kopf.

»Dann musst du kommen. Das wird ein rauschendes Fest. Mindestens drei Tage. Gutes Essen, scharfe Frauen und Mattis' Schnaps.«

»Danke, aber ich habe hier noch eine ganze Menge zu erledigen.«

»Hier?« Er setzte lachend seine Mütze auf. »Du kommst, Ulf. Drei Tage allein auf der Vidda sind einsamer, als du dir das vorstellen kannst. Die Stille macht etwas mit einem, erst recht, wenn man ein paar Jahre in Oslo gelebt hat.«

Irgendwie hatte ich das Gefühl, dass er wusste, wovon er sprach. Zumal ich mich nicht daran erinnern konnte, ihm gesagt zu haben, woher ich kam.

Als wir nach draußen gingen, stand der Bock nur zehn Meter von der Hütte entfernt. Er hob den Kopf und sah mich an. Erst in diesem Moment schien er zu bemerken, wie nah er war, wich ein paar Schritte zurück, drehte sich um und sprang ab.

»Hast du nicht gesagt, die Rentiere hier oben wären zahm?«, fragte ich.

»Kein Rentier ist ganz zahm«, sagte Mattis. »Und auch dieses Tier gehört irgendjemandem. An der Markierung am Ohr sieht man, wer es sich genommen hat.«

»Was ist das eigentlich für ein Klicken, wenn die Viecher laufen?«

»Eine Sehne, die über das Knie läuft. Ist das nicht gut, so eine Alarmanlage zu haben, falls der Ehemann auftaucht?« Er lachte laut.

Zugegeben, ich hatte diesen Gedanken auch schon gehabt. Der Bock war so etwas wie mein Wachhund.

»Dann sehen wir uns bei der Hochzeit, Ulf. Die Trauung ist um zehn, und ich garantiere dir, dass das eine schöne Zeremonie wird.«

»Danke, aber ich glaube nicht, dass ich komme.«

»Oh, doch. Mach's gut, Ulf. Lebe wohl. Und solltest du einen anderen Weg einschlagen, gute Reise.« Er spuckte ins Heidekraut, das sich nach unten bog. Dann machte er sich schwankend auf den Rückweg zum Dorf. »Und solltest du krank werden ...«, sagte er laut über die Schulter lachend, »... dann gute Besserung!«

KAPITEL 6

Tick-tack-tick-tack.

Ich starrte auf den Horizont, meist in Richtung Kåsund. Aber vielleicht machten sie ja einen langen Umweg durch den Wald und schlichen sich von hinten an.

Obwohl ich mir immer nur kleine Schlucke einschenkte, leerte ich die erste Flasche im Laufe eines Tages. Die zweite öffnete ich erst gegen Mittag des zweiten Tages.

Meine Augen brannten immer mehr. Schließlich legte ich mich aufs Bett, schloss die Augen und redete mir ein, ich würde ganz sicher die Kniesehne des Bocks hören, sollte jemand kommen.

Stattdessen hörte ich die Kirchenglocken.

Erst wusste ich nicht, was es war. Der Wind trug das Restchen eines Tons zu mir herüber. Aber dann, mit einem kräftigeren Windstoß, war das Läuten klar und deutlich zu hören. Ich sah auf die Uhr. Elf. War etwa schon Sonntag? Ich nahm mir vor, von nun an besser auf die Wochentage zu achten. Denn sie würden unter der Woche kommen. An einem Arbeitstag.

Immer wieder schlief ich ein. Unvermeidlich. So

ist das auch, wenn man allein an Bord eines Bootes auf dem offenen Meer ist, man schläft ein und kann nur hoffen, nicht mit anderen zu kollidieren oder zu kentern. Vielleicht träumte ich deshalb davon, wie ich ein Boot ruderte, das voller Fische war. Fische, die Anna retten sollten. Die Zeit drängte, aber es wehte ein ablandiger Wind, und ich ruderte und ruderte und zog die Riemen durchs Wasser, bis sich die Haut von meinen Händen löste und ich vor lauter Blut nicht mehr fest zupacken konnte. Schließlich zerriss ich mein Hemd und wickelte die Fetzen um die Ruder. Ich kämpfte gegen Wind und Strömung, kam dem Land aber kein Stück näher. Was nützte es, dass mein Boot bis zum Rand voller fetter, guter Fische war?

Mitten in der dritten Nacht wachte ich auf und fragte mich, ob das Heulen, das ich wieder gehört hatte, Traum oder Wirklichkeit war. Auf jeden Fall kam es aus der Nähe, ob es nun ein Hund oder etwas anderes gewesen war. Ich ging nach draußen, um zu pinkeln, und starrte in die Sonne, die über dem Wald hing. Sie war jetzt mehr von den Bäumen verdeckt als noch in der Nacht zuvor.

Ich trank einen Schluck Schnaps und schlief noch ein paar Stunden.

Dann stand ich auf, kochte Kaffee, schmierte mir ein Brot und setzte mich nach draußen. Ich weiß nicht, ob es am Öl oder am Alkohol lag, aber die Mücken schienen mich langsam überzuhaben. Ich versuchte, den

Bock mit einer Brotkruste anzulocken, und musterte ihn durch das Fernglas. Er hatte den Kopf gehoben und sah mich an. Er witterte mich wohl ebenso gut, wie ich ihn sah. Ich winkte. Ein Ohr zuckte, aber der Ausdruck seines Gesichts blieb unverändert. Wie die Landschaft. Seine Kiefer mahlten immer weiter wie ein Zementmischer. Wiederkäuer. Wie Mattis.

Ich drehte mich mit dem Fernglas im Kreis und suchte den Horizont ab. Strich nasse Asche auf das Korn des Gewehrs. Sah auf die Uhr. Vielleicht warteten sie ja, bis es hier oben wieder dunkel wurde, damit sie sich ungesehen anschleichen konnten. Ich brauchte Schlaf. Musste mir Valium besorgen.

Er kam morgens um halb sieben. Klingelte an der Tür.

Es war reiner Zufall, dass ich ihn hörte. Valium und Ohrstöpsel. Schlafanzug. Das ganze Jahr hindurch. Die jämmerlichen, einfach verglasten Fenster der Wohnung ließen alles durch: Herbststürme, Winterkälte, Vogelgezwitscher und das Lärmen des Müllwagens, der dreimal pro Woche vor der Hofeinfahrt direkt unter meinem Fenster im ersten Stock rumpelte.

Ich hatte weiß Gott genug Geld in diesem verdammten Gürtel, um mir neue Doppelfenster leisten zu können oder ein Stockwerk höher zu ziehen. Hatte Geld für alles, was ich wollte, aber kein Geld der Welt konnte mir zurückbringen, was ich verloren hatte. Seit der Beerdigung hatte ich nichts mehr auf die Reihe gebracht. Nur das Schloss hatte ich ausgetauscht. Hatte so ein deutsches Monsterschloss einbauen lassen, obwohl bei uns im Haus nie eingebrochen worden war. Aber man konnte ja nicht wissen.

Er sah aus wie ein kleiner Junge im Anzug seines Vaters. Aus dem Hemd ragte ein dünner Vogelhals, auf dem ein Kopf mit ziemlich wirren Haaren saß.

»Ja?«

»Der Fischer schickt mich.«

»Aha.« Mir wurde kalt. Trotz Schlafanzug. »Und wer bist du?«

»Ich bin neu, ich heiße Johnny Moe.«

»Aha. Hättest du nicht bis neun warten können, dann bin ich immer im Hinterzimmer des Ladens. Angezogen und so weiter.«

»Ich bin wegen eines gewissen Gustavo King hier …«

Verdammt.

»Kann ich reinkommen?«

Ich dachte nach und sah die Wölbung unter der linken Brustpartie seiner Tweedjacke. Eine große Pistole. Vielleicht trug er deshalb die zu große Jacke.

»Nur dass wir uns nicht falsch verstehen«, sagte er. »Der Fischer besteht darauf.«

Eine Weigerung wäre ebenso verdächtig wie sinnlos gewesen.

»Kein Problem«, sagte ich und öffnete die Tür. »Kaffee?«

»Ich trinke nur Tee.«

»Oh, ich fürchte, den habe ich nicht.«

Er schob sich die Haare aus der Stirn. Der Nagel seines Zeigefingers war lang. »Ich habe nicht gesagt, dass ich Tee will, Herr Hansen. Ich habe bloß gesagt, dass ich keinen Kaffee trinke. Ist da das Wohnzimmer? Gehen Sie doch bitte vor.«

Ich ging rein, nahm ein paar *Mad*-Hefte und die Platte von Mingus und Monica Zetterlund von einem Stuhl und setzte mich. Er nahm auf dem kaputten Sofa neben der Gitarre Platz und sank so tief ein, dass er die leere Kalinka-Flasche zur Seite schieben musste, um mich richtig sehen zu können. Und freie Schussbahn zu haben.

»Gestern hat man die Leiche von Herrn Gustavo King gefunden«, sagte er. »Aber nicht im Bunnefjord, wo sie angeblich von Ihnen versenkt wurde. Das Einzige, was stimmte, war die Kugel im Kopf.«

»So was, die Leiche wurde woanders hingeschafft? Wo ist er denn gefunden worden?«

»In Salvador, in Brasilien.«

Ich nickte langsam.

»Wer …?«

»Ich«, sagte er und schob die rechte Hand unter seine Jacke. »Hiermit.« Es war keine Pistole, sondern ein Revolver. Schwarz, groß und hässlich. Die Wirkung des Valiums ließ schlagartig nach. »Vorgestern. Da war er noch verdammt lebendig.«

Ich nickte noch immer. »Wie habt ihr ihn gefunden?«

»Wenn jemand jeden Abend in Salvador in einer Bar hockt und laut damit prahlt, dass er den norwegischen Drogenkönig ausgetrickst hat, kriegt der norwegische Drogenkönig das irgendwann mit.«

»Dumm von ihm.«

»Wir hätten ihn aber sicher auch so gefunden.«

»Obwohl ihr davon ausgegangen seid, dass er tot ist?«

»Der Fischer hört erst auf, seine Schuldner zu suchen, wenn er ihre Leichen gesehen hat.« Johnnys schmale Lippen zeigten den Anflug eines Lächelns. »Und der Fischer findet immer, was er sucht. Sie und ich verstehen nicht, wie, aber er weiß es einfach. Immer. Deshalb ist er der Fischer.«

»Hat Gustavo etwas gesagt, bevor du …?«

»Herr King hat alles gestanden. Deshalb habe ich ihm in den Kopf geschossen.«

»Hä?«

Johnny Moe sah aus, als würde er mit den Schultern zucken, durch die überdimensionale Jacke war das aber nicht zu sehen. »Er durfte zwischen schnell oder langsam wählen. Hätte er die Karten nicht auf den Tisch gelegt, wäre es langsam und schmerzhaft abgelaufen. Ich gehe davon aus, dass Sie als Expedient mit den Auswirkungen eines gut platzierten Bauchschusses vertraut sind? Magensäure in Milz und Leber …«

Ich nickte. Ich wusste zwar nicht, wovon er redete, aber ich hatte Phantasie.

»Der Fischer hat mich gebeten, Ihnen die gleichen Alternativen anzubieten.«

»W-w-wenn ich gestehe?« Meine Zähne schlugen aufeinander.

»Wenn Sie uns das Geld und die Drogen zurückgeben, die Herr King dem Fischer gestohlen hat, und von denen Sie die Hälfte eingestrichen haben.«

Ich nickte. Der Nachteil, wenn man kein Valium genommen hat, ist die Todesangst, und diese Angst tut höllisch weh. Andererseits konnte ich aber klar denken. Deshalb wurde mir bewusst, dass die ganze Szene eine Kopie von meinem Auftritt bei Gustavo war. Was also, wenn ich Gustavos Part kopierte?

»Wir könnten teilen«, sagte ich.

»Wie Gustavo und Sie?«, sagte Johnny. »Damit Sie wie er enden und ich wie Sie? Nein danke.« Er strich sich die Haare zur Seite. Der Fingernagel, der an die Klaue eines Adlers erinnerte, kratzte über die Haut seiner Stirn. »Schnell oder langsam, Herr Hansen?«

Ich schluckte. Denk nach, Mann! Doch statt einer Lösung lief mein Leben wie ein Film vor mir ab – all die Entscheidungen und falschen Entschlüsse. In der Stille hörte ich draußen vor dem Fenster den Dieselmotor, die Stimmen und das unbekümmerte Lachen. Die Müllmänner. Warum war ich nicht Müllmann geworden? Ehrliche Arbeit, Ordnung, ein Dienst an der Allgemeinheit, nach dem man zufrieden nach Hause geht. Allein, aber so hätte ich wenigstens mit einer gewissen Zufriedenheit ins Bett gehen können. Moment. Ins Bett. Vielleicht …

»Ich habe das Geld und die Drogen im Schlafzimmer«, sagte ich.

»Dann gehen wir ins Schlafzimmer.«

Wir standen auf.

»Bitte«, sagte er und winkte mit dem Revolver. »Alter vor Schönheit.«

Während der wenigen Schritte über den Flur zum Schlafzimmer stellte ich mir den Ablauf des Ganzen vor. Wenn er hinter mir am Bett stand, konnte ich zur Waffe greifen, mich umdrehen und einfach schießen. Ich durfte ihm nur nicht ins Gesicht sehen. Eigentlich ganz einfach. Er oder ich. Nicht ins Gesicht sehen.

Wir waren da. Ich steuerte aufs Bett zu. Nahm das Kissen. Die Pistole. Drehte mich um. Sein Mund stand offen. Die Augen waren weit aufgerissen. Er wusste, dass er sterben würde. Ich drückte ab.

Das heißt, ich *wollte* abdrücken. Ich wollte es wirklich. Ich hatte auch abgedrückt, nur eben nicht mit dem rechten Zeigefinger. Es war wieder passiert.

Er hob den Revolver und zielte auf mich. »Das war dumm von Ihnen, Herr Hansen.«

Das war nicht *dumm*, dachte ich. Es war dumm, Geld für eine Behandlung zu beschaffen, wenn die Krankheit so weit fortgeschritten ist, dass jede Behandlung zu spät kommt. Valium mit Wodka zu mischen war dumm. Aber dass ich es nicht schaffte, abzudrücken, wenn mein eigenes Leben auf dem Spiel stand, war eine genetische Funktionsstörung. Ich bin evolutionstechnisch eine Missgeburt, der Zukunft der Menschheit wäre durchaus damit gedient, wenn ich auf der Stelle ausgerottet würde.

»Kopf- oder Bauchschuss?«

»Kopf«, sagte ich und trat an den Kleiderschrank. Ich nahm die braune Tasche mit dem Geldgürtel und die Tüten mit dem Amphetamin heraus. Drehte mich zu ihm um. Sah sein Auge über dem Korn des Revolvers. Das andere hatte er zugekniffen. Die Adlerklaue krümmte sich um den Abzug. Ich fragte mich einen Moment lang, worauf er wartete. Die Müllmänner. Er wollte nicht, dass sie den Schuss hörten, wenn sie direkt unter dem Fenster standen.

Direkt unter dem Fenster.

Erster Stock.

Dünne Scheiben.

Mein darwinistischer Schöpfer hatte mich vielleicht doch nicht ganz vergessen, denn als ich mich umdrehte und die drei Schritte zum Fenster stürmte, hatte ich nur eins im Kopf: überleben.

Ich will nicht beschwören, dass die folgenden Details hundertprozentig richtig sind, aber ich glaube, ich hielt die Tasche – oder die Pistole – vor mich, als ich sprang. Die Scheibe platzte wie eine Seifenblase, und im nächsten Augenblick befand ich mich im freien Fall. Ich schlug mit der linken Schulter auf dem Dach des Müllwagens auf, rollte mich ab und spürte die sonnenwarme Karosserie am Bauch, bevor ich an der Seite des Wagens nach unten glitt, bis ich mit den nackten Füßen den Asphalt erreichte.

Die Stimmen waren verstummt, und zwei Männer in braunen Overalls standen wie versteinert da und starrten mich an. Ich zog die Schlafanzughose hoch, die runtergerutscht war, nahm Tasche und Pistole und sah zum Fenster über mir. Hinter dem Scherbenrand stand Johnny und sah zu mir runter.

Ich nickte zu ihm rauf.

Er grinste schief und führte den Zeigefinger mit dem langen Nagel an die Stirn. Eine Geste, die ich im Nachhinein für eine Art Salut halte: Diese Runde ging an mich. Aber wir würden uns wiedersehen.

Dann drehte ich mich um und lief der tiefstehenden Morgensonne entgegen.

Mattis hatte recht. Diese Landschaft, diese Stille machte etwas mit einem.

Ich wohnte seit Jahren alleine in Oslo, aber nach drei Tagen an diesem Ort war die Einsamkeit wie ein physischer Druck zu spüren, ein lautloses Schluchzen, ein Durst, der weder mit Wasser noch mit Schnaps zu löschen war. Als ich über die leere Vidda unter dem bewölkten Himmel starrte und selbst der Bock nicht zu sehen war, blickte ich auf die Uhr.

Die Hochzeit. Ich war noch nie auf einer Hochzeit gewesen. Was sagte das über einen fünfunddreißigjährigen Mann? Keine Freunde? Oder nur die falschen Freunde? Freunde, die niemand will, ganz sicher nicht heiraten will?

Mag sein, ja. Ich betrachtete mein Spiegelbild in einer Pfütze, bürstete die Jacke ab, steckte die Pistole hinten unter den Gürtel und machte mich auf den Weg nach Kåsund.

KAPITEL 7

Ich sah das Dorf unter mir liegen, als die Kirchenglocken zu läuten begannen, und legte einen Schritt zu. Es war kälter geworden. Vielleicht wegen der Wolken. Vielleicht weil der Sommer hier oben irgendwann im August zu Ende war.

Kein Mensch war zu sehen, aber auf dem Kiesplatz vor der Kirche standen ein paar Autos, und von drinnen war Orgelmusik zu hören. War die Braut bereits auf dem Weg zum Altar oder gehörte das noch zum Vorspiel? Ich war, wie gesagt, noch nie bei so etwas dabei gewesen und sah zu den geparkten Autos. Vielleicht saß sie irgendwo in einem der Wagen und wartete auf ihren Auftritt. Die meisten Nummernschilder begannen mit einem Y, das Kennzeichen für die Finnmark. Nur ein Auto, ein großer schwarzer Kastenwagen, hatte Oslo-Schilder.

Ich ging die Stufen zur Kirche hoch und öffnete vorsichtig die Tür. Die wenigen Bänke waren besetzt, aber ganz hinten fand ich noch einen freien Platz. Die Orgel machte eine Pause, und ich blickte nach vorn. Es war kein Brautpaar zu sehen, also würde ich tatsächlich alles von Anfang bis Ende mitbekommen. Ich entdeckte ein paar Samentrachten, hatte aber eigentlich mehr erwartet. Immerhin war das eine Hochzeit in Lappland. In der ersten Reihe erkannte ich zwei Hinterköpfe. Knuts wilde rote Mähne und Leas schwarz glänzende Haare, teilweise von einem Schleier bedeckt. Von meinem Platz aus war das nicht wirklich zu sagen, aber ich nahm an, dass Bräutigam und Trauzeugen irgendwo vorne am Altar auf die Braut warteten. Räuspern und Husten. Irgendwie hatte die Versammlung der vielen feierlich gestimmten und ernsten Leute, die wahrscheinlich hemmungslos ihren Gefühlen freien Lauf ließen, sobald das Brautpaar sich zeigte, etwas ganz Sympathisches.

Knut drehte sich um. Ich versuchte, seinen Blick zu erhaschen, aber er sah mich nicht, zumindest erwiderte er mein Lächeln nicht.

Die Orgelklänge schwollen wieder an, und die Gemeinde stimmte mit überraschender Kraft ein. »Herr, steh deinen Dienern bei …«

Ich kenne mich mit Gesangbuchliedern nicht aus, fand es aber eine seltsame Wahl für eine Hochzeit. Und ich hatte das Lied auch noch nie so langsam gehört. Die Gemeinde dehnte alle Vokale bis ins Unendliche.

Nach etwa fünf Versen schloss ich die Augen. Vielleicht aus Langeweile, vielleicht aber auch, weil mir die Menschen um mich herum nach den Tagen, die ich in der Einsamkeit gewacht hatte, ein Gefühl der Sicherheit gaben. Auf jeden Fall schlief ich ein.

Und schreckte hoch, als ich plötzlich einen weichen Sørlandsdialekt hörte.

Ich wischte mir den Sabber aus dem Mundwinkel. Vielleicht hatte mich auch mein Nebenmann an der angeschlagenen linken Schulter gestoßen, auf jeden Fall tat sie weh. Ich rieb mir gelbe Grießkrümel aus den Augen und blinzelte. Der Mann, der vorne vor dem Altar stand und Sørländisch redete, hatte eine Brille, dünnes, farbloses Haar und trug den Talar, unter dem ich geschlafen hatte.

»… aber er war auch ein Mensch mit Schwächen«, sagte er. *Schwächen.* »Wie wir sie alle haben. Stellte sich seinen Sünden nicht, versteckte sich und hoffte darauf, dass die Probleme sich von alleine lösten. Dabei wissen wir alle, wir können uns vor der Strafe des Herrn nicht verstecken, der Herr findet uns immer. Doch ein jeder ist auch ein verirrtes, von der Herde getrenntes Lamm Jesu, das Jesus Christus mit seiner Gnade retten und erlösen wird, wenn der Sünder im Augenblick des Todes um die Vergebung Gottes bittet.«

Das war keine Hochzeitspredigt. Und vorne war noch immer kein Brautpaar zu sehen. Ich reckte den Hals und entdeckte einen schwarzen Sarg direkt vor dem Altar.

»Trotzdem hoffte er auf die Gnade des Vergessens, als er seine letzte Reise antrat. Hoffte, dass die Frist verstreichen, ein Strich unter seine Sünden gezogen und er nicht zur Kasse gebeten würde. Aber es holte ihn ein, wie es uns allen eines Tages widerfahren wird.«

Ich drehte mich um und sah zum Ausgang. Rechts und links von der Tür standen zwei Männer, die Hände vor sich gefaltet. Beide hatten den Blick auf mich gerichtet. Schwarze Anzüge. Expedientenkluft.

Das Osloer Auto. Ich war verraten worden. Mattis war zur Hütte geschickt worden, um mich aus der Burg nach unten ins Dorf zu locken. Zu einer Beerdigung.

»Und deshalb stehen wir heute hier an diesem leeren Sarg …«

Meine Beerdigung. Ein leerer Sarg, der nur auf mich wartete.

Ich fing an zu schwitzen. Was hatten sie vor? Wollten sie mich hier drinnen expedieren, vor all den Leuten?

Ich schob die Hand auf den Rücken und spürte den kalten Stahl der Waffe. Sollte ich versuchen, mir den Weg freizuschießen? Oder die Trauergäste auf die beiden an der Tür aufmerksam machen und laut herausschreien, sie seien zwei von einem Drogenbaron beauftragte Killer aus Oslo? Aber was sollte das bringen, wenn doch all diese Leute freiwillig zur Beerdigung eines Fremden aus dem Süden gekommen waren? Der Fischer musste sie bezahlt und sogar Lea auf seine Seite gebracht haben. Was für eine Verschwörung! Aber vielleicht machten die Menschen hier oben sich auch gar nichts aus irdischen Gütern. Vielleicht hatten die Leute des Fischers sich als Polizeiagenten ausgegeben und das Gerücht gestreut, ich sei Satan persönlich. Weiß der Henker, wie sie das hinbekommen hatten, auf jeden Fall musste ich hier raus.

Aus den Augenwinkeln sah ich die beiden Expedienten miteinander flüstern. Das war meine Chance. Ich legte die Hand um den Schaft der Pistole und zog sie unter dem Gürtel hervor. Stand auf. Ich musste schießen, bevor sie mir wieder das Gesicht zudrehten.

»... von Hugo Eliassen, der in See gestochen ist, obwohl schlechtes Wetter gemeldet war. Um Seelachs zu fischen, wie er sagte. Oder um vor seinen unbeglichenen Rechnungen zu fliehen.«

Ich sank wieder auf die Bank. Schob die Pistole zurück unter den Gürtel.

»So lasst uns hoffen, dass er an Bord seines Bootes als Christ auf die Knie gefallen ist und seinen Gott um Vergebung gebeten hat, um Eingang ins Himmelreich zu finden. Viele hier kannten Hugo besser als ich, und alle, mit denen ich gesprochen habe, waren der Meinung, dass er das bestimmt getan hat, denn er war doch ein gottesfürchtiger Mann. Ich glaube, Jesus, unser Hirte, hat ihn erhört und nach Hause geholt.«

Erst jetzt spürte ich mein Herz, es klopfte so wild, als wollte es meine Brust sprengen.

Eine Stimme begann zu singen.

»Großer Gott, wir loben dich.«

Jemand reichte mir ein aufgeschlagenes Gesangbuch, zeigte auf eine vergilbte Seite und nickte freundlich. Ich stimmte beim zweiten Vers ein. Vor lauter Erleichterung und Dankbarkeit pries ich Gott dafür, noch ein bisschen leben zu dürfen.

Ich stand draußen vor der Kirche und sah dem schwarzen Lieferwagen nach, der mit dem Sarg fortgefahren war.

»Ja, ja«, sagte ein älterer Mann, der sich neben mich gestellt hatte. »Ein nasses Grab ist immer noch besser als kein Grab.«

»Hm.«

»Wohnen Sie nicht da oben in der Jagdhütte?«, fragte er und sah mich mit zusammengekniffenen Augen an. »Haben Sie schon ein paar Schneehühner erwischt?«

»Bis jetzt noch nicht.«

»Nein, sonst hätten wir wohl auch die Schüsse gehört«, sagte der Alte. »Bei dem guten Wetter hört man das in der Heide sehr weit.«

Ich nickte. »Warum hat der Wagen vom Beerdigungsinstitut ein Osloer Kennzeichen?«

»Ach, Aronson ist ein eitler Fatzke. Er hat das Auto extra da unten gekauft, wollte schon immer was Besseres sein.«

Lea stand neben einem hochgewachsenen blonden Mann auf der Kirchentreppe. Die Beileidsbekundungen waren schnell erledigt. Das Auto mit dem Sarg war noch zu sehen, als sie sich räusperte und sagte: »Also, ihr seid alle herzlich zu einem Kaffee und einer Gedenkstunde bei uns eingeladen. Ich danke euch allen für euer Erscheinen. Kommt gut wieder nach Hause.«

Irgendwie hatte ich das Gefühl, das Bild von ihr und diesem Mann schon irgendwo gesehen zu haben. Eine

Windbö fegte über den Platz und ließ den großen Mann etwas schwanken.

»Wer ist das da neben der Witwe?«, fragte ich.

»Ove? Er ist der Bruder des Toten.«

Natürlich. Das Hochzeitsfoto. Es musste genau dort auf der Kirchentreppe aufgenommen worden sein.

»Zwillingsbrüder?«

»Zwilling in jeder Hinsicht, ja«, sagte der Alte. »Also, holen wir uns Kaffee und Kuchen?«

»Haben Sie Mattis gesehen?«

»Welchen Mattis?«

Es gab also mehr als einen.

»Meinen Sie Schnaps-Mattis?«

Doch nur einer.

»Der ist heute sicher bei der Hochzeit von Migal unten in Ceavccageadge.«

»Wo?«

»Auf der Transteinsletta, das ist die freie Fläche unten am Hafen.« Er zeigte in Richtung Anleger. »Die Heiden beten da ihre Abgötter an. Hokuspokus. Gehen wir?«

In der darauffolgenden Stille glaubte ich, Trommeln zu hören, Musik, Lärm. Schnaps. Frauen.

Ich drehte mich um und sah Lea bereits in Richtung Haus gehen, Knut fest an der Hand. Der Bruder des Toten und die anderen folgten ihr mit etwas Abstand in einer stummen Prozession. Ich fuhr mir mit der Zunge durch den Mund, der nach dem Nickerchen in der Kirche noch immer trocken war. Nach der Angst. Aber vielleicht kam das auch von den Schnapsmengen, die ich in der letzten Zeit getrunken hatte.

»Ein Kaffee täte jetzt sicher gut«, sagte ich.

Voller Menschen wirkte das Haus ganz anders. Ich nickte mich zwischen den Fremden hindurch, die mich von Kopf bis Fuß musterten und mir fragende Blicke zuwarfen. Alle anderen schienen sich zu kennen. Ich fand Lea in der Küche, wo sie Kuchen schnitt.

»Mein Beileid«, sagte ich.

Sie blickte auf meine ausgestreckte Hand und nahm das Messer in die linke. Sonnenwarmer Fels. Fester Blick. »Danke. Wie läuft's in der Hütte?«

»Danke, gut, ich mach mich jetzt wieder auf den Weg. Ich wollte nur kurz kondolieren, weil ich das vor der Kirche nicht geschafft habe.«

»Sie dürfen nicht gleich gehen, Ulf. Nehmen Sie erst noch ein Stück Kuchen.«

Ich sah auf den Kuchen. Ich bin kein Freund von Kuchen. War ich noch nie. Meine Mutter hat immer gesagt, ich sei ein seltsames Kind.

»Ja, gerne«, sagte ich. »Danke.«

Andere Gäste schoben sich hinter uns in den Flur, und ich ging mit dem Kuchenteller ins Wohnzimmer. Ich landete am hinteren Fenster und starrte überwältigt von der stillen, ernsten Anteilnahme an den Himmel, als wollte ich schauen, ob es wohl bald regnete.

»Der Friede Gottes sei mit Ihnen.«

Ich drehte mich um. Abgesehen von den grauen Schläfen hatte der Mann vor mir ihre schwarzen

Haare. Und ihren direkten, mutigen Blick. Ich wusste nicht, was ich antworten sollte. »Gottes Frieden« zu wiederholen kam mir unpassend vor, ein lässiges »Hallo« genauso unangebracht, beinahe frech. Ich landete bei einem etwas steifen »Guten Tag«, obwohl das wahrlich alles andere als ein guter Tag war.

»Ich bin Jakob Sara.«

»Julf… eh, Ulf Hansen.«

»Von meinem Enkel weiß ich, dass Sie Witze erzählen.«

»Ja?«

»Er konnte mir aber nicht sagen, welchen Beruf Sie haben oder was Sie hier in Kåsund machen. Nur, dass Sie sich das Gewehr meines Schwiegersohns ausgeliehen haben. Und dass Sie kein gläubiger Mann sind.«

Ich nickte vage. Es war so ein Nicken, das nichts preisgibt, sondern lediglich bestätigt, man habe gehört, was gesagt worden ist. Ich schob mir ein großes Stück Kuchen in den Mund, um eine kleine Denkpause herauszuschinden. Kauend nickte ich weiter.

»Aber das geht mich ja auch nichts an«, sagte der Mann. »Weder *das*, noch wie lange Sie hierbleiben wollen. Ich sehe aber, dass Sie Fürstenkuchen mögen.«

Er sah mir tief in die Augen, während ich den Kuchen runterwürgte. Dann legte er eine Hand auf meine schmerzende Schulter. »Bedenken Sie, junger Mann, Gottes Gnade kennt keine Grenzen.« Er machte eine Pause, während ich die Wärme seiner Hand durch den Stoff des Hemdes spürte. »Fast.«

Er lächelte und ließ mich stehen, wandte sich an

andere Trauergäste. Wieder hörte ich das gemurmelte »Der Friede Gottes …«.

»Ulf?«

Ich brauchte mich nicht umzudrehen, um zu wissen, wer das war.

»Spielen wir Geheimverstecken?« Er sah mit ernstem Gesicht zu mir auf.

»Du, Knut, ich …«

»Bitte!«

»Hm.« Ich sah auf die Kuchenreste auf meinem Teller. »Was ist Geheimverstecken?«

»Verstecken, aber kein Erwachsener soll merken, dass man Verstecken spielt. Man darf weder rennen noch rufen oder lachen, und man darf sich nicht an komischen Stellen verstecken. Wir spielen das immer bei den Gemeindeversammlungen. Das ist wirklich witzig. Ich kann zuerst zählen.«

Ich sah mich um. Es waren keine anderen Kinder da, nur Knut. Allein auf der Beerdigung seines Vaters. Geheimverstecken. Na dann.

»Ich zähle bis dreiunddreißig«, flüsterte er. »Ab jetzt.«

Er drehte sich zur Wand und tat so, als studierte er das Hochzeitsfoto seiner Eltern. Ich stellte den Teller ab und bahnte mir diskret einen Weg durchs Wohnzimmer und den Flur. Ich warf einen Blick in die Küche, aber sie war nicht mehr da. Draußen frischte der Wind auf. Ich ging an dem abgemeldeten Auto vorbei. Sah ein paar Regentropfen auf der Windschutzscheibe glitzern.

Auf der Rückseite des Hauses blieb ich stehen, lehnte mich unter dem offenen Fenster der Werkstatt an die Wand und zündete mir eine Zigarette an.

Erst als der Wind etwas abflaute, hörte ich die Stimmen aus dem Raum hinter mir.

»Lass mich los, Ove! Du hast getrunken, du weißt ja nicht, was du sagst.«

»Jetzt zier dich nicht so, Lea. Du sollst nicht so lange trauern. Hugo hätte das sicher nicht gewollt.«

»Du weißt nicht, was Hugo gewollt hätte!«

»Aber ich weiß, was *ich* will. Und immer gewollt habe. Und du weißt das auch.«

»Du lässt mich jetzt los, Ove! Sonst schreie ich.«

»Wie du in der Nacht mit Hugo geschrien hast?« Heiseres, angetrunkenes Lachen. »Du tust doch nur so, Lea, aber wenn's drauf ankommt, gibst du nach und gehorchst deinen Männern. Wie du Hugo gehorcht hast oder deinem Vater. Genau so wirst du auch mir gehorchen.«

»Niemals!«

»So machen wir das in unserer Familie, Lea. Hugo war mein Bruder, jetzt ist er weg, und deshalb habe ich die Verantwortung für dich und Knut.«

»Ove, es reicht.«

»Frag doch deinen Vater.«

In der Stille, die folgte, fragte ich mich, ob ich mir ein anderes Versteck suchen sollte.

Ich blieb stehen.

»Du bist Witwe und Mutter, Lea. Sei vernünftig. Hugo und ich haben uns alles im Leben geteilt, er würde es so wollen, glaub mir. Und *ich* will das so. Komm jetzt her, lass mich … Au! Verdammtes Weibsstück!«

Eine Tür knallte.

Leises Fluchen. Etwas fiel zu Boden. Im selben Moment kam Knut um die Ecke. Er öffnete den Mund, und ich erwartete schon den Schrei, dass er mich entdeckt hatte.

Aber er schrie nicht, es blieb bei der Stummfilmversion.

Geheimverstecken.

Ich drückte die Zigarette aus, ging zu Knut und breitete resigniert die Arme aus. Nahm ihn mit zur Garage. »Ich zähle bis dreiunddreißig«, sagte ich und drehte mich zu dem roten Käfer seiner Mutter um. Hörte Knuts schnelle Schritte und dann die Haustür.

Als ich fertig gezählt hatte, ging ich ins Haus.

Sie stand allein in der Küche und schälte Kartoffeln.

»Hallo«, sagte ich leise.

Sie blickte auf. Hatte rote Wangen, ihre Augen glänzten feucht.

»Tut mir leid«, sagte sie schniefend.

»Nimmt Ihnen heute niemand die Essensvorbereitungen ab?«

»Ach, sie haben mir alle ihre Hilfe angeboten. Aber ich bin ja froh, etwas zu tun zu haben.«

»Ja, vielleicht«, sagte ich und setzte mich an den Küchentisch. Prompt wurde ihre Körperhaltung ein kleines bisschen steifer. »Sie brauchen nichts zu sagen«, fuhr ich fort. »Ich möchte einfach nur einen Moment hier sitzen, bevor ich gehe, und da drinnen … so viel habe ich mit denen ja nicht zu reden.«

»Abgesehen von Knut.«

»Oh, das Reden übernimmt schon er. Ein kluger Junge. Macht sich für sein Alter ganz schön viele Gedanken.«

»Das muss er auch.« Sie wischte sich mit dem Handrücken unter der Nase entlang.

»Ja.« Ich wollte etwas sagen, die Worte lagen mir auf der Zunge, ich wusste nur noch nicht welche. Und dann kamen sie ganz wie von selbst, unabhängig von mir, aber völlig logisch.

»Wenn Sie allein mit Knut bleiben wollen«, sagte ich, »aber Angst haben, das nicht zu schaffen, helfe ich Ihnen gerne.«

Ich sah meine Hände an. Merkte, dass sie mit dem Kartoffelschälen aufgehört hatte.

»Ich weiß nicht, wie lange ich noch leben werde«, sagte ich. »Und ich habe keine Familie. Keine Erben.«

»Was sagen Sie da, Ulf?«

Ja, was sagte ich da eigentlich? Waren diese Gedanken in den wenigen Minuten entstanden, die ich draußen unter dem Fenster gestanden hatte?

»Sollte ich irgendwann plötzlich nicht mehr da sein, gucken Sie oben in der Hütte hinter dem losen Brett auf der linken Seite des Wandschranks nach«, sagte ich. »Hinter dem Moos.«

Sie ließ den Kartoffelschäler in die Spüle fallen, sah mich mit besorgtem Blick an. »Sind Sie krank, Ulf?«

Ich schüttelte den Kopf.

Sie schaute mich mit ihrem blauen Meerblick an. Der Blick, den Ove gesehen hatte und in dem er ertrunken war. Natürlich war er das.

»Dann sollten Sie so etwas gar nicht denken«, sagte sie. »Knut und ich kommen schon klar, machen Sie sich darüber keine Sorgen. Wenn Sie nach Verwendung für Ihr Geld suchen, gibt es hier in der Gemeinde Menschen, die schlechter gestellt sind als wir.«

Ich spürte, wie mir die Hitze ins Gesicht stieg. Sie drehte mir den Rücken zu und schälte wieder Kartoffeln. Hörte erst auf, als sie die Beine meines Stuhls über den Boden kratzen hörte.

»Aber ganz herzlichen Dank, dass Sie gekommen sind«, sagte sie. »Knut hat sich gefreut, Sie zu sehen.«

»Ich danke Ihnen«, sagte ich und ging zur Tür.

»Und …«

»Ja?«

»In zwei Tagen ist hier eine Andacht. Um sechs. Sie sind, wie gesagt, herzlich willkommen.«

Ich fand Knut in einem Zimmer, das nur sein Zimmer sein konnte. Seine dünnen Beine ragten unter dem Bett vor. Er hatte Fußballschuhe angezogen, die mindestens zwei Nummern zu groß waren. Ich zog ihn unter dem Bett hervor, und er kicherte. Dann hob ich ihn aufs Bett.

»Ich gehe jetzt«, sagte ich.

»Schon? Aber …«

»Hast du einen Fußball?«

Er nickte, aber seine Mundwinkel zeigten nach unten.

»Gut, dann kannst du an der Garagenwand trainieren. Mal dir einen großen Kreis, schieß so hart du kannst und stopp den Ball, wenn er zurückkommt. Wenn du das tausend Mal geübt hast, bist du viel besser als die andern in der Mannschaft, wenn sie nach dem Sommer zurückkommen.«

»Ich bin nicht in der Mannschaft.«

»Dann wirst du in die Mannschaft kommen.«

»Ich bin nicht in der Mannschaft, weil ich nicht darf.«

»Du darfst nicht?«

»Mama will ja, aber Großvater sagt, dass Sport die Aufmerksamkeit von Gott ablenkt. Seinetwegen kann die ganze Welt sonntags herumschreien, jubeln und irgendwelchen Bällen hinterherlaufen, aber für uns ist das der Tag des Herrn.«

»Verstehe«, log ich. »Und was hat dein Vater dazu gesagt?«

Der Junge zuckte mit den Schultern. »Nichts.«

»Nichts?«

»Er hat sich nicht darum gekümmert. Ihm war nur der …«

Knut hielt inne. In seinen Augen standen Tränen. Ich legte ihm den Arm um die Schulter. Musste nicht mehr hören. Wusste es. Ich kannte diese Hugos, einige davon hatten zu meinen Kunden gehört. Und auch ich liebte diese Reisen, diese Fluchten. Aber da saß ich jetzt und spürte, wie dieser kleine Junge sich an mich lehnte und stumm weinte. Sein warmer Körper zitterte, und ich dachte, dass das etwas war, was keinen

Vater kaltlassen konnte, kaltlassen würde. Davor konnte und durfte niemand fliehen. Es war ein Segen und ein Fluch, der dich ans Ruder fesselt. Aber wer war ich, um dazu etwas zu sagen? Ich, der ich – freiwillig oder nicht – das Boot verlassen hatte, bevor sie geboren worden war? Ich ließ Knut los.

»Kommst du zur Andacht?«, fragte er.

»Ich weiß nicht. Aber ich habe einen anderen Job für dich.«

»Ja!«

»So was wie dieses Geheimverstecken, es ist ganz wichtig, dass du nicht darüber sprichst, mit niemandem.«

»Ja, ja!«

»Wie oft kommt der Bus?«

»Viermal. Zwei Busse aus dem Süden, zwei aus dem Osten. Zwei am Tag und zwei in der Nacht.«

»Okay. Kannst du da sein, wenn der Tagesbus aus dem Süden kommt? Wenn jemand aussteigt, den du nicht kennst, kommst du direkt zu mir. Du läufst nicht, rufst nicht, sprichst nicht. Und das Gleiche machst du, wenn ein Auto mit Osloer Kennzeichen auftaucht. Verstanden? Du kriegst jedes Mal fünf Kronen.«

»Wie … wie ein … Spionageauftrag?«

»Genau, ja.«

»Sind das die, die mit deiner Flinte kommen?«

»Bis dann, Knut.« Ich wuschelte ihm durch die Haare und stand auf.

Auf dem Weg nach draußen begegnete ich dem großen Blonden, er kam schwankend aus der Toilette.

Hinter ihm rauschte die Klospülung, während er noch mit seinem Gürtel kämpfte. Er hob den Kopf und sah mich an. Ove Eliassen.

»Der Friede Gottes«, sagte ich.

Ich spürte seinen schweren Schnapsblick im Rücken.

Unten auf der Straße blieb ich stehen. Der Wind trug das Geräusch von Trommeln herüber. Aber mein Hunger war allem Anschein nach gestillt, ich brauchte keine Menschen mehr. Jetzt konnte ich gut wieder eine Weile allein sein.

»Nee, also, jetzt ist es aber Zeit für mich, nach Hause zu gehen und Rotz und Wasser zu heulen«, sagte Toralf gelegentlich, wenn der Abend fortgeschritten war. Die anderen Trinkbrüder amüsierte das jedes Mal, dabei tat Toralf genau das.

»Leg deinen zornigen Freund auf«, sagte er, wenn wir zu Hause waren. »Dann lassen wir uns richtig runterziehen.« Ich weiß nicht, ob er Charles Mingus oder irgendeine andere meiner Jazzplatten wirklich mochte, oder ob er einfach nur die Gesellschaft eines anderen Trauerkloßes suchte. Aber es kam tatsächlich vor, dass Toralf und ich gemeinsam ins Schwarz der Nacht abtauchten.

»So, jetzt suhlen wir uns mal richtig im Selbstmitleid«, lachte er dann.

Toralf und ich nannten diese Momente unser schwarzes Loch. Ich hatte mal etwas über einen Typen namens Finkelstein gelesen, der diese Löcher im Weltraum entdeckt hatte, die alles, was ihnen zu nahe kam, einsaugten – sogar das Licht –, und die so schwarz waren, dass man sie mit bloßem Auge nicht erkennen konnte. Genau so war es. Man sah sie nicht, man kam zurecht, aber irgendwann spürte man, dass der Körper in das Gravitationsfeld eines solchen Loches geraten war und keine Chance hatte. Man wurde von dem schwarzen Loch aus Hoffnungslosigkeit und grundloser Verzweiflung gnadenlos eingesaugt. Innen drin war dann alles wie verkehrt, da fragte man sich, auf was man eigentlich noch hoffen konnte, welchen Grund man hatte, *nicht* verzweifelt zu sein. In diesen Löchern konnte man nur auf die Zeit setzen, die Platte einer anderen deprimierten Seele auflegen, des wütenden Jazzers Charles Mingus, und darauf hoffen, dass man irgendwie wieder aus dem Loch herausfand, wie diese Alice aus ihrem Kaninchenbau. Denn Finkelstein und seinen Leuten zufolge war auf der anderen Seite des schwarzen Lochs vielleicht wirklich nur ein spiegelverkehrtes Märchenland. Ich kann es nicht wirklich beurteilen, aber dieser Glaube war auch nicht schlechter oder besser als irgendein anderer.

Ich ließ meinen Blick über den Pfad vor mir schweifen. Die Landschaft stieg an und schien in den Wolken zu verschwinden. Einfach aufzuhören. Irgendwo dort hinten begann die lange Nacht.

KAPITEL 8

Bobby war eines der Mädchen aus dem Schlosspark. Sie hatte lange braune Haare, sanfte Augen und rauchte Hasch. Natürlich ist das eine ziemlich oberflächliche Beschreibung einer Person, aber das fällt mir als Erstes zu ihr ein. Sie redete nicht viel, rauchte dafür umso mehr und bekam davon einen noch sanfteren Blick. Wir waren uns ziemlich ähnlich. Sie hieß eigentlich Borgny und stammte aus einer reichen Familie im Westen der Stadt. Das heißt, ganz so reich, wie sie es gerne gehabt hätte, war die Familie nicht, aber Bobby liebte die Vorstellung vom rebellischen Hippiemädchen, das aus dem sicheren finanziellen Rahmen der gutbürgerlichen Familie ausbrach, um … ja, um was zu tun? Um naive Ideen auszuprobieren, wie man das Leben leben, das Bewusstsein erweitern und mit Konventionen brechen konnte. Etwa mit der Konvention, dass ein Mann und eine Frau, wenn sie ein Kind bekamen, sich um dieses auch kümmerten, beide verantwortlich dafür waren. Wie gesagt, wir waren uns ziemlich ähnlich.

Wir saßen im Schlosspark und hörten einem Typ zu, der auf seiner ungestimmten Gitarre eine mittelmäßige Version von »The Times They Are A-Changin« spielte, als Bobby mir sagte, sie sei schwanger und sich ziemlich sicher, dass ich der Vater sei.

»Cool, wir werden Eltern«, sagte ich und versuchte nicht so auszusehen, als hätte mir jemand einen Eimer Eiswasser über den Kopf geschüttet.

»Es reicht, wenn du die Alimente zahlst«, sagte sie.

»Aber nein, ich kümmere mich drum, ist doch klar. Dafür braucht es doch zwei.«

»Zwei stimmt schon«, sagte sie. »Aber nicht wir zwei.«

»Äh? Und welche zwei dann?«

»Ingvald und ich«, sagte sie und nickte in Richtung des Typs mit der Gitarre. »Wir sind jetzt zusammen, und er hat gesagt, dass er gerne der Vater sein will. Solange du für das Kind zahlst, natürlich.«

Und so war es dann auch. Das heißt, Ingvald war ziemlich schnell wieder aus der Sache raus. Als Anna geboren wurde, war Bobby bereits mit einem anderen Typ zusammen, dessen Name auch mit I begann, möglich, dass er Ivar hieß. Ich durfte Anna hin und wieder sehen, sie aber nie bei mir haben. Ich bin mir aber gar nicht sicher, ob ich das damals wirklich wollte. Nicht weil sie mir nicht wichtig war. Schon als ich sie das erste Mal gesehen habe, war es um mich geschehen, war ich Hals über Kopf in dieses kleine Wesen verliebt. Ihre Augen strahlten so blau aus dem Kinderwagen, ihr glucksendes Gurgeln betörte mich, und obwohl ich sie nicht kannte, wurde sie über Nacht das Kostbarste, was ich hatte.

Vielleicht war es genau deshalb. Sie war so klein, so verwundbar, so unersetzlich, dass ich sie gar nicht allein für mich haben wollte. Ich konnte es nicht. Wagte es nicht. Fürchtete, für immer etwas falsch zu machen, und war mir sicher, ihr irgendwie einen bleibenden Schaden zuzufügen. Nicht weil ich eine rücksichtslose oder verantwortungslose Person bin, mir fehlt nur gesunder Menschenverstand. Die richtige Einschätzungsgabe. Deshalb war ich immer bereit, irgendwelche Ratschläge von Fremden anzunehmen und die wirklich wichtigen Entscheidungen anderen zu überlassen. Auch wenn ich wusste, dass die anderen – in diesem Fall Bobby – um keinen Deut besser waren als ich. Feigheit ist vermutlich das Wort, nach dem ich suche. Also blieb ich auf Distanz, verkaufte Hasch, ging einmal in der Woche mit der Hälfte des Geldes zu Bobby und ließ mich für einen Moment von dem magischen Blau in Annas lachenden Augen verzaubern. Manchmal nahm ich sie auch eine Weile auf den Arm, wenn Bobby und ich einen Kaffee zusammen tranken. Aber das ging immer nur dann, wenn sie gerade mal solo war.

Ich sagte Bobby, dass ich allen Fahndern, dem Fischer und sonstigem Ärger aus dem Weg gehen würde, wenn sie nur einen Bogen um den Schlosspark und die Drogen machte. Anna und sie konnten es sich nämlich nicht leisten, dass ich in den Bau ging. Bobbys Eltern waren, wie gesagt, nicht richtig reich, aber so stolz auf ihre Bürgerlichkeit, dass sie klar zum Ausdruck gebracht hatten, mit ihrer Hasch rauchenden

Hippietochter nichts mehr zu tun haben zu wollen. Um dieses Problem müssten Bobby und der Kindsvater sich schon selbst kümmern – wenn nötig mit Hilfe des Staates.

Dann kam der Tag, an dem Bobby sagte, sie würde das Kind nicht länger ertragen. Anna weinte seit vier Tagen, hatte Fieber und immer wieder Nasenbluten. Als ich mich über ihr Bettchen beugte, sah ich anstelle des blauen Glanzes ihrer Augen nur die dunklen Ringe darunter. Ihre Haut war blass, und an Knien und Ellenbogen hatte sie seltsame, große blaue Flecken. Ich ging mit ihr zum Arzt, und drei Tage später hatten wir die Diagnose. Akute Leukämie. Eine Einbahnstraße in den Tod. Die Ärzte gaben ihr vier Monate. Jeder sagte, so etwas käme vor, es träfe die meisten wie ein Blitz aus heiterem Himmel, sinnlos, willkürlich, wahllos.

Ich war wie besessen, fragte nach, telefonierte, überprüfte, kontaktierte alle möglichen Leute und bekam schließlich heraus, dass es in Deutschland die Möglichkeit einer Therapie gegen Leukämie gab. Längst nicht jeder Betroffene wurde durch diese Behandlung gerettet, und sie kostete ein Vermögen, aber sie vermittelte etwas ganz Wesentliches: Hoffnung. Der norwegische Staat war natürlich nicht bereit, sein Geld für eine vage Hoffnung auszugeben, und Bobbys Eltern sagten, das sei dann wohl ein Wink des Schicksals oder allenfalls etwas für das staatliche Gesundheitswesen. Auf jeden Fall wollten sie nicht für irgendeine Phantasiekur in Nazideutschland zahlen. Ich begann zu rechnen. Selbst wenn ich meinen Haschverkauf verfünffachte, würde ich nicht schnell genug Geld verdienen. Trotzdem versuchte ich es, dealte wie ein Verrückter, achtzehn Stunden am Stück, und ging nachts, wenn keiner mehr in den Schlosspark kam, nach unten zur Domkirche. Als ich am nächsten Tag im Krankenhaus erschien, fragten die Ärzte mich, warum seit drei Tagen keiner mehr da gewesen sei.

»War Bobby denn nicht hier?«

Die Schwester und der Arzt schüttelten die Köpfe und sagten, sie hätten sie angerufen, der Anschluss scheine aber nicht mehr zu existieren.

Als ich zu Bobby kam, lag sie im Bett und sagte, sie sei krank und es sei meine Schuld, wenn sie nicht genug Geld gehabt habe, um die Telefonrechnung pünktlich zu bezahlen. Ich ging aufs Klo, und als ich meine ausgedrückte Kippe in den Mülleimer schmeißen wollte, sah ich den blutigen Wattebausch. Weiter unten lag die Spritze. Irgendwie hatte ich immer befürchtet, dass das irgendwann geschehen würde, ich hatte schon andere als Bobby diese Grenze überqueren sehen.

Was sollte ich also tun?

Ich tat nichts.

Ich verließ Bobby und versuchte mir einzureden, Anna gehe es bei den Schwestern besser als bei ihrer Mutter oder ihrem Vater. Und ich verkaufte Hasch und sparte alles für die Wunderkur, an der ich innerlich mit aller Macht festhielt, weil die Alternative einfach unerträglich war. Die Angst, dass das kleine Mädchen mit dem blauen Leuchten in den Augen sterben könnte, war viel schlimmer als meine eigene Todesangst. Weil wir uns den Trost holen, den wir kriegen können: sei es aus einer deutschen Medizinzeitschrift, einer Spritze Heroin oder einem Buch mit brandneuem Nachwort, das einem das ewige Leben verspricht, wenn man sich nur dem gerade neu eingeführten Erlöser unterwirft. Also verkaufte ich Hasch, zählte die Kronen und die Tage.

Dann kam das Jobangebot vom Fischer.

Zwei Tage. Die Wolken hingen tief, brachten jedoch keinen Regen. Die Erde drehte sich, die Sonne blieb verborgen und die Stunden waren, wenn das überhaupt möglich war, noch einförmiger als zuvor. Ich versuchte sie zu verschlafen, aber ohne Valium ging das einfach nicht.

Ich wurde langsam verrückt. Noch verrückter. Knut hatte recht. *Nichts ist schlimmer als eine Kugel, von der man nicht weiß, wann sie kommt.*

Gegen Abend hatte ich genug.

Mattis hatte gesagt, die Hochzeit würde drei Tage dauern.

Ich badete in einem Bach. Die Mücken spürte ich nicht mehr, es sei denn, ich bekam sie in die Augen oder in den Mund. Und auf den Brotscheiben störten sie mich auch. Meine Schulter tat nicht mehr weh. Als ich am Tag nach der Beerdigung aufgewacht war, waren die Schmerzen weg. Ich fragte mich, ob ich irgendwas Spezielles getan hatte, mir fiel aber nichts ein.

Nach dem Bad wusch ich mein Hemd, wrang es aus und zog es wieder an. Ich hoffte, dass es auf dem Weg ins Dorf einigermaßen trocknete. Ich war mir nicht ganz sicher, ob ich meine Pistole mitnehmen sollte oder nicht. Zu guter Letzt entschloss ich mich, sie zusammen mit dem Geld hinter dem Moos in der Wand zu verstecken. Ich betrachtete das Gewehr und die Schachtel Munition und dachte an das, was Mattis gesagt hatte. In Kåsund stahl nur deshalb niemand, weil es nichts zu stehlen gab. Für das Gewehr war in der Wand nicht genug Platz, deshalb schlug ich es in einen Rest Dachpappe ein, der unter dem Stockbett lag, und versteckte es unter vier großen Steinen am Bach.

Dann ging ich.

Trotz der vereinzelten Windböen war die Luft schwer wie vor einem Gewitter und drückte auf die Schläfen. Vielleicht war das Fest schon vorüber. Alle Flaschen leer. Die ledigen Frauen vergeben. Doch als ich näher kam, hörte ich die Trommeln, die ich bereits vor zwei Tagen gehört hatte. Ich lief an der Kirche vorbei in Richtung Anleger. Folgte den Geräuschen.

Ich verließ den Weg und ging nach Osten zu einer kleinen Anhöhe. Vor mir breitete sich eine graue Steinwüste aus, die sich als schmale Nase weit ins blaue Meer streckte. Direkt unter mir lag eine festgetrampelte Fläche, auf der getanzt wurde. Ein großes Feuer brannte neben einem fünf bis sechs Meter hohen Stein, der wie ein Obelisk aus dem Boden aufragte. Um ihn herum lagen in zwei Reihen kleinere Steine. Sie folgten keiner speziellen Symmetrie, keinem erkennbaren Muster, sahen aber trotzdem wie das Fundament eines Gebäudes aus. Oder besser gesagt, einer Ruine. Wie die Reste eines Hauses, das eingerissen oder abgebrannt worden war. Ich ging zu ihnen runter.

»Hallo!«, rief ein großgewachsener blonder Kerl in Samentracht, der am Rand der Ebene in die Heide pinkelte. »Wer bist du denn?«

»Ulf!«

»Der Typ aus dem Süden! Spät, aber nicht zu spät. Willkommen!« Er schüttelte die letzten Tropfen ab, machte die Hose zu und gab mir die Hand. »Kornelius, ich bin ein Vetter von Mattis!«

Ich zögerte etwas, bis ich seine Hand drückte.

»Dann ist das da der Transtein«, fragte ich. »Ist das eine alte Tempelruine?«

»Der Transtein?« Kornelius schüttelte den Kopf. »Den hat Beaive-Vuolab dahin geworfen.«

»Aha. Und wer ist das?«

»Ein ziemlich starker Same. So etwas wie ein Halbgott. Nein, ein Viertel. Ein Viertelgott.«

»Hm, und warum werfen Viertelgötter mit Felsen?«

»Warum wirft man mit dicken Steinen? Um sich zu zeigen.« Er lachte. »Warum bist du nicht eher gekommen, Ulf? Das Fest ist bald zu Ende.«

»Ich habe mich verlaufen, dachte, die Trauung wäre in der Kirche.«

»Bei den Abergläubigen?« Er zog einen Flachmann aus der Tasche. »Mattis traut die Brautleute besser als jeder blutarme Lutheraner.«

»Wirklich? Und im Namen welcher Götter?« Ich blinzelte zu dem Feuer hinüber, neben dem ein Langtisch stand. Eine Frau in einem grünen Kleid hatte zu tanzen aufgehört und blickte neugierig zu mir herüber. Schon von weitem sah ich, dass sie einen schlanken Körper hatte.

»Götter? Keine Götter, er traut sie im Namen des norwegischen Staates.«

»Darf er das denn?«

»Klar. Er ist einer der drei hier in der Gemeinde, die die Befugnis dazu haben.« Kornelius ballte die Hand zur Faust und zählte der Reihe nach an den Fingern ab: »Der Pfarrer, der Schiedsmann und der Schiffskapitän.«

»Dann ist Mattis auch Kapitän?«

»Mattis?« Kornelius lachte und trank einen Schluck aus seinem Flachmann. »Sieht der etwa aus wie ein See-Same? Hast du nichts gesehen, wie er läuft? Nein, der Kapitän ist Eliassen senior, aber er darf die Leute nur auf See trauen, und keine Frau hat je den Fuß auf eines seiner Boote gestellt. Logisch.«

»Wie meinst du das? Ob ich nicht gesehen habe, wie er läuft?«

»Nur die Fjell-Samen haben solche O-Beine wie Mattis, die See-Samen nicht.«

»Warum?«

»Fisch.« Er reichte mir den Flachmann. »Auf der Vidda essen sie keinen Fisch und kriegen kein Jod. Da werden die Knochen weich.« Er drückte die Knie nach außen, um zu zeigen, was er meinte.

»Und du bist …?«

»Eine Mogelpackung. Mein Vater ist aus Bergen, aber sag das nicht weiter. Vor allem nicht meiner Mutter.«

Er lachte, und ich konnte nicht anders, als auch zu lachen. Der Schnaps schmeckte noch schlechter als der, den ich von Mattis bekommen hatte.

»Und was ist er dann? Pfarrer?«

»Wäre er fast geworden«, sagte Kornelius. »Er hat in Oslo Theologie studiert, dann aber irgendwann den Glauben verloren und sich stattdessen für Jura eingeschrieben. Danach hat er drei Jahre lang als Gerichtsreferendar in Tromsø gearbeitet.«

»Nimm es mir nicht übel, Kornelius, aber du bindest mir doch gerade einen Riesenbären auf?«

Er sah mich überrascht an. »Nein, verdammt! Mattis hat erst seinen Glauben an Gott und dann den Glauben an den Rechtsstaat verloren. Jetzt glaubt er nur noch an die Alkoholprozente, die auf der Flasche stehen.« Kornelius lachte laut und schlug mir so fest auf den Rücken, dass mir der Schnaps fast wieder hochgekommen wäre. Was auch nichts gemacht hätte.

»Was ist das eigentlich für ein Teufelszeug?«, fragte ich und reichte ihm den Flachmann.

»Raikas«, sagte er. »Vergorene Rentiermilch.« Er schüttelte traurig den Kopf. »Aber die jungen Leute heutzutage wollen nur noch Saft oder Cola. Schneescooter und Hotdog. Schnaps, Pulka und Rentierfleisch werden bald verschwunden sein, und dann gehen wir vor die Hunde. Ja, ja.« Er nahm einen tröstenden Schluck, bevor er den Korken wieder auf die Flasche drückte. »He, hallo, hier kommt Anita.«

Ich sah, wie die Frau in dem grünen Kleid wie zufällig auf uns zusteuerte, und richtete mich automatisch auf.

»Pass auf, Ulf«, sagte Kornelius leise. »Lass dir von ihr aus der Hand lesen, aber nicht mehr.«

»Aus der Hand lesen?«

»Sie ist hellsichtig, eine echte Schamanin. Aber du willst nicht, was sie will.«

»Und das wäre?«

»Das siehst du doch wohl schon von hier aus.«

»Hm. Und warum nicht? Ist sie verheiratet? Verlobt?«

»Nein, aber du möchtest nicht haben, was sie hat.«

»Hat?«

»Hat und unter die Leute bringt.«

Ich nickte langsam.

Er legte mir die Hand auf die Schulter.

»Aber viel Spaß, Kornelius hält den Mund.«

Er drehte sich zu der Frau um. »Hallo, Anita!«

»Mach's gut, Kornelius.«

Er ging lachend weg. Die Frau stellte sich vor mich und lächelte mit geschlossenem Mund. Verschwitzt vom Tanzen und noch immer außer Atem.

Sie hatte zwei leuchtend rote Pickel auf der Stirn, stecknadelkopfgroße Pupillen und eine Wildheit in den Augen, die mehr als eindeutig war. Drogen, vermutlich Speed.

»Hallo«, sagte ich.

Sie antwortete nicht, musterte mich schweigend von Kopf bis Fuß.

Ich verlagerte das Gewicht aufs andere Bein.

»Hast du Lust auf mich?«, fragte sie.

Ich schüttelte den Kopf.

»Warum nicht?«

Ich zuckte mit den Schultern.

»Du siehst wie ein kerngesunder Mann aus. Was ist los mit dir?«

»Wenn ich es richtig verstanden habe, kannst du die Zukunft voraussagen?«

Sie lachte. »Hat Kornelius das gesagt? Ja, Anita kann in die Zukunft sehen, das stimmt. Und vor ein paar Sekunden hat sie gesehen, dass du Lust auf sie hattest. Was ist passiert? Hast du es mit der Angst bekommen?«

»Es liegt nicht an dir, sondern an mir, ich glaube, ich habe mir eine Syphilis eingefangen.«

Als sie lachte, verstand ich, warum sie mit geschlossenem Mund lächelte. »Ich habe Gummis.«

»Ziemlich weit fortgeschritten, leider. Mein Schwanz ist abgefallen.«

Sie kam einen Schritt näher. Legte mir die Hand in den Schritt. »Fühlt sich nicht so an. Komm schon, ich wohne hinter der Kirche.«

Ich schüttelte den Kopf und nahm ihre Handgelenke.

»Ihr scheiß Südländer«, fauchte sie und wand sich aus meinem Griff. »Was ist denn falsch daran, ein bisschen zu ficken? Wir müssen doch eh bald alle sterben. Wisst ihr das denn nicht?«

»Doch, klar, diese Gerüchte sind mir auch schon zu Ohren gekommen«, sagte ich und schaute mich nach einer Rückzugsmöglichkeit um.

»Du glaubst mir nicht«, sagte sie. »Sieh mich an. *Sieh* mich an, habe ich gesagt!«

Ich sah sie an.

Sie lächelte. »O ja, Anita hat richtig gesehen. Aus deinen Augen spricht der Tod. Dreh dich nicht weg! Anita sieht, dass du das Spiegelbild erschießen wirst. Ja, das Spiegelbild.«

Ein leiser Alarm meldete sich in meinem Kopf. »Von was für scheiß Südländern redest du eigentlich?«

»Na von dir.«

»Du hast *ihr* gesagt. Welche *anderen* Südländer?«

»Er hat nicht gesagt, wie er heißt.« Sie nahm meine Hand. »Ich habe dir die Zukunft vorausgesagt, jetzt musst du auch …«

Ich riss mich los. »Wie sah er aus?«

»He, du hast ja Angst.«

»Ich will wissen, wie er aussah!«

»Warum ist das wichtig?«

»Bitte, Anita.«

»Ja, ja, immer mit der Ruhe. So ein dünner Kerl mit Nazischeitel und einem langen Fingernagel. War komisch drauf.«

Verdammt. *Der Fischer findet immer, was er sucht. Sie und ich verstehen nicht, wie, aber er weiß es einfach. Immer.*

Ich schluckte. »Wann hast du ihn getroffen?«

»Kurz bevor du gekommen bist. Er ist oben ins Dorf gegangen, wollte da mit jemandem sprechen, hat er gesagt.«

»Was wollte er?«

»Er sucht einen anderen Mann aus dem Süden. Einen Jon. Bist du das?«

Ich schüttelte den Kopf. »Ich heiße Ulf. Was hat er sonst noch gesagt?«

»Nichts. Aber er hat mir seine Telefonnummer gegeben, falls ich etwas höre. Das war allerdings eine Nummer in Oslo. Warum ist das so wichtig?«

»Ich warte auf jemanden, der mir meine Flinte bringt, aber er war dann nicht der Richtige.«

Johnny Moe war also hier. Und ich hatte meine Pistole in der Hütte gelassen, war ohne jeden Schutz in den alles andere als sicheren Ort runtergegangen, weil ich keine Probleme kriegen wollte, falls ich eine Frau traf und mich ausziehen musste. Und jetzt hatte ich eine Frau getroffen und wollte mich trotzdem nicht ausziehen. Konnte man *noch* tiefer sinken als Idiot? Erstaunlich war nur, dass ich mehr Wut als Angst verspürte. Dabei hatte ich allen Grund, Angst zu haben. Er wollte mich erschießen. Und ich versteckte mich hier, um zu überleben, oder etwa nicht? Ich musste mich verdammt noch mal zusammenreißen und gefälligst genau das tun!

»Du wohnst hinter der Kirche, hast du gesagt?«

Ihr Blick hellte sich auf. »Ja, gar nicht weit.«

Ich sah nach oben zum Weg. Er konnte jeden Augenblick zurückkommen. »Können wir eine Abkürzung über den Friedhof nehmen, damit niemand uns sieht?«

»Warum soll uns denn niemand sehen?«

»Ich dachte nur an ... deinen Ruf.«

»Mein Ruf?« Sie schnaubte. »Dass Anita Männer liebt, wissen hier alle.«

»Okay, dann an meinen.«

Sie zuckte mit den Schultern. »Meinetwegen.«

Das Haus hatte Gardinen.

Im Flur standen Männerschuhe.

»Wer ...?«

»Mein Vater«, sagte Anita. »Aber du brauchst nicht zu flüstern, er schläft.«

»Flüstert man nicht gerade dann?«

»Hast du noch immer Angst?«

Ich sah auf die Schuhe. Sie waren kleiner als meine. »Nein.«

»Gut. Komm ...«

Wir gingen in ihr Schlafzimmer. Es war eng, und das Bett nur für eine Person gedacht. Eine schmale Person. Sie zog sich das Kleid über den Kopf. Schob mich aufs Bett, knöpfte meine Hose auf und zog sie mir zusammen mit der Unterhose in einem Rutsch aus. Dann öffnete sie ihren BH und schlüpfte aus der Unterhose. Ihre Haut war blass, weiß, mit vereinzelten roten Punkten und Kratzern, aber ohne Einstiche. Sie war hübsch, das war es nicht.

Sie setzte sich aufs Bett und sah zu mir hoch. »Deine Jacke kannst du ruhig ausziehen.«

Ich zog die Jacke aus und hängte sie mit dem Hemd über den Stuhl, aus dem Nebenraum hörte ich Schnarchen. Hart und kratzig beim Einatmen, prustend wie ein Auspuff mit Loch beim Ausatmen. Sie zog die Schublade auf.

»Gummis sind alle«, sagte sie. »Du musst aufpassen, ich will keine Kinder.«

»Ich kann nicht aufpassen«, sagte ich schnell. »Konnte ich noch nie. Vielleicht kuscheln wir nur?«

»Kuscheln?« Sie sprach das Wort voller Abscheu aus. »Papa hat Gummis.«

Sie verschwand nackt nach draußen, gleich darauf hörte ich nebenan eine Tür gehen. Das Schnarchen wurde für einen Moment etwas leiser, bevor es unvermindert weiterging. Ein paar Sekunden später war sie mit einem alten braunen Portemonnaie wieder da, das sie durchsuchte.

»Hier«, sagte sie und warf mir ein viereckiges Stück Plastik in den Schoß.

Die Ecken waren schon ganz abgeschubbert. Ich suchte nach dem Verfallsdatum, fand aber keins.

»Ich kriege das mit Kondomen nicht hin«, sagte ich. »Das klappt irgendwie nie.«

»Oh, doch, das klappt«, sagte sie und nahm meinen verängstigten Schwanz in die Hand.

»Tut mir leid. Was machst du eigentlich hier in Kåsund, Anita?«

»Halt den Mund.«

»Ähm. Vielleicht braucht er ein bisschen … äh, Creme?«

»Du sollst den Mund halten, hab ich gesagt.«

Ich starrte nach unten auf ihre kleine Hand, die offensichtlich davon überzeugt war, Wunder vollbringen zu können. Wo Johnny jetzt wohl war, fragte ich mich. In einem kleinen Dorf wie diesem konnte es nicht schwer sein, jemanden zu finden, der ihm sagte, dass sich der Neuankömmling in der Jagdhütte aufhielt. Johnny würde im Ort und auf dem Hochzeitsfest suchen. Kornelius hatte versprochen, den Mund zu halten. Solange ich hier war, befand ich mich also in Sicherheit.

»Na, schau mal«, zwitscherte Anita vergnügt.

Ich sah mir das Wunder überrascht an. Wahrscheinlich irgendeine Stressreaktion. Ich hatte mal gelesen, dass Männer, die erhängt werden, einen Ständer kriegen. Ohne aufzuhören oder mich loszulassen, nahm sie mit der linken Hand das Kondompäckchen, riss es mit den Zähnen auf, saugte es heraus und legte die Lippen wie ein O um das Kondom. Dann tauchte sie ab, und als sie den Kopf wieder hob, war ich zu allen Schandtaten bereit. Sie schob sich auf dem Bett nach hinten und machte die Beine breit.

»Ich wollte nur noch sagen, dass …«

»Hörst du nicht mal auf zu reden, Ulf?«

»… ich es gar nicht mag, gleich nach dem Sex rausgeschmissen zu werden. Das hat was mit Selbstachtung zu tun, verstehst du …«

»Halt den Mund und mach endlich, solange du noch kannst.«

»Versprichst du mir das?«

Sie seufzte. »Jetzt fick Anita endlich richtig durch.«

Ich kletterte aufs Bett, und sie half mir auf den Weg. Ich schloss die Augen und legte los. Nicht zu schnell und nicht zu langsam. Sie stöhnte, fluchte und schimpfte, was ich als Aufmunterung verstand. In Ermangelung eines anderen Metronoms fiel ich in den Rhythmus des Schnarchens aus dem Nachbarzimmer ein. Ich spürte, dass sich in mir etwas tat, und versuchte, nicht an die Beschaffenheit des Kondoms zu denken oder daran, wie eine Kreuzung zwischen Anita und mir wohl aussehen würde.

Plötzlich erstarrte sie, war mit einem Mal mucksmäuschenstill.

Ich hielt inne, glaubte, dass sie irgendetwas gehört hatte, ein Stottern im Schnarchen ihres Vaters, oder dass sich jemand dem Haus näherte. Auch ich hielt den Atem an und lauschte. Das Schnarchen war unverändert.

Dann wurde der Frauenkörper unter mir schlaff. Ich blickte sie besorgt an. Ihre Augen waren geschlossen, und sie sah vollkommen leblos aus. Ich legte Daumen und Zeigefinger vorsichtig an ihren Hals und suchte den Puls. Fand ihn nicht. Verflucht, wo war der Puls, war sie …?

Dann kam ein Laut über ihre Lippen. Erst ein leises Knurren, das immer lauter wurde und schließlich vertraut klang. Kratzend beim Einatmen und beim Ausatmen wie ein löchriger Auspuff.

Doch, sie war die Tochter ihres Vaters.

Ich quetschte mich zwischen den schlanken Frauenkörper und die Wand, spürte die kalte Tapete im Rücken und die harte Bettkante unter der Hüfte. Aber ich war in Sicherheit. Vorläufig.

Als ich die Augen schloss, ging mir zweierlei durch den Kopf. Ich hatte nicht an Valium gedacht, und Anita hatte gesagt, ich würde das *Spiegelbild* erschießen.

Damit segelte ich ins Land der Träume.

KAPITEL 9

Als ich Anitas Vater am Frühstückstisch sah, fand ich, dass sein Äußeres genau dem Typ entsprach, den ich mir bei seinem Schnarchen vorgestellt hatte. Haarig, ziemlich dick und mürrisch. Sogar sein Unterhemd glaubte ich in dem Schnarchen gehört zu haben.

»Na?«, brummte er und drückte die Kippe in der halb gegessenen Brotscheibe aus, die vor ihm lag. »Du siehst aus, als könntest du einen Kaffee gebrauchen.«

»Danke«, sagte ich erleichtert und setzte mich ihm gegenüber an den Plastiktisch.

Er musterte mich, sah dann aber wieder in die Zeitung, leckte die Spitze seines Bleistifts an und nickte in Richtung Herd und Kessel.

»Bedien dich. Wer meine Tochter fickt, muss hier schon selbst zugreifen.«

Ich nickte und holte mir eine Tasse aus dem Schrank. Goss rabenschwarzen Kaffee ein und sah aus dem Fenster. Draußen war es noch immer bewölkt.

Der Vater starrte in die Zeitung. Es war so still, dass ich Anita schnarchen hörte.

Auf meiner Armbanduhr war es Viertel nach zehn.

Hielt sich Johnny noch immer im Dorf auf, oder war er weitergezogen, um mich woanders zu suchen?

Ich trank einen Schluck Kaffee und dachte spontan, dass Biss eigentlich besser als Schluck gepasst hätte.

»Fällt dir …«, der Vater sah zu mir auf, »… ein anderes Wort für Kastration ein?«

Ich erwiderte seinen Blick. »Hm. Verstümmelung, vielleicht.«

Er sah wieder in die Zeitung. »Mit zwei ›M‹?«

»Ja.«

»Ja, möglich.« Er leckte über die Bleistiftspitze und füllte das Kreuzworträtsel aus.

Als ich mir im Flur die Schuhe angezogen hatte und auf dem Weg nach draußen war, stürzte Anita aus dem Schlafzimmer. Blass und nackt, mit wirren Haaren und wildem Blick. Sie schlang die Arme um mich und hielt mich fest.

»Ich wollte dich nicht wecken«, sagte ich und versuchte hektisch, die Tür aufzubekommen.

»Kommst du wieder?«

Ich lehnte mich zurück und sah sie an. Sie wusste, dass ich wusste, in der Regel kamen sie nicht wieder. Trotzdem wollte sie es wissen. Oder auch nicht.

»Ich werde es versuchen«, sagte ich.

»Versuchen?«

»Ja.«

»Sieh mich an. *Sieh* mich an! Versprichst du es?«

»Natürlich.«

»Du hast es gesagt, Ulf. Du hast es versprochen. Und niemand verspricht Anita etwas, wenn er es nicht halten kann, verstanden? Du hast mir deine Seele verpfändet.«

Ich schluckte. Nickte. Rein theoretisch hatte ich ja nicht mehr versprochen, als es zu *versuchen*. Lust und Zeit zu finden, zum Beispiel. Ich konnte einen Arm frei bekommen und griff nach der Klinke.

Ich ging auf einem Riesenumweg zurück zur Hütte. Hielt mich lange hinter der Anhöhe im Nordosten und schlich mich dann durch den Wald an.

Der Bock stand neben der Hütte und fegte an einer Ecke das Geweih. Er hätte sich nicht so nah herangetraut, wenn dort jemand gewesen wäre. Trotzdem kroch ich zum Bach runter und ging geduckt daran entlang bis zu der Stelle, an der ich das Gewehr versteckt hatte. Ich nahm die Steine weg, rollte das Gewehr aus der Dachpappe, überprüfte, dass es geladen war, und lief rasch zur Hütte.

Der Bock blieb stehen und witterte interessiert in meine Richtung. Weiß Gott, was er roch. Ich ging rein.

Es war jemand da gewesen.

Johnny.

Ich blickte mich im Raum um. Nur wenige Kleinigkeiten waren verändert. Die Schranktür, die ich wegen der Mäuse immer schloss, war nur angelehnt. Die leere Ledertasche ragte ein kleines Stück unter dem Bett vor, und auf der inneren Türklinke war Asche. Ich hebelte das lose Brett aus der Wand, schob den Arm hinein und atmete erleichtert auf, als ich die

Pistole und den Geldgürtel ertastete. Dann setzte ich mich und versuchte nachzudenken. Was hatte er vorgehabt?

Wegen der Tasche wusste er, dass ich hier gewesen war. Aber weil sich weder das Geld noch das Dope noch sonst irgendwelche privaten Dinge von mir in der Hütte befanden, glaubte er vielleicht, dass ich den Ort mit einem etwas praktischeren Rucksack verlassen hatte. Dann hatte er mit der Hand geprüft, ob die Asche noch warm und wie groß mein Vorsprung war.

Bis hierher konnte ich seinen Gedanken folgen. Aber was jetzt? Würde er abfahren, wenn er nicht rausbekam, wohin ich gegangen war oder wie ich Kåsund verlassen hatte? Oder versteckte er sich irgendwo in der Nähe und wartete darauf, dass ich zurückkam? Aber hätte er seine Spuren dann nicht sorgfältiger verwischt? Andererseits wollte er mir mit seinen deutlichen Spuren vielleicht mitteilen, dass er weitergezogen war – mit Erfolg!

Verdammt.

Ich nahm das Fernglas. Ließ meinen Blick über die Horizontlinie schweifen, die ich inzwischen bis ins kleinste Detail kannte. Ich suchte etwas, das zuvor nicht da gewesen war. Starrte. Konzentrierte mich. Wieder und wieder.

Nach ein paar Stunden kam die Müdigkeit. Ich wollte aber keinen Kaffee aufsetzen und durch den Rauch kilometerweit signalisieren, dass ich wieder da war.

Wenn es doch endlich zu regnen anfinge, wenn die

Wolken sich endlich öffnen würden – dieses teuflische Warten machte mich verrückt.

Ich legte das Fernglas hin. Schloss für einen Moment die Augen.

Ich ging zu dem Bock.

Er sah mich aufmerksam an, rührte sich aber nicht.

Ich streichelte ihm über das Geweih.

Dann kletterte ich auf seinen Rücken.

»Lauf«, sagte ich.

Er machte ein paar Schritte. Zögernd.

»Ja!«

Dann entschlossener, schneller. In Richtung Dorf. Die Knie klickten, schneller und schneller, wie ein Geiger-Zähler, der sich einer Atombombe näherte.

Die Kirche war abgebrannt. Natürlich, die Deutschen waren hier gewesen und hatten nach Widerstandskämpfern gesucht. Aus der Ruine stieg Qualm auf. Steine und Asche. Dazwischen tanzten sie, manche von ihnen nackt. Sie bewegten sich schnell, obwohl der Pastor langsam und getragen sang. Sein weißer Talar war schwarz von Ruß. Vor ihm stand ein Brautpaar, sie in Schwarz, er von der Mütze bis zu den weißen Holzschuhen in Weiß. Der Gesang verstummte, und ich ritt näher heran.

»Im Namen des norwegischen Staates erkläre ich euch hiermit zu Mann und Frau«, sagte er, spuckte etwas Braunes auf das Kruzifix, das neben ihm hing, hob einen Gerichtshammer hoch und schlug damit auf das schwarz verkohlte Altargeländer. Einmal, zweimal, dreimal.

Ich schrak mit einem Ruck auf. Lehnte mit dem Kopf an der Wand. Verdammt, diese Träume machten mich fertig.

Aber das Klopfen ging weiter.

Mein Herz hörte auf zu schlagen, und ich starrte zur Tür.

Das Gewehr lehnte an der Wand.

Ich nahm es, ohne vom Stuhl aufzustehen. Presste den Kolben gegen die Schulter und lehnte die Wange dagegen. Legte den Finger an den Abzug. Atmete endlich tief durch, denn ich hatte die ganze Zeit über die Luft angehalten.

Es klopfte noch zweimal.

Dann ging die Tür auf.

Die Wolken hatten sich verzogen. Es war Abend geworden. Die Gestalt hatte die Sonne im Rücken, so dass ich nur eine dunkle Silhouette vor der hügeligen Landschaft sah – mit einem Heiligenschein aus orangefarbenem Sonnenlicht.

»Willst du mich erschießen?«

»Entschuldige«, sagte ich und ließ das Gewehr sinken. »Ich dachte, du wärst ein Schneehuhn.«

Ihr Lachen war tief und ruhig, aber ihr Gesicht lag im Schatten, so dass ich mir das Schimmern ihrer Augen nur vorstellen konnte.

KAPITEL 10

Johnny war gefahren.

»Er hat heute den Bus nach Süden genommen«, sagte Lea. Sie hatte Knut nach draußen geschickt, um Wasser und Holz zu holen. Sie wollte einen Kaffee. Und eine Erklärung dafür, warum ein Kerl aus dem Süden bei ihr aufgetaucht war und sie nach mir ausgefragt hatte.

Ich zuckte mit den Schultern. »Es gibt da unten viele Leute. Hat er gesagt, was er wollte?«

»Mit dir sprechen, über irgendwelche Geschäfte.«

»Ach so«, sagte ich. »War das Johnny? So ein Typ wie ein Watvogel?«

Sie antwortete nicht, saß mir am Tisch gegenüber und versuchte, meinen Blick einzufangen.

»Er hat rausbekommen, dass du hier oben in der Jagdhütte wohnst, und sich von jemandem den Weg zeigen lassen. Aber du warst nicht da, und weil ihm irgendwer gesagt hatte, du wärst nach der Beerdigung bei mir gewesen, dachte er wohl, ich wüsste was.«

»Und? Was hast du gesagt?«

Ich ließ mir in die Augen sehen. Sie genau erforschen. Ich hatte viel zu verbergen und zugleich auch nichts.

Sie seufzte: »Ich habe gesagt, dass du in den Süden zurückgefahren bist.«

»Warum hast du das gesagt?«

»Weil ich nicht dumm bin. Ich weiß nicht, in welchen Schwierigkeiten du steckst, und ich will es auch gar nicht wissen, aber ich will nicht schuld daran sein, dass noch mehr Mist passiert.«

»Noch mehr Mist?«

Sie schüttelte den Kopf. Entweder weil sie sich falsch ausgedrückt hatte und ich sie missverstehen musste, oder weil sie nicht darüber reden wollte. Sie sah aus der Fensterluke. Wir hörten Knut draußen eifrig hacken.

»Wenn dieser Typ die Wahrheit gesagt hat, heißt du Jon und nicht Ulf.«

»Hast du jemals an Ulf geglaubt?«

»Nein.«

»Und trotzdem hast du den Typ in die falsche Richtung geschickt? Und gelogen? Was sagt dein Buch dazu?«

Sie nickte nach draußen, wo Knut hackte. »Er sagt, dass wir auf dich aufpassen müssen. Im Buch steht auch so was.«

Wir saßen einen Moment schweigend da. Ich mit den Händen auf dem Tisch, sie mit ihren im Schoß.

»Danke, dass du dich während der Gedenkstunde um Knut gekümmert hast.«

»Das habe ich gerne gemacht. Wie hat er es weggesteckt?«

»Gut eigentlich.«

»Und du?«

Sie zuckte mit den Schultern. »Wir Frauen kommen immer zurecht.«

Das Hacken hatte aufgehört. Er würde gleich zurück sein. Sie sah mich wieder an. Ihre Augen hatten ein Farbspektrum, wie ich es nie zuvor gesehen hatte, und ihr Blick eine unglaubliche Intensität. »Ich habe mich anders entschieden, Ulf. Ich will wissen, wovor du wegläufst.«

»Dein erster Gedanke war klüger.«

»Sag es.«

»Warum?«

»Weil ich glaube, dass du ein guter Mensch bist. Und guten Menschen werden ihre Sünden vergeben. Immer.«

»Und wenn du dich irrst und ich kein guter Mensch bin? Wenn ich in deiner Hölle brennen muss?« Es klang bitterer als beabsichtigt.

»Ich irre mich nicht, Ulf, ich kann dich sehen. Ich sehe dich, Ulf.«

Ich holte tief Luft. Wusste noch nicht, ob die Worte über meine Lippen kommen würden. Sah ihr in die Augen, blau, blau wie das Meer unter dir, wenn du zehn Jahre alt bist und auf einem Felsvorsprung stehst und unbedingt springen möchtest, aber deine Beine sich nicht bewegen.

»Ich hatte den Auftrag, Drogenschulden einzutreiben und Menschen zu töten«, hörte ich mich sagen. »Und weil ich meinem Arbeitgeber das Geld gestohlen habe, jagt er mich jetzt. Knut, deinen zehnjährigen Sohn, habe ich in die Sache mit reingezogen. Ich bezahle ihn, damit er für mich spioniert. Na ja, genau genommen kriegt er nur dann was, wenn er etwas Verdächtiges zu erzählen hat. Zum Beispiel, wenn er Leute sieht, die nicht davor zurückschrecken würden, einen Zehnjährigen zu töten, falls es notwendig ist.« Ich nahm eine Zigarette aus dem Päckchen. »Und, wie sieht es jetzt mit deiner Vergebung aus?«

Sie öffnete den Mund, als Knut die Tür aufstieß.

»So«, rief er und ließ das Holz vor dem Ofen auf den Boden fallen. »Und jetzt habe ich Hunger.«

Lea sah mich an.

»Ich habe eine Dose Fischbällchen«, sagte ich.

»Bäh«, sagte Knut. »Frischer Dorsch ist viel besser.«

»Ich fürchte, den habe ich nicht hier.«

»Nicht hier. Im Meer. Wir fahren raus und angeln. Dürfen wir, Mama?«

»Es ist mitten in der Nacht«, sagte sie leise. Sie sah mich noch immer an.

»Das ist die beste Zeit zum Angeln«, rief Knut und hüpfte auf und ab. »Bitte, Mama, bitte!«

»Wir haben kein Boot, Knut.«

Es verging eine Sekunde, bis ihm klarwurde, was sie meinte. Ich sah zu Knut. Sein Gesicht verfinsterte sich, um sich gleich darauf aufzuhellen. »Wir können Opas Boot nehmen. Das liegt im Bootshaus. Er hat gesagt, dass ich es nehmen darf.«

»Hat er das?«

»Ja! Dorsch! Dorsch! Du magst doch Dorsch, ja, Ulf?«

»Ich liebe Dorsch«, sagte ich und erwiderte ihren Blick. »Aber ich weiß nicht, ob deine Mutter jetzt darauf Lust hat.«

»Oh, doch, hat sie. Stimmt doch, Mama, nicht wahr?«

Sie antwortete nicht.

»Mama?«

»Lassen wir Ulf entscheiden«, sagte sie.

Der Junge drängte sich zwischen Tisch und Stuhl, so dass ich ihn einfach ansehen musste.

»Ulf?«

»Ja, Knut?«

»Du kriegst auch die Zunge.«

Das Bootshaus lag wenige Hundert Meter vom Anleger entfernt. Der Geruch nach fauligem Tang und Salzwasser weckte Erinnerungen an einen fernen Sommer. Ich sah meinen Kopf aus einer zu kleinen Schwimmweste ragen, einen Vetter, der vor Stolz bald platzte, weil seine Familie reicher war und ein Boot und eine Hütte hatte, und einen Onkel, der mit hochrotem Kopf vor sich hin fluchte, weil der Außenborder nicht ansprang.

Im Bootshaus war es dunkel. Es roch angenehm nach Teer. Was wir an Angelzeug brauchten, lag bereits im Boot, dessen Kiel auf einer Holzschiene ruhte.

»Das ist ja ein Riesenruderboot.« Ich schätzte die Länge auf fünf bis sechs Meter.

»Für ein Færing ist es eher klein bis mittel«, sagte Lea. »Los, wir müssen alle schieben.«

»Papas war viel größer«, sagte Knut. »Ein Fembøring. Mit Mast.«

Wir ließen das Boot zu Wasser, und ich schaffte es tatsächlich trockenen Fußes an Bord.

Ich schob die Riemen in eins der Dollenpaare und ruderte ruhig und kraftvoll hinaus. Ich wusste noch, dass ich in jenem Sommer, den ich arme, elternlose Waise gemeinsam mit meinem Vetter und seiner Familie hatte verbringen dürfen, alles darangesetzt hatte, im Rudern besser zu sein als er. Trotzdem glaubte ich zu spüren, dass Lea und Knut von meinen Fähigkeiten nicht besonders beeindruckt waren.

Als wir ein Stück weit draußen waren, zog ich die Riemen ein.

Knut kletterte ganz nach hinten ins Boot, beugte sich über den Rand, wickelte die Angelschnur von der Rolle und sah ihr nach. Er verlor sich in seinen Phantasien, sein Blick war abwesend.

»Toller Junge«, sagte ich und zog die Jacke aus, die an einem Haken im Bootshaus gehangen hatte.

Sie nickte.

Es war windstill, und die See, wie Lea und Knut das Meer nannten, war glatt wie ein Spiegel, wie eine feste Unterlage, über die wir zu der roten Sonne gehen konnten, die ganz im Norden über dem Horizont hing.

»Knut hat gesagt, dass zu Hause niemand auf dich wartet«, sagte sie.

Ich schüttelte den Kopf. »Zum Glück nicht.«

»Das muss seltsam sein.«

»Was?«

»Niemand zu haben. Niemand, der an dich denkt, niemand, der auf dich aufpasst oder auf den du aufpassen kannst.«

»Ich habe es versucht«, sagte ich und löste den Haken an einer Schnur. »Aber ich habe es nicht geschafft.«

»Du hast es nicht geschafft, eine Familie zu haben?«

»Ich habe nicht geschafft, auf sie aufzupassen«, sagte ich. »Ich bin – wie du vielleicht schon gemerkt hast – kein Mann, auf den man sich verlassen kann.«

»Ich höre, was du sagst, Ulf, aber ich weiß nicht, ob das stimmt. Was ist passiert?«

Ich löste den Blinker von der Schnur. »Warum nennst du mich eigentlich noch immer Ulf?«

»Du hast mir gesagt, dass du so heißt, also heißt du so. Bis du wieder anders heißen willst. Jeder sollte seinen Namen wechseln können.«

»Und wie lange heißt du schon Lea?«

Sie kniff die Augen zusammen. »Fragt man eine Frau, wie alt sie ist?«

»Ich wollte nicht ...«

»Neunundzwanzig.«

»Hm. Lea ist ein schöner Name, eigentlich kein Grund, ihn zu wechseln ...«

»Er bedeutet *Kuh*«, fiel sie mir ins Wort. »Ich würde viel lieber Sara heißen, das bedeutet Fürstin. Aber Vater war der Meinung, dass Sara Sara nicht geht. Und deshalb heiße ich jetzt seit neunundzwanzig Jahren Kuh. Was sagst du dazu?«

»Hm ...« Ich dachte nach. »Muh.«

Sie sah mich erst ungläubig an, dann lachte sie. Das tiefe Lachen. Langsame Wellen. Knut drehte sich um. »Was ist, hat er einen Witz erzählt?«

»Ja«, sagte sie, ohne den Blick von mir zu lassen. »Das hat er.«

»Lass hören!«

»Später.« Sie beugte sich zu mir vor. »Also, was ist passiert?«

»Was soll schon passiert sein?« Ich ließ die Schnur runter. »Ich bin zu spät gekommen.«

Sie runzelte die Stirn. »Zu spät für was?«

»Um meine Tochter zu retten.« Das Wasser war so klar, dass ich den glänzenden Blinker tiefer und tiefer sinken sah, bis er in dem grünschwarzen Dunkel verschwand. »Als ich endlich das Geld für die kostspielige Behandlung in Deutschland zusammenhatte, lag sie bereits im Koma. Drei Wochen später ist sie gestorben. Aber wahrscheinlich hätte es auch keinen Unterschied mehr gemacht. Die Ärzte meinten, die Krankheit sei schon zu weit fortgeschritten gewesen. Der Punkt ist aber, ich habe nicht geschafft, was ich hätte schaffen müssen. Ich habe versagt. Irgendwie ist das der Grundtenor meines Lebens. Aber dass ich es nicht einmal schaffen würde ... dass ich es nicht einmal schaffte, als ...«

Ich schniefte. Hätte die Jacke vielleicht doch nicht ausziehen sollen, immerhin waren wir fast am Nordpol. Ich spürte etwas am Unterarm. Meine Haare stellten sich auf. Eine Berührung. Ich konnte mich nicht erinnern, wann ich zum letzten Mal von einer Frau berührt worden war. Bis mir einfiel, dass das gerade mal vierundzwanzig Stunden her war. Zum Teufel mit dieser Gegend, diesen Menschen, all dem Scheiß!

»Und das ist das Geld, das du gestohlen hast?«

Ich zuckte mit den Schultern.

»Du hast es für deine Tochter gestohlen, obwohl du wusstest, dass sie dich töten würden, wenn sie dich kriegten?«

Ich spuckte ins Wasser, damit wenigstens irgendetwas diese verflucht makellose Fläche durchbrach. »Hört sich gut an, wie du das sagst«, erwiderte ich. »Man kann es aber auch anders ausdrücken. Ich war der Vater, der so lange damit gewartet hat, etwas für seine Tochter zu tun, bis es zu spät war.«

»Aber es war doch so oder so zu spät, haben die Ärzte das nicht gesagt?«

»Sie haben es gesagt, aber auch Ärzte können sich irren. So etwas kann niemand *wissen*. Ich nicht, du nicht, der Pastor nicht und auch der Atheist nicht. Und genau deshalb glauben wir. Wir glauben, weil das besser ist, als einzusehen, dass uns da unten in der Tiefe nichts anderes erwartet als die Dunkelheit, die Kälte. Der Tod.«

»Glaubst du das wirklich?«

»Glaubst du etwa an ein perlenbesetztes Tor mit Engeln und einen Kerl namens Petrus? Oder nein, das ist ja nicht dein Glaube, an Heilige glaubt ja nur diese Sekte, die zehntausendmal größer ist als deine. Und die glauben auch, dass man in die Hölle kommt, wenn man sich nicht bis in alle Einzelheiten an ihren Glauben hält. Genau, die Katholiken glauben, dass ihr Protestanten alle in den Keller müsst. Und ihr glaubt genau das Gegenteil. Du kannst wirklich von Glück sagen, hier oben am Nordpol auf die Welt gekommen zu sein, inmitten der Menschen mit dem richtigen Glauben. Stell dir bloß mal vor, du wärest in Italien oder Spanien geboren worden, da wäre der Weg zur Erlösung aber verdammt lang.«

Ich zog an der schlaff durchhängenden Schnur. Sie verhakte sich, vermutlich war es hier ziemlich flach. Ich ruckte noch einmal hart und bekam den Köder wieder los.

»Du bist zornig, Ulf.«

»Zornig? Ich bin stinkwütend. Ja, genau das bin ich. Wenn es deinen Gott wirklich gibt, warum spielt er dann auf diese Weise mit den Menschen, warum werden einige geboren, um zu leiden, während andere im Überfluss leben? Warum gibt er einigen die Chance, den Glauben zu finden, der sie erlöst, während die Mehrheit nie auch nur ein Wort Gottes zu hören bekommt. Warum sollte er …? Warum hat er …?«

Verdammte Erkältung.

»Dir deine Tochter genommen?«, fragte sie leise.

Ich blinzelte. »Es gibt nichts da unten«, sagte ich. »Nur Dunkelheit, Tod und …«

»Fisch!«, schrie Knut.

Wir drehten uns zu ihm um. Er holte die Schnur

ein. Lea berührte ein letztes Mal sanft meinen Unterarm, dann zog sie die Hand weg und beugte sich über den Bootsrand.

Wir starrten ins Wasser. Warteten auf das, was er am Haken hatte. Aus irgendeinem Grund musste ich an einen gelben Südwester denken. Und plötzlich hatte ich eine Vorahnung. Nein, keine Vorahnung, ich wusste sicher, dass er zurückkommen würde. Ich schloss die Augen und sah es ganz deutlich vor mir. Johnny würde zurückkommen. Er wusste, dass ich noch hier war.

»Hoho!«, jubelte Knut.

Als ich die Augen öffnete, sah ich einen großen Dorsch am Boden des Bootes zappeln. Die Augen des Fisches quollen hervor, als könne er nicht glauben, was er sah. Kein Wunder, er konnte ja nicht wissen, wie das Ganze zusammenhing.

KAPITEL 11

Wir ruderten zu einer Landzunge, wo der Kiel des Bootes sanft in den feinen Sand glitt. Es waren nur wenige Hundert Meter zwischen der freundlich wirkenden Halbinsel und dem Festland, das sich steil und schwarz aus dem Meer erhob. Knut zog die Schuhe aus, watete an Land und vertäute das Boot an einem Stein. Ich bot an, Lea an Land zu tragen, aber sie lächelte nur und machte mir dasselbe Angebot.

Knut und ich stapelten Holz übereinander und zündeten ein Feuer an, während Lea den Fisch ausnahm und reinigte.

»Einmal haben wir so viel Fisch gefangen, dass wir die Schubkarre holen mussten, um das Boot zu leeren«, sagte Knut. Er leckte sich bereits die Lippen.

Ich konnte mich nicht daran erinnern, dass ich als Kind Fisch sonderlich gemocht hätte. Vielleicht weil ich ihn in der Regel als Backfisch oder Fischstäbchen oder Fischfrikadelle in weißer, zäher Soße bekam.

»Das heute ist auch nicht gerade wenig«, sagte Lea, wickelte den Fisch in Alufolie und legte ihn direkt ins Feuer. »Noch zehn Minuten.«

Knut kletterte voller Vorfreude auf das Festmahl auf meinen Rücken. »Komm, wir ringen!«, rief er und klammerte sich fest, obwohl ich aufstand. »Der Typ aus dem Süden muss sterben!«

»Iih, ich habe eine Mücke auf dem Rücken«, rief ich und schüttelte mich, so dass er hin und her geworfen wurde wie ein Rodeoreiter und schließlich vor Freude schreiend in den Sand purzelte.

»Wenn wir schon ringen, müssen wir das auch richtig machen«, sagte ich.

»Ja? Und wie?«

»Sumo-Ringen«, sagte ich, nahm einen Stock und zog einen Ring in den feinen Sand. »Wer als Erster den anderen aus dem Ring geschoben hat, ist der Sieger.«

Ich zeigte ihm die Zeremonie vor dem Kampf, wie man sich außerhalb des Rings aufstellt und in die Hände klatscht.

»So bittet man die Götter um Beistand im Kampf, damit man nicht alleine ist.«

Ich sah Lea die Stirn runzeln, sie sagte aber nichts.

Der Junge folgte meinen Bewegungen, als ich langsam die Handflächen nach oben und dann wieder nach unten führte, bevor ich sie auf die Knie stützte.

»Dann zertreten wir die bösen Geister«, sagte ich und stampfte mit den Füßen.

Knut tat es mir nach.

»Auf die Plätze … fertig …«, flüsterte ich.

Knut verzog das Gesicht kämpferisch.

»Los!«

Er sprang in den Ring und rammte mich mit der Schulter.

»Du bist draußen«, jubelte er.

Mein Fußabdruck war zweifelsfrei außerhalb des Rings. Lea klatschte Beifall.

»Es ist noch nicht vorbei, rikishi Knut-san aus Finnmarken«, fauchte ich und beugte mich wieder vor. »Wer als Erster fünfmal gesiegt hat, ist Futabayama.«

»Futa…?« Knut baute sich rasch außerhalb des Kreises auf.

»Futabayama. Eine Sumolegende. Ein dicker, fetter Kerl. Auf die Plätze … fertig …«

Ich packte ihn um die Hüfte und platzierte ihn deutlich außerhalb des Rings.

Beim Stand von 4:4 war Knut so verschwitzt und aufgedreht, dass er den Gruß vergaß und direkt auf mich losstürmte. Ich wich zur Seite aus, und er konnte nicht mehr stoppen und stolperte aus dem Ring.

Lea lachte. Knut blieb regungslos mit dem Gesicht im Sand liegen.

Ich setzte mich neben ihn.

»Beim Sumo-Ringen gibt es eine Sache, die noch viel wichtiger ist als der Sieg«, sagte ich. »Und das ist, Würde zu zeigen, egal, ob man gewonnen oder verloren hat.«

»Ich habe verloren«, flüsterte Knut. »Ich glaube, es ist leichter, wenn man gewinnt.«

»Ich weiß.«

»Gratuliere. Du bist Futa… Futa…«

»…bayama. Und Futabayama grüßt dich, du tapferer Haguroyama.«

Er hob den Kopf. Sand klebte an seinem verschwitzten Gesicht. »Wer ist das?«

»Futabayamas Lehrling. Auch Haguroyama wurde ein großer Meister.«

»Wirklich? Hat er Futabayama mal besiegt?«

»O ja. Er hat sich einen Spaß daraus gemacht. Aber vorher musste er ein paar Dinge lernen. Zum Beispiel Verlieren.«

Knut richtete sich auf und kniff ein Auge zusammen. »Wird man durch Verlieren besser, Ulf?«

Ich nickte langsam. Sah, dass jetzt auch Lea aufmerksam geworden war. »Man wird besser …«, ich zerklatschte eine Mücke auf meinem Arm, »beim Verlieren.«

»Besser beim Verlieren? Macht es denn Sinn, gut beim Verlieren zu sein?«

»Das Leben besteht vor allem aus Dingen, die man versuchen muss, obwohl man keine Ahnung davon hat«, sagte ich. »Man verliert dabei häufiger, als dass man gewinnt. Selbst Futabayama hat wieder und wieder verloren, bevor er siegte. Aber ist es denn schlecht, gut in den Dingen zu sein, die man am häufigsten tun muss?«

»Ja, schon«, sagte er zögernd. »Aber was bedeutet es, gut beim Verlieren zu sein?«

Über Knuts Schulter hinweg begegnete ich Leas

Blick. »Das Risiko einzugehen, ein weiteres Mal zu verlieren«, sagte ich.

»Das Essen ist fertig«, sagte sie.

Die Dorschhaut klebte an der Alufolie, so dass wir das weiße Fischfleisch direkt in den Mund stecken konnten, nachdem Lea das Fischpaket geöffnet hatte.

»Himmlisch«, sagte ich. Ich weiß zwar nicht, was himmlisch bedeutet, mir fiel gerade aber kein anderes Wort ein.

»Hmm«, schnurrte Knut.

»Jetzt fehlt nur noch der Weißwein«, sagte ich.

»Brennen«, sagte Knut und fletschte grinsend die Zähne.

»Jesus hat auch Wein getrunken«, sagte Lea. »Und zu Dorsch trinkt man Rotwein.«

Sie lachte, als Knut und ich beide innehielten und sie anstarrten.

»Habe ich gehört!«, sagte sie kleinlaut.

»Papa hat getrunken«, sagte Knut.

Lea lachte nicht mehr.

»Ringen wir weiter?«, fragte Knut.

Ich klopfte mir auf den Bauch, um ihm zu zeigen, dass ich dafür jetzt wirklich zu viel gegessen hatte.

»Langweilig ...« Er ließ die Unterlippe hängen.

»Guck doch mal, ob du ein paar Möweneier findest«, sagte Lea.

»Eier? Jetzt?«, fragte Knut.

»Sommereier«, sagte sie. »Die sind selten, aber es gibt welche.«

Er kniff ein Auge zusammen. Dann stand er auf und spurtete über die Landzunge davon.

»Sommereier?«, fragte ich und legte mich nach hinten in den Sand. »Stimmt das?«

»Es gibt so alles Mögliche«, sagte sie. »Außerdem habe ich gesagt, dass sie selten sind.«

»Wie ihr?«

»Wir?«

»Læstadianer.«

»Siehst du uns so?« Sie legte die Hand über die Augen, und mir wurde klar, von wem Knut die Angewohnheit hatte, ein Auge zuzukneifen.

»Nein«, sagte ich schließlich und schloss beide Augen.

»Erzähl was, Ulf«, bat sie und legte sich die Jacke, die ich aus dem Bootshaus mitgenommen hatte, unter den Kopf.

»Was?«

»Egal was.«

»Lass mich einen Moment nachdenken.«

Wir lagen schweigend da. Ich lauschte dem Knistern des Feuers und dem leisen Glucksen des Wassers, das sanft gegen die Ufersteine platschte.

»Eine Sommernacht in Stockholm«, sagte ich. »Alles ist grün. Alle schlafen. Ich gehe langsam mit Monica nach Hause. Wir bleiben stehen und küssen uns. Dann gehen wir weiter. Durch ein offenes Fenster hören wir Lachen. Über das Meer kommt eine sanfte Brise, es riecht nach Gras und Tang.« Ich summte innerlich mit. »Die Brise streichelt unsere Haut, und ich ziehe sie enger an mich. Die Nacht gibt es nicht, sie ist nur Stille, ein Schatten, ein Wind.«

»Wie schön«, flüsterte sie. »Erzähl weiter.«

»Die Nacht ist kurz und hell und schwindet, als die Amseln erwachen. Ein Mann hört auf zu rudern, um einen Schwan zu beobachten. Und als wir durch Västerbro laufen, fährt eine einsame Straßenbahn leer an uns vorbei. Und dann, inmitten der ausklingenden Nacht und all ihrer Geheimnisse, blühen die Bäume in Stockholm. Die Fenster malen Licht in die Stadt, die einen Ton für alle Schlafenden spielt, für alle, die in die Ferne reisen müssen und doch wieder nach Stockholm zurückkehren. Die Straßen duften nach Blumen, und wir küssen uns und schlendern langsam, ganz langsam durch die Stadt.«

Ich lauschte. Wellen. Feuer. Der Schrei einer Möwe.

»Monica, ist das deine Freundin?«

»Ja«, sagte ich. »Sie ist meine Freundin.«

»Ah ja. Und wie lange schon?«

»Mal nachdenken. Seit zehn Jahren, denke ich.«

»Das ist lange.«

»Ja, aber wir lieben uns jedes Mal nur für drei Minuten.«

»Drei Minuten?«

»Um genau zu sein, drei Minuten und neunzehn Sekunden. So lange braucht sie für dieses Lied.«

Ich hörte, wie sie sich aufrichtete. »Was du erzählt hast, war ein Lied?«

»Sakta vi gå gennom stan«, sagte ich. »Monica Zetterlund.«

»Und du bist ihr nie begegnet?«

»Nein, ich hatte eine Karte für ein Konzert mit ihr und Steve Kuhn in Stockholm, aber Anna war krank geworden, und ich musste arbeiten.«

Sie nickte stumm.

»Es muss schön sein, jemanden so zu lieben«, sagte sie. »Wie die zwei in dem Lied, meine ich.«

»Das bleibt ja nicht so.«

»Kannst du nicht wissen.«

»Stimmt. Das weiß niemand. Aber wie ist denn deine Erfahrung damit? Bleibt das bestehen?«

Plötzlich kam ein kalter Hauch, und ich öffnete die Augen. Sah etwas oben an der steilen Küste auf der anderen Seite des Sunds. Die Silhouette eines Felsens. Ich wandte mich zu Lea. Sie hatte sich zusammengekauert.

»Ich sage nur, dass es alles Mögliche gibt«, murmelte sie. »Auch die ewige Liebe.«

Ein paar Haarsträhnen wehten ihr ins Gesicht, und plötzlich sah ich, dass auch in ihren Augen dieser blaue Schimmer war. Oder war es das Licht hier draußen?

»Tut mir leid, es geht mich ja nichts an, aber …« Ich hielt inne. Mein Blick suchte den Felsen, fand ihn aber nicht.

»Aber?«

Ich holte tief Luft. Wusste, dass ich es bereuen würde. »Ich stand nach der Beerdigung draußen unter dem Fenster der Werkstatt und habe gehört, was der Bruder deines Mannes gesagt hat.«

Sie verschränkte die Arme vor der Brust. Musterte

mich. Nicht schockiert, nur verwundert. Sie sah in die Richtung, in die Knut verschwunden war, bevor sie mich wieder anblickte.

»Ich habe keine Erfahrung damit, wie lange die Liebe zu einem Mann hält, weil ich den Mann, der mir zugeteilt wurde, nie geliebt habe.«

»Zugeteilt? Willst du damit sagen, dass die Ehe arrangiert war?«

Sie schüttelte den Kopf. »Arrangierte Ehen zwischen den Familien gab es nur früher. Günstige Verbindungen. Weideflächen und Rentierherden. Die gleichen Glaubensrichtungen. Die Ehe von Hugo und mir war nicht arrangiert.«

»Was dann?«

»Es war eine Zwangsehe.«

»Und wer hat euch gezwungen?«

»Die Situation.« Sie hielt nach Knut Ausschau.

»Du warst …«

»Ja, ich war schwanger.«

»Ich habe schon verstanden, dass deine Religion nicht tolerant ist, was uneheliche Kinder angeht, aber Hugo war doch gar kein Læstadianer, oder?«

Sie schüttelte den Kopf. »Die Situation und Vater. Diese beiden Dinge haben uns gezwungen. Hätte ich mich geweigert, wäre ich aus der Gemeinde ausgestoßen worden. Und dann hätte ich niemanden gehabt, dann wäre ich *vollkommen* allein gewesen, verstehst du?« Sie führte die Hand zum Mund. Erst dachte ich, sie wollte die Hasenscharte verbergen. »Ich habe gesehen, was mit denen passiert, die …«

»Verstehe …«

»Nein, das verstehst du nicht, Ulf. Und ich weiß nicht, warum ich das einem Fremden erzähle.« Erst jetzt hörte ich die Tränen in ihrer Stimme.

»Vielleicht gerade, weil ich ein Fremder bin?«

»Ja, möglich«, sagte sie und schluchzte kurz auf. »Weil du wieder wegfährst.«

»Wie konnte dein Vater Hugo zwingen, wenn Hugo doch in keiner Gemeinde war, aus der er ausgestoßen werden konnte?«

»Mein Vater hat ihm gedroht, ihn wegen Vergewaltigung anzuzeigen, sollte er sich weigern.«

Ich sah sie schweigend an.

Sie richtete sich auf, streckte den Rücken, hob den Kopf und sah über das Meer.

»Ich habe den Mann geheiratet, der mich vergewaltigt hat, als ich achtzehn war. Und ich habe sein Kind ausgetragen.«

Ein kalter Schrei kam vom Land. Ich drehte mich um. Ein Kormoran flog unterhalb der Steilküste dicht über die Wasseroberfläche.

»Weil ihr eure Bibel so auslegt?«

»Bei uns zu Hause gibt es nur einen, der die Worte der Bibel auslegt.«

»Deinen Vater?«

Sie zuckte mit den Schultern. »Ich bin an jenem schrecklichen Abend nach Hause gegangen und habe Mutter erzählt, dass Hugo mich vergewaltigt hat. Sie hat mich getröstet, meinte aber, es sei sicher das Beste, wenn ich keine große Geschichte daraus machte. Einen Eliassen wegen Vergewaltigung anzuzeigen würde zu nichts Gutem führen. Aber als sie etwas später erfuhr, dass ich schwanger war, ging sie zu meinem Vater. Als Erstes fragte er mich, ob wir denn auch zu Gott gebetet hätten, dass ich nicht schwanger würde. Und als Zweites sagte er, Hugo und ich müssten jetzt heiraten.«

Sie schluckte, machte eine Pause. Das hatte sie noch nicht vielen erzählt. Vielleicht niemandem. Vielleicht hatte ich ihr nach der Beerdigung zum ersten Mal die Möglichkeit gegeben, sich das von der Seele zu reden.

»Er ging deshalb zum alten Eliassen«, fuhr sie fort. »Hugos Vater und mein Vater sind mächtige Männer hier im Dorf, jeder auf seine Weise. Der alte Eliassen gibt den Menschen Arbeit auf See, mein Vater verkündet ihnen das Wort Gottes und lindert ihre Seelenqualen. Vater sagte, es fiele ihm nicht schwer, jemanden in der Gemeinde zu finden, der an dem Abend etwas mitbekommen hatte, sollte der alte Eliassen nicht einwilligen. Hugos Vater meinte, er bräuchte ihm gar nicht erst zu drohen, ich sei ja ohnehin eine gute Wahl und könne Hugo vielleicht sogar ein bisschen bändigen. Und da die beiden beschlossen hatten, dass es so gemacht werden sollte, wurde es natürlich auch so gemacht.«

»Wie …?«, begann ich, wurde aber erneut von einem Schrei unterbrochen. Dieses Mal war es kein Vogel.

Knut.

Wir sprangen beide auf.

Der Fischer findet immer, was er sucht.

Wieder ein Schrei. Wir stürmten in die Richtung, aus der Knuts Stimme kam. Ich war zuerst oben auf der Landzunge. Sah ihn. Drehte mich zu Lea um, die ihren Rock gerafft hatte, um besser laufen zu können.

»Alles in Ordnung. Es geht ihm gut.«

Der Junge stand etwa hundert Meter vor uns und starrte auf etwas zwischen den Ufersteinen.

»Was ist da?«, rief ich zu ihm runter.

Er zeigte auf etwas Schwarzes, das vom Wasser nur knapp überspült wurde. Und jetzt nahm auch ich den Gestank wahr. Verwesung.

»Was ist das?«, fragte Lea, die zu mir gekommen war.

Ich machte es wie Knut und zeigte zum Wasser.

»Tod und Verderben«, sagte sie.

Ich hielt sie zurück, als sie nach unten zu Knut wollte. »Vielleicht bleibst du besser hier, ich gehe runter und sehe nach, was es ist.«

»Nicht nötig«, sagte sie. »Ich erkenne es schon von hier aus.«

»Und was ist es?«

»Eine Robbe.«

»Eine Robbe?«

»Ein Seehund«, sagte sie. »Ein toter.«

Es war noch immer Nacht, als wir zurückruderten.

Nur das leise Schmatzen der Riemen war zu hören, wenn sie aus dem Wasser gehoben wurden. In der tiefstehenden Sonne funkelten die Tropfen, die vom Holz ins Wasser fielen, wie Diamanten.

Ich saß hinten im Boot und beobachtete Mutter

und Sohn beim Rudern. Summte tonlos *»Sakta vi gå gennom stan«*. Sie bewegten sich im Gleichklang. Knut war vollkommen konzentriert und versuchte seinen Körper ruhig zu halten. Er holte seine Kraft aus dem Rücken und der Hüfte und hielt mit den schweren Riemen einen ruhigen, gleichmäßigen Takt. Seine Mutter saß hinter ihm und achtete darauf, synchron mit ihm zu rudern. Keiner sagte etwas. Adern und Sehnen zeichneten sich auf Leas Handrücken ab, und ihre schwarzen Haare flogen zur Seite, wenn sie sich umdrehte, um sich zu vergewissern, dass der Kurs noch stimmte. Knut tat natürlich so, als wäre das Rudern nichts Besonderes, verriet sich aber mit den verstohlenen Blicken, die er mir immer wieder zuwarf. Ich schob die Unterlippe vor und nickte anerkennend. Er ließ sich nichts anmerken, ich spürte jedoch, dass er danach noch mehr Kraft in seine Züge legte.

Wir schafften das Boot mit einem Flaschenzug auf die Schienen im Bootshaus. Es ging überraschend leicht. Ich dachte an den unerschöpflichen Erfindungsreichtum der Menschen und ihren absoluten Überlebenswillen. Und die Bereitschaft zur Grausamkeit, aber vielleicht war ja gerade die wesentlich.

Wir gingen hoch ins Dorf und blieben am Telefonmast stehen, wo der Pfad begann. Auf dem Plakat der Tanzcombo hatte sich eine Staubschicht abgelagert.

»Leb wohl, Ulf«, sagte sie. »Es war schön heute Abend. Komm gut nach Hause und schlaf auch gut.«

»Leb wohl«, sagte ich und lächelte. Sie nahmen die Abschiede hier oben wirklich ernst. Vielleicht wegen der großen Entfernungen und der gnadenlosen Natur? Es war keine Selbstverständlichkeit, dass man sich wiedersah.

»Wir würden uns sehr freuen, dich am Samstagmorgen im Versammlungshaus zu sehen.« Es klang etwas förmlich, und ein Zucken ging über ihr Gesicht. »Nicht wahr, Knut?«

Knut nickte stumm. Er schlief schon fast.

»Danke, aber ich fürchte, es ist zu spät, um mich zu erlösen.« Ich weiß nicht, ob ich die Zweideutigkeit beabsichtigt hatte.

»Es kann auf keinen Fall schaden, das Wort Gottes zu hören.« Sie sah mich mit einem merkwürdig durchdringenden Blick an, als suchte sie nach etwas.

»Unter einer Bedingung«, sagte ich. »Dass ich mir anschließend deinen Käfer leihen kann, um nach Alta zu fahren.«

»Du hast einen Führerschein?«

Ich zuckte mit den Schultern.

»Vielleicht muss ich dann mitkommen.«

»Du musst nicht.«

»Das geht nicht so einfach, wie du denkst.«

Ich wusste nicht, ob die Zweideutigkeit von ihr beabsichtigt war.

Zurück in der Hütte, legte ich mich sofort schlafen, ohne die Schnapsflasche auch nur anzurühren. Wenn meine Erinnerung mir keinen Streich spielt, träumte ich nichts, und als ich aufwachte, hatte ich das Gefühl, dass etwas Gutes geschehen war. Und dieses Gefühl hatte ich schon verdammt lange nicht mehr gehabt.

KAPITEL 12

Nun bitten wir den Heiligen Geist
Um den rechten Glauben allermeist,
Dass er uns behüte an unserm Ende,
Wenn wir heimfahren aus diesem Elende.
Kyrieleis!

Der Gesang spülte wie eine langsame Welle durch das kleine Versammlungshaus. Alle der etwa zwanzig Anwesenden schienen mitzusingen.

Ich las den Text in dem kleinen schwarzen Buch mit, das Lea mir zugesteckt hatte. Landstads Kirchenpsalmen, genehmigt durch die königliche Resolution 1869, stand auf dem Titelblatt. Kein Buchstabe schien seither verändert worden zu sein.

Am Ende des Liedes ging ein Mann mit schweren Schritten über den knirschenden Dielenboden nach vorn, trat an das Rednerpult und drehte sich zu uns um.

Es war Leas Vater. Knuts Großvater. Jakob Sara.

»Ich glaube an Gott den Allmächtigen, den Schöpfer des Himmels und der Erden«, begann er. Alle anderen

schwiegen und ließen ihn das Glaubensbekenntnis alleine sprechen. Anschließend blieb er reglos stehen und starrte zu Boden. Lange. Gerade als ich mir sicher war, dass irgendetwas nicht stimmte, dass er einen Blackout hatte, erhob er die Stimme.

»Liebe Christen. Im Namen des Vaters, des Sohnes und des Heiligen Geistes. Lasst uns diese Stunde im Namen des dreieinigen Gottes beginnen. Ja.« Erneute Pause. Er stand noch immer mit gesenktem Haupt da, zusammengesunken, und sah in seinen zu groß wirkenden Kleidern eher wie ein leidender Anfänger als wie der erfahrene Wanderprediger aus, von dem Knut erzählt hatte. »Denn betrachtet man sich selbst, versucht man den Menschen zu sehen, der man ist, dann ist es für uns arme Sünder nicht leicht, hier oben an dieses Rednerpult zu treten.« Halt. Ich sah mich um. Es war erstaunlich, aber niemanden sonst schien das Leiden dieses Mannes in irgendeiner Form mit Unbehagen zu erfüllen. Ich konnte bis zehn zählen, bevor er weiterredete. »Diese kostbare Sache, wegen der wir hier heute alle versammelt sind, das heilige, das reine Wort Gottes – wie kann man dieses Wort bewahren? Wahrlich, ich sage euch, es ist schwer, hier an dieses Rednerpult zu treten. Aber was soll ich tun?« Er hob endlich den Kopf. Sah uns direkt an, und in seinem festen, direkten Blick war keine Spur von Unsicherheit zu erkennen. Keine Spur der Demut, die in seinen Worten lag. »Denn wir sind nur Erde, und zu Erde sollen wir wieder werden. Doch das ewige Leben wird unser sein, wenn wir an unserem Glauben festhalten.

Die Welt, in der wir leben, ist eine Welt im Verfall, eine Welt, die vom Fürst der Finsternis regiert wird. Vom Teufel, vom Satan, der die Schwachen verführt.« Ich wollte nicht darauf wetten, aber hatte er nicht die ganze Zeit den Blick auf mich gerichtet? »Aber in dieser Welt wohnen wir armen Menschen, hier entsagen wir dem Teufel und müssen voller Hoffnung die kurze Zeit ausharren, die uns bleibt.«

Ein neues Lied. Lea und ich saßen dicht am Ausgang, und ich signalisierte ihr, dass ich vor die Tür gehen und eine Zigarette rauchen wollte.

Draußen lehnte ich mich an die Wand und lauschte dem Gesang.

»Gestatte die Frage, würdest du mir einen deiner Sargnägel abtreten?«

Mattis musste hinter der Ecke gestanden und gewartet haben. Das Gemeindehaus lag am Ende des Weges. Ich reichte ihm das Päckchen.

»Haben sie es doch noch geschafft, dich zu bekehren?«, fragte er.

»Noch nicht«, sagte ich. »Dafür singen sie ein bisschen zu falsch.«

Er lachte. »Och, deine Ohren würden sich schon daran gewöhnen. Sauber und präzise zu singen ist nur für Weltliche wichtig. Für die wahren Gläubigen zählen nur die Gefühle. Warum sollten wir Samen sonst Læstadianer geworden sein? Glaub mir, Ulf, es ist nur ein Steinwurf von der Schamanentrommel und unseren Hexenkünsten bis zur Zungenrede der Læstadianer, zu Erlösung und Gefühlsduselei.« Ich gab ihm Feuer. »Und zu diesem grausam langsamen Singsang …«, murmelte er.

Wir rauchten synchron und hörten zu. Als der letzte Ton verebbt war, ergriff Leas Vater wieder das Wort.

»Ist es eigentlich Absicht, dass sich der Prediger da oben anhört, als würde er leiden?«, fragte ich.

»Jakob Sara? Ja. Er muss vermitteln, dass er nur ein armer, einfältiger Christ ist, der nicht aus eigenem Willen oben auf der Kanzel steht, sondern weil seine Gemeinde ihn dazu berufen hat.« Mattis senkte den Kopf und sprach nun mit einer ebenso tiefen Stimme wie die drinnen. *»Seit ich hier zum Versammlungsleiter auserkoren wurde, war es immer mein innigster Wunsch, dass Gott mich zum Gehorsam zwingt. Aber man trägt schwer an seinem eigenen, schwachen Fleisch.«* Er zog tief inhalierend an der Zigarette. »So ist es schon seit hundert Jahren. Das Ideal ist Demut und Einfalt.«

»Dein Cousin hat mir gesagt, dass du auch mal zu denen gehört hast?«

»Aber dann habe ich das Licht gesehen«, sagte Mattis und betrachtete unzufrieden seine Zigarette. »Sag mal, ist da Tabak drin?«

»Du hast den Glauben verloren, während du Theologie studiert hast?«

»Ja, aber für die Leute hier war ich schon ein Abtrünniger, als ich nach Oslo gegangen bin. Ein echter Læstadianer studiert nicht bei den Weltlichen Theologie. Wer hier predigt, hat nur die Aufgabe, die alte, die richtige Lehre zu verkünden, keinen neumodischen Schnickschnack aus Oslo.«

Jakob Saras Stimme drang wieder zu uns nach draußen:

»Der Herr ist voller Gnade, aber zweifelt nicht daran, dass er wie ein Dieb in der Nacht kommt und alle Güter und alles Irdische zerschlägt, wenn der Ungläubige vernichtet werden soll.«

»Apropos«, sagte Mattis. »Wir, die wir unser Todesurteil schon erhalten haben, wollen doch wohl nicht, dass er früher als unbedingt nötig kommt, was?«

»Wie meinst du das denn?«

»Für einige von uns ist es sicher in Ordnung, wenn wir ihn hier in Kåsund überhaupt niemals wiedersehen.«

Ich hielt mitten in einem Zug inne.

»Ja, ja«, sagte Mattis. »Ich weiß ja nicht, ob dieser Johnny weiter nach Norden oder zurück nach Hause in den Süden gefahren ist. Er hat zwar nicht gefunden, was er gesucht hat, aber das garantiert ja nicht, dass er nicht noch mal zurückkommt.«

Ich hustete Rauch.

»Wobei er natürlich nicht einfach herkommen würde. Ich glaube, in dem Punkt kannst du dir ziemlich sicher sein, Ulf. Aber natürlich könnte jemand auf die Idee kommen, zum Telefon zu greifen und irgendwas zu sagen.« Er zeigte auf die Telefonleitung über ihnen. »Mag sein, dass ihm ein hübsches Sümmchen dafür versprochen worden ist.«

Ich warf die Zigarette auf den Boden. »Sagst du mir mal, warum du gekommen bist, Mattis?«

»Er hat gesagt, du hättest Geld unterschlagen, Ulf. Also doch keine Frauengeschichte?«

Ich antwortete nicht.

»Und Pirjo hat in ihrem Laden gesehen, dass du eine Menge Kohle dabeihattest. Vielleicht solltest du ein bisschen davon abgeben, damit er nicht wiederkommt, oder was meinst du, Ulf?«

»Und wie hoch soll dieser Preis sein?«

»Nicht mehr als das, was er für das Gegenteil versprochen hat. Ein bisschen weniger reicht auch schon.«

»Warum weniger?«

»Weil es durchaus noch vorkommt, dass ich nachts aufwache und von quälenden Zweifeln heimgesucht werde. Was, wenn es Ihn nun doch gibt und Er – wie Johnny – zurückkommt, um die Lebenden und die Toten zu richten? Wäre es dann nicht gut, wenn man mehr gute als schlechte Taten vorzuweisen hat? Vielleicht bekommt man dann ja mildernde Umstände? Damit man nicht ganz so lange im Fegefeuer brennen muss oder vielleicht bei weniger hohen Temperaturen?«

»Du willst von mir eine geringere Summe erpressen, als du bekommen würdest, wenn du mich an einen Auftragskiller verrätst? Weil du das für eine *gute* Tat hältst?«

Mattis zog an seiner Zigarette. »Ich habe von ein bisschen weniger gesprochen. Ich will ja auch gar nicht heiliggesprochen werden. Fünftausend.«

»Du bist ein Schurke, Mattis.«

»Komm morgen bei mir vorbei. Du kriegst dann auch eine Flasche Schnaps. Schnaps und Schweigen, Ulf. Vollkommener Schnaps und vollkommenes Schweigen. Das ist schon seinen Preis wert, Ulf.«

Er sah wirklich wie eine Scheißgans aus, als er über den Weg davonwatschelte.

Ich ging wieder hinein, setzte mich und erntete einen ziemlich skeptischen Blick von Lea.

»Wir haben heute einen Besucher hier bei uns in der Gebetsstunde«, sagte Jakob Sara, und ich hörte das Rascheln der Kleider, als sich alle umdrehten. Lächelnd wurde mir zugenickt. Reine Wärme und Freundlichkeit. »Beten wir zum Herrn, dass er seine Hand über ihn hält und ihn auf seiner Reise behütet, damit er bald wieder wohlbehalten zu Hause ist.«

Er senkte den Kopf, und alle Anwesenden taten es ihm gleich. Dann sprach er murmelnd und undeutlich ein Gebet voller altmodischer Worte und Wendungen, die den Eingeweihten möglicherweise etwas sagten. Mir blieb nur ein Wort in Erinnerung. Bald.

Die Gebetsstunde wurde mit einem Lied beendet. Lea half mir, es zu finden. Ich sang mit, obwohl ich das Lied nicht kannte, es war aber so langsam, dass ich den Tönen folgen konnte. Das Singen, das Vibrieren der Stimmbänder, tat gut. Lea missverstand das möglicherweise als Begeisterung für den Text, auf jeden Fall lächelte sie mich an.

Auf dem Weg nach draußen hakte sich jemand bei mir unter. Es war Jakob Sara. Er zog mich zum Fenster. Ich sah Leas Rücken durch die Tür verschwinden. Ihr Vater wartete, bis auch der Letzte den Raum verlassen hatte.

»Gefällt es Ihnen hier bei uns?«

»Schon, in gewisser Weise«, sagte ich.

»In gewisser Weise«, wiederholte er nickend. Drehte sich zu mir um. »Haben Sie vor, sie mitzunehmen, weg von uns hier?«

Die träge, milde Demut in seiner Stimme war wie weggeblasen, und der Blick, mit dem er mich musterte, nagelte mich an die Wand.

Ich wusste nicht, was ich sagen sollte. Fragte er mich wirklich, ob ich mit seiner Tochter abhauen wollte? War das ein Witz, oder meinte er es ernst?

»Ja«, sagte ich.

»Ja?« Er zog eine Augenbraue hoch.

»Ja, ich nehme sie mit nach Alta. Und bringe sie wieder zurück. Das heißt, eigentlich nimmt sie mich mit. Sie will ihr Auto wohl lieber selber fahren.«

Ich schluckte. Hoffte, ich hatte sie nicht in Schwierigkeiten gebracht. Dass es eine Sünde war, wenn eine Frau einen Mann in ihrem Auto mitnahm. Oder so etwas in der Art.

»Ich weiß, dass Sie nach Alta wollen«, sagte er. »Lea hat Knut zu uns geschickt. Der Teufel hat in Alta ziemlich Fuß gefasst. Ich weiß das, ich war dort.«

»Wir nehmen Weihwasser und Knoblauch mit.« Ich lächelte und bereute meine Worte sofort. In seinem Gesicht veränderte sich nichts, nur seine Augen schienen Funken zu sprühen, die aber gleich wieder erloschen, als hätte jemand mit einer Sense auf einen Stein geschlagen.

»Tut mir leid«, sagte ich. »Ich bin nur auf der Durchreise. Sie sind mich bald los, und dann ist alles wieder wie immer. Wie Sie es allem Anschein nach haben wollen.«

»Sind Sie sich da so sicher?«

Ich war mir nicht sicher, ob er fragte, ob alles sein würde wie immer, oder ob sie es wirklich so haben wollten? Ich wusste nur, dass ich keine sonderliche Lust verspürte, dieses Gespräch noch weiter fortzusetzen.

»Ich liebe dieses Land«, sagte er und drehte sich zum Fenster. »Nicht weil es so gastlich oder einfach ist. Es ist – wie Sie sehen – karg und hart. Ich liebe es auch nicht, weil es so schön ist und einfach bewundert werden muss. Es ist ein Land wie alle anderen Länder. Und ich liebe es auch nicht, weil das Land mich liebt. Ich bin Same, und unsere Regierung hat uns lange wie ungezogene Kinder behandelt, sie hat uns entmündigt und vielen von uns die Selbstachtung genommen. Ich liebe es, weil es mein Land ist. Und deshalb tue ich alles, um es zu verteidigen. Wie ein Vater auch noch sein dümmstes, hässlichstes Kind verteidigt. Verstehen Sie?«

Ich nickte, um es hinter mich zu bringen.

»Ich war zweiundzwanzig Jahre alt, als ich mich beim Widerstand gemeldet habe, um gegen die Deutschen zu kämpfen. Sie waren hier aufgetaucht und hatten mein Land vergewaltigt, was hätte ich also sonst tun können? Mitten im Winter lag ich draußen auf der Vidda und wäre fast verhungert und erfroren. Ich konnte aber keinen Deutschen erschießen, sondern musste meinen Blutdurst im Zaum halten, denn sie hätten sich an der Dorfbevölkerung gerächt, hätten wir gehandelt. Aber ich hasste sie. Hasste, hungerte, fror und wartete. Und als der Tag kam, an dem die Deutschen endlich verschwanden, glaubte ich, mein Land gehörte endlich wieder mir. Doch dann wurde mir bewusst, dass die Russen, die bei uns einmarschiert waren, nicht vorhatten, wieder zu gehen. Dass sie mit dem Gedanken spielten, nach den Deutschen nun das Land zu übernehmen. Wir kamen aus der Vidda herunter in die ausgebrannten Ruinen, und ich fand meine Familie in einem Lavvo gemeinsam mit vier anderen Familien. Meine Schwester erzählte mir, dass jede Nacht russische Soldaten kämen, um die Frauen zu vergewaltigen. Also lud ich meine Pistole und wartete, und als der erste Russe kam und in der Lavvo-Öffnung stand, in die ich eine Paraffinlampe gehängt hatte, zielte ich auf sein Herz und schoss. Er fiel wie ein Sack zu Boden. Dann schnitt ich ihm den Kopf ab, setzte ihm die Uniformmütze auf und hängte ihn an die Außenseite des Zelts. Das Ganze hat mir nichts ausgemacht. Es war, als schlachtete ich einen Dorsch, hackte ihm den Kopf ab und hängte ihn zum Trocknen auf. Am nächsten Tag kamen zwei russische Offiziere und holten den kopflosen Körper ihres Soldaten. Sie stellten keine Fragen. Den Kopf rührten sie nicht an. Danach wurde niemand mehr vergewaltigt.«

Er knöpfte sich die abgetragene Anzugjacke zu. Fuhr sich mit der Hand über den Kragen. »So habe ich das damals gemacht, und so würde ich das auch heute wieder tun. Man verteidigt, was man liebt.« Er sah zu mir auf.

»Hört sich so an, als hätten sie ihn einfach bei den Offizieren melden können«, sagte ich. »Um das gleiche Resultat zu erzielen.«

»Möglich. Ich habe es aber vorgezogen, mich selbst darum zu kümmern.«

Jakob Sara legte mir die Hand auf die Schulter.

»Ich spüre, dass es ihr besser geht.«

»Wie bitte?«

»Ihrer Schulter.«

Er lächelte sein betont langsames Lächeln, zog die buschigen Augenbrauen hoch, als wäre ihm etwas eingefallen, was er gerade noch erledigen musste, und ging.

Lea saß bereits im Wagen, als ich runter zum Haus kam.

Ich schob mich auf den Beifahrersitz. Sie trug einen einfachen grauen Mantel mit einem roten Seidenschal.

»Du hast dich schick gemacht«, sagte ich.

»Unsinn«, erwiderte sie und drehte den Zündschlüssel um.

»Das ist hübsch.«

»Das ist nicht hübsch, das sind bloß Kleider. War er sehr schlimm?«

»Dein Vater? Er hat mir ein paar seiner Lebensweisheiten verkündet.«

Lea seufzte, legte den Gang ein und ließ die Kupplung kommen. Dann fuhren wir los.

»Und dein Gespräch mit Mattis draußen vor dem Haus? Ging es dabei auch um Lebensweisheiten?«

»Ach, das«, sagte ich. »Er wollte sich für seine Dienste bezahlen lassen.«

»Und? Machst du das?«

»Weiß nicht, ich habe mich noch nicht entschieden.«

Unten bei der Kirche kam uns jemand am Straßenrand entgegen. Als wir vorbeifuhren, sah ich im Außenspiegel, dass die Frau sich umdrehte und hinter uns herblickte.

»Das war Anita«, sagte Lea. Sie musste meinen Blick in den Außenspiegel bemerkt haben.

»Aha«, sagte ich so neutral wie eben möglich.

»Apropos Lebensweisheit«, sagte sie. »Knut hat mir von eurem Gespräch erzählt.«

»Von welchem?«

»Er hat gesagt, dass er nach dem Sommer eine Freundin haben wird. Auch wenn Ristiinna nein sagen sollte.«

»Ja und?«

»Ganz einfach, weil auch der legendäre Sumo-Ringer Futabayama immer wieder verloren hat, bevor er seinen ersten Kampf gewinnen konnte.«

Wir lachten. Bobbys Lachen war glucksend und hell gewesen, wie ein Bergbach. Leas Lachen war ein Brunnen. Nein, ein langsam fließender Strom.

Die Straße hatte ein paar wenige Kurven und leichte Steigungen, verlief ansonsten aber beinahe schnurgerade über die Vidda. Kilometer um Kilometer. Ich hielt mich an der Schlaufe über der Tür fest. Keine Ahnung, warum, eigentlich musste man sich nicht unbedingt festhalten, wenn jemand mit sechzig Stundenkilometern geradeaus fuhr. Aber irgendwie habe ich das immer getan. Mich festgehalten, bis mir der Arm einschlief. Außerdem habe ich das auch bei andern gesehen. Vielleicht brauchen wir Menschen einfach feste Gewohnheiten.

An manchen Stellen konnte man das Meer sehen, bis die Straße wieder zwischen Hügeln und niedrigen Kuppen hindurchführte. Der Landschaft fehlte die Dramatik der Lofoten oder die Schönheit des Vestlandes. Sie beeindruckte dafür durch eine schweigende Leere, eine stumme Härte, in der selbst das Grün des Sommers erkennen ließ, dass man dieser Landschaft in der kalten Jahreszeit erbarmungslos unterlegen war. Kaum ein Auto kam uns entgegen, und wir sahen weder Mensch noch Tier. Wir fuhren an vereinzelten Häusern oder Hütten vorbei, bei denen ich mir immer wieder die gleiche Frage stellte: Warum ausgerechnet hier?

Nach zweieinhalb Stunden wurde die Besiedlung etwas dichter, und plötzlich fuhren wir an einem Schild vorbei, auf dem Alta stand.

Wir waren – auf jeden Fall hatte das Schild darauf hingewiesen – in einer Stadt.

Und als Kreuzungen, Läden, Schulen und öffentliche Gebäude auftauchten, an denen die weiße Speerspitze des Stadtwappens prangte, sah man, diese Stadt hatte sogar drei Zentren. Wer hätte gedacht, dass Alta so etwas wie das Los Angeles von Lappland war? Im Miniformat.

»Als kleines Kind war ich überzeugt davon, dass Alta das Ende der Welt ist«, sagte Lea.

Ich fragte mich, ob sie damit nicht vollkommen richtiglag. Meinen Berechnungen zufolge waren wir jetzt ja noch weiter im Norden.

Wir parkten – was kein großes Problem war –, und ich kaufte ein, was ich brauchte, bevor die Läden schlossen. Unterhosen, Stiefel, Regenjacke, Zigaretten, Seife und Rasierzeug. Anschließend gingen wir im Restaurant Kaffistova etwas essen. Ich suchte auf der Speisekarte vergeblich nach Fisch, dabei war mir der frische Dorsch noch gut in Erinnerung. Lea schüttelte lachend den Kopf.

»Hier oben essen wir keinen Fisch, wenn wir ausgehen«, sagte sie. »Das soll doch was Besonderes sein.«

Wir bestellten Fleischküchlein.

»Früher fand ich diese Zeit des Tages immer am schlimmsten«, sagte ich und sah nach draußen auf die ruhige Straße. Die Stadt strahlte etwas seltsam Karges, Unerbittliches aus. Selbst hier hatte man das Gefühl, dass die Natur die alles entscheidende Kraft und der Mensch nur klein und unbedeutend war. »Samstag nach Ladenschluss, bevor es richtig Abend ist. Das Niemandsland der Woche. Wenn man dasitzt und das Gefühl hat, gleich beginnt irgendwo ein Fest, zu dem alle anderen eingeladen sind. Oder von dem sie wenigstens wissen. Während man selbst nicht mal irgendwelche Loser-Kumpels hat, mit denen man dort unangemeldet aufkreuzen könnte. Nach den Nachrichten ist es dann nicht mehr so schlimm, wenn wenigstens irgendwas im Fernsehen läuft, womit man sich ablenken kann.«

»Bei uns gibt es weder Feste noch Fernsehen«, sagte Lea. »Dafür sind immer Menschen da gewesen. In der Regel haben die nicht einmal angeklopft, kamen direkt ins Wohnzimmer gestapft und begannen zu reden. Oder sie saßen da und sagten kein Wort. Am meisten hat natürlich mein Vater geredet. Die Entscheidungen hat aber meine Mutter gefällt. Bei uns zu Hause gab sie meinem Vater immer sehr deutlich zu verstehen, wann er den Mund halten und andere zu Wort kommen lassen sollte oder wann der Besuch nach Hause gehen musste. Wir durften aufbleiben und den Erwachsenen zuhören. Das war ein gutes Gefühl, es gab uns Sicherheit. Ich erinnere mich noch, dass Vater einmal vor Freude geweint hat, als Alfred, ein versoffener armer Kauz, endlich seinen Weg zu Jesus gefunden hatte. Als er ein Jahr später erfuhr, dass Alfred unten in Oslo an einer Überdosis gestorben war, fuhr er viertausend Kilometer, um seinen Leichnam zu holen und hier oben anständig zu beerdigen. Du hast mich gefragt, woran ich glaube ...«

»Ja?«

»Genau daran, an die Fähigkeit des Menschen zur Güte.«

Nach dem Essen gingen wir nach draußen. Es waren Wolken aufgezogen, so dass es etwas dunkler, fast dämmrig war. Aus der offenen Tür einer Imbissbude, die Werbung für Würstchen, Pommes und Softeis machte, drang Musik. Cliff Richard. *»Congratulations«*.

Wir gingen rein. An einem der vier Tische saß ein Pärchen. Beide rauchten und sahen uns betont uninteressiert an. Ich bestellte zwei große Softeis mit Schokoladenstreuseln. Die weiße Eiscreme, die aus dem Gerät kam und weich in die Waffel glitt, ließ mich aus irgendeinem Grund an einen fallenden Brautschleier denken. Ich ging mit dem Eis zu Lea, die an die Jukebox getreten war.

»Schau mal«, sagte sie und zeigte auf ein Lied. »Ist das nicht …?«

Ich las das Etikett hinter dem Glas. Warf einen Fünfziger ein und drückte den Knopf.

Monica Zetterlunds kühle, aber sinnliche Stimme strömte heraus. Das rauchende Pärchen ging. Lea lehnte an der Jukebox und schien jeden Ton in sich aufzusaugen. Mit halb geschlossenen Augen. Ihre Hüften bewegten sich sanft hin und her, so dass ihr Rock leicht ins Schwingen geriet. Als das Lied zu Ende war, warf sie einen weiteren Fünfziger ein und spielte das Lied noch einmal. Und noch einmal. Dann gingen wir nach draußen in die Sommernacht.

Irgendwo aus dem Park kam Musik. Wir liefen automatisch darauf zu. Vor einem Ticketschalter standen einige junge Menschen. Sie wirkten aufgekratzt, riefen fröhlich und laut durcheinander. Alle trugen helle, leichte Sommerkleider. Ich erkannte das Plakat vom Telefonmast in Kåsund.

»Sollen wir …?«

»Ich kann nicht«, sagte sie lächelnd. »Wir tanzen nicht.«

»Wir brauchen nicht zu tanzen.«

»Ein Christ geht gar nicht erst in so ein Tanzlokal.«

Wir setzten uns unter den Bäumen auf eine Bank.

»Wenn du Christ sagst …«, begann ich.

»Ja, dann meine ich Læstadianer. Ich weiß, für Außenstehende muss das ziemlich merkwürdig wirken, aber wir halten uns einfach an die alte Bibelübersetzung. Wir glauben nicht daran, dass die Prinzipien des Glaubens einfach so geändert werden können.«

»Aber die Vorstellung vom Fegefeuer kam erst im Mittelalter auf, ist also eine ziemlich neue Erfindung. Solltet ihr das dann nicht auch ablehnen?«

Sie seufzte. »Die Vernunft wohnt im Kopf, der Glaube im Herzen. Das sind nicht immer gute Nachbarn.«

»Aber der Tanz wohnt auch im Herzen. Als du dich im Takt zur Musik aus der Jukebox bewegt hast, warst du da schon auf dem Weg, eine Sünde zu begehen?«

»Vielleicht«, sagte sie lachend. »Aber es gibt Schlimmeres.«

»Was zum Beispiel?«

»Tja. Sich unter die Pfingstler zu mischen, zum Beispiel.«

»Das ist *schlimmer*?«

»Eine Cousine von mir aus Tromsø hat sich mal in eine Gebetsstunde der örtlichen Pfingstlergemeinde geschlichen. Als ihr Vater merkte, dass sie nicht zu Hause gewesen war, log sie und sagte, sie sei in der Diskothek gewesen.«

Wir lachten, beide.

Es war dunkler geworden. Zeit, wieder zurückzufahren.

Trotzdem blieben wir sitzen.

»Was fühlen die beiden, wenn sie durch Stockholm laufen?«, fragte sie.

»Alles«, antwortete ich und zündete mir eine Zigarette an. »Sie sind verliebt. Deshalb sehen, hören, fühlen sie einfach alles.«

»Ist das so, wenn man verliebt ist?«

»Kennst du das nicht?«

»Ich war nie verliebt«, sagte sie.

»Wirklich? Warum nicht?«

»Ich weiß es nicht. Vielleicht war ich mal verknallt oder verzaubert, aber wenn Verliebtheit so ist, wie du es beschreibst, dann war ich nicht verliebt. Nie.«

»Dann warst du die Eiskönigin, die alle Jungs haben wollten, aber niemand anzusprechen wagte?«

»Ich?« Sie lachte. »Das glaube ich nun wirklich nicht.«

Sie legte die Hand vor den Mund, nahm sie aber gleich wieder weg. Möglicherweise eine vollkommen unbewusste Geste, aber ich konnte nicht glauben, dass eine so hübsche Frau Komplexe wegen einer winzigen Narbe auf der Oberlippe hatte.

»Und was ist mit dir, Ulf?« Sie sagte meinen falschen Namen ohne jede Spur von Ironie.

»Immer wieder.«

»Gut für dich.«

»Hm, da bin ich mir nicht so sicher.«

»Warum nicht?«

Ich zuckte mit den Schultern. »Das ist nicht immer so einfach. Aber ich habe es mit der Zeit gelernt, abgewiesen zu werden.«

»Unsinn«, sagte sie.

Ich grinste und zog an meiner Zigarette. »Ich war einer dieser Jungs, weißt du?«

»Welcher Jungs?«

Ich wusste, dass ich nicht zu antworten brauchte. Sie war rot geworden, und mir war klar, dass sie längst verstanden hatte. Eigentlich überraschte es mich, dass sie rot wurde. Es sah ihr gar nicht ähnlich.

Ich wollte trotzdem antworten, als mich eine Stimme grölend unterbrach.

»Verdammt, was machst du denn hier?«

Ich drehte mich um. Sie standen gut zehn Meter entfernt hinter der Bank. Drei Männer. Jeder eine Flasche in der Hand. Flaschen von Mattis. Es war nicht ganz eindeutig, an wen von uns die Frage gerichtet war, aber trotz der Dämmerung war leicht zu erkennen, wer sie gestellt hatte. Ove. Der Schwager mit Erbrecht.

»Du und dieser … Typ aus dem Süden?«

Sein Lallen bewies, dass er zu tief in die Flasche geschaut hatte, aber bestimmt war das nicht der einzige Grund, weshalb er keine wüstere Beschimpfung für mich fand.

Lea sprang auf, ging auf ihn zu und legte ihm die Hand auf die Schulter. »Ove, nicht …«

»He, du da, Südländer. Sieh mich an! Du glaubst wohl, du könntest sie ficken, was? Jetzt, wo mein Bruder im Grab und sie Witwe ist? Aber das dürfen die gar nicht, wusstest du das? Nicht mal dann dürfen die das! Erst wenn sie wieder verheiratet sind! Haha!« Er stieß sie weg, bevor er die Flasche in einem großen Bogen an den Mund führte.

»Obwohl, bei der da mag das schon möglich sein …«, sagte er verächtlich, Schnaps und Speichel liefen ihm über die Lippen. »Die ist nämlich … eine Hure!« Er starrte mich mit wütenden Augen an.

»Hure!«, wiederholte er. Ich reagierte nicht, dabei wusste ich genau, das war die international anerkannte Aufforderung, mich endlich von meinem Arsch zu erheben und ihm eins auf die Fresse zu geben. Ich blieb sitzen.

»Was ist los? Schlappschwanz! Geil, aber feige?« Er lachte, sichtlich zufrieden, endlich die richtigen Worte gefunden zu haben.

»Ove …«, begann Lea, aber er schob sie mit der Flaschenhand weg, wobei er sie, möglicherweise unabsichtlich, mit der Flasche an der Stirn traf. Möglicherweise. Ich stand auf.

Er grinste. Gab die Flasche einem seiner Kumpel, der im Halbdunkel unter dem Baum stand, und kam mit erhobenen Fäusten auf mich zu. Breitbeinig und mit kleinen, raschen Schritten, um in die richtige Position zu kommen. Er zog den Kopf ein zur Deckung und sah mich plötzlich konzentriert und klar an. Ich selbst hatte mich seit der Schulzeit nicht mehr richtig geprügelt. Korrektur. Ich hatte mich seit der Mittelschule überhaupt nicht mehr geprügelt.

Der erste Schlag traf meine Nase. Tränen schossen mir in die Augen, so dass ich nichts mehr sah. Der zweite landete auf meinem Mund. Es knackte, und ich hatte den metallischen Geschmack von Blut im Mund. Ich spuckte den Zahn aus und schlug ein Loch in die Luft. Sein dritter Schlag traf wieder meine Nase. Ich weiß nicht, wie es sich für die anderen anhörte, für mich jedenfalls klang es, als würde ein Auto in der Presse zerquetscht.

Ich schlug ein weiteres Loch in die Luft der Sommernacht und kriegte einen Schlag auf die Brust verpasst, als ich nach vorn stürzte und ihn umklammerte. Ich versuchte, ihm seine Arme an den Körper zu pressen, damit sie keinen Schaden mehr anrichten konnten, aber er bekam die linke Hand frei und schlug mir mehrmals gegen Ohr und Schläfe. Es knallte und pfiff, und dann war es so, als ginge etwas zu Bruch. Ich schnappte wie ein Köter, kriegte etwas zwischen die Zähne, ein Ohr, und biss mit aller Kraft zu.

»Verdammt!«, schrie er, riss beide Arme los und klemmte meinen Kopf unter dem rechten Arm ein. Es stank nach Schweiß und Adrenalin, ein vertrauter Geruch. Wie bei den Männern, die gerade damit konfrontiert worden waren, dass sie dem Fischer Geld schuldeten, und nicht wussten, was sie tun sollten.

»Wenn du sie auch nur berührst …«, flüsterte ich in das zerbissene Ohr und hörte die Worte im Rauschen des eigenen Bluts, »… bringe ich dich um.«

Er lachte. »Und was ist mit dir, Schlappschwanz?

Soll ich dir auch noch den Rest deiner hübschen weißen Zähne ausschlagen?«

»Mach doch«, prustete ich. »Aber wenn du sie anrührst …«

»Damit?«

Er hielt auf einmal ein Messer in der Hand. Das einzig Positive war, dass es kleiner als Knuts war.

»Das wagst du nicht«, stöhnte ich.

Er legte die Spitze des Messers an meine Wange. »Nicht?«

»Na los, dann mach doch, du Teufels…« Ich wusste nicht, warum ich plötzlich lispelte, bis ich den kalten Stahl an der Zunge spürte und kapierte, dass das Messer bereits die Backe durchstoßen hatte. »…brut«, würgte ich mit Mühe hervor, obwohl man dafür die Muskeln um den Mund rum braucht. Meine Aussprache war aber wohl nicht deutlich genug.

»Was hast du gesagt, Hurensohn?«

Ich spürte, wie er das Messer drehte.

»Deine Mutter ist die Schwester deines Vaters«, lispelte ich. »Deshalb bist du so blöd und hässlich.«

Das Messer wurde mit einem Ruck rausgezogen.

Ich wusste, was mir jetzt blühte. Das Ende. Und ich hatte praktisch darum gebeten. Ein Mann mit seinen Genen und seinem Jähzorn musste mir in so einem Moment einfach das Messer in den Bauch rammen.

Und warum sagte ich es dann? Ich hatte keine Ahnung. Keinen blassen Schimmer, was für seltsame Berechnungen durch meinen Kopf ratterten, um trotzdem im Plus zu landen. Bruchstücke wirbelten in meinem übernächtigten Schnapsschädel herum. Auf der Habenseite stand sicher die Gewissheit, dass man für vorsätzlichen Mord verdammt lange ins Gefängnis ging und eine Frau wie Lea so Gelegenheit hatte, sich abzusetzen. Auf jeden Fall, wenn sie ein bisschen von dem Geld behielt, sie wusste ja, wo es war. Und dann – auch dies auf der Habenseite – würde Knut Haguroyama groß genug sein, dass er sie beide beschützen konnte. Auf der Sollseite rangierte mein eigenes Leben, das in Anbetracht der noch verbleibenden Lebensdauer und -qualität nicht sonderlich viel wert war. Ja, selbst ich kam bei dieser Rechnung zu einem Ergebnis.

Ich schloss die Augen. Spürte das warme Blut, das mir über Wange und Hals in den Kragen lief.

Wartete.

Nichts geschah.

»Du weißt, dass ich es tue«, sagte eine Stimme.

Der Griff um meinen Kopf lockerte sich.

Ich taumelte zwei Schritte zurück. Öffnete die Augen wieder.

Ove hatte die Hände gehoben und ließ das Messer fallen. Lea stand direkt vor ihm. Ich erkannte die Pistole, die sie auf seine Stirn richtete.

»Verschwindet!«, sagte sie.

Ove Eliassens Adamsapfel ging auf und ab. »Lea …«

»Jetzt!«

Er beugte sich nach vorne, um das Messer aufzuheben.

»Vergiss es«, fauchte sie.

Er hob die Handflächen hoch und wich nach hinten ins Dunkel zurück. Wir hörten empörtes Murmeln und Fluchen, das Klirren von Flaschen und das Rascheln von Zweigen, als sie zwischen den Bäumen verschwanden.

»Bitte«, sagte Lea und reichte mir die Pistole. »Die lag auf der Bank.«

»Muss rausgerutscht sein«, sagte ich und schob sie wieder in den Hosenbund. Ich schluckte das Blut, das mir in den Mund lief, spürte den Puls in den Schläfen hämmern und merkte, dass ich auf einem Ohr kaum noch etwas hörte.

»Du hast sie rausgezogen, bevor du aufgestanden bist, Ulf. Das habe ich genau gesehen.« Sie kniff ein Auge zusammen. Familienangewohnheit. »Der Schnitt in deiner Wange muss genäht werden. Komm, im Auto habe ich Nadel und Faden.«

An den Rückweg erinnere ich mich verschwommen. Ich weiß nur noch, dass wir zum Fluss Altaelva runtergefahren sind, dort am Ufer saßen und Lea meine Wunde ausgewaschen hat. Ich hörte das Rauschen des Wassers und schaute mir die Blockhalden an, die sich auf beiden Seiten des Tals an den steilen Berghängen hinaufzogen. Und ich dachte, dass ich in diesen Tagen und Nächten mehr Himmel gesehen habe als in meinem ganzen vorherigen Leben.

Sie betastete vorsichtig meine Nase und stellte fest, dass sie nicht gebrochen war. Dann nähte Lea meine Wange, während sie auf Samisch auf mich einredete und eine Art Joik summte, durch den ich schnell wieder gesund werden sollte. Joik und Flussrauschen. Mir war ein bisschen übel, aber es tat gut, dass sie die Mücken vertrieb und mir länger über die Haare strich, als es streng genommen notwendig gewesen wäre, um die üblen Plagegeister von der Wunde fernzuhalten. Als ich sie fragte, warum sie Nadel, Faden und Desinfektionsmittel im Auto habe, ob unterwegs häufig etwas passieren würde, schüttelte sie den Kopf.

»Unterwegs nicht, nein. Zu Hause.«

»Zu Hause?«

»Ja, Hugo war gewalttätig und immer besoffen. Manchmal war es einfach nötig, schnell zu verschwinden und eventuelle Wunden zu versorgen.«

»Du hast dich selbst verarztet?«

»Und Knut.«

»Er hat auch *Knut* geschlagen?«

»Was glaubst du, woher er die Narbe auf der Stirn hat?«

»Du hast ihn genäht? Hier im Auto?«

»Das war im Sommer. Hugo war betrunken, es ging wieder mal um die alte Geschichte. Dass ich ihn immer so vorwurfsvoll ansehe, und an jenem Abend hätte er mich nicht angerührt, wenn ich ihn nur mit etwas Respekt behandelt und nicht immer übersehen hätte. Ich sei damals ja verdammt noch mal nur ein kleines Mädchen gewesen, er hingegen ein Eliassen, der gerade von einem großen Fang nach Hause zurückgekehrt war. Obwohl ich nichts gesagt habe, wurde er immer wütender und sprang schließlich auf und wollte mich schlagen. Ich hätte mich verteidigen können, aber genau in dem Moment kam Knut zur Tür rein. Er warf sich zwischen uns und schrie: ›Papa, das darfst du nicht!‹ Da nahm Hugo die Schnapsflasche und schlug zu. Er traf Knut an der Stirn, der wie ein Sack zu Boden ging. Ich habe ihn ins Auto getragen und bin mit ihm weggefahren. Als ich wieder nach Hause kam, hatte Hugo sich beruhigt. Aber Knut musste eine Woche das Bett hüten. Ihm war schwindelig und immer wieder übel, so dass wir einen Arzt aus Alta holten. Hugo erzählte dem Arzt und auch allen anderen, Knut sei die Treppe runtergefallen. Und ich … ich habe niemand irgendwas gesagt und Knut damit getröstet, dass das bestimmt nicht noch einmal passiert.«

Ich hatte Knut falsch verstanden, als er gesagt hatte, seine Mama habe gesagt, er brauche vor Papa keine Angst zu haben.

»Niemand wusste was«, sagte sie, »bis zu dem Abend, an dem die üblichen Saufkumpane zu Hause bei Ove saßen und sich betranken. Irgendwann kam die Frage auf, was eigentlich wirklich passiert war, und Hugo hat die Gelegenheit genutzt, um über seine aufmüpfige Frau und ihren Rotzbengel herzuziehen und damit zu prahlen, wie er sie in die Schranken verwiesen hat. Und so wusste das ganze Dorf Bescheid. Hugo ist danach auf See gegangen.«

»Das meinte der Pastor also, als er sagte, dass Hugo vor seinen ungesühnten Taten geflohen ist?«

»Das und die Summe all der anderen Dinge«, sagte sie. »Deine Stirn blutet.«

Sie nahm ihren roten Seidenschal ab und wickelte ihn mir um die Stirn.

Danach setzt meine Erinnerung ziemlich aus. Erst als sie sagte, wir seien da, wachte ich zusammengerollt auf dem Rücksitz des Autos auf. Sie meinte, ich hätte vermutlich eine leichte Gehirnerschütterung und sei deshalb so müde, und bot mir dann an, mich zur Hütte zu begleiten.

Ich ging ein Stück vor und wartete auf sie, als ich außer Sichtweite der Häuser war. Setzte mich auf einen Stein. Das Licht und die Stille. Wie direkt vor einem Sturm. Oder nach einem Sturm, ein Sturm, der alles Leben auf der Erde ausgelöscht hat. Nebelfetzen trieben über die grünen Hänge, wie Gespenster in weiße Laken gehüllt schluckten sie die kleinen, widerspenstigen Fjellbirken, bis die Stämme auf der anderen Seite wie Hexen wieder aus dem Nebel auftauchten.

Dann kam sie. Schwebend. Als wäre auch sie eine Hexe.

»Na, so spät noch draußen?«, fragte sie lächelnd. »Kann es sein, dass wir denselben Weg haben?«

Geheimverstecken.

In meinem Ohr rauschte und pfiff es, und mir war schwindelig. Sicherheitshalber hakte Lea mich unter. Wir kamen trotzdem überraschend schnell voran, vielleicht weil ich immer wieder ziemlich weggetreten war. Als ich mich endlich in der Hütte hinlegte, hatte ich das seltsame Gefühl, nach Hause gekommen zu sein. Ich spürte eine Sicherheit und einen Frieden, wie ich es in Oslo an all den Orten, wo ich gewohnt hatte, nie empfunden hatte.

»Jetzt kannst du schlafen«, sagte sie und legte mir die Hand auf die Stirn. »Und geh den morgigen Tag lieber langsam an. Und noch was: Versprich mir, wirklich nur Wasser zu trinken. Okay?«

»Wohin willst du?«, fragte ich, als sie von der Bettkante aufstand.

»Nach Hause, wohin denn sonst.«

»Ist das so eilig? Knut ist doch beim Großvater.«

»Nein, eilig ist es nicht. Ich glaube aber, dass du jetzt wirklich absolute Ruhe brauchst und nicht reden oder dich bewegen solltest.«

»Einverstanden. Aber kannst du nicht ganz still neben mir liegen? Nur eine Weile?«

Ich schloss die Augen. Hörte ihren ruhigen Atem. Glaubte ihre Gedanken zu hören.

»Ich bin nicht gefährlich«, sagte ich. »Ich bin kein Pfingstler.«

Sie lachte leise. »Aber nur kurz.«

Ich drückte mich an die Wand, und sie schob sich auf das schmale Bett neben mich.

»Ich gehe, wenn du eingeschlafen bist«, sagte sie. »Knut kommt früh nach Hause.«

Ich lag da und spürte, wie ich leicht benommen und doch vollkommen klar war. Meine Sinne nahmen alles auf, die Wärme und den Puls ihres Körpers, den Geruch, der aus dem Ausschnitt ihrer Bluse aufstieg, das Shampoo ihres Haars, ihre Hand und den Arm, den sie zwischen uns geschoben hatte, damit unsere Körper sich nicht berührten.

Als ich aufwachte, hatte ich das Gefühl, es sei mitten in der Nacht. Die Stille. Selbst wenn die Mitternachtssonne hoch am Himmel steht, scheint die Natur sich eine Ruhezeit zu nehmen und den Puls ein wenig herunterzufahren. Leas Gesicht war an meinen Hals gerutscht. Ich spürte ihre Nase und ihren gleichmäßigen Atem auf der Haut. Ich sollte sie wecken, ihr sagen, es sei Zeit zu gehen, wollte sie da sein, wenn Knut kam. Natürlich wollte ich, dass sie dann zu Hause war und er keine Angst bekam. Aber ich wollte auch, dass sie blieb, wenigstens noch ein paar Sekunden. Deshalb rührte ich mich nicht, lag still und mit wachen Sinnen da. Spürte, dass ich lebte. Als flößte ihr Körper meinem Körper Leben ein.

Als es irgendwo entfernt grummelte, wischten ihre Wimpern über meine Haut. Sie war aufgewacht.

»Was war das?«, flüsterte sie.

»Donner«, sagte ich. »Nicht schlimm, noch weit weg.«

»Es donnert hier nie«, sagte sie. »Dafür ist es zu kalt.«

»Vielleicht sind das wärmere Luftschichten aus dem Süden.«

»Vielleicht. Ich habe so komisch geträumt.«

»Was?«

»Dass er zurückkehrt, hierherkommt und uns tötet.«

»Der Mann aus Oslo? Oder Ove?«

»Ich weiß es nicht. Es war nicht klar.«

Wir lagen da und horchten. Aber es blieb still.

»Ulf?«

»Ja?«

»Warst du jemals in Stockholm?«

»Ja.«

»Ist es da schön?«

»Jetzt im Sommer ist es da sehr schön.«

Sie drückte sich mit den Armen hoch und sah mich an.

»Jon«, sagte sie. »Löwe.«

Ich nickte. »Hat der Kerl aus Oslo das auch gesagt?«

Sie schüttelte den Kopf. »Ich habe deinen Anhänger gesehen, als du geschlafen hast. Jon Hansen, geboren am vierundzwanzigsten Juli. Ich bin Waage. Du bist Feuer, ich bin Luft.«

»Ich muss in der Hölle brennen, und du kommst in den Himmel.«

Sie lächelte. »Waren das deine ersten Gedanken?«

»Nein.«

»Was dann?«

Ihr Gesicht war so nah, ihre Augen so dunkel, so intensiv.

Ich wusste nicht, dass ich sie küssen würde, bevor unsere Lippen sich berührten. Ich bin mir nicht einmal sicher, ob es von mir ausging. Aber anschließend schlang ich die Arme um sie, zog sie an mich und hielt sie fest. Ich spürte, wie ihr Körper bebte, während sie keuchend durch die Zähne atmete.

»Nein!«, stöhnte sie. »Das darfst du nicht!«

»Lea …«

»Nein! Wir … ich kann nicht. Lass mich los!«

Ich ließ sie los.

Sie sprang aus dem Bett. Blieb außer Atem stehen und starrte mich böse an.

»Ich dachte …«, sagte ich. »Entschuldigung, ich wollte nicht …«

»Psst«, sagte sie leise. »Das hier, das ist nicht passiert. Und wird auch nicht noch mal passieren. Niemals. Verstanden?«

»Nein.«

Sie seufzte laut auf.

»Ich bin verheiratet, Ulf.«

»Verheiratet? Du bist Witwe.«

»Du verstehst das nicht. Ich bin nicht nur mit ihm verheiratet. Ich bin … mit allem hier verheiratet. Du und ich, wir stammen aus zwei verschiedenen Welten. Du lebst von Drogen, ich bin Küsterin und glaube an Gott. Ich weiß nicht, wofür du lebst, aber ich weiß, dass ich dafür lebe und für meinen Sohn. Nur das ist für mich von Bedeutung, und ich habe nicht vor, mir alles von einem dummen, verantwortungslosen … Traum kaputtmachen zu lassen. Ich kann es mir nicht leisten, Ulf. Verstehst du?«

»Aber ich habe doch gesagt, dass ich Geld habe. Schau mal hinter dem Brett da neben dem Schrank, das ist …«

»Nein, nein!« Sie presste sich die Hände auf die Ohren. »Ich will nichts davon hören, und ich will auch dein Geld nicht! Ich möchte nur haben, was ich habe, sonst nichts. Wir dürfen uns nicht wiedersehen, das ist doch nur … ist doch, ist falsch … Wahnsinn … und jetzt gehe ich. Komm nicht zu mir. Dann komm ich auch nicht zu dir. Ade, Ulf, leb wohl.«

Im nächsten Augenblick war sie aus der Hütte, und ich zweifelte bereits daran, dass dies wirklich passiert war. Doch, sie hatte mich geküsst, die Schmerzen auf meiner Wange waren eindeutig. Aber dann musste auch alles andere stimmen, dass sie wirklich gesagt hatte, sie wolle mich nie mehr wiedersehen. Ich stand auf, ging nach draußen und sah sie in Richtung Dorf stürmen.

Natürlich nahm sie Reißaus. Wer hätte das nicht getan? *Ich* hätte ganz sicher genauso gehandelt. Schon viel eher. Aber ich war ja auch der Typ, der vor jeder Gefahr wegrannte. Sie konnte es sich nicht leisten wegzulaufen, während ich in der Regel türmte, weil ich es mir nicht leisten konnte zu bleiben. Was hatte ich mir eigentlich gedacht? Dass zwei wie wir zusammen sein könnten? Nein, gedacht hatte ich das nicht. Geträumt vielleicht, im Kopf spinnt man sich ja so manches zusammen … Es war wirklich an der Zeit aufzuwachen.

Wieder war ein Donnern zu hören, dieses Mal näher. Ich sah nach Westen. Weit hinten türmten sich blaugraue Wolken auf.

Dass er zurückkehrt, hierherkommt und uns tötet.

Ich ging wieder zurück in die Hütte und lehnte die Stirn gegen die Wand. Ich glaubte weder an Träume noch an Götter. Ich glaubte eher an die Liebe eines Junkies zu seinem Dope als an die Liebe der Menschen zueinander. Ich glaubte aber an den Tod. Ein Versprechen, das immer eingehalten wurde, wie ich wusste. Ich glaubte an eine Neun-Millimeter-Kugel mit einer Geschwindigkeit von tausend Kilometern in der Stunde. Und dass die Zeit zwischen dem Austritt des Projektils aus dem Lauf der Waffe und dem Einschlag in deiner Stirn das Leben war.

Ich zog den Strick unter dem Bett hervor und band ein Ende um die Klinke. Knotete das andere an den dicken, in die Wand geschraubten Bettpfosten. Zog straff. So. Dann legte ich mich hin und starrte auf die Latten des Bettes über mir.

KAPITEL 13

Es war in Stockholm. Vor langer, langer Zeit. Bevor das alles passiert ist. Ich war achtzehn und mit dem Zug aus Oslo gekommen. Lief allein durch die Straßen von Södermalm. Stapfte durch das Gras in Djurgården und baumelte mit den Beinen auf einem Anleger, während ich hinüber zum Schloss schaute und wusste, dass ich das Leben dort um nichts gegen die Freiheit eintauschen wollte, die ich hatte. Dann zog ich meine besten Sachen an und ging ins Theater, weil ich in ein norwegisches Mädchen verliebt war, das die Solveig in *Peer Gynt* spielte.

Sie war drei Jahre älter als ich, und wir hatten auf einem Fest miteinander geredet. Vermutlich war ich deshalb gefahren. Vor allem deshalb. Sie war perfekt in ihrer Rolle und sprach fließend Schwedisch, so kam es mir jedenfalls vor. Und sie war unglaublich attraktiv und unerreichbar. Trotzdem schwand während der Aufführung meine Verliebtheit. Vielleicht lag es daran, dass sie nicht mit dem Tag konkurrieren konnte, den ich verbracht hatte, mit Stockholm. Vielleicht lag es aber auch daran, dass ich achtzehn war und mich Hals über Kopf in das rothaarige Mädchen in der Reihe vor mir verknallt hatte.

Tags darauf kaufte ich am Sergels torg Hasch. Ging nach unten in den Kungsträdgården, wo ich die Rothaarige wiedersah. Ich fragte sie, ob ihr das Stück gefallen habe. Sie zuckte mit den Schultern und zeigte mir, wie man in Schweden einen Joint dreht. Sie war zwanzig, kam aus Östersund und hatte eine kleine Wohnung am Odenplan. Gleich daneben lag ein günstiges Restaurant, das Tranan hieß, wo wir Brathering mit Kartoffelpüree aßen und dazu Bier tranken.

Irgendwann stellte sich raus, dass sie gar nicht das Mädchen war, das vor mir gesessen hatte, sie war nie in diesem Theater gewesen. Ich wohnte drei Tage bei ihr. Sie arbeitete, und ich lief herum und genoss den Sommer in der Stadt. Als ich nach Hause fuhr, sah ich aus dem Fenster und dachte daran, dass ich ihr versprochen hatte wiederzukommen. Gleichzeitig kam mir zum ersten Mal dieser traurige Gedanke, der traurigste von allen: Es gab kein Zurück. Aus dem Jetzt wurde Vergangenheit, unabwendbar, dieses verdammte Fahrzeug, das wir Leben nennen, hatte keinen Rückwärtsgang.

Ich wachte auf.

Hörte ein Geräusch an der Tür. Drehte mich im Bett um und sah, dass die Klinke immer wieder nach unten gedrückt wurde.

Sie hatte sich anders entschieden. Sie war zurückgekommen.

»Lea?« Mein Herz klopfte vor Freude, und ich schwang die Beine aus dem Bett.

Keine Antwort.

Es war nicht Lea.

Es war ein Mann. Ein sehr starker oder sehr wütender Mann, der mit solcher Kraft an der Klinke rüttelte, dass ein Knarren durch das Bett fuhr.

Ich nahm das Gewehr, das an der Wand stand, und richtete es auf die Tür.

»Wer ist da? Was wollen Sie?«

Noch immer keine Antwort. Aber was sollten sie antworten? Dass sie gekommen waren, um mich zu expedieren, ich solle doch bitte freundlicherweise die Tür öffnen.

Das Seil vibrierte wie eine Klaviersaite, und die Tür öffnete sich bei jedem Ruck einen Spaltbreit. Weit genug, um einen Revolverlauf hindurchzuschieben …

»Antworten Sie, sonst schieße ich!«

Das Bettgestell ächzte vor Schmerzen, als die großen Nägel Millimeter für Millimeter aus der Wand gezogen wurden. Und dann hörte ich von draußen ein Klicken, als würde ein Revolver geladen.

Ich drückte ab. Drückte ab. Drückte ab. Drückte noch mal ab. Drei Kugeln im Magazin und eine in der Kammer.

Anschließend war es totenstill.

Ich hielt den Atem an.

Verdammt! Es kratzte wieder an der Tür. Mit einem Knall flog die Klinke aus der Tür. Gefolgt von einem lauten, klagenden Röhren und dem Klicklaut, den ich nun endlich erkannte.

Ich zog die Pistole unter dem Kopfkissen hervor, löste das Seil und öffnete die Tür.

Der Bock war nicht weit gekommen. Zwanzig Meter entfernt in Richtung Dorf lag er in der Heide. Als hätte er instinktiv den Weg zu den Menschen gesucht und nicht den in die Wildnis.

Ich ging zu ihm.

Er lag regungslos da, bewegte nur den Kopf. Die Klinke hatte sich im Geweih verfangen. Er hatte das Geweih an der Tür gefegt und war an der Klinke hängengeblieben.

Der Bock legte den Kopf hin und sah mich an. Ich weiß, in seinem Blick war kein Flehen, das bildete ich mir nur ein. Ich hob die Pistole. Sah, wie die Bewegung von seinen feuchten Augäpfeln reflektiert wurde.

Was hatte Anita gesagt? Du musst das Spiegelbild erschießen. Der große Bock, der aus dem Rudel geflohen war und sich dieses Versteck gesucht hatte und trotzdem sein Leben aushauchte – war ich das?

Ich konnte nicht abdrücken. Natürlich konnte ich es nicht.

Ich schloss die Augen. Kniff sie fest zusammen. Fragte mich, was danach kommen würde. Was nicht kommen würde. Keine Tränen, keine Angst, keine Reue. Schluss mit Schuld, Durst, Sehnsucht, dem Gefühl des Verlusts und der Ernüchterung, alle Chancen, die man hat, versiebt zu haben.

Ich drückte ab. Zweimal.

Dann ging ich zurück zur Hütte.

Legte mich ins Bett. Kuss und Tod. Kuss und Tod.

Wachte ein paar Stunden später mit Kopfschmerzen und Ohrensausen auf und spürte sie, die Gravitation. Sie zog an meinem Körper und verschluckte das Licht und die Hoffnung. Das schwarze Loch. Aber ich war noch nicht so weit, dass ich nicht aufspringen und nach dem Rettungsring greifen konnte, wenn ich nur schnell genug war. Natürlich war das nur ein Aufschub, und wenn ich dann sank, war das Dunkel noch dunkler und noch unendlicher. Aber ich brauchte diesen Aufschub. Brauchte ihn jetzt.

In Ermangelung von Prinz Valium nahm ich den einzigen Rettungsring, den ich fand, und öffnete die Schnapsflasche.

KAPITEL 14

Der Alkohol spülte vielleicht das schlimmste Dunkel weg, aber Lea konnte er mir weder aus dem Hirn noch aus dem Herzen spülen. Wenn es mir bis dahin nicht bewusst war, spätestens jetzt wusste ich es. Ich war vollkommen idiotisch, hoffnungslos und bis über beide Ohren verliebt. Wieder einmal.

Nur dass es dieses Mal anders war. In der Reihe vor mir saß keine, die ich lieber gehabt hätte. Es gab nur sie. Ich wollte diese übertrieben gläubige Frau mit Kind, Hasenscharte und gerade ertrunkenem Ehemann. Lea. Die Frau mit den rabenschwarzen Haaren, dem blauen Schimmer im Blick und dem Schwung im Rücken. Die Frau, die so langsam und nachdenklich sprach, dabei aber keine Umwege machte und dich so nahm, wie du warst, so akzeptierte. Die *mich* so akzeptierte. Allein das …

Ich drehte mich zur Wand.

Und sie wollte mich. Sie hatte zwar gesagt, dass sie mich nie mehr wiedersehen wolle, aber ich wusste, dass sie mich wollte. Warum hätte sie mich sonst geküsst? Wenn sie es nicht gewollt hätte, hätte sie es nicht getan.

Außerdem war seit dem Augenblick, in dem sie plötzlich die Flucht ergriffen hatte, nichts passiert. Wenn es nicht an meinem Kuss gelegen hatte, dass sie Hals über Kopf geflohen war, kam es jetzt darauf an, ihr zu beweisen, dass ich ein Mann war, mit dem sie rechnen konnte, jemand, der auf Knut und sie aufpassen würde. Dass sie sich in mir getäuscht hatte. *Ich* mich in mir getäuscht hatte. Ich würde nicht weglaufen, dieses Mal nicht. Denn ich war verlässlich, hatte nur noch nie die Gelegenheit bekommen, es zu zeigen. Ein eigenes Heim zu schaffen. Jetzt, als ich darüber nachdachte, gefiel mir der Gedanke. Das Vorhersagbare, Sichere, ja, das Einförmige und Monotone. Vielleicht hatte ich immer genau danach gesucht, es nur nie gefunden. Bis jetzt.

Ich lachte über mich selbst. Konnte nicht anders. Ich, ein zum Tode verurteilter, versoffener, gescheiterter Auftragskiller, plante gerade ein langes und glückliches Leben mit einer Frau, die mir bei unserer letzten Begegnung klipp und klar zu verstehen gegeben hatte, ich sei der Letzte, den sie wiedersehen wollte.

Als ich mich noch einmal umdrehte, in den Raum blickte und die leere Flasche sah, wusste ich, dass etwas passieren musste.

Entweder musste ich die Frau bekommen. Oder mehr Schnaps.

Bevor ich wieder in den Schlaf abtauchte, hörte ich aus der Ferne leises Heulen. Es ebbte ab und wurde wieder lauter. Sie waren also wieder da. Witterten Tod und Verderben, sie würden bald hier sein.

Es eilte.

Ich stand früh auf. Im Westen türmten sich nach wie vor die Wolken, aber sie waren nicht näher gekommen, waren eher ein bisschen weiter weggezogen. Auch der Donner war verstummt.

Ich badete im Bach. Nahm den roten Seidenschal ab, mit dem mein Kopf noch immer umwickelt war, und wusch die Wunde an der Schläfe aus. Zog frische Unterwäsche und das neue Hemd an. Rasierte mich. Wollte den Seidenschal auswaschen, bemerkte aber, dass er immer noch ganz leicht nach ihr duftete. Da wickelte ich ihn mir um den Hals. Murmelte, was ich sagen wollte und im Laufe der letzten Stunde acht Mal umgedichtet hatte, aber trotzdem auswendig konnte. Es sollte nicht ausgedacht wirken, sondern einfach nur ehrlich und mit den Worten enden: »Lea, ich liebe dich.« Ja, verdammt, genau so wollte ich es sagen. Hier bin ich, und ich liebe dich. Schmeiß mich raus, wenn du willst und kannst. Aber ich halte dir die Hände ausgestreckt hin, auf denen mein klopfendes Herz liegt.

Ich spülte das Rasiermesser ab und putzte mir die Zähne, für den Fall, dass Lea doch noch mal auf die Idee käme, mich zu küssen.

Dann machte ich mich in Richtung Dorf auf den Weg.

Ein Schwarm Fliegen flog vom Kadaver des Bocks auf, als ich vorbeiging. Er sah irgendwie größer aus, aufgebläht, und verströmte einen Gestank, den ich vorher trotz der Nähe des Tiers zur Hütte nicht bemerkt hatte. Vermutlich lag das an dem ständigen Westwind.

Ein Auge fehlte. Wahrscheinlich ein Raubvogel. Es sah aber nicht so aus, als hätten die Wölfe oder andere große Tiere den Kadaver gefunden. Noch nicht.

Ich ging weiter. Schnell und entschlossen. Vorbei am Dorf bis hinunter zum Anleger. Bevor ich Lea besuchte, musste ich noch ein paar Dinge erledigen.

Ich zog die Pistole aus dem Hosengurt, nahm zwei Schritt Anlauf und warf sie so weit ins Meer, wie ich konnte. Dann ging ich in Pirjos Laden, kaufte zum Schein eine Dose Wildeintopf und fragte nach Mattis' Adresse. Nachdem sie auf Finnisch dreimal vergeblich versucht hatte, mir den Weg zu erklären, nahm sie mich mit nach draußen und zeigte auf ein Haus, das nur einen Pistolenwurf entfernt an derselben Straße lag.

Mattis öffnete, nachdem ich dreimal geklingelt hatte und gerade gehen wollte.

»Habe ich doch richtig gehört«, sagte er. Seine Haare standen wirr vom Kopf ab, und er trug eine löchrige Strickjacke, Unterhosen und Wollsocken. »Die Tür ist nicht verschlossen. Warum kommst du nicht einfach rein?«

»Hast du die Klingel nicht gehört?«

Er sah interessiert auf den Apparat, auf den ich zeigte.

»Sieh an, ich habe eine Klingel«, stellte er fest. »Bestimmt funktioniert das Ding nicht. Komm rein.«

Mattis wohnte in einem Haus ohne Möbel.

»Wohnst du hier?«, fragte ich. Meine Stimme hallte in dem leeren Raum.

»So wenig wie möglich«, sagte er. »Aber ich habe hier eine Adresse.«

»Und dein Innenarchitekt?«

»Ich habe das Haus von Sivert geerbt. Die Möbel haben andere gekriegt.«

»Sivert? Ein Verwandter?«

»Keine Ahnung. Vielleicht. Doch, wir hatten eine gewisse Ähnlichkeit. Das meinte er wenigstens.«

Ich lachte. Mattis sah mich fragend an, setzte sich auf den Boden und verschränkte die Beine.

Ich machte es wie er.

»Entschuldige die Frage, aber was ist mit deiner Backe passiert?«

»Bin in einen Zweig gelaufen«, sagte ich und holte das Geld aus der Jackentasche.

Er zählte es und steckte die Scheine grinsend ein. »Mund halten«, sagte er. »Und einen kellerkalten Schnaps. Welche Marke willst du?«

»Hast du verschiedene?«

»Nein.« Dasselbe Grinsen. »Heißt das, du hast vor, in Kåsund zu bleiben, Ulf?«

»Vielleicht.«

»Hier bist du jetzt ja sicher. Warum also woanders hingehen? Bleibst du oben in der Hütte?«

»Wohin sollte ich denn sonst gehen?«

»Tja …« Das Grinsen war wie in sein breites Gesicht getackert. »Du hast hier im Dorf doch ein paar Frauen kennengelernt. Vielleicht hast du ja Lust, dich ein bisschen zu wärmen, wenn der Herbst kommt.«

Ich spielte mit dem Gedanken, ihm die Faust in die

Fresse zu pflanzen, aber ich zögerte. Woher wusste er das?

Ich rang mir ein Lächeln ab: »Hat dir dein Cousin dieses Märchen erzählt?«

»Mein Cousin?«

»Konrad. Kåre. Kornelius.«

»Er ist nicht mein Cousin.«

»Hat er aber gesagt.« Ich versuchte, meine Beine wieder auszustrecken.

»Hat er das?« Mattis zog eine Augenbraue hoch und kratzte sich in den struppigen Haaren. »Das würde dann ja bedeuten, dass … He, wo willst du denn hin?«

»Raus hier.«

»Du hast deinen Schnaps doch noch gar nicht bekommen.«

»Ich komme ohne klar.«

»Wirklich?«, rief er mir nach.

Ich ging zwischen den Grabsteinen hindurch zur Kirche.

Die Tür stand offen, und ich schlüpfte hinein.

Sie stand vorne am Altar mit dem Rücken zu mir. Tauschte die Blumen in der Vase aus. Ich holte tief Luft, versuchte ruhig und gleichmäßig zu atmen, aber mein Herz klopfte wie rasend. Mit schweren Schritten ging ich zu ihr, blieb zwei Stufen unter ihr stehen. Trotzdem zuckte sie zusammen, als ich mich räusperte.

Sie drehte sich um, sah von oben auf mich herab. Ihre Augen waren gerötet und schmal. Ich dachte, man müsse von außen sehen können, wie mein Herz von innen Beulen in meinen Brustkorb schlug.

»Was willst du?«, flüsterte sie. Ihre Stimme klang belegt.

Weg.

Alles, was ich mir zurechtgelegt hatte, war wie weggeblasen, verschwunden, vergessen. Geblieben war nur der letzte Satz.

Also sagte ich ihn.

»Lea, ich liebe dich.«

Sie blinzelte, anscheinend erschrocken.

Beruhigt, dass sie mich nicht gleich wegschickte, fuhr ich fort: »Ich will, dass Knut und du, dass ihr mit mir kommt. An einen Ort, an dem niemand uns finden kann. In eine große Stadt. In der es Schären, Kartoffelpüree und Bier gibt. Wir können angeln und ins Theater gehen. Und anschließend langsam nach Hause zu unserer Wohnung am Strandvägen schlendern. Eine große Wohnung wird es nicht sein, die könnte ich mir da nämlich nicht leisten. Die Straße ist teuer. Aber die Wohnung wird uns gehören.«

Sie flüsterte etwas, während ihr Tränen in die ohnehin schon geröteten Augen stiegen.

»Was?« Ich trat einen Schritt vor, blieb aber stehen, als sie die Hände hob, die Finger fest um die welken Blumen geklammert, als wollte sie sich damit schützen. Dann wiederholte sie lauter: »Hast du das auch Anita gesagt?«

Es war, als hätte mir jemand einen Eimer Eiswasser über den Kopf geschüttet.

Lea schüttelte den Kopf. »Sie war hier. Um mir ihr Beileid auszusprechen, wie sie meinte. Außerdem hatte sie uns beide im Auto gesehen und wollte von mir wissen, wo du bist. Du hast ihr anscheinend versprochen zurückzukommen.«

»Lea, ich …«

»Hör auf, Ulf. Geh einfach.«

»Nein! Du weißt doch, dass ich mich verstecken musste. Johnny war hier und hat nach mir gesucht. Anita hat mir angeboten, bei ihr zu übernachten, ich konnte sonst nirgends hin.«

Ich glaubte, ein winziges Zögern in ihrer Stimme zu hören. »Dann hast du sie nicht berührt?«

Ich wollte alles leugnen, aber mein Kiefer war wie gelähmt und mein Mund stand auf. Knut hatte recht, ich war wirklich ein miserabler Lügner.

»Ich … hab sie berührt, mag sein, aber das hat keine Bedeutung.«

»Keine Bedeutung?« Lea schniefte und wischte sich mit dem Handrücken eine Träne weg. Lächelte hastig. »Vielleicht ist es besser so, Ulf. Ich hätte ohnehin nicht mit dir weggehen können, aber so brauche ich wenigstens nicht mehr darüber nachzudenken, wie es wohl gewesen wäre.«

Sie senkte den Kopf, drehte sich um und ging zur Sakristei. Kein umständliches Abschiedsblabla.

Ich wollte ihr nachlaufen. Sie zurückhalten. Erklären. Bitten. Sie zwingen. Aber irgendwie fehlte mir plötzlich die Kraft, der Wille.

Und als die Tür hinter ihr ins Schloss fiel und ich das

Echo unter dem Kirchendach hörte, wusste ich, dass ich Lea zum letzten Mal gesehen hatte.

Ich schwankte nach draußen ans Tageslicht. Blieb auf der Kirchentreppe stehen und starrte mit brennenden Augen auf die Reihen der Grabsteine.

Die Dunkelheit kam. Ich fiel. Das Loch zog mich an, und kein Schnaps der Welt konnte das jetzt noch aufhalten.

Andererseits, auch wenn er nichts änderte, Schnaps war Schnaps.

Als ich bei Mattis klopfte und ins Haus ging, hatte er bereits zwei Flaschen auf die Anrichte in der Küche gestellt.

»Hab damit gerechnet, dass du wiederkommst«, sagte er grinsend.

Ich nahm die Flaschen und ging ohne ein Wort.

KAPITEL 15

Wo hört eine Geschichte auf?

Mein Großvater war Architekt. Er sagte immer, eine Linie – und eine Geschichte – ende dort, wo sie angefangen hat. Und umgekehrt.

Er entwarf Kirchen. Weil er gut darin sei, sagte er, nicht weil er an Gott glaube. Es war sein Broterwerb. Er sagte aber auch, dass er sich wünsche, an den Gott glauben zu können, für dessen Kirchenbauten er bezahlt wurde. Dass seine Arbeit sich dann vielleicht etwas sinnvoller anfühlen würde.

»Ich sollte Krankenhäuser in Uganda entwerfen«, sagte er. »Das wäre in fünf Minuten erledigt, für den Bau bräuchte man nicht mehr als zehn Tage, und Menschenleben würden damit auch noch gerettet. Stattdessen sitze ich monatelang an den Entwürfen irgendwelcher Monumente für einen Aberglauben, der niemanden rettet.«

Zufluchtsorte nannte er seine Kirchen, Zufluchtsorte gegen die Todesangst, für die unerschütterliche Hoffnung der Menschen auf ein ewiges Leben.

»Es wäre billiger, den Menschen zum Trost ein

Kuscheltier oder ein Schmusetuch zu schenken«, sagte er. »Aber natürlich ist es besser, ich entwerfe Kirchen, deren Anblick einigermaßen erträglich ist, als wenn irgendwelche unfähigen Kollegen diesen Job übernehmen. Die verunstalten unser Land nur mit den Missgeburten, die sie heutzutage Kirchen nennen.«

Wir hockten im Mief des Pflegeheims, mein reicher Onkel, mein Vetter und ich, von den anderen hörte allerdings keiner zu. Basse hatte das schon hundert Mal gesagt. Sie nickten alles ab und sahen verstohlen auf die Uhr. Bevor wir in Basses Zimmer gegangen waren, hatte mein Onkel verkündet, eine halbe Stunde sei genug. Ich wollte länger bleiben, aber ich war mit meinem Onkel da. Basse war inzwischen ziemlich verwirrt, trotzdem hörte ich immer wieder gern, was er über das Leben zu erzählen hatte. Vielleicht weil seine Worte mir das Gefühl gaben, dass bestimmte Dinge einfach feststanden. *»Du musst sterben, also nimm es wie ein Mann, Junge.«* Mir machte nur Sorgen, eine der Schwestern mit einem Kreuz um den Hals könnte versuchen, ihn zu Gott zu bekehren, wenn es zu Ende ging. Ich hatte wirklich Angst, das könnte mir, der ich mit dem Atheismus meines Großvaters als Kindheitsglauben aufgewachsen war, schwere Schäden zufügen. Ich glaubte nicht an ein Leben nach dem Tod. Ich glaubte an den Tod nach dem Leben.

Mittlerweile war das auf jeden Fall meine tiefste Überzeugung, meine Sehnsucht.

Zwei Tage waren vergangen, seit die Tür hinter Lea ins Schloss gefallen war.

Zwei Tage im Bett in der Hütte, zwei Tage freier Fall in das schwarze Loch, zwei Tage, in denen ich die erste der beiden Schnapsflaschen geleert hatte.

Also, wie beenden wir diese Geschichte?

Ich wälzte mich dehydriert aus dem Bett und taumelte zum Bach. Kniete mich ins Wasser und trank. Anschließend musterte ich an einer ruhigen Stelle hinter ein paar Steinen mein Spiegelbild.

Und da verstand ich.

Du musst dein Spiegelbild erschießen.

Ja, verdammt! Sie würden mich nicht kriegen. *Ich* würde mich kriegen. Die Linie endete hier. Verdammt simpel und auch nicht schlechter als irgendein anderer Entschluss!

Son cuatro dias, wie Basse immer gesagt hatte. Das Leben dauert vier Tage.

Fast gutgelaunt schwankte ich zurück zur Hütte.

Das Gewehr lehnte an der Wand.

Es war eine weise Entscheidung, eine ohne weitere Folgen für die Welt. Niemand würde mich beweinen, mich vermissen, leiden. Mir fiel wirklich kaum jemand ein, der entbehrlicher war als ich. Es war eine Entscheidung, mit der allen gedient war. Jetzt musste ich sie nur noch umsetzen, bevor mich der Mut verließ, bevor dieses unberechenbare Hirn verzweifelt irgendeine Argumentationskette entwarf, um dieses jämmerliche Leben fortsetzen zu können.

Ich stellte den Schaft des Gewehrs auf den Boden und machte den Mund auf. Der Stahl schmeckte bitter und salzig nach Pulver. Um an den Abzug zu kommen, musste ich mir den Lauf so weit in den Rachen schieben, dass ich mich fast erbrach. Ich erreichte den Abzug nur knapp mit dem Mittelfinger. Los, komm schon! Selbstmord. Beim ersten Mal ist es immer am schlimmsten.

Ich schob die Schulter nach unten und drückte auf den Abzug.

Ein trockenes Klicken war zu hören.

Scheiße.

Ich hatte vergessen, dass ich alle Kugeln auf den Bock abgefeuert hatte.

Aber irgendwo mussten noch andere sein.

Ich durchsuchte Schränke und Schubladen, und als ich mich auf den Boden kniete und unters Bett sah, wurde ich hinten vor der Dachpappe fündig. Ich steckte die Patronen ins Magazin. Ich weiß, eine Kugel ins Gehirn ist genug, aber irgendwie gab es mir mehr Sicherheit, zu wissen, dass noch mehr Schüsse im Magazin waren, falls etwas schiefging. Und ja, meine Finger zitterten, und ich brauchte eine ganze Weile. Doch dann schob ich endlich das Magazin in die Waffe und lud durch, wie Lea es mir gezeigt hatte.

Ich stülpte den Mund über den Lauf. Er war nass von Schleim und Spucke. Beugte mich zum Abzug hinunter. Das Gewehr schien länger geworden zu sein. Oder ich kürzer. Setzte mein Körper sich zur Wehr?

Nein, jetzt legte mein Mittelfinger sich endlich über den Abzug. Und ich wusste, dass es so weit war, diesmal würde mein Hirn mich nicht wieder ausbremsen. Es hatte keine guten Argumente mehr und sehnte sich ebenso wie ich nach Ruhe, nach einem Ende des Falls, einer Dunkelheit, die nicht diese Dunkelheit war.

Ich holte tief Luft und drückte auf den Abzug. Das Rauschen in meinen Ohren hatte einen leisen Oberton bekommen. Moment, das kam nicht aus dem Innern meines Kopfes, das waren … Glocken? Der Wind hatte wohl gedreht. Wie passend, dachte ich und drückte den Abzug noch weiter runter, aber der entscheidende Millimeter fehlte. Ich ging noch etwas weiter in die Knie, musste mehr Lauf schlucken. Meine Oberschenkel schmerzten.

Kirchenglocken.

Jetzt?

Hochzeiten und Beerdigungen fanden gegen ein Uhr statt, das hatte ich inzwischen mitbekommen. Taufen und Gottesdienste am Sonntag. Und im August gab es keinen Feiertag, das wusste ich auch.

Die Mündung glitt tiefer in meinen Rachen. So. Jetzt.

Wie war das mit den Deutschen gewesen?

Lea hatte gesagt, sie hätten die Glocken geläutet, um die Leute vom Widerstand zu warnen, wenn die Deutschen kamen, um sie zu holen.

Ich schloss die Augen. Und öffnete sie wieder. Richtete mich auf. Zog den Gewehrlauf aus dem Mund. Stellte die Waffe an die Wand und trat an die Luke, die in Richtung Dorf blickte. Ich sah niemanden. Nahm das Fernglas. Nichts.

Zur Sicherheit überprüfte ich auch die Seite in Richtung Wald. Niemand zu sehen. Ich suchte die Anhöhe hinter dem Wäldchen ab – und entdeckte sie.

Sie waren zu viert. Noch so weit entfernt, dass ich sie unmöglich erkennen konnte. Bis auf einen. Deshalb war es nicht so schwer, sich zu denken, wer die anderen waren.

Mattis' Gestalt schwankte von rechts nach links. Vermutlich war er zu der Erkenntnis gelangt, das Geld, das ich ihm gegeben hatte, reiche nicht, und hatte auch auf der anderen Seite abkassiert. Vermutlich mit einem kleinen Aufschlag, damit er ihnen den Weg hintenrum zeigte und sie sich möglichst unbemerkt anschleichen konnten.

Sie kamen zu spät. Ich würde ihnen den Job abnehmen. Ich hatte keine Lust, gefoltert zu werden, bevor ich starb. Zum einen war das schmerzhaft, zum anderen würde ich garantiert gleich verraten, dass ich das Geld hier in der Wand und das Dope unter der Fußbodendiele einer leer stehenden Wohnung versteckt hatte, in die keiner einziehen wollte, weil sich dort jemand das Leben genommen hatte. So gesehen, war es wirtschaftlich ein Fehler von Toralf gewesen, sich in einer Wohnung zu erschießen, die ihm selbst gehörte. Er hätte sich einen Ort suchen sollen, an dem seine Erben nicht unter dem Preisverfall leiden würden. Eine Jagdhütte hier oben in Gods own country zum Beispiel.

Ich starrte auf das Gewehr, das an der Wand lehnte, rührte es aber nicht an. Ich hatte noch viel Zeit, sie mussten erst durch den Wald und würden frühestens in zehn Minuten hier sein, vielleicht in einer Viertelstunde. Aber das war nicht der eigentliche Grund.

Die Glocken. Sie läuteten. Sie läuteten für mich. Und nur eine Person konnte diese Glocken läuten. Meine Geliebte kümmerte sich ganz bewusst nicht um die Kirchenzeiten. Es war ihr egal, was der Pastor oder die Gemeindemitglieder dachten, sie setzte ihr eigenes Leben aufs Spiel, denn Mattis würde natürlich verstehen, was sie da trieb. Sie hatte nur eins im Kopf – den Kerl, den sie nicht wiedersehen wollte, zu warnen, dass Johnny auf dem Weg zur Hütte war.

Und das änderte einiges.

Es änderte alles.

Sie näherten sich jetzt dem Wald, und durch das Fernglas erkannte ich die Umrisse der anderen drei. Einer von ihnen hatte etwas Vogelartiges, sein dünner Hals ragte aus einer allem Anschein nach zu großen Jacke. Johnny. Bei den anderen beiden ragte etwas über die Schulter. Gewehrläufe. Vermutlich automatische Waffen, der Fischer hatte unten in seinem Lager einen ganzen Schrank voll.

Ich wog meine Möglichkeiten ab. Ich könnte versuchen, einen nach dem anderen zu erledigen, wenn sie auf die Idee kamen, die Hütte vom Wald aus zu stürmen. Aber das würden sie nicht tun. Mattis würde ihnen helfen, das Gelände für ihre Zwecke zu nutzen. Vermutlich würden sie sich über den tiefer liegenden Bachlauf anschleichen und die Hütte mit ihren Waffen aus nächster Nähe in Schutt und Asche legen. Ich sah mich um. Suchte nach einem Versteck, aber die Bäume standen nicht dicht genug. Da konnte ich mich gleich vor die Hütte stellen und winken. Meine einzige Chance bestand also darin, sie zu erschießen, bevor sie mich erschossen. Dafür musste ich sie aber nah an mich heranlassen. So nah, dass ich ihnen ins Gesicht sehen musste.

Drei von ihnen verschwanden im Wald. Der Vierte, einer der Gewehrträger, blieb stehen und rief etwas. Was, war nicht zu verstehen.

Während der nächsten Minuten waren sie im Wald und konnten mich nicht sehen. Meine Chance, das Weite zu suchen, runter ins Dorf zu laufen und den Käfer zu nehmen. Wenn ich das wirklich tun wollte, musste ich sofort reagieren. Den Geldgürtel mitnehmen und …

Zwei Punkte.

Es sah aus, als flögen sie über die Heide in Richtung Wald.

Nach ihnen hatte der Mann also gerufen. Sie hatten wirklich an alles gedacht. Hunde. Gleich zwei. Lautlos. Hunde, die jagen, ohne zu bellen, müssen verdammt gut ausgebildet sein, dachte ich. Ich hätte keine Chance, egal, wie schnell ich rannte.

Es sah wirklich schlecht aus, wenn auch nicht ganz so schlecht wie noch vor drei Minuten, als ich den Lauf des Gewehres im Rachen stecken hatte, aber die Situation war nun eine andere. Die aus der Ferne herüberklingenden Kirchenglocken teilten mir nämlich nicht nur mit, dass üble Typen unterwegs zu mir waren, sondern auch, dass ich viel zu verlieren hatte. Es war, als würden mir zwei Messer in den Leib gerammt, ein warmes und ein kaltes. Das eine war das Glück, das andere die Todesangst. Hoffnung ist Teufelszeug.

Ich sah mich um, und mein Blick fiel auf Knuts Messer.

Glück und Todesangst. Hoffnung.

Ich wartete, bis der vierte Mann mit den Hunden im Wald verschwunden war, dann zog ich den Geldgürtel aus der Wand, öffnete die Tür und rannte raus.

Die Fliegen flogen von dem Bock auf, als ich mich neben das Tier kniete. Inzwischen waren auch die Ameisen über den Körper hergefallen. Das Fell des aufgedunsenen Kadavers schien zu leben. Ich sah mich über die Schulter um. Die Hütte lag zwischen mir und dem Wald, sie würden mich erst sehen, wenn sie wirklich da waren. Viel Zeit hatte ich trotzdem nicht.

Ich schloss die Augen und stach das Messer in den Bauch des Rentiers.

Ein langgezogenes Stöhnen war zu hören, als das Gas aus dem Körperinneren entwich.

Ich schlitzte das Tier komplett auf. Hielt den Atem an, als die Eingeweide herausquollen. Es floss weniger Blut, als ich gedacht hatte. Bestimmt war es in der Bauchhöhle des Tieres zusammengelaufen und geronnen. Wenn es nicht längst verspeist war, denn nicht nur außen pulsierte das Leben. Ein leises Knistern kam aus dem Fleisch, in dem es von weißgelben Maden nur so wimmelte.

Ich schluckte, hielt den Atem an, schloss die Augen, würgte die Kotze herunter, die mir in den Hals stieg, und band mir den Seidenschal über Mund und Nase. Dann schob ich beide Hände tief in den Bauch des Tieres und zog einen schleimigen Sack heraus, in dem ich den Magen vermutete. Ich machte mit dem Messer an den Seiten ein paar Schnitte, um ihn zu lösen, bis er in die Heide rollte.

In wenigen Minuten, vielleicht Sekunden, würden sie hier sein, aber trotzdem wollte ich nicht in diese Leichensuppe in der dunklen Bauchhöhle tauchen. Mein Körper wehrte sich, bis ich ein einzelnes Bellen hörte. Verdammt.

Ich dachte an Lea, an ihre Augen, ihre Lippen, die sich zu einem Lächeln öffneten, und an ihre tiefe, weiche Stimme: »Du hast es geschafft, Ulf.«

Ich schluckte, zog die Bauchlappen auseinander und kroch hinein.

Obwohl die Bauchhöhle des großen Bocks weitestgehend ausgeweidet war, bot sie nur wenig Platz. Ich musste mit dem ganzen Körper rein und das Fell hinter mir zuklappen. Die Feuchtigkeit im warmen Inneren drang durch meine Kleider, und es war sehr, sehr warm. Verwesungsgase und die Wärme von Millionen aktiver Tierchen wie in einem gleichmäßig temperierten Ameisenhaufen. Irgendwann kam ich nicht mehr dagegen an, ich erbrach mich wieder und wieder, so geräuschlos wie möglich.

Danach fühlte ich mich etwas besser. Aber ich war von außen noch immer zu sehen. Wie sollte ich den Bauch des Bocks zumachen? Ich versuchte, die Haut auf beiden Seiten zu fassen und die Kanten zusammenzuziehen, aber sie waren so schleimig, dass sie mir immer wieder aus der Hand rutschten, während ich zwei riesige schwarze Köter über die Heide auf mich zurennen sah.

Sie stürzten sich auf das Rentier und einer der beiden steckte seine Schnauze in den Bauch und knurrte mich an. Ich stieß ihm das Messer in den Rachen, und er verschwand. Dann begann das Gekläffe. Ich *musste* den Bauch irgendwie zukriegen, bevor die Männer da waren. Das Hundegebell wurde immer lauter, und jetzt hörte ich auch die ersten Stimmen.

»Die Hütte ist leer!«

»Da unten liegt was!«

Ich stieß das Messer durch die Unterseite des Fells, zog mit der Messerspitze das obere Fell nach unten und bohrte die Klinge hindurch, ehe es mir wieder aus den Fingern rutschte.

Ich benutzte das Messer als Drehhebel, ein paar Umdrehungen reichten und die Öffnung war tatsächlich geschlossen. Jetzt musste ich nur warten und hoffen, dass niemand den Hunden Sprechen beigebracht hatte.

Schritte kamen näher.

»Halt die Hunde zurück, Styrker. Ich dachte, du hättest sie unter Kontrolle.«

Mir wurde kalt. Das war die Stimme des Mannes, der in meine Wohnung gekommen war, um mich zu töten. Johnny war wieder da.

»Das muss am Kadaver liegen«, sagte Styrker. »Es ist nicht so einfach, wenn man ein so kleines Hirn, dafür aber so viele Instinkte hat.«

»Redest du von den Hunden oder von dir?«

»Mein Gott, ist das ein Gestank!«, sagte eine dritte Stimme stöhnend, die ich ebenfalls gleich erkannte. Brynhildsen aus dem Hinterzimmer, der Typ, der beim Spielen immer betrog. »Was hat denn das Vieh da im Geweih? Und warum ist es ausgeweidet? Müssen wir das checken ...?«

»Das waren die Wölfe.« Mattis' Stimme. »Passen Sie auf, dass Sie die Gase nicht einatmen, die sind giftig.«

»Wirklich?« Johnnys ruhige Stimme.

»Botulismus«, sagte Mattis. »Die Sporen übertragen sich über die Luft. Eine Spore reicht, um einen Menschen zu töten.«

Verdammt! Sollte ich – nach allem, was ich durchgemacht hatte – hier drin wegen so einer Scheißinfektion draufgehen?

»Es beginnt mit leichter Müdigkeit der Augen«, fuhr Mattis fort. »Und Aussetzern beim Reden. Wortfindungsstörungen. Das sind die ersten Symptome. Wir verbrennen deshalb tote Rentiere sofort. Damit wir uns weiter ansehen und kluge Gespräche führen können.«

Eine Pause entstand. Ich stellte mir vor, wie Johnny Mattis musterte und dessen seltsames Grinsen zu ergründen suchte.

»Styrker und Brynhildsen! Stellt die Hütte auf den Kopf. Und nehmt eure verfluchten Köter mit!«

»Er ist nicht da drin, das sieht man doch«, sagte Brynhildsen.

»Ich weiß. Aber wenn das Geld oder das Dope da ist, wissen wir, dass er noch in der Nähe ist.«

Ich hörte, wie die gequält keuchenden Hunde weggezerrt wurden.

»Entschuldigen Sie die Frage, aber was ist, wenn Sie nichts finden?«

»Dann hast du möglicherweise recht«, sagte Johnny.

»Klar habe ich recht. Er war in diesem Boot«, sagte Mattis. »Das war schließlich nur fünfzig Meter vom Ufer entfernt. Ich habe ihn erkannt, so viele hässliche Südländer laufen hier ja nicht rum. Bei dem gleichmäßigen Wind und dem guten Boot kann er in vierundzwanzig Stunden weit gekommen sein.«

»Und was hast du mitten in der Nacht unten am Wasser zu schaffen gehabt?«

»Es gibt im Sommer keinen besseren Ort zum Schlafen.«

Ich spürte, dass etwas über mein Bein krabbelte. Für eine Made oder Ameise war es zu groß. Ich atmete durch den Mund, nicht die Nase. Kreuzotter oder Maus? Bitte, lass es eine Maus sein. Eine süße, kleine, meinetwegen hungrige Maus, aber keine …

»Echt?« Johnny senkte die Stimme noch mehr. »Und der schnellste Weg vom Dorf zum Wald führt wirklich um diesen Höhenzug *herum*? Wir haben mehr als eine Stunde gebraucht. Als ich letztes Mal allein hier war, bin ich in einer knappen halben Stunde oben gewesen.«

»Ja, aber dann wären Sie erschossen worden, wenn er zu Hause gewesen wäre.«

Das Tier – oder was immer es war – kroch an meinem Bein hoch. Ich spürte einen ungeheuren Drang, es abzuschütteln, wusste aber, dass ich mich durch die geringste Bewegung und das leiseste Geräusch verraten würde.

»Weißt du was?«, sagte Johnny. »Genau das bezweifle ich.«

»Wieso? Sie haben zwar nicht gerade breite Schultern, aber Ihr Kopf ist groß genug.«

»Nicht, dass Jon Hansen nicht schießen könnte, aber er *traut* sich nicht.«

»Ach ja? Ich hätte Ihnen natürlich einen schnelleren Weg zeigen können, wenn Sie das vorher …«

»Das habe ich gesagt, du samischer Dickschädel.«

»… in unserer Sprache gesagt hätten. Nordnorwegisch.«

Das Tier hatte das Knie erreicht und kroch am Schenkel weiter hoch. Im gleichen Moment wurde mir bewusst, dass das Viech in meiner Hose sein musste.

»Pssst!«

Hatte ich geschrien oder mich bewegt?

»Was war das für ein Geräusch?«

Draußen war es jetzt vollkommen still. Ich hielt den Atem an. Lieber Gott …

»Kirchenglocken«, sagte Mattis. »Heute ist die Beerdigung von William Svartstein.«

War es ein Lemming? Angeblich konnten das bösartige kleine Ungeheuer sein, und jetzt näherte dieses Viech sich meinen Kronjuwelen. Ohne mich zu bewegen, packte ich mit den Fingern den Stoff der Hose und zog ihn straff zusammen, so dass weiter oben kein Durchkommen mehr war.

»Verdammt, ich hab genug von diesem Gestank«, sagte Johnny. »Kontrollieren wir mal den Bach. Wenn dieser Kadaver die Hunde abgelenkt hat, könnte der Kerl sich auch da versteckt haben.«

Ich hörte Schritte in der Heide. Das Tier in meiner Hose versuchte, sich weiter nach vorn zu drücken, bevor es resigniert den Rückweg antrat. Gleich darauf hörte ich eine Stimme aus der Hütte: »Hier ist nichts. Bloß das Gewehr und der Anzug.«

»Okay, Jungs, gehen wir zurück, bevor es zu regnen anfängt.«

Ich wartete eine gefühlte Stunde, vielleicht waren es aber auch nur zehn Minuten. Dann zog ich das Messer aus dem Fell und sah nach draußen.

Niemand da.

Ich kroch auf dem Bauch durch die Heide zum Bach. Ließ mich in das eiskalte Wasser rutschen und das Wasser über mich fließen, um Tod, Schock und Verwesung abzuspülen.

Langsam, ganz langsam kehrte ich zurück ins Leben.

KAPITEL 16

Lieber Gott …

Laut hatte ich das nicht ausgesprochen, als ich im Kadaver des Rentiers lag, wohl aber doch so laut gedacht, als würde ich an einer Straßenecke stehen und es herausschreien. Und die Monster waren verschwunden, wie damals, als ich klein war und sie unter meinem Bett lauerten oder in der Spielkiste und im Schrank.

Sollte es wirklich derart einfach sein? Musste man nur beten?

Ich saß vor der Hütte, rauchte und sah nach oben. Die blaugrauen Wolken bedeckten jetzt den ganzen Himmel, und mit ihnen kam die Dunkelheit. Es war, als hätte das Wetter Fieber und als stiege dieses Fieber immer weiter an. Es war drückend schwül, und im nächsten Augenblick, sobald der Wind einsetzte, wieder eiskalt.

Gott, Erlösung, Paradies, ewiges Leben. Verlockende Gedanken. Maßgeschneidert für verzagte, müde Herzen. So verlockend, dass mein Großvater zum Schluss nachgegeben, die Vernunft verraten und auf die Hoffnung gesetzt hatte. »Weißt du, man sagt doch nicht nein zu etwas, was nichts kostet«, sagte er und blinzelte mir zu. Wie ein Sechzehnjähriger, der sich ohne Geld und mit gefälschtem Ausweis in die Diskothek schleicht.

Ich packte die wenigen Sachen ein, die ich mitnehmen wollte. Kleider, Schuhe, Anzug, Gewehr und Fernglas. Die Wolken waren noch regenschwer, es konnte nicht mehr lange dauern, bis es losging.

Johnny würde zurückkommen. Klar, er traute Mattis nicht. In diesem Punkt verstand ich ihn sehr gut. Ein Umweg um den ganzen Höhenzug herum. Wölfe. Botulismus. Dass Mattis gesehen haben wollte, wie ich in einem Boot weggefahren war. Die Beerdigung von William Svartstein.

Von meinen zwei verlorenen Jahren an der Uni wusste ich nicht mehr viel, aber an William Blackstone erinnerte ich mich gut. Ein Jurist und Vordenker, der sich im 18. Jahrhundert eben dort befunden hatte, wo sich auch Mattis befand, an der Weggabelung zwischen Juristerei und Glauben an Gott. Ich erinnerte mich an ihn, weil mein Großvater ihn, Isaac Newton, Galileo Galilei und Søren Kierkegaard als Beispiele dafür angeführt hatte, dass auch die klügsten Köpfe bereit waren, an den christlichen Firlefanz zu glauben, um so möglicherweise dem Tod zu entgehen.

Mattis hatte mich nicht verraten. Im Gegenteil, er hatte mich gerettet. Wer hatte dann Kontakt zu Johnny aufgenommen und ihm gesteckt, dass ich noch immer in Kåsund war?

Eine neue Bö wehte über die Landschaft und trieb mich zur Eile an. Im Westen donnerte es. Ja, ja, ich gehe ja schon. Es war Nacht. Wenn Johnny und die anderen Kåsund nicht verlassen hatten, schliefen sie sicher irgendwo.

Ich drückte meine Zigarette an der Hüttenwand aus, nahm meine Ledertasche und hängte mir das Gewehr über die Schulter. Dann ging ich los, ohne mich noch einmal umzudrehen. Immer geradeaus. So wollte ich es von jetzt an halten. Was hinter mir lag, sollte genau dort bleiben.

Der Himmel grummelte und knisterte vor Erwartung, als ich auf die Schotterstraße kam. Es war so dunkel, dass ich nur die Konturen der Häuser und die wenigen Fenster, hinter denen noch Licht brannte, erkennen konnte.

Ich glaubte an nichts, erwartete nichts, hoffte auf nichts. Ich wollte einfach zu ihr gehen, ihr das Gewehr und das Fernglas zurückgeben und mich für ihre Hilfe bedanken. Und für mein Leben. Sie fragen, ob sie zufällig Lust habe, den Rest gemeinsam mit mir zu verbringen. Und dann wollte ich gehen, entweder mit ihr oder ohne sie.

Ich kam an der Kirche vorbei, an Anitas Haus, dem Versammlungssaal und stand schließlich vor Leas Haus.

Ein greller, krummer Hexenfinger zeigte plötzlich vom Himmel auf mich. Das Haus, die Garage und das Volvo-Wrack waren für einen Moment in bläuliches, gespenstisches Licht getaucht. Dann folgte ein knisterndes Präludium, bevor der Donner losbrach.

Sie waren in der Küche.

Ich sah sie durchs Fenster, drinnen brannte Licht. Lea stand an der Anrichte, den Kopf in einem unnatürlich steifen Bogen nach hinten gebeugt. Ove stand vor ihr, den Kopf nach vorne gestreckt, in der Hand ein Messer, größer als das, mit dem er mich attackiert hatte. Er hielt es ihr vors Gesicht. Bedrohte sie. Sie beugte sich noch weiter nach hinten, weg von dem Messer, weg von ihrem Schwager. Mit der freien Hand packte er ihren Hals. Ich sah ihren Schrei.

Ich legte das Gewehr an. Zielte auf seinen Kopf. Er stand mit dem Profil zum Fenster, so dass ich ihn in die Schläfe treffen würde. Aber irgendetwas wirbelte durch meinen Kopf. Was war mit der Brechung des Lichts im Glas? Ich senkte die Waffe eine Idee. In Brusthöhe, hob den Ellenbogen, atmete einmal tief ein, für mehr hatte ich keine Zeit, atmete aus und drückte langsam den Abzug. Ich fühlte mich seltsam ruhig. Ein weiterer Blitz zuckte vom Himmel, und Oves Kopf drehte sich automatisch zum Fenster.

Ich stand wieder im Dunkeln, aber er starrte noch immer aus dem Fenster. Zu mir. Er hatte mich entdeckt. Er sah noch mitgenommener aus als bei unserer letzten Begegnung, er musste seit Tagen getrunken haben. Psychotisch vor Schlafmangel und verrückt vor Liebe, wahnsinnig vor Trauer um seinen Bruder oder einfach nur in Rage, weil er in einem Leben gefangen war, das er nicht leben wollte. Ja, vielleicht war es so, vielleicht war er wie ich.

Du musst das Spiegelbild erschießen.

Das also sollte mein Schicksal sein: einen Mann zu erschießen, von der Polizei verhaftet und verurteilt zu werden, im Gefängnis zu landen, wo die Leute des Fischers dann bald auftauchen und dem Ganzen ein Ende machen würden. Okay. Das konnte ich akzeptieren. Das war nicht das Problem. Das Problem war, dass ich sein Gesicht gesehen hatte.

Ich spürte, wie mein Zeigefinger schwach wurde, wie die Feder des Abzugs immer stärker wurde und den kraftlosen Finger zurückdrückte. Wieder einmal würde ich versagen.

Über mir brach es erneut los, eine brüllende Kommandostimme.

Knut.

Selbst Futabayama hat immer wieder verloren, bevor er zu siegen begann.

Ich holte noch einmal tief Luft. Hatte meine Niederlage überwunden. Ich pflanzte das Korn in Oves hässliches Gesicht und drückte ab.

Der Knall hallte über die Dächer. Ich senkte das Gewehr. Sah durch die kaputte Scheibe. Lea hielt sich die Hände vor den Mund und starrte auf etwas hinunter. An die weiße Wand neben ihr hatte jemand über ihrem Kopf eine groteske rote Rose gemalt.

Das letzte Echo des Knalls erstarb. Ganz Kåsund musste das gehört haben, gleich würde es von Menschen nur so wimmeln.

Ich ging die Treppe hoch. Klopfte an. Warum, weiß ich nicht. Trat ein. Sie stand noch immer in der Küche. Hatte sich nicht bewegt. Starrte auf den Körper, der in einer Blutlache am Boden lag. Sie sah nicht auf. Ich wusste nicht, ob sie überhaupt bemerkt hatte, dass ich da war.

»Bist du okay, Lea …?«

Sie nickte.

»Knut …?«

»Ich habe ihn zu Vater geschickt«, flüsterte sie. »Ich dachte, sie würden vielleicht hierherkommen, wegen der Glocken, falls sie es kapiert hätten …«

»Danke«, sagte ich. »Du hast mich gerettet.«

Ich neigte den Kopf zur Seite und sah den Toten an. Er starrte mit gebrochenem Blick zurück. Er hatte seit unserer letzten Begegnung einen Sonnenbrand bekommen. Ansonsten war sein Gesicht unbeschädigt. Bis auf das unschuldig aussehende Loch in der Stirn.

»Er ist zurückgekommen«, flüsterte sie. »Ich *wusste*, dass er zurückkommen würde.«

In diesem Moment sah ich das intakte linke Ohr des Mannes. Es hatte nicht mal eine Schramme. Und eine Wunde musste doch da sein, ich hatte ihn erst vor ein paar Tagen ins Ohr gebissen. Mir begann etwas zu dämmern. Als Lea sagte, er sei zurückgekommen, meinte sie …

»Ich wusste es, Meer oder Erde sind nicht groß oder tief genug, um diesem Teufel den Garaus zu machen«, sagte sie, »wie oft wir ihn auch begraben.«

Es war Hugo. Der Zwillingsbruder. Ich hatte das Spiegelbild erschossen.

Ich kniff die Augen zusammen. Öffnete sie wieder. Aber alles war genau wie zuvor, ich hatte es nicht geträumt. Ich hatte ihren Ehemann getötet.

Ich musste mich räuspern, um überhaupt einen Ton rauszubekommen:

»Ich dachte, das wäre Ove … dass er dich umbringen wollte.«

Sie hob endlich den Blick und sah mich an.

»Es ist gut, dass es Hugo erwischt hat. Ove würde es niemals wagen, mich anzurühren.«

Ich nickte in Richtung des Toten. »Aber er?«

»Er war einen Messerstich davon entfernt.«

»Weil?«

»Weil ich es ihm gesagt habe.«

»Was gesagt?«

»Dass ich von hier wegwill, mit Knut, und ihn niemals wiedersehen.«

»Auch ihn nicht?«

»Ich habe ihm erzählt, dass ich … einen anderen liebe.«

»Einen anderen.«

»Dich, Ulf.« Sie schüttelte den Kopf. »Ich kann nichts dagegen machen. Ich liebe dich.«

Die Worte zitterten wie ein Kirchenlied zwischen den Wänden. Und der blaue Schimmer in ihren Augen war so stark, dass ich zu Boden sehen musste. Mit einem Fuß stand sie in der immer größer werdenden Blutlache.

Ich ging einen Schritt auf sie zu. Zwei. Stellte beide Füße ins Blut. Legte die Arme vorsichtig um ihre Schultern. Wollte erst spüren, ob es richtig war, wenn ich sie an mich zog. Aber ich schaffte es nicht, bis sie mir entgegenkam und ihr Gesicht an meinem Hals begrub. Sie schluchzte einmal, zweimal, und ihre warmen Tränen rannen mir in den Kragen.

»Komm«, sagte ich.

Ich führte sie ins Wohnzimmer, ein Blitz erleuchtete den Raum und zeigte mir den Weg zum Sofa.

Wir legten uns dicht nebeneinander hin.

»Ich war außer mir, als er auf einmal in der Küchentür stand«, flüsterte sie. »Er sagte, er habe sich im Boot bei laufendem Motor besoffen. Und als er wieder zu sich gekommen sei, war er weit draußen auf dem offenen Meer und hatte kein Benzin mehr. Er hatte Ruder, aber der Wind trieb ihn immer weiter raus. In den ersten Tagen dachte er noch, es sei in Ordnung so. Wir hätten ja schließlich gesagt, das mit Knut sei seine Schuld gewesen. Aber dann fing er Seelachs und es regnete, so dass er was zu essen und trinken hatte. Und dazu drehte auch noch der Wind. Und da kam ihm dann plötzlich der Gedanke, dass das alles gar nicht seine Schuld war.« Sie lachte verbittert auf. »Er stand da und sagte, er würde das alles schon regeln und Knut und mich in die richtige Spur bringen. Als ich sagte, dass Knut und ich fortgehen würden, fragte er gleich, ob es einen anderen gäbe. Ich erzählte ihm, dass ich allein gehen wolle, aber tatsächlich einen anderen lieben würde. Er sollte wissen, dass ich in der Lage bin, einen Mann zu lieben. Nur so konnte ich ihm klarmachen, dass er mich niemals zurückbekommen würde.«

Während sie redete, war es im Raum merklich kühler geworden. Sie schmiegte sich enger an mich. Noch war niemand aufgetaucht, um nachzusehen, was das für ein Schuss gewesen war. Und als der nächste Donner knallte, verstand ich, warum. Es würde niemand kommen.

»Wer weiß, dass er zurückgekommen ist?«, fragte ich.

»Niemand, glaube ich«, sagte sie. »Er hat am Nachmittag die Küste wiedererkannt und ist nach Hause gerudert. Er hat das Boot unten an der Brücke vertäut und ist gleich hierhergekommen.«

»Wann war das?«

»Vor einer halben Stunde.«

Eine halbe Stunde. Da war es bereits dunkel gewesen. Und wegen des Gewitters waren alle im Haus. Niemand hatte Hugo gesehen und wusste, dass er noch am Leben war. Am Leben *gewesen war*. Für alle anderen war Hugo Eliassen ein Fischer, der auf See geblieben war. Einer, nach dem keiner mehr suchte. Ich wünschte, nach mir würde auch keiner mehr suchen. Aber Johnny hatte gesagt: *Der Fischer hört erst auf, seine Schuldner zu suchen, wenn er ihre Leichen gesehen hat.*

Noch einmal erleuchtete ein Blitz das Wohnzimmer. Dann war es wieder dunkel. Aber ich hatte es vor mir gesehen. Ganz deutlich. Das Hirn ist wie gesagt eine wundersame, wunderbare Erfindung.

»Lea?«, sagte ich.
»Ja?«, flüsterte sie in meine Halsbeuge.
»Ich habe einen Plan.«

KAPITEL 17

Die Politik der verbrannten Erde.

So nannte ich meinen Plan im Stillen. Ich wollte einen Rückzug hinlegen wie die Deutschen. Und dann verschwinden. Für immer und ewig.

Als Erstes wickelten wir die Leiche in einen Plastiksack, den wir mit einem Strick verschnürten. Danach putzten wir gründlich Boden und Wände. Pulten die Kugel aus der Küchenwand. Schließlich nahm Lea die Felgen aus der Schubkarre, die neben dem Volvo stand, und manövrierte sie in die Garage. Ich wartete dort mit der Leiche. Wir packten sie hinein, und das Gewehr schoben wir unter den Körper. Vorn an der Schubkarre montierten wir ein Seil, damit Lea mir helfen konnte. Ich ging in den Werkraum und holte eine kleine Zange. Dann machten wir uns auf.

Es war kein Mensch auf der Straße und noch immer beruhigend dunkel. Ich rechnete damit, dass wir zwei bis drei Stunden hatten, bis die ersten Bewohner aufstanden, aber zur Sicherheit hatten wir eine Plane auf der Schubkarre festgebunden. Es ging leichter, als ich gedacht hatte. Wenn meine Arme müde wurden, übernahm Lea die Griffe der Schubkarre, und ich zog.

Knut hatte sie mit dem Bus kommen sehen.

»Er kam in die Küche gestürmt und erzählte, da seien drei Männer mit zwei Hunden gekommen«, sagte Lea. »Er wollte hoch und dich warnen, aber ich war der Meinung, das sei mit den Hunden zu riskant. Sie würden seine Fährte aufnehmen und den Weg zu uns finden. Daraufhin rannte ich zu Mattis und bat ihn, mir zu helfen.«

»Zu Mattis?«

»Als du mir erzählt hast, dass er Geld für seine Dienste verlangt, war mir gleich klar, was für Dienste damit gemeint sind. Er wollte Schweigegeld.«

»Aber woher wusstest du, dass er mich nicht trotzdem verpfiffen hat?«

»Weil es Anita war.«

»Anita?«

»Sie war nicht hier, um mir ihr Beileid auszusprechen. Sie wollte mich danach ausfragen, was du und ich zusammen in einem Auto zu schaffen hatten. Ich habe ihr angesehen, dass ihr meine Erklärung nicht gereicht hat. Sie weiß, dass ich nicht einfach mit einem Fremden nach Alta zum Einkaufen fahre. Und ich weiß, zu was eine betrogene Frau in der Lage ist …«

Anita. *Niemand verspricht Anita etwas, wenn er es nicht halten kann, verstanden?* Ich hatte ihr meine Seele verpfändet. Außerdem hatte sie Johnnys Telefonnummer und war klug genug, eins und eins zusammenzuzählen. So hatte mich ihre Krankheit also doch erwischt.

»Und Mattis vertraust du?«, fragte ich.

»Ja.«

»Er ist ein Gauner und Lügenbold.«

»Und ein zynischer Geschäftsmann, der dir keinen Tropfen mehr herausrückt, als du bezahlt hast. Aber er hält, was er verspricht. Außerdem schuldete er mir den einen oder anderen Gefallen. Ich habe ihn gebeten, die Männer an dir vorbeizuführen oder so zu dir zu bringen, dass ich noch in die Kirche gehen und die Glocken läuten konnte.«

Ich erzählte ihr, Mattis habe behauptet, mich in einem Boot gesehen zu haben. Und dass er sie, weil sie die Hütte trotzdem inspizieren wollten, über einen Riesenumweg dorthin gebracht hatte. Ohne diesen Umweg wären sie sicher bei mir gewesen, bevor der Wind gedreht und ich die Glocken gehört hatte.

»Ein komischer Kauz«, sagte ich.

»Ja, ein komischer Kauz«, wiederholte sie lachend.

Wir brauchten eine Stunde bis hinauf zur Hütte. Es war deutlich kälter geworden, aber die Wolken hingen noch immer tief. Ich betete zu Gott, dass es noch eine Weile trocken blieb. Das mit dem Beten wurde noch zur Gewohnheit.

Als wir fast dort waren, glaubte ich, eine Silhouette über die Hügel huschen zu sehen. Die Eingeweide des Bocks waren weiter von der klaffenden Bauchhöhle weggezerrt worden.

Die Männer hatten die Hütte gründlich auf den

Kopf gestellt. Die Matratze war aufgeschnitten, der Schrank heruntergerissen und die Holzverschalung von den Wänden gehebelt. Was mir klarmachte, dass die Drogen bei Toralf vielleicht doch nicht so gut versteckt waren, wie ich angenommen hatte, falls sie dort suchten. Aber das war mir im Grunde egal, ich hatte nicht vor, das Zeug zu holen. Ich wollte von nun an nichts mehr damit zu tun haben. Dafür gab es Gründe. Vielleicht nicht so viele, aber dafür umso bessere.

Lea wartete draußen, während ich die Leiche aus dem Plastiksack schnitt. Ich legte ein paar Lagen Dachpappe auf das Bett, bevor ich Hugo darauf platzierte. Dann streifte ich ihm den Ehering ab. Vielleicht war Hugo auf dem Meer dünner geworden, vielleicht hatte der Ring aber auch schon immer so locker gesessen. Dann nahm ich die Kette mit der Soldaten-Marke ab, die ich immer um den Hals trug, und legte sie ihm um. Als Letztes überprüfte ich mit der Zungenspitze, wo bei mir der Schneidezahn abgebrochen war, nahm die kleine Zange und brach ihm den gleichen Zahn aus. Das Gewehr legte ich ihm auf den Bauch und die deformierte Kugel unter den Kopf. Ich sah auf die Uhr. Die Zeit verging verdammt schnell.

Ich deckte den Toten mit ein paar weiteren Lagen Dachpappe zu, öffnete die Schnapsflasche und tränkte das Bett, die Pappe und den Rest der Hütte, bis nur noch ein kleiner Schluck in der Flasche war. Ich zögerte etwas, bis ich sie umdrehte und Mattis' unedle Tropfen auf die trockenen Bodendielen fallen ließ, die sie sofort aufsaugten.

Ich nahm ein Streichholz aus der Schachtel und zuckte zusammen, als ich das Kratzen an der Reibfläche hörte und die Flamme aufzüngeln sah.

Jetzt.

Ich ließ das Streichholz auf die Dachpappe fallen.

Leichen brennen nicht so gut, habe ich irgendwo gelesen, weil der Mensch zu sechzig Prozent aus Wasser besteht. Vielleicht stimmt das. Aber als ich sah, wie schnell die geteerte Pappe Feuer fing, war mir klar, dass von diesem Mann nicht viel übrig bleiben würde.

Ich ging nach draußen, ließ die Tür auf und sah die ersten Flammen auflodern, groß und größer werden.

Ich hätte mir keine Sorgen zu machen brauchen.

Es war fast so, als spräche das Feuer zu uns. Erst mit leiser, beherrschter Stimme, dann immer lauter und wilder, bis es nur noch dröhnend und anhaltend brüllte. Knut wäre mit dieser Anfeueraktion zufrieden gewesen. Als wüsste Lea, an wen ich dachte, sagte sie: »Knut hat immer über seinen Vater gesagt, er müsse brennen.«

»Und wir?«, fragte ich. »Müssen wir auch brennen?«

»Ich weiß es nicht«, antwortete sie und nahm meine Hand. »Ich habe versucht, herauszufinden, was ich fühle. Das Seltsame ist, dass ich gar nichts fühle. Hugo Eliassen. Ich wohne seit mehr als zehn Jahren mit diesem Mann unter einem Dach, trotzdem tut er mir nicht leid. Ich bin ihm aber auch nicht mehr böse. Andererseits empfinde ich aber auch keine Freude oder Angst. Es ist so lange her, dass ich keine Angst hatte. Angst um Knut, Angst um mich. Ich hatte sogar Angst vor dir. Aber weißt du, was das Merkwürdigste ist?«

Sie schluckte und sah zur Hütte, die jetzt ganz in Flammen stand. In dem roten Feuerschein war Lea unglaublich hübsch.

»Ich bereue nichts. In diesem Moment nicht, und ich bin mir sicher, ich werde auch später nichts bereuen. Wenn wir hier eine Todsünde begehen, dann muss ich brennen, denn ich habe nicht vor, um Vergebung zu bitten. Das Einzige, was ich in diesen Tagen bereut habe, ist …«, sie drehte sich zu mir um, »… dass ich dich habe gehen lassen.«

Die Nachttemperaturen fielen schnell und spürbar. Trotzdem glühten meine Wangen und meine Stirn. Sicher von der Hitze, die die Hütte abstrahlte.

»Danke, dass du nicht aufgegeben hast, Ulf.« Sie streichelte mir mit der Hand über die heiße Wange.

»Hm. Nicht Jon?«

Sie lehnte sich an mich. Ihre Lippen waren dicht an meinen. »Bei diesem Plan halte ich es für das Schlaueste, bei Ulf zu bleiben.«

»Apropos Namen und Plan«, sagte ich. »Willst du mich heiraten?«

Sie sah mich streng an. »Du hältst um meine Hand an? *Jetzt?* Während mein Ehemann vor unseren Augen verkohlt?«

»Ist am praktischsten so«, sagte ich.

»Praktisch!«, schnaubte sie.

»Praktisch.« Ich verschränkte die Arme vor der

Brust. Sah nach oben in den Himmel. Auf die Uhr. »Außerdem liebe ich dich mehr, als ich jemals eine Frau geliebt habe. Und dann habe ich noch gehört, dass Læstadianer sich nicht einmal küssen dürfen, wenn sie nicht verheiratet sind.«

Funken stoben in den Himmel, als das Dach der Hütte einstürzte und die Wände nach innen kippten. Sie zog mich an sich. Unsere Lippen fanden sich. Und dieses Mal gab es keinen Zweifel.

Sie küsste mich.

Als wir zum Anleger hinunterrannten, war die Hütte hinter uns bereits eine rauchende Ruine. Wir machten aus, dass ich mich in der Kirche versteckte, während sie packte, Knut bei ihrem Vater abholte und mit dem Käfer vorfuhr.

»Du musst nicht viel einpacken«, sagte ich und klopfte auf den Geldgürtel. »Wir können kaufen, was wir brauchen.«

Sie nickte. »Geh nicht raus, ich komme rein und hole dich.«

Wir trennten uns genau dort, wo ich in der Nacht meiner Ankunft Mattis getroffen hatte. Es schien eine Ewigkeit her zu sein. Wie damals drückte ich die schwere Kirchentür auf und ging zum Altar vor. Ich blieb stehen und richtete meinen Blick auf den Gekreuzigten.

Hatte Großvater das gemeint, als er sagte, etwas, das nichts koste, lehne man doch nicht ab. Hatte er sich nur deshalb diesem Aberglauben hingegeben?

Oder waren meine Gebete erhört worden, hatte der Typ am Kruzifix mich gerettet? Schuldete ich ihm etwas?

Ich holte tief Luft.

Und sah nach oben.

Das war doch nur eine blöde Holzfigur. Die Steine, die sie unten auf der Transteinsletta anbeteten, waren bestimmt nicht weniger gut.

Trotzdem.

Verdammt.

Ich setzte mich in die vorderste Bankreihe und dachte nach. Und ich übertreibe nicht, wenn ich sage, dass ich über das Leben und den Tod nachdachte.

Nach zwanzig Minuten flog die Tür auf. Hart. Ich wirbelte herum. Es war zu dunkel, um zu erkennen, wer kam. Aber es war *nicht* Lea, dafür waren die Schritte viel zu schwer.

Johnny? Ove?

Mein Herz raste, und ich fragte mich, warum ich die Pistole ins Meer geworfen hatte.

»Nuuun?« Der Vokal wurde in die Länge gezogen. Die Stimme war tief und vertraut. »Führst du Zwiesprache mit dem Herrn? Über das, was du tust, nehme ich an?«

Leas Züge waren im Gesicht ihres Vaters ganz deutlich zu erkennen. Vielleicht, weil er gerade aus dem Bett gestiegen war. Die schütteren Haare waren im Gegensatz zu unseren früheren Begegnungen ungekämmt und sein Hemd falsch geknöpft. Er wirkte so gar nicht bedrohlich, und der Tonfall und sein

Gesichtsausdruck zeigten mir, dass er mit friedlichen Absichten gekommen war.

»Ein richtiger Gläubiger bin ich noch nicht«, sagte ich. »Aber ich schließe nicht mehr aus, dass ich ein Zweifler bin.«

»Jeder zweifelt. Niemand mehr als die, die rechten Glaubens sind.«

»Wirklich? Sie auch?«

»Natürlich zweifle ich.« Jakob Sara nahm mit einem Stöhnen neben mir Platz. Er war kein schwerer Mann, trotzdem schien die Bank unter ihm nachzugeben. »Deshalb heißt es ja glauben und nicht wissen.«

»Sogar für einen Prediger?«

»Gerade für einen Prediger.« Er seufzte. »Man muss sich jeden Tag seiner Überzeugung stellen, will man das Wort Gottes verkünden. Man muss es spüren, denn Glauben und Zweifel schwingen in der Stimme mit. Glaube ich heute? Ist mein Glaube heute stark *genug*?«

»Hm. Und was war an den Tagen, an denen Sie ohne rechten Glauben auf die Kanzel treten mussten?«

Er fuhr sich mit der Hand übers Kinn. »In diesen Momenten muss man darauf vertrauen, dass ein Leben als Christ schon als solches gut ist. Die Entsagung, der tägliche Kampf, der Sünde nicht nachzugeben, ist für die Menschen von Wert. Auch im irdischen Leben. Ich habe irgendwo gelesen, dass Sportler den Schmerz und die Strapazen des Trainings an sich als sinnvoll empfinden, auch wenn sie keinen einzigen Wettkampf für sich entscheiden. Sollte es das Himmelreich nicht geben, gibt es für uns Christen auf jeden Fall ein gutes, sicheres Leben, wenn wir arbeiten, genügsam sind, die Möglichkeiten nutzen, die Gott und die Natur uns bieten, und füreinander sorgen. Wissen Sie, was mein Vater – auch ein Prediger – über die Læstadianer gesagt hat? Würde man nur jene zählen, die durch diese Bewegung vom Alkohol und aus zerrütteten Familien gerettet wurden, rechtfertigte das allein schon, dass wir Lügen verkündeten.« Er holte tief Luft. »Aber so ist es ja nicht immer. Manchmal kostet das bibeltreue Leben mehr, als gut ist. Wie bei Lea … Das ist *meine* Schuld. Ich habe das in meiner Verblendung zugelassen.« Ein leichtes Zittern hatte sich in seine Stimme geschlichen. »Ich habe viele Jahre gebraucht, um das zu verstehen. Niemand, wirklich niemand, sollte von seinem Vater gezwungen werden, in einer solchen Ehe zu leben. Mit einem Mann, den man hasst und der sich an einem vergreift.« Er hob den Kopf und richtete den Blick auf das Kruzifix. »Ich stehe dazu, ich habe gemäß der Schrift gehandelt, aber selbst die Erlösung kann einen zu hohen Preis fordern.«

»Amen.«

»Und Sie beide, Lea und Sie …« Er drehte sich zu mir um. »Ich habe das schon im Versammlungshaus gesehen. Zwei junge Menschen, die sich so ansehen, wie Lea und Sie sich da hinten auf der letzten Bank angesehen haben, als Sie sich unbeobachtet fühlten.« Er schüttelte den Kopf und lächelte traurig. »Man kann natürlich darüber streiten, was die Schrift über Menschen sagt, die erneut heiraten oder Ehen mit Ungläubigen eingehen. Aber ich habe Lea so noch nie erlebt. Und ihre Stimme hat nie so *geklungen* wie eben, als sie zu mir kam, um Knut zu holen. Sie haben meine Tochter wieder schön gemacht, Ulf. Ja, ich sage es, wie es ist, es sieht so aus, als könnten Sie heilen, was ich kaputtgemacht habe.« Er legte seine große, faltige Hand auf mein Knie. »Und Sie tun das Richtige. Sie müssen weg aus Kåsund. Die Eliassen-Familie ist mächtig, mächtiger als ich, und sie würde es nie zulassen, dass Lea und Sie hier ein glückliches Leben führen.«

Jetzt verstand ich es. Als er mich nach dem Gottesdienst gefragt hatte, ob ich Lea von hier fortbringen wollte … war das kein Vorwurf gewesen, sondern eine Bitte. Ein Gebet.

»Außerdem …«, er tätschelte mein Knie, »sind Sie ja tot, Ulf. Lea hat mich eingeweiht. Sie waren eine einsame, deprimierte Seele, die die Hütte angezündet, sich dann aufs Bett gelegt und mit dem Gewehr in die Stirn geschossen hat. Die verkohlte Leiche trägt eine Marke mit Ihrem Namen, und sowohl ich als auch Ove Eliassen können bei der Polizei bestätigen, dass Ihnen ein Schneidezahn fehlte. Ich werde Ihre Angehörigen informieren – sollten Sie welche haben –, dass Sie den Wunsch geäußert haben, hier oben beerdigt zu werden. Und ich werde mich um die Papiere kümmern und dafür sorgen, dass Ihre sterblichen Überreste schnell und sicher unter die Erde kommen. Möchten Sie einen bestimmten Psalm?«

Ich drehte mich zu ihm. Sah einen Goldzahn aufblitzen.

»Ich bin hier der Einzige, der die Wahrheit kennt«, sagte der Alte. »Und nicht einmal ich werde wissen, wohin Sie gehen. Ich will es auch nicht wissen. Trotzdem hoffe ich, dass ich Lea und Knut eines Tages wiedersehe.« Er erhob sich mit knackenden Knien.

Ich stand auf und reichte ihm die Hand. »Danke.«

»Ich habe Ihnen zu danken«, sagte er. »Sie haben mir die Chance gegeben, wenigstens ein bisschen von dem, was ich meiner Tochter angetan habe, wiedergutzumachen. Gottes Frieden. Leben Sie wohl, mögen Ihnen auf Ihrer Reise alle Engel Gottes beistehen.«

Ich sah hinter ihm her. Spürte den kalten Luftzug, als er die Tür öffnete und hinter sich schloss.

Ich wartete. Sah auf die Uhr. Lea brauchte länger, als ich gedacht hatte. Hoffentlich hatte sie keine Schwierigkeiten bekommen. Oder bereute ihre Entscheidung. Oder …

Von draußen war das stotternde Geräusch eines 40-PS-Motors zu hören. Der Käfer. Ich wollte gerade zum Ausgang gehen, als die Kirchentür aufflog und drei Leute hereinkamen.

»Du bleibst da!«, donnerte eine Kommandostimme. »Es dauert nicht lange.«

Der Mann watschelte schnell zwischen den Bankreihen hindurch. Hinter ihm ging Knut, aber es war Lea, von der ich den Blick nicht lassen konnte. Sie war ganz in Weiß gekleidet. War das ihr Brautkleid?

Mattis stellte sich vor das Altargitter. Setzte eine komische, kleine Brille auf und blätterte durch ein paar

Papiere, die er aus der Tasche seiner Daunenjacke gezogen hatte. Knut sprang auf meinen Rücken.

»Eine Mücke auf dem Rücken!«, sagte ich und versuchte, ihn abzuschütteln.

»Nix, rikishi Knut-san aus der Finnmark!«, jauchzte Knut und klammerte sich fest.

Lea kam zu mir und schob die Hand unter meinen Arm.

»Ich dachte, es wäre das Praktischste, Nägel mit Köpfen zu machen«, flüsterte sie.

»Praktisch«, wiederholte ich.

»Kommen wir gleich zum Wesentlichen«, sagte Mattis, räusperte sich und hielt sich die Papiere dicht vors Gesicht. »Im Angesicht Gottes, unseres Schöpfers, und kraft meines Amtes in der norwegischen Justizverwaltung erlaube ich mir die Frage, ob du, Ulf Hansen, die hier anwesende Lea Sara zu deiner rechtmäßig angetrauten Ehefrau nehmen willst?«

»Ja«, sagte ich laut und deutlich. Lea drückte meine Hand.

»Willst du sie lieben und ehren und ihr treu sein …« Er blätterte um. »… in guten und in schlechten Zeiten?«

»Ja.«

»Und so frage ich dich, Lea Sara, willst du …«

»Ja!«

Mattis sah über den Rand seiner Brille hinweg. »Was?«

»Ja, ich will Ulf Hansen zu meinem Ehemann nehmen, und ich verspreche, ihn zu lieben und zu ehren und ihm die Treue zu halten, bis dass der Tod uns scheidet. Was nicht mehr lange dauern wird, wenn wir uns nicht beeilen.«

»Ja, ja«, sagte Mattis und blätterte noch einmal weiter. »Mal sehen … hier! Gebt euch die Hände. Oh, das habt ihr ja schon. Also … ja! Im Angesicht Gottes – und kraft meines Amtes als Repräsentant des norwegischen Staates – habt ihr euch jetzt … eine ganze Menge versprochen. Und euch die Hände gereicht. Somit erkläre ich euch hiermit zu Mann und Frau.«

Lea drehte sich zu mir. »Lass ihn los, Knut.«

Knut ließ los, rutschte von meinem Rücken und landete hinter mir auf dem Boden. Dann küsste Lea mich schnell und drehte sich wieder zu Mattis um. »Danke. Unterschreibst du?«

»Ja, klar«, sagte Mattis, drückte sich das obere Ende seines Kugelschreibers gegen die Brust und setzte seinen Namen auf eins der Papiere. Dann reichte er es Lea. »Das ist ein offizielles Dokument, das gültig sein sollte, egal, wohin ihr geht.«

»Auch als Voraussetzung für einen neuen Ausweis?«, fragte ich.

»Hier ist dein Geburtsdatum, hier deine und meine Unterschrift. Und deine Frau kann deine Identität ja auch bezeugen, also ja, ich denke, damit würdest du in einer norwegischen Botschaft sicher erst mal einen vorläufigen Pass ausgestellt bekommen.«

»Das ist alles, was wir brauchen.«

»Wohin geht ihr?«

Wir sahen uns an.

»Klar«, brummte er und schüttelte den Kopf. »Gute Reise.«

Und so kam es, dass wir als Eheleute mitten in der Nacht aus der Kirche traten. Ich war verheiratet. Und wenn es stimmte, was mein Großvater gesagt hatte, war es beim ersten Mal am schlimmsten. Jetzt mussten wir nur noch in den Käfer steigen und Kåsund verlassen, bevor uns jemand sah. Trotzdem blieben wir auf der Treppe stehen und sahen uns verwundert an.

»Reis in den Haaren!«, sagte ich. »Das hat ja gerade noch gefehlt.«

»Es schneit!«, rief Knut.

Große, weiche Flocken fielen langsam vom Himmel und legten sich auf Leas schwarze Haare. Sie lachte laut. Dann rannten wir die Stufen hinunter zum Auto und stiegen ein.

Lea drehte den Zündschlüssel um, der Motor sprang an, sie ließ die Kupplung kommen, und wir waren unterwegs.

»Wohin fahren wir?«, fragte Knut vom Rücksitz.

»Streng geheim«, erwiderte ich. »Ich kann nur sagen, dass es die Hauptstadt eines Landes ist, über dessen Grenze wir fahren können, ohne einen Pass zu brauchen.«

»Und was machen wir da?«

»Wir wohnen da. Und versuchen, Arbeit zu finden. Und spielen.«

»Und was spielen wir?«

»Vieles. Geheimverstecken zum Beispiel. Übrigens,

mir ist da ein Witz eingefallen. Wie kriegt man fünf Elefanten in einen VW-Käfer?«

»Fünf ...« Er murmelte leise vor sich hin. Dann lehnte er sich zwischen den Sitzen nach vorn.

»Sag es!«

»Zwei vorn und drei hinten.«

Eine Sekunde Stille. Dann ließ er sich nach hinten gegen die Lehne fallen und lachte laut.

»Und?«

»Du wirst langsam besser, Ulf. Aber ein Witz war das nicht.«

»Echt?«

»Das war ein Rätsel.«

Er schlief, noch bevor wir die Grenze des Bezirks überquert hatten.

Als wir über die schwedische Grenze fuhren, war es hell. Die monotone Landschaft nahm Form und Farbe an. Berge mit Puderzuckerschnee. Lea summte ein Lied, das sie vor kurzem gehört hatte.

»Etwas außerhalb von Östersund gibt es eine kleine Pension«, sagte ich und blätterte durch den Straßenatlas, den ich im Handschuhfach gefunden hatte. »Die sieht nett aus, da können wir bestimmt Zimmer bekommen.«

»Hochzeitsnacht«, sagte sie.

»Was ist damit?«

»Die ist heute Nacht.«

Ich lachte leise. »Ja, das stimmt wohl. Aber weißt du, wir haben unendlich viel Zeit, wir brauchen nichts zu überstürzen.«

»Ich weiß ja nicht, was du brauchst, lieber Ehemann«, sagte sie und versicherte sich, dass Knut wirklich schlief. »Aber du weißt doch, was man über die Hochzeitsnacht der Læstadianer sagt?«

»Nein?«

Sie antwortete nicht. Saß nur da und fuhr. Mit einem unergründlichen Lächeln auf den roten Lippen. Ich glaube, sie wusste, was ich brauchte. Und dass sie es bereits wusste, seit sie in jener Nacht in der Hütte gesagt hatte, ich sei das Feuer und sie die Luft. Denn wie hätte Knut gesagt? Das weiß doch jeder.

Das Feuer braucht die Luft zum Brennen.

Verdammt, sie war so schön.

Also, wie beenden wir diese Geschichte?

Keine Ahnung. Aber ich höre jetzt trotzdem auf.

Denn an dieser Stelle ist es gut. Natürlich ist es nicht ausgeschlossen, dass später noch weniger gute Dinge passieren. Aber das kann ich nicht wissen. Ich weiß nur, jetzt und hier ist es perfekt und ich bin in diesem Moment genau da, wo ich immer sein wollte. Auf dem Weg und doch schon am Ziel.

Bereit.

Bereit, das Wagnis einzugehen, ein weiteres Mal zu verlieren.

Die Beschreibungen der Finnmark – eine sogar für Norweger wenig vertraute Gegend – entstammen zum Teil meinen eigenen Erfahrungen aus den 70er und frühen 80er Jahren, in denen ich dort viel unterwegs war und zeitweise gewohnt habe. Darüber hinaus habe ich aber auch auf die Berichte Dritter über die samische Kultur zurückgegriffen, besonders ist hier Øyvind Eggen zu nennen, der mir die Erlaubnis erteilt hat, Auszüge aus seiner Dissertation über den Laestadianismus zu verwenden.

Jo Nesbø

Der Sohn

Kriminalroman.
Aus dem Norwegischen von
Günther Frauenlob.
Taschenbuch.
Auch als E-Book erhältlich.
www.ullstein-taschenbuch.de

Der neue große Roman von Bestsellerautor Jo Nesbø

Sonny Lofthus sitzt im modernen Hochsicherheitsgefängnis Staten in Oslo. Seine kriminelle Karriere begann, als sein Vater Ab sich das Leben nahm. Ab Lofthus war Polizist. Kurz vor seinem Tod gestand er, korrupt gewesen zu sein. Dieser Verrat zerstörte Sonnys Leben.

Jetzt, viele Jahre später, hört er von einem Mitgefangenen, dass alles ganz anders gewesen ist. Sonny will Rache. Er flieht aus dem Gefängnis, denn die Verantwortlichen sollen für ihre Verbrechen büßen.

»Ein raffiniert gebauter Roman, der den großen Fragen auf den Grund geht: Sünde, Erlösung, Liebe, das Böse, Menschsein. Einer von Nesbøs besten Romanen, tiefgründig und vielschichtig.«
Kirkus Reviews

ullstein